T0049381

El cactus

# Sarah Haywood

# El cactus

Editado por HarperCollins Ibérica, S.A.
Núñez de Balboa, 56
28001 Madrid

El cactus
Título original: The Cactus
© Sarah Haywood 2018
© 2022, para esta edición HarperCollins Ibérica, S.A.
Publicado originalmente en Gran Bretaña por Two Roads, un sello de John Murray Press
© De la traducción del inglés, Carmen Villar

Diseño de cubierta: CalderónStudio
Imágenes de cubierta: Shutterstock

ISBN: 978-84-18976-20-9

*Para Simon, Gabriel y Felix*

# Agosto

# 1

No me considero una mujer rencorosa, que le da una y mil vueltas a la diferencia de opiniones entre unos y otros o se cuestiona los motivos de la gente. Tampoco siento la imperiosa necesidad de ganar una discusión a cualquier precio. Sin embargo, siempre hay alguna excepción que confirma la regla. No me mantengo al margen, ni miro hacia otro lado, cuando veo a una persona abusando de otra, y lo mismo ocurre cuando soy yo la que está sufriendo el abuso. Hago todo lo que esté en mi mano para que la justicia prevalezca. Por lo tanto, no es de extrañar que los acontecimientos que han tenido lugar en este mes no me hayan dejado otra opción salvo la de tomar cartas en el asunto.

Fue mi hermano Edward quien me informó de que nuestra madre había fallecido. Aunque no eran más de las cinco y media de la mañana, ya estaba despierta; llevaba un rato rondando la taza del inodoro, preguntándome si debería provocarme el vómito o aguantar las náuseas. Vomitar sin duda aliviaría mi malestar durante unos minutos, pero sería una sensación pasajera, así que después de analizarlo con frialdad, decidí que las náuseas eran mi mejor opción. Mientras observaba mi rostro descompuesto en el espejo, escuché el timbre del teléfono en la cocina. Muy poca gente me llama al fijo, de modo que supuse que se trataría de alguna emergencia relacionada con mi madre. Al final resultó no ser tanta la urgencia. De hecho, no había razón alguna por la que mi hermano tuviera que llamarme tan temprano salvo para pillarme desprevenida.

—Suze, soy yo, Ed. Tengo malas noticias. Será mejor que te sientes.

—¿Qué ha pasado?

—No sé cómo decírtelo, Suze. Me temo que…

—Edward, cálmate. ¿Está ingresada?

—Suze, nos ha dejado. Falleció esta noche. No llegué a casa hasta las dos de la mañana; estaba en casa de un colega tomando unas birras. La luz de su dormitorio seguía encendida, así que llamé a la puerta y asomé la cabeza al interior del cuarto. Me di cuenta nada más verla, por cómo estaba colocada. La médico la ha examinado y ha dicho que sufrió un derrame cerebral tremendo. Todavía no me lo creo.

Contuve una nueva arcada y me senté a la mesa de la cocina. Me tomé unos instantes para hacer una montañita de miguitas de pan que había sobre la mesa con el canto de la mano.

—Suze… ¿Suze?

—Tenía setenta y ocho años —dije por fin—, y ya había sufrido dos derrames. No debería sorprendernos. —Hice una pausa. Sabía que debía mostrar empatía, pero me costaba horrores tratándose de mi hermano—. Aunque entiendo que ha debido de ser poco agradable encontrártela —añadí—. Lo siento, no puedo entretenerme más, tengo que arreglarme para ir a trabajar. Te llamo luego. Por cierto, Edward…

—¿Sí, Suze?

—Deja de llamarme Suze.


No esperaba quedarme huérfana con cuarenta y cinco años, edad en la que la mayoría de la gente todavía conserva ambos progenitores, pero mis padres me tuvieron bien entrados los treinta, y mi padre padecía de cierta debilidad de carácter, lo que acortó su vida. En los últimos años no veía a mi madre tanto como debería; soy funcionaria y trabajo en Ejecución de Proyectos, es decir, me paso el día analizando montones de datos complejos y redactando informes exhaustivos acerca de su rendimiento, de modo que cuando no invierto miles de horas entre números kilométricos y letra impresa minúscula, procuro sacar tiempo para relajarme.

Otra razón de la poca frecuencia de mis visitas era que Edward volvía a vivir con mi madre, y digamos que no somos precisamente uña y carne. De hecho, en lo único en lo que nos ponemos de acuerdo es en evitarnos. Mi hermano no es más que dos años menor que yo, sin embargo, le llevo como treinta en lo que a desarrollo psicológico y emocional se refiere; él se quedó en la adolescencia. Y no porque padezca algún tipo de enfermedad mental diagnosticada, sino porque es una persona indecisa y autocomplaciente. Yo me he partido el lomo por forjarme una carrera que me aporte cierta seguridad y una vida sin sobresaltos, mientras que Edward ha ido dando tumbos de trabajos cutres a relaciones personales fútiles y apartamentos de mala muerte. Así que no es de extrañar que a sus cuarenta y tres años se haya visto obligado a volver a casa de mi madre con el rabo entre las piernas.


Que te digan que un familiar cercano ha fallecido te deja totalmente fuera de juego, incluso si se trata de una persona mayor que ha padecido numerosos problemas de salud. Sentí que necesitaba un momento en silencio, allí sentada, para poner en orden mis pensamientos. Como yo estaba en Londres y el cuerpo de mi madre en Birmingham, poco podía hacer de utilidad en aquel momento. Así que decidí ir a trabajar y hacer como si nada hubiera pasado, bueno, al menos todo lo que me lo permitieran las incesantes náuseas que sentía. No le diría a nadie de la oficina que mi madre había muerto. Ya me imaginaba la tremenda conmoción y los cuchicheos, los abrazos pegajosos y las expresiones de pena en los rostros de quienes no la conocían y ni siquiera sabían que existía mientras me daban el pésame. La verdad es que no me va nada todo ese rollo.

Al salir de la estación de metro cercana a mi oficina me asaltó el calor, que ya había alcanzado una temperatura suficiente como para ablandar el pavimento de la calzada recién asfaltada. El ruido y la polución procedente del tráfico lento parecía haberse amplificado, y la intensidad punzante de la luz solar me hacía daño en los ojos. Ya en la relativa tranquilidad de mi escritorio, ubicado en el rincón más apartado de una oficina diáfana, encendí el ventilador y dirigí el chorro de aire hacia mi rostro. Después de este breve refrigerio, como cada mañana dediqué unos minutos a observar el estado de los cactus que decoraban la parte delantera de mi mesa. Comprobé que no hubiera rastro de deterioro o zonas marchitas o secas, retiré el polvo de su superficie con un pincel suave, me aseguré de que el nivel de humedad de la tierra fuera el adecuado y les di la vuelta para que pudieran disfrutar de una cantidad de exposición solar equiparada por todas sus partes. Cuando terminé, abrí un expediente judicial con la esperanza de que enfrentarme a un informe especialmente intrincado que debía haber entregado al jefe del departamento a finales de la semana pasada me ayudaría a apartar de mi mente lo acontecido a primera hora de la mañana.

Puede que mi trabajo no sea el más emocionante de los que podría haber desempeñado como licenciada en Derecho, pero no me disgusta. La mayoría de mis compañeros de carrera terminaron por especializarse y se formaron como abogados o procuradores, pero a mí me atraía la seguridad y estabilidad que ofrecía un puesto como funcionaria pública: el salario predecible, aunque no demasiado jugoso; el sistema de pensiones decente y el hecho de que no me mangonearía ningún compañero con más antigüedad o el jefe del bufete de turno. Aunque en mi trabajo no echo mano de lo aprendido en la carrera ni he adquirido la experiencia que ofrece una especialización profesional, mi amplio conocimiento de las leyes y del funcionamiento de la burocracia me ha venido realmente bien siempre que he tenido que presentar un recurso.

14

Si no fuera porque tengo que soportar a mis compañeros, el trabajo en la oficina sería más que tolerable. Sin embargo, aquel día más de lo habitual, tuve que lidiar con una carga extra de molestias e incordios. Por ejemplo, apenas eran las diez y media cuando me llegó el tufo de las sobras de comida china que uno de mis rechonchos colegas había recalentado en el microondas de la minicocina de la oficina para tomársela de aperitivo a media mañana. La bilis empezó a trepar por mi garganta y tuve que tomarme una bebida fría para evitar la urgencia de visitar el aseo. Conseguí llegar al dispensador de agua fría donde, por desgracia, me topé con Tom, un vivaz auxiliar administrativo nuevo en la plantilla que lucía restos de pan de *baguette* del desayuno en su espesa barba. Irremediablemente, se convirtió en mi segundo incordio del día.

—Hola, Susan, precisamente quería hablar contigo. He creado un grupo de Facebook para organizar quedadas en el *pub* y para poner en común cosas de la oficina. Mándame una solicitud de amistad y te agrego.

—Llevas poco trabajando aquí, ¿verdad? —logré decir mientras el agua llenaba mi vaso—. Todos saben que no tengo Facebook.

—Vaya, ¿en serio? ¿Y cómo te relacionas con la gente? ¿Tienes Instagram o WhatsApp? Puedo crear grupos en otras redes.

—No tengo ninguna cuenta en ninguna parte. Acostumbro a enviar mensajes de texto o a llamar por teléfono, funciona de maravilla.

—Sí, bueno, supongo que eso está bien para llamar a tu madre o algo por el estilo, pero ¿cómo mantienes el contacto con antiguos compañeros del colegio o de la universidad? ¿Cómo gestionas tu vida social?

No estaba de humor para tanta tontería. No sé por qué, pero me escocían los ojos; quizá se tratara de la fría luz del halógeno sobre nuestras cabezas. Le expliqué, no sin cierta brusquedad, que no tenía ganas ni intención de mantener el contacto con gente con la que hacía años que no hablaba, y que disfrutaba de un estilo de vida más sencillo. Si sentía la necesidad de ponerme al tanto de alguna reunión laboral o de información de vital importancia relacionada con el trabajo, siempre podía escribirme un correo electrónico. Podía haberle dejado caer que nuestros escritorios apenas estaban separados por quince pasos, pero no deseé fomentar tal iniciativa.

Poco después de la una, mientras tiraba a la basura el sándwich de mantequilla que fui incapaz de comerme a la vez que lidiaba de nuevo con mis pensamientos, me vino a incordiar la mera visión de Lydia, una compañera de treinta y tantos que estrenaba soltería, caminando de acá para allá cubriendo el perímetro de la sala. A cada poco echaba un vistazo a su muñeca. Pretendía ponerme a analizar unas cifras que había imprimido poco antes de mi breve descanso, pero los paseos de mi colega me estaban distrayendo.

—Lydia, ¿estás tratando de sacarme de quicio a propósito? —le solté la cuarta vez que pasó por delante de mi mesa.

Me explicó que le habían regalado una pulsera de actividad por su cumpleaños y que se había propuesto hacer diez mil pasos al día. Tenía que ponerse en forma, ahora que volvía a estar «en el mercado» —yo jamás emplearía tales palabras para describir nuestro estatus común de mujeres solteras—. A la quinta vuelta le pregunté por qué no se ponía a caminar fuera, como una persona normal. Al parecer no podía, tenía una cita a ciegas aquella noche y no quería terminar sudada y echa un asco de ir dando botes por la ciudad. La sexta vez que pasó me dijo que si tanto interés tenía yo en lo que estaba haciendo que podía unirme a ella. Rechacé su invitación. Cuando culminó la séptima pasada por mis narices me dieron ganas de estrangularla. Estaba desesperada por algo de calma y silencio para poder concentrarme en superar este día horripilante. Le sugerí que probara a subir y bajar escaleras, de modo que podría deshacerse de esos kilillos de más el doble de rápido.

—Ya lo he pillado, Susan —dijo con un bufido mientras

cambiaba de rumbo y se dirigía hacia las puertas batientes. Juraría que no fui la única que exhaló un suspiro de alivio.


A primera hora de la tarde, Tom, que competía con Lydia por el título del compañero más petardo del día, se acercó a mi mesa. Traté de ignorarlo, pero parecía decidido a quedarse allí plantado hasta que le hiciera caso.

—Pensaba hacer un *tour* por diferentes *pubs* la semana que viene para recaudar fondos y me preguntaba si no te importaría participar —dijo—. Puedo enviarte por correo el enlace directo de la recaudación, visto que no tienes pensado unirte al siglo XXI próximamente.

—¿Cuál es el objetivo de la recaudación? —pregunté dejando a un lado el bolígrafo.

—Todavía no lo he decidido. Solo tengo claro que quiero darle sentido a mi vida. Puede que lo haga por los pandas, ya que me encantan, o para prevenir el calentamiento global, porque es algo que me interesa mucho hoy por hoy. Hay tantas buenas causas… ¡No sé por dónde empezar! —Hizo una exagerada mueca de pena.

—Tengo entendido que la asociación de prevención y rehabilitación de derrames cerebrales hace muy buen trabajo —dije. No sé por qué, pero me empezaron a escocer los ojos de nuevo.

—No lo dudo, pero no es una causa muy atractiva. Además, creo que un amigo se afeitó la cabeza el año pasado por esa causa. Quiero hacer algo diferente.

—Bueno, pues cuando lo tengas claro, me dices —zanjé mientras hacía girar mi silla de oficina, dándole la espalda.

Hoy en día, todo el mundo en la oficina está recaudando dinero para algo. Antes ocurría una o dos veces al año, pero se ha convertido en un goteo constante de recauda para esto, financia aquello… Que si una caminata, una carrera, un recorrido en bici, una competición de natación, escalada, rápel, senderismo de montaña, vadear ríos… No es que me parezca mal, vamos a ver.

Apruebo de corazón que la gente invierta su tiempo y energía en tomar iniciativas por el bienestar del otro y no en uno mismo, bueno, siempre que no se tenga en cuenta los beneficios físicos relacionados y ese aura de altruismo. Dicho esto, las interacciones sociales que parecen formar parte de este tipo de iniciativas afectan a la productividad del equipo. Decidí que debía trasladar mis impresiones a mi inmediato superior, Trudy, aunque no me apeteciera lo más mínimo. Ojalá no me hubiera tomado la molestia, ya que no resultó ser más que otra fuente de frustración.

Trudy entró a formar parte del departamento el mismo día, y al mismo nivel de especialidad que yo hace más años de los que llevo la cuenta. Al principio me daba la lata con invitaciones a tomar café juntas a la hora de la comida o a una copa de vino a la salida de la oficina, pero pronto se dio cuenta de que estaba perdiendo el tiempo. Desde entonces, Trudy ha ido escalando posiciones hacia la cima de la gestión de recursos humanos, que ha intercalado con cuatro bajas de maternidad. Las fotografías de los retoños, causantes de tales bajas, decoraban en un lugar principal su escritorio, plagadas de encantadoras sonrisas dentudas y de rostros pecosos.

Recostada en su silla y con una sonrisa indulgente en los labios, me observaba mientras le explicaba que, en términos de eficiencia, sería muy interesante designar un tiempo delimitado cada mes para que todos los compañeros pudieran promover su propia recaudación de fondos para causas benéficas, fichar patrocinadores y recolectar dinero en efectivo. Trudy, que dio por hecho que me estaba haciendo la graciosa, dijo que, en términos de eficiencia, sería más interesante designar un tiempo delimitado cada mes en el que se me permitiera realizar sugerencias para aumentar la productividad. Se rio entre dientes; a mí no me hizo ni pizca de gracia. Puede que se diera cuenta de mi descontento ante su reacción, porque su expresión mudó de júbilo a preocupación. Me preguntó si me encontraba bien, si quizá había cogido un catarro estival, que mucha gente lo padecía. En cuanto me ofreció la caja de pañuelos desechables me disculpé y abandoné su despacho.

Seis y media. Tan solo se oía el sonido distante de la aspiradora, cada vez más potente a medida que se aproximaba a mi mesa en la oficina ya vacía, y los pensamientos más rebeldes que me acuciaban volvían a disputarse un lugar predominante en mi mente. Me disponía a apagar el ordenador y a guardar el móvil en el bolso cuando Constanta, la limpiadora rumana, abrió la puerta y entró en la sala jadeante. Me preparé para nuestro habitual intercambio de saludos.

—Buenas tardes, Susan. ¿Cómo estás hoy?

—Genial —mentí—. ¿Y tú?

—Bien, bien. Siempre bien. ¿La última en la oficina?

—Como siempre.

—Trabajas muy duro, Susan, como yo. No como esos holgazanes.

Se acercó a mi mesa y se inclinó hacia mí con aire conspiratorio, noté su aliento en mi oreja.

—Ese de ahí tira pañuelos de papel usados al suelo. Llenos de mocos. Puaj. Y esa otra deja tazas sucias por toda la mesa, manchadas de barra de labios grasienta. ¿Por qué no las lleva de vuelta a la cocina? Tiene media alacena en el escritorio. Solía recogerlas por ella, pero ahora ni me preocupo. No soy su madre. Son como niños grandes. —Se irguió—. Y bien, Susan, ¿todavía no te has casado?

De haber sido cualquier otra persona, le habría dicho que se metiera en sus asuntos, pero acostumbrábamos a tener aquella misma conversación todos los días, y ya me sabía el guion. Le dije que debía estar de broma.

—¡Muy sensata, Susan! Hombres… Vivimos esclavizadas por nuestros trabajos para ganarnos la vida y luego llegamos a casa para seguir con el trabajo duro. ¿Y qué hacen ellos cuando terminan de trabajar? Ponen los pies en algo y esperan a que les sirvamos, o bien desaparecen Dios sabe dónde y se gastan hasta el último céntimo de sus salarios. Mi marido, Gheorghe, desapareció, como humo, puf. Me dejó sola con cuatro hijas a las que criar. Ahora están todas casadas y sus maridos no son más que unos inútiles. Tengo tres trabajos de limpiadora diferentes para poder enviarles dinero. Les digo siempre que lo escondan bajo el colchón.

—Son afortunadas por tener una madre como tú —repetí como de costumbre mientras comprobaba que llevaba la tarjeta de transporte Oyster en el bolsillo y apagaba el ventilador. Me detuve, hoy estas palabras parecían tener un significado distinto.

Constanta sonreía con orgullo.

—Tú y yo somos iguales. Sabemos lo que queremos de la vida y cómo obtenerlo. No nos importa lo que la gente piense de nosotras. Eres una buena persona, Susan.

Hizo el amago de pellizcarme la mejilla con cariño, pero recordó que siempre evito todo contacto físico, de modo que se dio media vuelta y cruzó la sala para enchufar la aspiradora. Mientras abandonaba el edificio y notaba de nuevo la bofetada de calor que desprendía el asfalto, me sentí orgullosa de la manera en que lidié con el día, a pesar de las arremetidas constantes de mis compañeros. Nadie habría adivinado jamás lo que había ocurrido aquella mañana a primera hora. Aunque, bueno, nunca he tenido mucho problema para ocultar mis sentimientos frente a los demás. Es como un don que tengo.


Cuando llegué a casa llamé a Edward. Se me hacía raro hablar con él dos veces en el mismo día, y de forma tan civilizada, he de decir. Dadas las circunstancias, no nos quedaba más remedio que dejar a un lado nuestras diferencias abismales y remar en la misma dirección, por lo menos hasta que se hubiera celebrado el funeral y gestionado la herencia. Me informó de que los de la funeraria habían pasado por allí, y que había organizado el funeral de manera provisional para el viernes de la semana siguiente. Una cremación, dijo. No puse objeción; la verdad es que no acabo de entender por qué alguien querría que el cuerpo de sus queridos familiares se pudriera bajo tierra, o por qué querrían tener una especie de santuario que visitar, como si el alma del finado permaneciera sentada en la lápida a la espera de que algún familiar se pasara por allí para charlar. Así que perfecto, estábamos de acuerdo.

—No creo que haya testamento —continué—. Nunca mencionó nada al respecto. Solo tendremos que gestionar la venta de la casa y dividir los beneficios de la operación entre ambos, así como sus ahorros. Puedo encargarme de ello.

Una pausa.

—Sí que dejó testamento, Suze. Hace unas semanas. Escuchó en un programa de radio que recomendaban a todo el mundo hacer uno por si acaso. Le dije que no creía que fuera necesario, pero ya sabes cómo era.

Con estas últimas palabras pareció ponerse a la defensiva ¿o solo me lo pareció a mí *a posteriori*?

—¿En serio? No me comentó nada.

Ya se había puesto en contacto con los abogados para informarles del fallecimiento de nuestra madre, lo que me pareció de un pragmatismo inusitado en mi hermano, cuyas habilidades de gestión no solían ir más allá que las requeridas para rellenar una quiniela o pedir una *pizza*.

—Me han dicho que investigarán el testamento y se pondrán en contacto con nosotros. Lo dejo en sus manos. Yo no tengo ni idea de esas cosas.

Esa semana iba a tener mucho lío en el trabajo, así que no me quedó más remedio que, a pesar de mi buen juicio, confiar el asunto a Edward. Le di instrucciones precisas acerca de cómo gestionar el certificado de defunción, le proporcioné una lista de posibles lugares adecuados para celebrar el velatorio, y le indiqué que consultara la agenda de direcciones de nuestra madre para contactar con sus amistades e informarles de su fallecimiento. Soltó un bufido cuando le pregunté si sería capaz de hacerse cargo de todo.

Para cuando terminé de hablar con Edward eran las nueve en punto. No había comido nada en todo el día salvo un par de galletas en el desayuno, y me sentía mareada. Preparé un poco de arroz blanco y me senté a la mesa de la cocina para contener una nueva oleada de náuseas. Las ventanas francesas que dan al jardín del patio estaban entreabiertas, de modo que los lloros del recién nacido del piso de arriba y el tufo de los cubos de basura de la casa de al lado inundaban mi piso. Para que nos entendamos, vivo en un apartamento situado en la planta baja de un adosado victoriano reformado en el sur de Londres. Lo alquilé durante diez años, hasta que el dueño decidió vendérmelo, y para entonces ya había ahorrado dinero suficiente de mi exiguo salario como funcionaria para pagar la entrada. Así que ahora soy propietaria o, más concretamente, la titular de una hipoteca monumental.

Mientras reunía la voluntad necesaria para llevarme el tenedor a la boca, observé cómo Winston, el gato de mi vecino, un fornido macho de color rojizo, se acicalaba con meticulosidad sobre el adoquinado terracota de la propiedad. Los gatos no me hacen mucho tilín; me desagrada la forma en que se escabullen bajo los coches aparcados o se cuelan espantados entre las barandillas cuando te acercas amistosamente. Winston, sin embargo, es la excepción. Se queda en su sitio cuando te acercas a él y te deja que lo acaricies y le hagas carantoñas hasta que se harta, momento en el que bosteza, se estira y se da media vuelta cuando le place. No se siente intimidado por nadie y no tiene la necesidad de congraciarse con ninguna criatura. Me recuerda a *El gato que caminaba solo* de Kipling, una de mis historias favoritas de la niñez. Recuerdo estar sentada en el regazo de mi padre, en uno de sus momentos más lúcidos, leyéndomelo de una manoseada antología de cuentos infantiles. Mientras observaba a Winston me pregunté dónde estaría el libro. Posiblemente en una caja olvidada en el desván de la casa familiar, lo que me recordó el trabajo descomunal que tenía por delante para vaciar la casa y poder ponerla a la venta. El mero pensamiento, dadas mis condiciones actuales, era apabullante.

Cuando llamé a Edward unos días más tarde para interesarme por cómo iba avanzando la lista de tareas que le encargué, el teléfono sonó durante una eternidad. Estaba a punto de colgar cuando una voz, que no era la de Edward, masculló un «¿Hola?». Dudé, me disculpé por haberme equivocado de número y colgué antes de darme cuenta de que había utilizado la marcación rápida para llamar a casa de mi madre. Volví a llamar de inmediato. De nuevo, el mismo saludo informal.

—He llamado hace un segundo. ¿Es la residencia de los Green? ¿De Patricia Green, bueno, la fallecida Patricia Green, y su hijo Edward?

—Sí, así es.

—Soy la hermana de Edward, Susan. Me gustaría hablar con mi hermano ahora mismo.

—Oh, Susan. Sí, claro. Voy a ver si está por ahí.

Un cuchicheo de voces y a continuación una alegría fingida en la voz de mi hermano:

—Hola, Suze, ¿cómo te va?

—Edward, ¿quién es ese hombre y por qué ha respondido al teléfono de nuestra madre?

—Oh, es Rob. Le dije que podía quedarse unas semanas mientras pone en orden su vida. Ha estado viajando mucho tiempo. Es un tío estupendo.

—No me importa lo estupendo que sea. No quiero extraños viviendo en casa de mamá. Dile que se tiene que marchar. Acaba de fallecer y la casa está llena de sus objetos de valor.

—Mira, Suze…

—Susan.

—Mira, conozco a Rob desde la universidad. Hasta tú coincidiste con él hace unos años. Necesita que le echen una mano. Él me ayudó durante una muy mala racha y ahora quiero devolverle el favor. No le voy a echar, no tiene a dónde ir. —La lealtad de mi hermano hacia sus colegas de borrachera es enternecedora.

Decidí encargarme en persona del asunto cuando llegara a Birmingham. Ese tal Rob estaría de patitas en la calle en menos que canta un gallo. Desvié el tema de conversación a temas más acuciantes, como la organización del funeral. Edward me dijo que me alegraría saber que el tema del velatorio estaba solucionado: había reservado una sala en la parte de atrás de un *pub* llamado The Bull's Head.

—Podemos llevar la comida que queramos y tendremos un grifo de cerveza en la barra —dijo con orgullo.

Le expliqué que era totalmente inapropiado y que tenía que cancelar la reserva cuanto antes.

—Mamá era abstemia. Le habría horrorizado saber que su velatorio se celebraría en un *pub*.

—Y una mierda. No era abstemia. Se tomaba un jerez o una clara con limón de vez en cuando. Y se habría alegrado de que la gente estuviera pasando un buen rato, y así será en The Bull's Head. No habría querido tomar un té en porcelana fina entre conversaciones corteses.

—Eso es precisamente lo que habría querido. El tipo de persona que era. No era una mujer de cañas y jarana.

—Pues así va a ser, Suze, y todo el mundo va a pasarlo fenomenal, compartiendo anécdotas suyas y poniéndose piripis si quieren. Y si no te gusta, te aguantas.

# 2

Elegir el atuendo apropiado según la ocasión es sencillo. Primero debes conocerte. Yo soy menuda y delgada, así que lo que mejor me queda es la ropa bien adaptada a mi silueta y sin una arruga. Segundo, asegúrate de que todo lo que compres se puede combinar con lo que ya tienes en tu armario. En mi caso, me ciño a prendas de color negro o gris marengo, tonos que hacen un buen contraste con mi cabello rubio. Por último, ojea de vez en cuando las secciones de estilo y belleza del periódico. Si observo que una moda en concreto encaja conmigo, no me importa modificar mis hábitos de compra. Puede que todo esto te parezca una trivialidad, una pérdida de tiempo inapropiada para una mujer adulta seria y formal. No obstante, es precisamente por esto por lo que sigo este *modus operandi*, para no tener que preocuparme ni un segundo por mi aspecto e ir siempre vestida adecuadamente. Por supuesto, el hecho de aplicar estas técnicas de organización a otros aspectos de mi vida diaria, o intentarlo al menos, reduce considerablemente las probabilidades de que cualquier circunstancia imprevista me pille desprevenida.

Extendí un vestido negro recto sencillo sobre la cama con la parte delantera hacia abajo, coloqué un trozo de papel de seda tamaño folio sobre él y, con cuidado, doblé la prenda en torno al papel. Luego envolví el vestido en otro trozo de papel de seda y lo metí en la maleta. Repetí la operación con un cárdigan negro de cachemira. Introduje un poco más de papel de seda en la puntera de un par de zapatos de charol negro de tacón cuadrado, metí cada uno en una bolsa para calzado independiente y los coloqué a los lados de la maleta. El pronóstico meteorológico para los próximos días en Birmingham era de un tiempo seco y cálido, pero como no me gustan los imprevistos, repetí el proceso de doblar y envolver en papel de seda una gabardina ligera de color gris y la coloqué entre los zapatos. Después de añadir una falda de lino negro, una camiseta marengo y un suéter fino de algodón de color gris, doblé mi ropa interior y la introduje en los huecos restantes.

En cuanto cerré con llave la puerta principal y me encaminé hacia la boca de metro de Clapham North con mi maleta de ruedas, el cartero me entregó un montón de correo, sobre todo catálogos de tiendas que no recuerdo haber visitado en la vida y publicidad para cambiar de compañía telefónica. Metí como pude la mayoría de la correspondencia en el buzón, apretujándola, para reciclarla a mi vuelta, y me quedé tan solo con un par de cartas propiamente dichas. Cuando media hora más tarde, el sofocante vagón de metro ralentizó la velocidad hasta detenerse por completo antes de llegar a la estación de Leicester Square, no había razones para pensar que no reanudaría la marcha pronto. Tomé un pañuelo y sin desdoblarlo me sequé el sudor de la frente a toquecitos, luego desabroché el primer botón de mi vestido sin mangas negro de algodón. Con un movimiento despejé el cabello de mi nuca, pero el aire estaba tan estancado que apenas me proporcionó alivio alguno. Exhalé por la boca y mi aliento estaba tan caliente como el aire de un secador. No debería ser legal transportar a seres vivos, y mucho menos a humanos, en tales condiciones.

—Lamentamos el retraso del servicio —restalló la voz del conductor por los altavoces—. Les mantendremos informados de cualquier novedad.

Miré a mi alrededor y me dio la impresión de que un enjambre de mariposas se había quedado atrapado con nosotros, ya que muchos pasajeros estaban utilizando sus billetes para abanicarse, un gesto simbólico más que efectivo. Qué suerte la mía, que había logrado sentarme cuando entré al vagón, al contrario que más de la mitad de los pasajeros, que se hacinaban en el espacio entre las puertas. Observé mi reflejo en la ventana ahumada que tenía frente a mí. Mi reciente incapacidad para ingerir cualquier alimento me estaba pasando factura: la palidez de mi cutis era extrema, se me marcaban los pómulos exageradamente y tenía unas ojeras que acentuaban el conjunto demacrado de mi rostro. Si mi sensación de apetito no regresaba pronto, en cuestión de días me convertiría en un esqueleto andante. ¿Acaso era esto normal en mi estado?

El tiempo discurría con la lentitud de la lava, y la temperatura incrementaba. La gente se revolvía en sus asientos, se ahuecaba la ropa con la mano en un intento de refrescarse y mantener a raya el sudor, se quitaba las sandalias. Se me pasó por la cabeza lo humillante que sería vomitar en tales circunstancias, y el mero pensamiento provocó que mis náuseas aumentaran.

—Y, como siempre, no hay ni una puñetera rayita de cobertura —refunfuñó el tipo con aspecto de culturista junto a mí; riachuelos de sudor recorrían sus pantorrillas a la vista de todos, hasta desembocar en unos náuticos de piel deformados por el uso. Presionó con el pulgar la pantalla táctil de su teléfono móvil, inútilmente, y farfulló que tardaría menos en llegar si fuera andando.

—De nuevo les rogamos que disculpen el retraso —insistió la voz por el altavoz—. Tengan por seguro que les iremos informando en cuanto tengamos más detalles.

Dos ancianas de pelo canoso sentadas frente a mí agarraban con fuerza el asa de sus bolsas de viaje sobre el regazo; los nudillos se les estaban poniendo blancos del esfuerzo.

—Ahora no hay duda de que no llegaremos a tiempo.

—Puede que no lleguemos nunca.

—¿Qué quieres decir?

—Todos estamos pensando lo mismo. Últimamente, en las grandes ciudades ocurren todo tipo de cosas horrorosas. Está a la orden del día. Podría tratarse de un ataque terrorista. Por eso no nos están dando ninguna información, no quieren que cunda el pánico. Puede que hayan encontrado un objeto sospechoso, o quizá les ha llegado el aviso de que hay un suicida con una bomba en el tren.

—Por el amor de Dios, Jan, no digas esas cosas. —La mujer se llevó la mano a la boca.

No tengo por costumbre inmiscuirme en las conversaciones ajenas, y menos entre desconocidos y en el transporte público, pero me siento en la obligación de asistir a quien pueda necesitarlo si está en mi mano ser de ayuda, incluso si es en mi perjuicio. Me incliné hacia delante.

—Disculpen, no he podido evitar escuchar lo que estaban diciendo. Vivo en Londres y esto sucede continuamente. No durante tanto tiempo, pero les aseguro que no hay nada de lo que preocuparse.

—¿Y cómo puedes estar tan segura? —me espetó la agorera—. Es imposible. Sabemos exactamente lo mismo. Necesito bajarme de este tren ya mismo.

A veces me pregunto para qué me molesto.

—De nuevo, lamentamos enormemente las molestias ocasionadas por este retraso en el servicio, pero acaban de informarme de que se debe a una avería en el tren que transita delante de nosotros. Se ha estropeado a punto de entrar en la estación de Tottenham Court Road. Los técnicos de mantenimiento ya están encargándose de todo y esperamos reanudar la marcha cuanto antes.

El anuncio dio al traste con el ambiente general de paciencia y contención, y todo el mundo empezó a hablar al mismo tiempo.

—Pues yo tengo que coger un tren a Euston en quince minutos.

—Y yo tengo que recibir a un grupo de estudiantes extranjeros en el Museo Británico a y media.

—Me perderé el comienzo de la película si no nos ponemos en marcha ya.

—Me está empezando a dar claustrofobia.

—Qué ganas de ir al baño.

Yo podría haber intervenido, «Pues mi madre ha fallecido, mañana es su funeral, llevo varios días sin dormir y siento ganas de vomitar», pero nunca lo habría hecho, por supuesto, no soy una persona desesperada por despertar simpatías ajenas.

—¿Sabíais que el mes pasado tuvieron que llevar a cabo una evacuación de emergencia? —dijo la elegante mujer negra que estaba sentada a mi lado, dejando a un lado la revista que estaba leyendo—. Estuvieron atrapados entre dos estaciones durante horas, como nosotros. La gente tuvo que salir por la puerta del conductor y caminar varios kilómetros por las vías en una oscuridad casi absoluta. Seguro que nos toca hacer lo mismo.

Murmullos de desaliento recorrieron el vagón, momento en el que un tipo delgaducho con pantalones cortos de camuflaje y el pecho al descubierto (se había quitado la camiseta y la llevaba anudada a la cintura) se empezó a pasear por nuestro coche. Llevaba en la mano un teléfono móvil, que se dedicaba a pasarnos por las narices.

—¿Qué opinas del retraso, amigo? —le preguntó al culturista sentado a mi lado, haciendo *zoom*. A modo de respuesta, el hombre levantó el periódico y se tapó la cara con él.

Yo era la siguiente.

—¿Qué opina del retraso, señora?

—¿Estás grabando todo?

—Sí, claro. Si termina siendo algo serio, podré venderle la grabación a la televisión o a los periódicos. Incluso si la cosa queda en nada, puede que le interese a alguien. Y si no, lo subiré igualmente a YouTube. Va a poder verse en la tele, señora.

—Apaga ese trasto, haz el favor. No tengo ningún interés en salir en las noticias o en YouTube.

—Ni yo —agregó la mujer sentada a mi otro lado—. No quiero salir en la tele. Llevo el pelo hecho una pena.

Varios pasajeros asintieron con la cabeza.

—Mira, chaval —dijo el culturista—. Te lo estamos pidiendo

por las buenas, pero lo decimos muy en serio. Deja de grabar. Ya.

—¿O qué? ¿Me vais a obligar?

—Si eso es lo que quieres, sí, así es.

—Un momento —intervine haciendo un decidido esfuerzo por recuperar la compostura—. Seguro que no será necesario. Si este joven tiene un par de dedos de frente, nos hará caso si no quiere meterse en líos. Tan solo quiero que sepas —me volví hacia el tipo delgaducho— que estás violando nuestro derecho a la privacidad. No te hemos dado nuestro consentimiento para que nos grabes. Podríamos denunciarte por incumplir la Ley de Derechos Humanos. ¿Seguro que te puedes permitir pagarnos una indemnización a todos? —Era un farol, claro.

—Te lo estás inventando —dijo poco convencido—. ¿Y qué hay de esas personas que salen en las noticias, en guerras y tal?

—Ya, pero esas grabaciones se realizan en la esfera pública, y aquí nos encontramos en un entorno privado y personal. Es completamente distinto a ojos de la ley.

Titubeó, farfulló algo entre dientes y luego apagó el teléfono y se lo guardó en un bolsillo de sus pantalones cortos de camuflaje. Se fue por donde había venido. Es increíble lo fácil que es intimidar a la gente con tan solo mencionar la palabra «ley». El resto de los pasajeros del vagón parecían aliviados, pero el incidente no contribuyó en absoluto a mejorar mi estado. Revolví en el interior de mi bolso y encontré una bolsa de supermercado, la única opción viable que tenía en caso de que fuera incapaz de seguir conteniendo las náuseas. Bajé la cabeza e intenté bloquear el vano parloteo a mi alrededor.

De repente, escuchamos el ruido del motor poniéndose en marcha, una especie de resoplido y una sacudida, y el tren se puso en movimiento. Se produjo una débil ovación y un conato de aplauso. En un par de minutos llegamos a la estación de Tottenham Court Road, donde el vagón se vació ligeramente, y no mucho después llegué a Euston. Había perdido mi tren a Birmingham, evidentemente, y tras una discusión con la oficina de reservas, para la cual no me sobraban las energías, no me quedó otra que comprar un billete para el siguiente, que salía en una hora. Elevaría una queja a la empresa de transporte, sin duda.

En el vestíbulo, frente a los paneles electrónicos de información, los otros pasajeros y yo esperábamos como toros tras la barrera a que apareciera la palabra «embarque» y se anunciara el número del andén. Me molesta sobremanera la humillación de tener que echar a correr hacia el tren para coger sitio, pero, al no tener reserva, no me quedaba otra: debía precipitarme hacia la rampa y pasar a toda velocidad los vagones de primera clase prácticamente vacíos. Una vez dentro, sin aliento y empapada en sudor, me instalé en un asiento junto a la ventana en el sentido de la marcha, y coloqué mi chaqueta y mi bolso en el asiento contiguo para mantener a raya cualquier intento de acercamiento físico indeseado. La estrategia resultó efectiva hasta Milton Keynes, donde una rolliza mujer joven que vestía pantalones de chándal grises y una camiseta rosa ajustada se sentó a mi lado. Sus muslos envueltos en tejido de punto sobrepasaban los límites de su asiento, y cada vez que el tren se balanceaba, lo cual ocurría a menudo, presionaba sus carnes contra mí. Me apretujé contra la ventana todo lo que pude para evitar su contacto.

Mientras observaba el avance constante del Grand Union Canal, a veces alejándonos de su trazado, otras acercándonos peligrosamente, recordé las dos cartas. Recogí mi bolso del suelo y las saqué. Vi que la fuente empleada para escribir la dirección, que se podía leer a través de la ventana del sobre, era idéntica; una había sido franqueada el martes y la otra el miércoles. Abrí primero la más antigua. Era del bufete de abogados que había mencionado Edward por teléfono. El remitente, un tal Howard Brinkworth, me daba su pésame ante el reciente fallecimiento de mi madre. Me informaba de que lo había nombrado su albacea testamentario, que pretendía llevar a cabo una tasación de sus bienes y solicitar su legalización, y que se volvería a poner en contacto a la mayor brevedad con los detalles del testamento. Me sorprendió que mi madre hubiera elegido a un abogado como albacea, labor que podía haber desempeñado yo misma sin problema. Guardé la carta en el sobre y me dispuse a abrir la segunda. Tras el preámbulo habitual, el señor Brinkworth fue al grano:

*De acuerdo con lo recogido en el testamento, su difunta madre nombra a su hermano, el señor Edward Green, usufructuario de la vivienda familiar, sita en el número 22 de Blackthorn Road. Esto significa que el señor Green tiene derecho a vivir en la propiedad tanto tiempo como desee. Si se llevara a cabo la venta de esta, en caso de que su hermano decidiera abandonar la vivienda o debido a su fallecimiento, los beneficios serían divididos equitativamente entre ambos.*

*El resto de los bienes de su madre, a saber, cuentas bancarias, mobiliario y efectos personales, deberán distribuirse equitativamente entre usted y el señor Green.*

Solté un «¡Maldita sea, mamá!» en voz alta. La mujer rolliza ni se dio cuenta, ya que viajaba con auriculares, pero varios pasajeros giraron en sus asientos para ser testigos de un jugoso conflicto familiar. Al comprobar que era poco probable que se desatara una discusión o, mejor, una pelea, volvieron de nuevo a sus asuntos, decepcionados. Guardé la carta en su sobre con cuidado, doblé ambos sobres por la mitad y repetí la doblez para luego retorcerlos todo lo que pude entre mis manos. Los introduje al fondo de mi bolso, que volví a dejar a mis pies. ¿Qué demonios podría haber llevado a mi madre a dejarle la casa a Edward para que pudiera disfrutarla a su antojo el tiempo que le pareciera? Era impensable que fuera idea suya.

A estas alturas mi compañera de viaje había abierto una bolsa de patatas fritas con sabor a queso y cebolla, cuyo olor picante mezclado con el tufo a productos químicos del aseo más cercano me resultaba insoportable. Di un trago a mi botella de agua e intenté poner en orden mis pensamientos. Quizás las capacidades mentales de mi madre se habían visto mermadas después de haber sufrido dos ictus y estuviera peor de lo que había imaginado en un principio. O quizás había empeorado desde la última vez que la había visto, y de alguna manera se las había ingeniado para mostrarme su lado más lúcido durante nuestras conversaciones telefónicas. Eso sin duda la habría dejado a merced de las posibles presiones de Edward. Debía actuar con premura si no deseaba verme privada indefinidamente de la herencia que me correspondía por derecho, ahora que tanto la iba a necesitar.

# 3

He creado sin ayuda de nadie una vida ideal para mí misma en Londres. Tengo un hogar adecuado a mis necesidades actuales, un trabajo apropiado a mis habilidades y fácil acceso a estimulación cultural. Salvo por las horas que me paso en el trabajo, tengo control sobre cualquier aspecto de mi existencia. Hasta hace bien poco tenía incluso lo que vagamente se podría denominar una «pareja», pero no era más que una relación de conveniencia para ambos, un mero acuerdo que nos proporcionaba los beneficios de la relación íntima con un miembro del sexo opuesto, pero sin costes emocionales. En cuanto descubrí que la casualidad, el destino o la mala suerte, llámalo como quieras, había comprometido seriamente mi posición, puse fin a nuestra asociación de forma limpia y rápida. Mi mundo permanece invulnerable, aunque tal descripción suena un poco irónica dadas mis circunstancias actuales.

Por el contrario, mientras mi taxi dejaba atrás la estación de New Street y se dirigía a Blackthorn Road, noté el desasosiego que siempre experimento cuando regreso a casa. Puede que este sentimiento se deba a mi fobia casi patológica a la vida en los suburbios, a su aislamiento seductor y la obsesión hipnotizante por lo mundano. Quizá, más que nada de eso, se deba a los recuerdos que me evoca este lugar, recuerdos de un pasado que preferiría olvidar. Tengo la terrible sensación de que mi vida en Londres cuidadosamente construida no es más que el sueño de una niña infeliz, un

34

sueño del que estoy a punto de despertar. No tiene ningún sentido, lo sé.

Mientras observo por la ventanilla las calles familiares a mi paso en el taxi, evoco la pasada Semana Santa. Había llegado a Birmingham a tiempo para la hora del té del sábado, acompañado de sándwiches de jamón, macedonia de frutas y bizcocho. A regañadientes acepté acompañarla a misa al día siguiente. Desde que tengo memoria, ella nunca había sido devota de ninguna religión, pero en el último par de años había acudido a St. Stephen, una iglesia por la que he pasado miles de veces de niña. Me preguntaba si los recientes ictus que había padecido mi madre le habrían hecho reflexionar acerca de su propia mortalidad, lo que la llevó a asegurar la jugada con Dios. O quizá estaba empezando a perder facultades y se había vuelto más susceptible a la influencia de otras personas; Margaret y Stan llevaban tentándola con cruzar las puertas de la dichosa St. Stephen desde que se convirtieron en vecinos nuestros.

—Verás cómo te gusta, Susan —me aseguró mientras se ponía un ligero cárdigan lila y cogía un pañuelo de tela limpio del cajón de la cocina—. Yo también estaba nerviosa la primera vez, pero nada más entrar me embargó una sensación de familiaridad. Me recuerda a cuando iba a la iglesia de joven. Estoy segura de que te pasará lo mismo.

—Nosotros no íbamos a misa cuando era pequeña, ¿recuerdas? —respondí mientras me dirigía al vestíbulo para coger mi chaqueta, que estaba colgada del perchero junto a la puerta—. Nunca nos llevaste. Papá y tú erais ateos. «Recoges lo que siembras», ¿no es eso lo que dice la Biblia?

Mi madre me alcanzó en el vestíbulo; revolvía dentro del bolso en busca de las llaves. Las vi en la mesa del recibidor y se las di.

—Estoy segura de que te llevé cuando eras pequeña. Y yo nunca he sido atea, Susan. Tu padre puede que sí, pero yo no. Siempre he tenido fe, pero la vida te lleva de acá para allá, no te da ningún respiro. Y quizá creer en algo habría ayudado a tu padre. En fin, que me alegro de que me acompañes; la verdad es que no consigo que Teddy se anime.

—Menuda sorpresa. No se levanta de la cama hasta mediodía, y nunca ha sido demasiado espiritual. Mamá, ¿no te olvidas de algo? —dije mientras sostenía su abrigo como si fuera un camarero en un restaurante. Se dio la vuelta e introdujo sus brazos en las mangas.

—Es más reflexivo de lo que imaginas, Susan. Y es muy sensible. La religión puede ofrecer consuelo a quienes sufren o tienen problemas. Puede fortalecerte.

—De lo único que sufre Edward es de holgazanería aguda e irresponsabilidad —añadí siguiendo a mi madre hacia el exterior de la casa.

—Susan, escúchame. —Se detuvo en medio del camino de acceso a la casa, adoquinado de manera irregular y se dio la vuelta para mirarme—. Teddy necesita apoyo. Si me ocurriera cualquier cosa, quiero que estés pendiente de él y que te asegures de que no se desvía por el mal camino.

—Tiene cuarenta y tres años, es un hombre hecho y derecho. No necesita que su hermana mayor cuide de él. Además, nunca me hace caso en nada. Va a lo suyo. Puede que para mí sea un completo inútil, pero él ha elegido ser así. Está perfectamente bien, a su modo, claro.

Cerré el portón de ornamentado hierro forjado detrás de nosotras y bajamos por Blackthorn Road, dejando atrás otros adosados bien cuidados de los años sesenta y algún que otro chalé independiente, aunque discreto. Mi madre se mantenía a un par de pasos detrás de mí.

—No es como tú, Susan —dijo pasados unos instantes—. Tú siempre has sido muy sensata, muy capaz. Nunca he tenido que preocuparme en exceso de ti. Sin embargo, Teddy tiene un carácter artístico, como tu padre. Hasta el asunto más nimio puede desestabilizarlo.

Llegamos a la iglesia achaparrada, ubicada en la intersección entre nuestra calle y High Street. Margaret y Stan, que merodeaban bajo el pórtico, nos vieron y saludaron con la mano.

—Feliz Semana Santa, Patricia. —Sonrieron al unísono y se turnaron para besar a mi madre en la empolvada mejilla—. Feliz Semana Santa, Susan —añadió Margaret haciendo un amago de besarme a mí también. Di un paso atrás y le tendí la mano.

De camino a la iglesia me interrogaron acerca de trivialidades sobre mi vida en Londres. Por suerte, la misa estaba a punto de empezar, y me las arreglé para alejarme y sentarme en el banco adelantando a mi madre, a quien utilicé como muro de contención entre la obstinada Margaret y yo. La misa no fue tan terrible como cabría esperar: los cantos fueron alegres, el pastor fue serio y, lo más importante, no se eternizó. Después, Margaret y Stan se unieron a nosotras para volver a casa con marcha pesada, lo que hizo que ochocientos metros parecieran dos kilómetros. Margaret acaparó la atención de mi madre con un debate exhaustivo sobre qué variedad de patata era la mejor para asar, mientras que Stan me entretuvo con los problemas iniciales que estaban teniendo con su nuevo hervidor de agua eléctrico. En cuanto nos despedimos y mi madre se encaminó hacia la puerta de entrada de casa, Margaret me tomó del brazo.

—¿Cómo ves a tu madre? Estamos un poco preocupados por ella —susurró—. Últimamente está un poco olvidadiza. No recuerda lo que le contamos o planes que hacemos.

No me sorprendía que mi madre olvidara lo que Margaret y Stan tuvieran que decirle, sus temas de conversación no eran demasiado fascinantes, precisamente. Y eso de no recordar planes para quedar con ellos podría tratarse simplemente de conveniencia. Sin embargo, yo misma había notado que estaba más ausente que de costumbre, aunque no tenía intención alguna de admitirlo frente a los vecinos.

—La veo bien. Puede que la que esté confundida seas tú.

Preparé el asado dominical mientras mi madre ponía la mesa. Edward, como era de esperar, se las había arreglado para pasar fuera el fin de semana —o, tal y como creía mi madre, tenía planes ineludibles—, así que estábamos las dos solas. Durante la comida me contó que los vecinos del número veinticinco habían cambiado el tipo de pavimento del camino de acceso a la vivienda y que le había parecido bien, y me habló de las idas y venidas de los del número dieciocho que, en cambio, no tenían su aprobación. Después fregué los platos y mi madre los secó; cuando terminamos, llamé a un taxi. Llegó antes de lo que esperaba. Le di un leve beso en la mejilla antes de recorrer aprisa el camino de entrada hacia el taxi. La última vez que vi a mi madre —según parece para siempre— se estaba agachando para recoger el envoltorio de una chocolatina que había ido a parar al umbral de la puerta de casa empujado por el viento.

No sabía si llamar al timbre o abrir sin más con mi llave. Cuando vivía mi madre, llamaba antes al timbre por educación, y solo usaba la llave si estaba en el jardín u ocupada con alguna cosa. Llamar al timbre en las circunstancias actuales, sin embargo, habría dado a entender que estaba haciendo unas concesiones a las que no estaba dispuesta. Entré sin llamar. Una música atronadora procedía de la cocina a un volumen que jamás se habría tolerado si mi madre aún viviera. Era un tema que reconocí de mis años de universitaria: *London Calling* de The Clash. Abrí la puerta de la cocina dispuesta a enfrentarme a Edward respecto al testamento de nuestra madre, pero me dejó descolocada encontrarme a un hombre inclinado sobre un iPad, desnudo salvo por la toalla que llevaba a la cintura. Se mecía de un lado a otro al ritmo de la música, siguiendo la melodía con un movimiento de los brazos. Su cabello cortado a la altura de la mandíbula, como un forro polar húmedo, le caía hacia delante, ocultando su cara. Hice lo que se acostumbra en estas situaciones, y tosí. Se irguió y me miró con una expresión de sorpresa en el rostro, consciente de que le había pillado in fraganti.

Ahora que estaba derecho no pude evitar darme cuenta de lo exageradamente alto que era. Hay quien puede encontrarlo atractivo, pero, a mi parecer, sobrepasar el metro ochenta es demasiado y apunta a querer llamar demasiado la atención. Tampoco pude evitar observar lo sorprendentemente tonificado que estaba para lo delgado que era. Igualmente, puede considerarse un atributo positivo, pero si quieres saber mi opinión, te diría que es prueba irrefutable de que alguien pasa demasiado tiempo centrado en lo físico y poco en lo intelectual. El bronceado de su piel sugería que había desperdiciado demasiado tiempo holgazaneando en la playa recientemente, su nariz alargada y recta destacaba sobre el resto de sus rasgos, y tenía lo que comúnmente se denominan «arrugas de la felicidad» flanqueando la comisura de sus ojos, probablemente de tanto entornarlos para protegerlos del sol. Me dio la impresión de que nos conocíamos de algo.

Cuando me vio, sus facciones se relajaron.

—Hola, Suze, siento mucho lo de tu madre. Era una mujer encantadora, una santa. Ed ha salido a comprar. Te ofrecería una taza de té, pero nos hemos quedado sin leche. —Se retiró el pelo de la cara y se quedó allí plantado sin mostrar una pizca de vergüenza ante el hecho de que estaba viviendo por el morro en la casa de una anciana fallecida recientemente—. Siento las pintas, por cierto, pero es que acabo de llegar del trabajo.

—Debes de ser Rob, creo que es la primera vez que coincidimos.

—Qué va, ya nos hemos visto antes, un par de veces, en la época en que salías con Phil. Ya sabes, antes del accidente, así que debió de ser hace años. —Cogió la tetera y la llenó de agua en el fregadero—. He visto que hay alguna infusión, si te apetece.

—Sé perfectamente qué guarda mi madre en la alacena. Me prepararé mi propia bebida en cuanto esté lista el agua. No hace falta que te molestes.

—Genial, estás en tu casa, Suze.

—Por favor, no me llames Suze. Mi nombre es Susan. El único que me llama Suze es Edward, y solo lo hace para fastidiarme.

—Oh, vale. Como quieras.

Seguro que podéis imaginaros cómo me sentí al regresar a la casa de mi madre, mi hogar de la infancia, por primera vez desde su fallecimiento para descubrir que había sido invadida por un huésped no deseado. Es más, no solo no era bienvenido, sino que hacía un uso excesivo y totalmente fuera de lugar del espacio. Me excusé y me dirigí a la sala de estar. Apenas había transcurrido una semana desde la muerte de mi madre, pero la estancia ya parecía pertenecer a una pandilla de descuidados universitarios y no a una anciana quisquillosa. Las cortinas de estilo Regencia, en lugar de estar pulcramente sujetas por sus cintas con borla, estaban descorridas solo a medias, como si el mero esfuerzo necesario para abrirlas por completo fuera demasiado. Los cojines que decoraban el sofá Dralon color oliva estaban apretujados contra uno de los reposabrazos y no ahuecados y dispuestos en intervalos regulares apoyados contra el respaldo, indicativo de que alguien los había utilizado como almohadas. Había periódicos esparcidos por la moqueta, y se veía el cerco de latas de cerveza en la superficie de la mesa de centro de caoba. El toque final era el cenicero, en concreto uno de cristal color ámbar que solía utilizar mi padre, que además de colillas corrientes albergaba restos reveladores de cigarrillos de liar de la marca Rizla. Mientras permanecía allí de pie evaluando el caos, Rob, ahora ataviado con un albornoz, entró en la sala.

—Ahora le doy un repaso a la salita —dijo al tiempo que introducía los periódicos y las latas en una bolsa de plástico y cogía el cenicero.

—Te agradecería que evitaras fumar en la casa de mi madre —le dije, luchando por mantener un tono calmado y uniforme—. Detestaba el tabaco, no soportaba estar cerca de nadie que estuviera fumando. Estaba muy orgullosa de su casa, y mira qué pinta tiene ahora.

—Yo no suelo fumar, ya sabes, solo de vez en cuando. Anoche nos quedamos despiertos hasta tarde viendo una antigua peli de terror de Hammer, y esta mañana he tenido que visitar a un cliente, así que…

Asqueada ante el aspecto de la habitación e incómoda por la presencia del amigo de Edward, pasé lentamente junto a él, recogí mi maleta y subí al piso de arriba. La puerta del cuarto de mi madre estaba entreabierta. Dejé la maleta en el suelo y la abrí del todo. De inmediato, me golpeó un olor muy familiar, mezcla de alcanfor, bolsitas de lavanda y colonia de lirio silvestre. Habían retirado la ropa de cama, gracias a Dios, pero salvo por eso, supongo que el dormitorio tenía exactamente el mismo aspecto que la noche de su fallecimiento. Había un vaso de agua medio lleno en la mesilla de noche junto al pastillero de mi madre, una revista de National Trust y sus gafas de lectura.

Empecé a sentirme mareada, así que me senté al borde de la silla Lloyd Loom, de cuyo respaldo colgaba la bata de mi madre, como si fuera la muda abandonada de un reptil. El conjunto de seis piezas del mobiliario de madera de arce del que mi madre estaba excesivamente orgullosa dominaba la habitación. Recuerdo que me contó que había costado más de tres meses de salario de mi padre allá por los años sesenta. Sobre el tocador había un marco de plata con una foto de nosotros cuatro frente a una locomotora de tracción. Me acerqué a ella y la cogí. Yo tenía aspecto de haber cumplido los nueve años, de modo que Edward tendría como siete. Mis padres estaban en el centro de la imagen; yo cogía de la mano a mi padre y Edward a mi madre. Estábamos sonrientes, como si fuéramos una familia normal totalmente funcional.

Devolví el marco a su lugar en el tocador, junto a un platillo de flores secas aromáticas, y me encaminé a la ventana en mirador ubicada tras él. Descorrí el visillo y vi el Volkswagen Polo de color azul marino de mi madre acercarse a la casa y meterse en el caminito de acceso. Por un momento, sentí que me invadía la culpa ante la posibilidad de que mi madre me pillara fisgoneando en su cuarto, pero luego recordé que era imposible.

Mientras seguía mirando por la ventana, vi a Edward salir del coche, estirarse, recolocarse los vaqueros negros y extender el brazo hacia el asiento del copiloto para recoger su cazadora motera de piel tan característica. Claramente llevaba sin afeitarse por lo menos una semana, y sin peinarse, ya puestos. Más delgado que Rob y mucho más bajo, a mi parecer su aspecto recordaba al de una comadreja, que, sorprendentemente, resulta atractivo a algunas mujeres. Por lo menos hasta que lo conocen un poco. Edward abrió el maletero del coche, del que sacó un par de bolsas de supermercado, y luego, como se hubiera sentido observado, miró hacia arriba, en dirección a la ventana en mirador y me saludó. Volví a correr el visillo.

Cuando entré en la cocina, Edward estaba agachado junto a la nevera vaciando la compra, y Rob, que se había puesto unos vaqueros y una camiseta, estaba apoyado de espaldas contra el fregadero. La música había cambiado y ahora sonaba algún tipo de *jazz* moderno y disonante. Edward se puso de pie, hizo una bola con las bolsas y las lanzó a un rincón, junto al cubo de la basura.

—Qué hay, Suze. Te veo un poco pachucha. ¿Ya te has instalado? —dijo.

—Tengo tanto derecho como tú a estar aquí.

—Qué susceptible. Yo no he dicho lo contrario.

Me acerqué a la tetera, volví a calentar el agua y me preparé un té de menta.

—Tenemos que hablar, Edward. En privado.

—¿Queréis que os deje a solas? —preguntó Rob.

—No, quédate. No pienso ponerme a discutir. Mañana es el funeral, Suze. Ahora deberíamos centrarnos en eso, y no remover el pasado.

—No tengo ninguna intención de remover el pasado. Me refiero al testamento de mamá y a gestionar sus asuntos.

—Vale, pero eso puede esperar hasta después del funeral. No quiero tener que preocuparme de nada de eso hasta que la enterremos.

—La vamos a incinerar, Edward.

—Creo que Ed está hablando metafóricamente —añadió Rob amablemente. Mi hermano contuvo una carcajada.

Rob comenzó a dar tumbos por la cocina, tomando cosas de cajones y alacenas con estruendo. La forma tan familiar de disponer de las pertenencias de mi madre me resultó francamente ofensiva.

—Voy a ponerme con la cena, si no, se nos va a hacer tardísimo —dijo.

—Rob va a preparar balti de espinacas. Es vegetariano, y ha aprendido unas recetas riquísimas durante su viaje.

—Magnífico. No obstante, últimamente no me va mucho el curri, así que siento deciros que no contéis conmigo. Ya me prepararé una tostada más tarde. Doy por hecho que tienes pan.

—Somos bastante civilizados, ¿sabes?

—Ya que sacas el tema, ¿en qué estabas pensando cuando decidiste fumar en casa de mamá? ¿Y lo de dejar latas de cerveza en la mesa de centro? La sala parecía una pocilga cuando llegué.

—Mamá ya no está, ¿verdad? Así que ahora las normas las pongo yo: a partir de ahora se puede fumar en casa. Aunque estoy de acuerdo contigo en el tema del desorden. Me siento más cómodo en un lugar limpio y ordenado. Hablaré con Rob al respecto. —Le guiñó un ojo a su amigo, que se sonrió y se dio la vuelta.

—No tienes respeto por nada, Edward —le dije—. Nunca lo has tenido. Ya seguiremos con esta conversación.

Cogí mi té y abandoné la cocina.

—Hasta luego —gritó Edward cuando salí.

De ninguna manera iba yo a cenar con Tararí y Tarará. Me superaban en número, y estaba claro que mi hermano y su amiguito estaban disfrutando de lo lindo al verme en desventaja. Pensé en volver a hacer las maletas y marcharme a un hotel, pero sabía que así estaba rindiéndome ante Edward. En lugar de eso, me quedé en mi habitación, repasé la lectura que tenía preparada para el

funeral de mi madre y redacté una lista de temas que tenía que tratar con él. Mañana iba a ser un día agotador, sobre todo en mi estado actual, y no iba a permitir que el comportamiento inmaduro
de dos hombres supuestamente hechos y derechos me sacara de
mis casillas.

# 4

Decir que el funeral no salió como lo habría planeado es quedarse corto. Sin embargo, os pido que tengáis en cuenta que no he estado muy fina últimamente por varias razones, algunas ya las conocéis y otras las habréis adivinado. Al menos, puedo afirmar que tengo motivos legítimos para mi modo de proceder. Al contrario que Edward.

Aquella mañana me levanté inusualmente tarde; eran más de las nueve y media, y los coches que nos llevarían al funeral llegarían en menos de media hora. Me esforcé por mantener a raya la oleada de náuseas que me invadía mientras me vestía y me cepillaba el pelo. Edward y Rob ya estaban en la cocina cuando entré: mi hermano estaba sentado a la mesa con las piernas estiradas y de brazos cruzados. Me alegré al ver que ambos se habían afeitado y, la verdad, ese detalle fue el único que me resultó grato de la apariencia general de Edward. Mientras que Rob había optado por un traje oscuro, aunque sin planchar, Edward vestía vaqueros negros, camisa negra, un corbatín vaquero con remates metálicos y botas de *cowboy* negras. Llevaba las mangas de la camisa remangadas dejando a la vista todos sus tatuajes. Negué con la cabeza. Rob parecía decidido a entablar conversación conmigo sobre las lecturas del servicio, pero le dejé bien claro que no tenía ninguna intención de seguirle la corriente en esa farsa de cordialidad.

Me serví un vaso de agua, me preparé una rebanada de pan

tostado y me senté frente a Edward. Él apoyó los codos sobre la mesa y empezó a tamborilear con los dedos. Por primera vez observé un gesto de preocupación en su rostro, como si sus facciones, normalmente relajadas, se hubieran anquilosado durante la noche. Mientras mordisqueaba una esquinita de mi tostada, de repente Edward empujó su silla hacia atrás, se dirigió al lavavajillas y sacó un vaso corto de cristal tallado y culo grueso que mi madre solía guardar en la vitrina de palisandro. Cogió una botella de *whisky* medio llena de la alacena, se volvió a sentar a la mesa, se sirvió una generosa cantidad y se lo bebió de un trago.

—¿Queréis? —dijo con mirada desafiante mientras levantaba la botella de *whisky* por el cuello.

—Claro que sí, así seguro que el día va como la seda, ¿no? —le recriminé—. ¿Acaso tu intención es emborracharte y quedar como un completo idiota?

—Puede que me emborrache, o puede que no. Todavía no lo he decidido. En cualquier caso, no es asunto tuyo, Suze. Cada uno lo gestiona a su manera; yo a la mía y tú a la tuya.

—Pues claro que es asunto mío, Edward. Tú y yo representamos a la familia. Tienes la obligación de comportarte de forma apropiada.

—¿Qué puñetera familia? —refunfuñó sirviéndose otra buena copa.

—¿Por qué no te controlas un poco, colega? —intervino Rob—. Es decir, tenéis un día largo por delante y tal.

—Ya, Rob, estoy bien. Sé lo que hago. —Sacó un paquete de cigarrillos y un mechero del bolsillo de la chaqueta de traje desgastada que colgaba del respaldo de su silla y cogió el vaso.

—Salgo a fumarme un piti. ¿Has visto lo considerado que soy, Suze?

Después de que Edward saliera por la puerta de atrás dando un portazo, Rob se dispuso a ajustarse el nudo de la corbata, que hasta entonces llevaba floja alrededor del cuello.

—Podías no ser tan dura con él —dijo—, está pasándolo mal.

—¿Y yo no?

—Solo digo que sería más sencillo para los dos si mantuvierais la calma y os apoyarais mutuamente en un día como este.

—¿Apoyarnos mutuamente? ¿Edward y yo? ¿Acaso sabes algo de esta familia?

Rob levantó ambas manos con las palmas hacia mí.

—Vale, vale. Solo pretendía ayudar. Recuerdo ir a un funeral con mi exnovia, Alison. Había muerto su tío, y sus dos hermanos terminaron a puñetazos en el cementerio nada más bajar el ataúd. La muerte de un familiar hace aflorar toda clase de resentimientos.

—Te puedo asegurar que hoy no va a suceder nada parecido. No tengo por costumbre verme envuelta en reyertas públicas. —Estaba a punto de continuar cuando sonó el timbre. Fui a abrir. El encargado de la funeraria, el señor Rowe, estaba en el umbral de la puerta principal con una meditada expresión de seriedad profesional en el rostro.

—Buenos días, señorita Green —dijo con solemnidad. Detrás de él vi dos limusinas negras: el coche fúnebre que transportaba el ataúd de madera clara de mi madre y un segundo coche para llevarnos a mi hermano y a mí. El nítido sol de la mañana resplandecía sobre la superficie encerada de los vehículos obligándome a entrecerrar los ojos mientras los observaba. Sobre el ataúd pude ver la sencilla corona de buen gusto que le pedí a Edward que encargara en nuestro nombre. Sin embargo, encajado en uno de los laterales observé un horroroso arreglo de claveles de color rosa chicle que formaba la palabra *MAMÁ*. No podía tratarse más que de una provocación deliberada por parte de Edward. Hasta él debería saber lo ostentosamente vulgar que era. Parecía incapaz de dejar a un lado su hostilidad infantil por un solo día.

Como os habréis dado cuenta no soy propensa a comportarme de manera irracional. No obstante, mientras permanecía en el umbral de la puerta con la mirada clavada en el ataúd, envuelta en el resplandeciente calor de finales de verano, la idea de que el

47

pálido y rígido cuerpo de mi madre estuviera dentro de esa caja de madera me golpeó como un aguacero repentino. Noté que perdía el equilibrio, y eché la mano al marco de la puerta para mantenerme en pie.

—No hay ninguna prisa, señorita Green —dijo el señor Rowe—. Tómese su tiempo, saldremos cuando esté lista.

—Deme un par de minutos —alcancé a decirle mientras cerraba la puerta. «Es un cuerpo», me dije a mí misma. «Es solo un cuerpo, no tu madre. Un cascarón vacío».

Mientras permanecía apoyada de espaldas contra la puerta, esforzándome en recuperar la compostura, Edward salió de la cocina poniéndose la chaqueta al mismo tiempo. Se detuvo en medio del vestíbulo.

—Bueno —dijo—, que empiece la función.


El lento y tortuoso camino al crematorio transcurrió en un silencio absoluto. Podría haber reprendido a Edward en aquel momento por el espantoso arreglo floral, pero estaba decidida a mantener el decoro de la ocasión. Una discusión en la parte de atrás del coche que nos llevaba al funeral de nuestra madre habría sido impropio. Edward, quien dio por hecho que estaba exento de las normas de circulación en lo que al cinturón de seguridad se refiere, iba echado hacia delante, toqueteándose las pielecitas alrededor de las uñas. Yo viajaba apoyada en el fresco respaldo de piel del asiento y observaba el desfile de la vida de finales de verano a través de la ventanilla. De niña recuerdo que la gente dejaba sus quehaceres para inclinar la cabeza ante una procesión fúnebre. Sin embargo, estaba claro que nadie nos prestaba la más mínima atención: un grupo de mujeres jóvenes lucía su bronceado en vestidos veraniegos mientras charlaban dando un paseo por la calle; hombres de negocios con camisas de manga corta se aflojaban la corbata a la vez que hablaban a gritos por sus teléfonos móviles; los niños tiraban de la manga de sus estresados progenitores, incordiándoles para que les compraran un helado. Todo ello me resultaba ofensivamente intrascendente.

Al entrar en el cementerio atravesando el portón de hierro, observé la sucesión de lápidas hilera tras hilera; algunas de granito erosionado, otras de mármol brillante con atrevidas letras doradas. Muchas tenían aspecto abandonado, como si no las hubieran visitado en décadas, y otras estaban abarrotadas de ordinarias flores artificiales. Me alegré de que el cuerpo de mi madre no fuera a estar sepultado en aquel recinto de muerte. Empecé a sentir cómo un escalofrío recorría mi cuerpo, incluso a pesar de que el calor iba en aumento. Mientras avanzábamos por la carretera de acceso de asfalto abrasador flanqueada por parterres de flores locales, me froté los brazos con las manos en un intento de recobrar la temperatura corporal.

Tomamos la última curva y el crematorio apareció ante nuestros ojos. Se trataba de un edificio cuadrado de ladrillo rojo, cuya funcionalidad recordaba a una central o subestación eléctrica. Apiñados frente al edificio había unas cincuenta o sesenta personas, más de las que había previsto. Entre la multitud vi a los confiables Margaret y Stan, cogidos del brazo; a la desenvuelta hermana menor de mi madre, la tía Sylvia, conversando animadamente con sus dos hijas con ideas afines; y el hermano de mi padre, el tío Harold, al margen de la multitud general. Rob debía haber tomado un atajo para llegar al cementerio, ya que ya estaba allí parloteando con un par de tipos de su estilo y el de Edward. Al ver el cortejo, la gente calló y adoptaron su mejor expresión de duelo.

En cuanto puse un pie fuera de la limusina, la tía Sylvia se apresuró en mi dirección y me estrechó en un aplastante abrazo. Su perfume intenso y almizcleño se pegó al fondo de mi garganta y me dieron arcadas.

—Qué día más triste para los dos. Pero ahora ella está en un lugar mejor.

Me quedé allí petrificada, esperando a que pasara el momento. Al final, me soltó y agarró a Edward. Aunque todavía no me había librado del todo: a la tía Sylvia la seguían de cerca sus hijas gemelas, Wendy y Christine, que me dieron más abrazos y me dedicaron rancias palabras de compasión. Me desconcertó ver, a la zaga de mis primas, a parte de su prole, y lamenté no haber especificado que no quería niños presentes en el funeral.

—Estos son Leila y Cameron —dijo Wendy señalando a dos niños con pinta de estar aburridos, cuyas edades oscilaban entre los ocho y los diez años—. Y estos son los gemelos de Chrissie, Freddie y Harry —continuó señalando esta vez a dos pequeños niños rubios vestidos idénticos con traje y pajarita—. Pensamos que estaría bien aprovechar el día, ya que no venimos mucho a Birmingham. Esta tarde iremos a Cadbury World.

Por suerte, antes de que tuviera oportunidad de responder, el señor Rowe nos informó de que ya podíamos entrar en el crematorio, que los portadores ya habían izado el ataúd de mi madre y lo llevaban a hombros. Edward y yo seguimos el eco de los arpegios de *Las cuatro estaciones* de Vivaldi. A medida que avanzábamos por el pasillo central del sombrío crematorio, me iba sintiendo cada vez más mareada. Me temblaban las piernas, y me preguntaba si sería capaz de llegar a mi asiento en primera fila. Esta sobrecogedora y repentina sensación de mareo me sorprendió; no soy una persona propensa a la debilidad, ya sea física o mental. Sin embargo, echando la vista atrás a los últimos días, me di cuenta de que había comido y bebido lo mínimamente necesario para calmar mi estómago y saciar mi sed.

Se me vino a la mente una visión de mi sangre convertida en un líquido transparente debido al drenaje de nutrientes. Este pensamiento acentuó mi sensación de debilidad y prácticamente llegué tambaleándome a la primera fila para dejarme caer en el primer asiento que encontré. Edward me miró inquisitivamente, pero aparté la vista para que no descubriera mi momento de vulnerabilidad pasajera. La tía Sylvia, mis primas y su prole y el tío Harold nos acompañaron en la primera fila a Edward y a mí, mientras que el resto de los dolientes se acomodaban en los demás asientos.

El pastor barbudo de St. Stephen tosió, sonrió y comenzó el oficio. Francamente, no me enteré de casi nada de lo que dijo porque estaba totalmente concentrada en mi respiración. Además, los gemelos se habían puesto a pelear y Christine estaba intentando separarlos mientras los reprendía con fuertes siseos. Logré inclinarme hacia delante, llamar la atención de Christine con la mirada y llevarme un dedo a los labios en señal de silencio.

—Lo siento —articuló sin hablar, y le dio a uno de los gemelos un empujón.

—Y ahora el primer canto —dijo el pastor.

Nos pusimos en pie al escuchar el inicio de *How Great Thou Art* en el crematorio. En cuanto me puse en pie me di cuenta de que a mi cuerpo no le gustaba la nueva postura. Noté como si la sangre se me escurriera del cerebro, como el agua de una esponja. Me planteé sentarme, pero no deseaba llamar la atención. En lugar de eso me agarré a Edward con el brazo derecho y me así con fuerza a su manga con la mano izquierda. Se quedó petrificado con mi conducta, como era de esperar, ya que debía de hacer décadas desde nuestro último contacto físico. En su favor he de decir que no me apartó de un manotazo, a pesar de que seguro que le habría encantado hacerlo, pero permaneció como una estatua, con la vergüenza dibujada en el rostro. En cuanto terminó el canto, solté el brazo de Edward y volví a desplomarme en mi asiento.

—Ha llegado el momento de la primera lectura, a cargo del hijo de Patricia, Edward —anunció el pastor.

Edward se acercó con desgana al atril, carraspeó y empezó a leer un fragmento de la Biblia en tono monótono. Ahora que mi hermano se había levantado y tenía el pasillo al otro lado, me sentí más vulnerable todavía. Cuando Edward regresó a su sitio, me apoyé en su hombro; mi compostura se había disipado por completo. El pastor nos dirigió unas palabras más mientras medía en silencio la cadencia de mi respiración: «Inhalación, dos, tres, cuatro. Exhalación, dos, tres, cuatro». De pronto me di cuenta de que el pastor me llamaba.

—Susan… ¿Susan?

Tenía el brazo extendido hacia el atril. Revolví en el bolso buscando mi copia del poema de Thomas Hardy *If it's ever spring again*. Cuando la encontré me puse de pie y recorrí los dos peldaños hasta el lugar donde debía realizar la lectura. Me tropecé y lamenté mi elección de calzado: unos zapatos planos habrían sido mejor idea. Coloqué el papel en el atril y observé a mi expectante audiencia. Todas las miradas estaban puestas en mí salvo las de los gemelos, que estaban jugueteando en el suelo a los pies de Christine, y los otros dos niños, que estaban concentrados en sus videoconsolas portátiles. Me estaba costando distinguir los rostros de los asistentes, como si la escena se estuviera emborronando ante mis ojos. Me centré en mi trozo de papel.

—«Si vuelve a ser primavera, primavera de nuevo» —empecé.

—¡Sí! —exclamó uno de los críos que jugaba a la consola cuando hice una pausa.

Levanté la vista fugazmente y descubrí que la audiencia se había convertido en un enorme manchón de color, de modo que volví a centrarme en el poema. Las palabras parecían nadar en la página.

—«Iré cuando fui allí». Perdón, «Volveré a donde fui». Lo siento, «Volveré allá donde fui cuando…».

Mi visión se tornó pixelada. Todo lo que alcanzaba a ver eran minúsculos puntitos de luz y sombras palpitando frente a mí, y todo lo que podía oír era un zumbido agudo procedente de lo más profundo de mi cabeza. Me engulló una enorme ola de agotamiento y finalmente me falló la fuerza de voluntad que tenía para seguir manteniéndome en pie. Dormir me pareció entonces lo más delicioso y seductor del mundo. Se me cerraron los ojos y sucumbí a lo inevitable.

Poco a poco me llegó la voz de la tía Sylvia como un cloqueo en la distancia. Me pregunté vagamente qué hacía en mi apartamento en mitad de la noche.

—Está pálida como una sábana. Necesita que la sangre fluya de nuevo a su cerebro. Ponedle la cabeza entre las rodillas. Llevadla al borde del altar y sentadla. Lo he visto otras veces, es por la pena. Se ha visto superada, pobrecita. Hay a quien le pasa. Cógela por el tronco y tú por las piernas. Eso es, así, incorporadla.

Noté cómo unas manos me agarraban por las axilas y por los tobillos, consciente de que me levantaban y me llevaban como a un fardo. A pesar de ser ligeramente consciente de todo lo que ocurría, me vi incapaz de moverme o hablar. Me sentaron, me separaron las rodillas y me bajaron la cabeza. El pensamiento de «Madre mía, espero que nadie me haya visto la ropa interior» se me pasó por la cabeza. Sentí que alguien me pasaba el brazo por los hombros y de nuevo un graznido de la tía Sylvia.

—Todo va a ir bien, Susan. Solo ha sido un vahído. Le puede pasar a cualquiera. Tómate tu tiempo. Respira profundamente. Wendy te va a traer un vaso de agua. No te preocupes, te repondrás en un minuto. Tómatelo con calma.

Ya había recuperado la consciencia, pero no quería abrir los ojos. No me apetecía hacer frente a lo que acababa de pasar, ni a sus consecuencias. Levanté con cuidado la cabeza y cerré las piernas.

—Mirad, ya vuelve en sí. Susan, cariño, ¿puedes oírme? —me gritó la tía Sylvia al oído—. Soy tu tía. Estás en el crematorio, es el funeral de tu madre y acabas de desmayarte en el altar frente a todo el mundo. ¿Oyes lo que te digo?

Hice acopio de la poca dignidad que me quedaba, abrí los ojos y dije:

—Estoy bien. Perfectamente bien. Quiero volver a mi asiento. Continuad con el oficio, por favor.

Levanté la vista y vi a Edward, todavía sentado en primera fila, con los brazos cruzados y una expresión irónica en el rostro. Levantó las cejas, descruzó los brazos y aplaudió en silencio. Un sillón apareció de la nada, y Rob y la tía Sylvia me ayudaron a sentarme en él. Me dieron un vaso de agua y me preguntaron varias veces si necesitaba algo más, luego el servicio continuó. Edward se ofreció a leer el poema de Hardy; seguro que le habría encantado subir al altar después de mi muestra de debilidad. Se sucedieron oraciones y otro himno, durante el cual permanecí sentada, y finalmente echaron las cortinas sobre el ataúd de mi madre al compás de su canción favorita, *Qué será será* interpretada por Doris Day. Cuando la canción terminó, Edward se inclinó hacia mí.

—¿Cómo era eso de quedar como un completo idiota?


Desaparecida la oleada de náuseas y mareos que había experimentado a lo largo de la mañana, ahora solo quedábamos mi humillación y yo. Fue todo un alivio poder entrar por fin en el coche del cortejo fúnebre y de un portazo acabar con el interminable y solícito interrogatorio sobre mi bienestar. Sin embargo, la calma no duró demasiado. Unos segundos después, unas uñas de manicura rosa salmón golpetearon contra la ventanilla, la puerta se abrió de golpe y la tía Sylvia se acomodó junto a mí en el asiento trasero. Haciendo oídos sordos a mis protestas, insistió en acompañarme al velatorio; cualquiera con un mínimo de sensibilidad se habría dado cuenta de que, si una persona se acaba de desmayar en el funeral de su madre, lo que necesita es un tiempo a solas para recuperarse del trago.

—Oh, sé que te estás haciendo la valiente, cariño, pero yo lo hago encantada. Chrissie se las arreglará sin mí por esta vez. Nos seguirá en el Mercedes con los gemelos. Tú me necesitas más en estos momentos.

Curiosamente, Edward decidió ir en la furgoneta embarrada de Rob y prescindir de la comodidad del coche en el que viajábamos la tía Sylvia y yo. Mi tía no paraba de extender su brazo al otro lado del asiento de piel para acariciarme el pelo o darme unos toquecitos en la rodilla; sus brillantes anillos y pulseras resplandecían con la luz del sol cada vez que se movía.

—Comprendo que debes sentirte avergonzada por tu comportamiento. Yo lo estaría. Pero le puede pasar a cualquiera. Nadie te lo va a tener en cuenta, ni van a pensar que has sufrido una crisis nerviosa o que padeces algún tipo de debilidad genética o algo por el estilo.

—Lo sé. ¿Y quién demonios podría llegar a tal conclusión?

—Bueno, ya sabes, con vuestros antecedentes familiares… Por parte paterna, claro está. Pero nadie está pensando en ello, así que no te preocupes.


Mis padres procedían de ambientes muy diferentes. Mientras que mi padre pertenecía a una familia urbanita de abogados y contables con una sólida fama profesional, mi madre provenía de una familia de trabajadores manuales y operarios industriales de las Midlands que vivía del trabajo duro. Mi padre, sin ir más lejos, era un profesor de universidad muy respetado antes de su declive. De hecho, allí fue donde se conocieron mis padres. Mi madre era mecanógrafa en la oficina de la facultad y le había echado el ojo a mi padre meses antes de su primera conversación. Él siempre vestía elegante y desenfadado a la vez: *blazer* de *tweed* a medida, pajarita y zapatos de ante. Los dos rondaban la treintena, y la familia de mi madre ya se temía que se quedaría para vestir santos. Cuando mi padre se acercó furtivamente al escritorio de mi madre un buen día y le preguntó si le gustaría quedar con él para tomar el té, ella se sintió como la protagonista de las estúpidas novelas rosas que devoró hasta el fin de sus días.

Después de seis meses tomando el té todas las tardes, que más adelante se convirtió en visitas a museos y casas solariegas y charlas impartidas por la sociedad de música clásica de la universidad, mi madre aceptó con ganas la propuesta de matrimonio de mi padre. Sin embargo, los salones de té, los museos y las casas solariegas resultaron ser una cortina de humo. Después de la boda religiosa de cuento de mis padres, y a pesar de los ruegos de mi madre, sus salidas se limitaron a los *pubs*, bares y tabernas, es decir, a cualquier lugar donde sirvieran alcohol.

Por el contrario, la tía Sylvia, que es quince años más joven que mi madre, siempre ambicionó una vida de lujos. Su deseado ascenso social empezó en el mostrador de corbatas de la galería comercial Rackhams. Al parecer, había postulado para un puesto en el departamento de maquillaje, pero la rechazaron, lo que me sorprende enormemente teniendo en cuenta la cantidad de potingues que se pone encima. Aunque la tía Sylvia se las ingenió para cautivar a un buen número de jóvenes ricos con sus encantos mientras les preparaba pañuelos o corbatas, siempre la desechaban imperiosamente en cuanto conseguían lo que querían de ella, o eso deduje yo de las conversaciones con mi madre.

Al final, mi tía abandonó sus sueños de grandeza y decidió probar suerte con el albañil que habían contratado mis abuelos para poner fin a la creciente humedad de la casa familiar, celebraron una boda sencilla en la oficina del registro municipal y nueve meses más tarde nacieron mis primas Wendy y Christine. El albañil, el tío Frank, a pesar de sus poco prometedores comienzos, resultó ser exactamente lo que mi tía Sylvia siempre había querido: una persona cuyo objetivo en la vida fuera hacer tanto dinero como pudiera. Su línea de negocio pasó de centrarse en las reparaciones domésticas y de mantenimiento, a la compra, reforma y reventa de propiedades para finalmente dedicarse a la construcción de urbanizaciones. La familia pasó de vivir en una modesta casa adosada de tres dormitorios en las afueras, a una vivienda independiente de los años sesenta en una calle privada y por último a un chalé de diseño de estilo ranchero ubicado en un camino rural. La trayectoria ascendente de la carrera del tío Frank resultó directamente proporcional al declive de la de mi padre. Me preguntaba si aquello regocijaba en secreto a la tía Sylvia, a pesar de sus evidentes muestras de apoyo y simpatía.

\* \* \*

El coche del funeral se detuvo frente a un *pub* de estilo victoriano rematado en punta. El letrero descascarado del exterior anunciaba que se trataba de The Bull's Head. La tía Sylvia se mostró sorprendida ante la curiosa elección de local para celebrar el velatorio, y yo no pude estar más de acuerdo con ella. En el aparcamiento plagado de baches podía verse un segundo cartel laminado que indicaba que el acceso al salón de actos estaba situado en el callejón que discurría por el lateral del local. Alguien, muy probablemente uno de los empleados, había colocado con chinchetas un folio bajo el cartel en el que se podía leer *Lo de Patrisha por aquí* con una carita triste dibujada debajo. El estrecho callejón estaba flanqueado por el lateral de arenisca ennegrecido del *pub* y el muro de hormigón del almacén de albañilería de al lado. La calzada estaba llena de colillas, cristales rotos y algo gomoso que procuré no mirar demasiado. Reinaba un hedor a orina y tuberías, y se escuchaba el zumbido insistente de las moscas. Me horroricé al pensar en la impresión que estábamos dando a nuestros refinados invitados.

Al final del callejón estaba el salón de actos, una extensión del *pub* de una sola planta y fachada enguijarrada. Al pasar del calor fétido del callejón al frescor de la sala, me golpeó un nuevo olor, una mezcla entre cerveza rancia y desinfectante. Examiné la estancia bajo la titilante luz del tubo fluorescente. El suelo de linóleo tenía el color de la sangre coagulada, las escasas ventanas, situadas en la parte alta de la pared, estaban cubiertas de telarañas, y las mesas de formica de efecto madera ubicadas a ambos lados de la larga estancia estaban marcadas con quemaduras de cigarrillos. Había una mesa bufé situada en el centro que ofrecía una selección de densos platos altos en carbohidratos y bebidas azucaradas provoca caries. Edward y Rob ya estaban apoyados en la barra revestida de pino en uno de los extremos de la estancia. Entre ellos, una botella medio vacía de vino tinto, y mi hermano estaba hablando a voces. Ya habían llegado parte de los invitados y, repartidos en pequeños grupos por la sala, tenían pinta de no estar demasiado cómodos. Dejé que la tía Sylvia echara un vistazo al bufé y me dirigí hacia Edward y su amigo.

—¿En qué demonios estabas pensando? —le reprendí por lo bajini—. Tenía toda mi confianza puesta en ti. Ya no me gustaba la idea de que el velatorio tuviera lugar en un *pub*, pero pensé que por lo menos elegirías uno medio decente, ya que eres todo un experto. Pero esto... ¡es un insulto a la memoria de mamá! Estoy avergonzada, Edward. ¿Cómo se supone que tengo que dar la cara ahora ante nuestros invitados?

—Cuidado, Suze, o te dará otro vahído —respondió tragando de un golpe los posos de su copa—. Conozco al dueño. Nos ha hecho una buena oferta, ya sabes, precio de amigo. Así nos ahorramos un dinerillo.

—No es una cuestión de dinero, sino de hacer lo correcto.

—Tómate un vinito y anímate. He encargado cuatro cajas para la ocasión. —Echó mano al otro lado de la barra y sacó otra botella, la descorchó y se sirvió derramando algo de líquido.

—No se lo tengas en cuenta —dijo Rob en voz baja—. El alcohol le nubla el juicio. Es lógico, dadas las circunstancias.

—El alcohol siempre le nubla el juicio, y tú no haces más que animarle. Sois tal para cual.

—En realidad lo que hago es no quitarle ojo.

—No me hagas reír.

Me di la vuelta y vi que el tío Harold entraba en la sala. Llevaba sin verlo desde el funeral de mi padre, hace más de veinticinco años, aunque mi madre y él habían mantenido el contacto por carta y de vez en cuando se visitaban. Su semblante militar permanecía inalterable, a pesar de tener más de ochenta años. Era evidente que recaía en mí la responsabilidad de atender a nuestros invitados, ya que estaba claro que Edward no tenía ninguna intención de alejarse de la barra. Crucé la estancia de suelo pegajoso para recibir a mi tío, que en ese momento aceptaba la copa de vino que le ofrecía una chica llena de *piercings* cargada con una bandeja de bebidas.

—¿Ya te encuentras mejor, Susan? —preguntó el tío Harold, y dio un sorbo a su copa haciendo un mohín.

—Sí, sí, perfectamente. Tengo el estómago un poco revuelto.

—Bien, bien, ese es el espíritu. Alegra esa cara, jovencita. Tu madre no habría querido verte tan tristona, compadeciéndote de ti misma. Esa actitud no sirve de mucho.

—Desde luego, tío Harold, coincido contigo. Estoy aferrándome al pragmatismo, poniendo en orden los temas de la herencia y demás. No hay tiempo para lamentos. Por cierto, respecto a este lugar…, todo ha sido una terrible confusión. Íbamos a reservar en The Bull, una encantadora casa rural estilo Tudor, pero Edward se hizo un lío cuando consultó en Google el número de teléfono y terminó contactando con The Bull's Head por error, que, como ves, no es nada apropiado. Espero que no pienses que este es el tipo de lugar que elegiríamos deliberadamente.

—En absoluto, Susan, es totalmente comprensible. Me di cuenta enseguida de que debía de haber ocurrido un error. Cuánto lo siento, y la muerte de tu madre también, por supuesto.

—Gracias. ¿Y cómo están la tía Julia, Hugo y Sebastian?

—Todos están fenomenal, pero muy ocupados, como de costumbre. Julia lamentó mucho no poder venir, pero tenía una serie de compromisos ineludibles con una recaudación de fondos para la caridad. Ya la conoces. Hugo está en el yate en Antibes, y Seb en uno de esos odiosos viajes de negocios en Brasil, de lo contrario habrían venido seguro.

Yo no lo tenía tan claro. Siempre he tenido la clara impresión de que la familia del tío Harold nos tenía una mezcla de arrogante desprecio y lástima condescendiente. Estaba segura de que el tío Harold había mantenido el contacto con mi madre y había venido a su funeral debido a algún tipo de sentido de responsabilidad familiar pasado de moda.

Cuando la conversación ya empezaba a decaer, Edward apareció bamboleante junto al tío Harold; llevaba la copa en una mano y la botella en la otra.

—Qué alegría verte, Harry —exclamó pasándole el brazo derecho con la botella por encima de los hombros. Entrechocó la copa con la suya con tanta fuerza que me sorprendió que no estallaran en mil pedazos.

—Buenas tardes, Edward. Mi más sentido pésame y todo eso. Parece que vas tirando. Te has tomado un par de copas, ¿eh?

—Es lo que mamá habría querido. Ya se lo he dicho a Suze, pero no tiene ni idea de cómo divertirse, ¿verdad, querida hermana? —Hizo un amago de pasarme su brazo izquierdo con la copa por los hombros para tenernos a los dos enganchados, pero me las arreglé para zafarme a tiempo.

—Susan lo lleva a su modo, Edward. Y entre tú y yo, aunque entiendo que quieras dedicarle a tu madre una buena despedida, te sugiero que aflojes un poco con la bebida.

Edward se molestó por la falta de afabilidad del tío Harold y retiró su brazo. Miré a mi alrededor. Había corrillos de gente charlando tranquilamente, tomando sándwiches de pan blanco y bebiendo zumo de naranja de toda la vida en vasos de plástico. Uno de los grupos estaba formado por los vecinos de mi madre, a quienes conocía mayormente de vista; otro estaba compuesto de gente más esnob, de modo que di por hecho que se trataba del grupo de lectura de mi madre, y un tercer grupo en torno al párroco, que claramente eran feligreses de St. Stephen. La tía Sylvia, Wendy, Christine y los niños, que acababan de servirse comida del bufé, se acercaron y se unieron al tío Harold, Edward y yo. Mientras les recordaba quién era quién, ya que hacía muchos años del último encuentro entre la familia de mi madre y de mi padre, Edward, que parecía haber olvidado que llevaba una copa en la mano, bebió un trago directamente de la botella.

—Wendy, Chrissie, estáis más guapas que nunca —dijo arrastrando las palabras mirándolas con lascivia—. Nadie adivinaría que erais dos crías flacuchas. —Les entró una risilla nerviosa llena de incertidumbre—. Recuerdas a las gemelas, ¿verdad, Harry? De la última vez que nos reunimos en el funeral de papá. ¿Qué edad tendríamos entonces? ¿Trece, dieciséis? No tú, Harry, tú siempre has sido viejo —dijo con una risita y continuó—: Wendy y Chrissie estaban planas como tablas en aquella época. Y míralas ahora, con su melena rubia y sus curvas y todo. —Hizo un movimiento ondulante con la botella de vino—. Es legal, ¿no? Casarte con tus primas, digo. Aunque tampoco haría falta pasar por el altar para lo que tengo en mente. —Nadie supo muy bien qué responder a eso.

—Sí, son dos jovencitas encantadoras —dijo finalmente el tío Harold—. Me alegro de veros de nuevo, y a vuestra encantadora madre. —La tía Sylvia se sonrojó; las mejillas coloradas se adivinaban bajo las capas de maquillaje.

—Bueno, Sylvia era toda un bellezón en su época, ¿verdad? —continuó Edward—. Recuerdo que de pequeño, cuando venías de visita, vestías ropa ajustada y llevabas tacones. —Suspiró y cerró los ojos durante unos segundos—. Resultaba muy confuso para un crío como yo. —La tía Sylvia enrojeció aún más e instintivamente se abrochó el último botón de la blusa.

—Cállate, Edward, te estás poniendo en evidencia y nos estás incomodando a todos.

—¿Lo ves, Harry? Mi hermana no sabe divertirse. Es como un agujero negro que succiona toda la alegría.

—Venga, Edward —dijo el tío Harold—. Somos conscientes de que te has tomado unas copas de más, pero no creo que estas señoritas estén disfrutando de los derroteros de la conversación. ¿Y si sales afuera a que te dé un poco el aire y vuelves cuando te encuentres un poco mejor?

—¿Encontrarme mejor? —estalló Edward—. No me pasa nada. Son estos vejestorios los que me están arruinando la fiesta. Las conversaciones de los diferentes corrillos cesaron y todos se interesaron por averiguar qué estaba pasando. Edward vio que de pronto tenía público—. Todos vosotros —continuó abarcando la sala con un ademán—. Deberíais estar de jarana, emborrachándoos y pasándolo en grande. Celebrando la vida. Y no sois capaces de hacer otra cosa que deambular de grupo en grupo charlando educadamente, dando buena cuenta de los sándwiches. Ya podríais esforzaros y disfrutar, joder. El alcohol es gratis.

—Edward haz caso a tu tío —le urgió la tía Sylvia—. Te estás pasando, y estás disgustando a la gente.

—Cierra la puñetera boca, vieja.

—Edward, ya está bien —dije, y le agarré del brazo. Me apartó de un empujón con más fuerza de la necesaria y trastabillé hacia atrás por culpa de los tacones. Rob, que se había acercado al grupo cuando Edward empezó a despotricar, me cogió al vuelo e impidió que cayera al suelo.

—Tranqui, Ed —dijo mientras me ayudaba a recuperar el equilibrio. Me aparté de él.

El tío Harold, acostumbrado a tratar con subordinados escandalosos, trató de hacerse cargo de la situación, pero Edward le dedicó un torrente de obscenidades. Al final, Rob convenció a Edward, que seguía escupiendo fuego por la boca, para que lo acompañara a la barra para luego intentar arrebatarle de las manos una nueva botella de vino. Me disculpé hasta la saciedad, por supuesto, especialmente con el tío Harold y la tía Sylvia, y con todos en general. Era evidente, sin embargo, que nadie tenía intención de que el desastre fuera a más, y los asistentes pronto empezaron a excusarse y marcharse.

—Lleva el camino de su padre. —Escuché que la tía Sylvia le susurraba a Wendy y Christine mientras ellas y su prole se escabullían a su cita en Cadbury World.

—Mañana será otro día, ya verás —murmuró el tío Harold, a todas luces aliviado por poder regresar a su impecable vida familiar.

En pocos minutos nos quedamos solos Edward, Rob y yo. Me dirigí a ellos como un basilisco cuando Rob estaba intentando meter los brazos de mi hermano bamboleante en las mangas de su chaqueta.

—Esta es la última vez que te sales con la tuya, Edward. Si crees que pienso dejar que te quedes en esa casa, estás peor de lo que pensaba. Voy a hacer que lamentes que tienes una hermana, igual que yo siempre he lamentado tener un hermano.

De vuelta en casa de nuestra madre, mientras mi taxi esperaba fuera, metí mi ropa en la maleta y cogí una bolsa de viaje del armario bajo las escaleras. Dentro introduje el joyero de mi madre, un juego de tenedores de postre de plata y algunos otros objetos de valor que Edward quizá sintiera la tentación de vender. Después de dar un portazo y mientras arrastraba mi equipaje por el sendero del jardín, experimenté un chute de fuerza procedente del odio puro que sentía hacia Edward.

# Septiembre

# 5

El primer sábado de este nuevo mes me dispuse a esbozar un correo electrónico para el señor Brinkworth, el albacea de la herencia de mi madre. Aunque apenas habían transcurrido unos días del desastroso funeral de mi madre, me sentía mucho más animada que últimamente, puede que porque las náuseas mañaneras me habían dado cierta tregua —o porque había empezado a acostumbrarme a ellas—, o quizás se debía a que el ambiente era más fresco. Cuando estaba a punto de hacer clic en *Enviar* sonó el timbre. Supuse que sería el cartero, ya que no suelo recibir visitas y menos sin haber invitado a nadie. Al abrir la puerta, a la espera de tener que firmar el acuse de recibo de algún paquete, me sorprendió encontrarme a Richard, mi antiguo «acompañante», tan elegante como un Testigo de Jehová. Antes de que me diera tiempo a cerrar la puerta, introdujo su escrupulosamente pulido zapato de cuero calado marrón entre la hoja de la puerta y el marco.

Lamentablemente, en este momento no solo tengo que lidiar con el más que sospechoso testamento de mi madre y el comportamiento ofensivo de Edward. Hasta ahora no he querido abordar esta otra cuestión directamente, y no porque me avergüence de ello o esté en fase de negación, sino porque lleva su tiempo asimilar la nueva situación; aceptar los hechos, sopesarlos y decidir cuál es la mejor forma de proceder. Puede que hayáis adivinado que me encuentro en las primeras etapas del embarazo. «Pero si tienes cuarenta y cinco años, estás soltera y una situación financiera limitada», puede que estéis pensando. Evidentemente, soy por completo consciente de todos esos factores, y he estado considerando con mucho cuidado todas las opciones de las que dispongo.

Quiero que quede claro que nunca he tenido la más mínima intención de quedarme embarazada. Hace mucho tiempo decidí que no quería ni marido ni hijos en mi vida, ya que valoro enormemente mi independencia y autonomía. De ahí que el acuerdo que tenía con Richard me viniera tan bien. Nos conocimos hace unos doce años. Resulta que un día me entretuve ojeando la sección de «corazones solitarios» de un ejemplar del *Evening Standard* que alguien se había dejado en el metro, y no porque me sintiera sola o estuviera buscando una pareja, sino por mero aburrimiento y ociosa curiosidad. Entonces un fragmento en particular me llamó la atención. Todavía recuerdo las palabras exactas:

> *Hombre presentable en la treintena sin intención de una relación formal al uso busca a una mujer independiente y con determinación para la mutua apreciación, libre de compromiso, de lo más destacado de la vida artística, teatral y gastronómica de Londres y de nosotros mismos.*

Me aseguré de que no había miradas indiscretas, rasgué la sección del periódico y guardé el papel en mi agenda, donde se quedó los días siguientes. Debo admitir que me sentía un poco saturada por aquella época. Tendría treinta y dos o treinta y tres años, y la vida en Londres ya no parecía seducirme con sus múltiples opciones de entretenimiento. Mis conocidos del colegio, la universidad y el trabajo se estaban lanzando al matrimonio y la maternidad como borregos. «¿Por qué no?», pensé. «¿Qué tengo que perder?». Sería agradable ir al teatro, a exposiciones y restaurantes acompañada. Y también estaba el beneficio complementario de un contacto más íntimo con alguien de manera regular y responsable.

Aclaremos una cosa, y no pretendo parecer arrogante sino que simplemente estoy afirmando un hecho: nunca he tenido problemas para atraer al sexo opuesto. Ser delgada, rubia e ir arreglada parece que garantiza un cierto grado de interés (un compañero de trabajo me dijo en una ocasión que me parecía a Kylie Minogue, si ella hubiera sido contable. No tengo claro si se trataba de un piropo). Sin embargo, me he dado cuenta de que los hombres suelen esperar de mí más de lo que estoy dispuesta a ofrecer. Algunos quieren un amor romántico, una compenetración profunda, compartir pensamientos y sentimientos; otros desean veneración, deferencia, sumisión. Y yo no estoy dispuesta a nada de esto, por eso me atrajo el anuncio del periódico. Parecía tratarse de un hombre culto que buscaba la compañía de una mujer sin intenciones ocultas. Sería como tener una aventura, pero sin el inconveniente de tener a tu marido esperando en casa.

Después de sopesar la cuestión durante una semana o así, respondí al apartado de correos indicado. Unos días más tarde, después de una formal charla telefónica en la que acordamos las normas de nuestro encuentro —nada de compromisos a largo plazo, de involucrarse a nivel emocional y abstenerse de invadir la vida privada del otro—, quedé con Richard en un restaurante de moda situado en Chelsea, donde sabía que no era fácil conseguir mesa. Resultó ser sorprendentemente atractivo en un sentido de lo más natural. Sus facciones y complexión le daban un toque elegante y estaban bien proporcionadas: su nariz no era ni muy grande ni muy pequeña; llevaba el cabello castaño ni demasiado largo ni demasiado corto; su cuerpo estaba tonificado, pero no musculado en exceso; sus ojos (cuya mirada me observaba como a un igual) eran de un modesto color avellana; su cutis poseía un toque de luminosidad, y era más alto que yo, pero no demasiado. Su forma de vestir también era impecable: camisa de algodón pulcramente planchada, pantalones chinos claros, americana azul marino y los ya mencionados zapatos de cuero calado de color marrón escrupulosamente pulidos. Sus modales eran exquisitos sin llegar a resultar pretenciosos y su conversación era interesante. Después de ofrecerse a invitarme a la comida, no protestó ni pareció molestarse cuando insistí en que pagáramos a medias.

Richard me contó que era crítico de arte y columnista *freelance*, que vivía en Sussex y venía a Londres una o dos veces por semana. Me dijo que era un hombre ocupado, dedicado a cultivar sus intereses y con ninguna intención de sentar la cabeza y formar una familia. Me propuso quedar todos los miércoles por la tarde y que nos ciñéramos a lo acordado el domingo anterior por teléfono. Le dije que consideraría su oferta minuciosamente y que le haría saber mi decisión. Dos días más tarde le llamé para informarle de que aceptaba sus términos bajo la condición de que cualquiera de los dos podía poner fin a la relación en cualquier momento sin tener que dar explicaciones. El miércoles siguiente acudimos a una representación de *La Traviata* en la Ópera Nacional Inglesa, y luego fuimos a su elegante habitación de hotel, cerrando la noche con una experiencia más que satisfactoria.

Como digo, eso ocurrió hace unos doce años. En aquel entonces, ni Richard ni yo imaginábamos que el acuerdo duraría tanto tiempo, pero lo cierto es que se ajustaba perfectamente a nuestras necesidades. Me encantaba acudir a la inauguración de exposiciones, al estreno de funciones y a los restaurantes más exclusivos, a los que Richard tenía fácil acceso gracias a sus contactos profesionales. Y a Richard le gustaba contar con una acompañante fiable con la que acudir a dichos eventos y lugares. Ambos apreciábamos el hecho de mantener una «relación» íntima que no comprometiera ni un ápice nuestra independencia. El único aspecto negativo era el coste económico; siempre me empeñaba en pagar a medias, salvo cuando las entradas a cualquier evento hubieran sido un obsequio o en el caso de las habitaciones de hotel que Richard igualmente tendría que reservar para acudir a cualquier celebración. Además, debía mantener un buen fondo de armario acorde a nuestras salidas, zapatos y bolsos incluidos, que, en cualquier otra circunstancia, no me habría hecho falta. Tales gastos me dificultaban enormemente ahorrar, pero me convencí de que los beneficios de la relación compensaban con creces el desembolso económico.

Richard y yo acordamos al inicio de nuestra relación que no indagaríamos sobre la infancia y la familia del otro; disfrutar del tiempo que pasábamos juntos era lo único que importaba. Debido a su impecable apariencia, su comportamiento disciplinado y su forma de hablar, tan precisa y hasta ligeramente pasada de moda, intuía que provenía de una familia de militares, quizás incluso él mismo había servido en el ejército. En un par de ocasiones lo dejé caer y nunca lo negó.

No tengo ni idea de si Richard tuvo relación con otras mujeres mientras tanto; nunca se lo pregunté y creo que no era de mi incumbencia, y como no sabía nada de la vida íntima de Richard al margen de nuestros encuentros, insistí en que se encargara él mismo de disponer de los debidos métodos de protección necesarios cuando quedábamos en su hotel. Siempre di por hecho que tales métodos eran infalibles, pero he descubierto por las malas que no es así. Quizá debí haber tomado precauciones extra para asegurarme de que nada de esto pudiera ocurrir y haberme cuidado yo también, pero pensé que si lo hacía, Richard se volvería más descuidado en dicha cuestión. En cualquier caso, no hay duda de que algo salió mal, aunque no me di cuenta en el momento.

Los primeros indicios de mi estado actual se presentaron como supongo que es la manera habitual: una falta, un regusto metálico en la boca y luego, un par de semanas más tarde, empecé a experimentar malestar y náuseas incapacitantes. Cuando un día a la hora del almuerzo me encontré en el lavabo del trabajo conteniendo las arcadas, supe sin lugar a duda que estaba embarazada. Más tarde aquel mismo día me hice el test que confirmó mis sospechas. Con el resultado de la prueba ante mis ojos, con manos temblorosas cogí el móvil y le envié un mensaje a Richard informándole de que quería poner fin a nuestra relación. Recibí una respuesta inmediata, a la que siguió un intercambio de varios mensajes:

Richard: *Esto es totalmente inesperado, Susan. Sugiero que lo hablemos cuando nos veamos el miércoles próximo. ¿Quedamos a tomar algo antes del concierto?*
Yo: *No hay nada de qué hablar. Acordamos desde el principio que los dos podíamos poner fin a nuestro acuerdo cuando quisiéramos, y eso es precisamente lo que estoy haciendo.*
Richard: *Eso lo decidimos hace años. ¿No crees que merezco una explicación?*
Yo: *Eso no formaba parte de nuestro acuerdo.*
Richard: *Veámonos el próximo miércoles y hablémoslo largo y tendido. No sabía que estabas a disgusto.*
Yo: *No es cuestión de eso. Gracias por estos últimos doce años y buena suerte en todo lo que te propongas. Te deseo lo mejor. Susan.*

Me sonó el móvil una docena de veces en la siguiente hora, pero dejé que saltara el contestador automático. Al final, hubo un último intercambio de mensajes:

Yo: *Por favor, deja de llamar a este número. No hay nada de lo que hablar.*
Richard: *De acuerdo, pero no cuentes con que estaré esperándote cuando cambies de idea.*

Puede que te preguntes, ya que no deseaba tener un hijo ni tenía objeciones éticas ni morales hacia el aborto, por qué me di tanta prisa en poner fin a mi relación con Richard. Podía haber seguido viéndole con normalidad, quizá disfrazando las náuseas matutinas con algún tipo de virus estomacal mientras gestionaba la interrupción de mi embarazo. La verdad es que estaba enfadada con él. Era él quien me había hecho esto, había sido nuestra relación la que me había puesto en esta situación tan ingrata. Es un mero hecho biológico que es la mujer la que paga los platos rotos mientras que el hombre se libra sin más. Además, quería evitar a toda costa la posibilidad de que cayéramos en los roles trillados que la gente adoptaba en el caso de embarazos no deseados y mucho menos planeados: la mujer vulnerable y dependiente y el amante frío y distante. Podía imaginar la escena en mi cabeza: le confieso a Richard que estoy embarazada, él da por hecho que ha sido deliberado porque quiero un hijo para atarlo a nuestra relación, yo trato de convencerle de que eso es lo último que quiero, él se ofrece galantemente a pagar por la intervención que interrumpa mi embarazo y a acompañarme a la clínica, yo me enfurezco ante su desdén y su lástima. No, mucho mejor ponerle fin limpia y rápidamente.

Pensaba que me había librado con éxito de Richard, puede que con una pizca de arrepentimiento ante la pérdida de nuestras quedadas de los miércoles, pero no podía estar más equivocada.

—Richard, esto es acoso —le dije con firmeza mientras él permanecía en el umbral de la puerta—. Por favor, quita el pie y márchate.

—No hasta que escuches lo que he venido a decirte. Déjame entrar y solucionemos esto.

Titubeé. Puede que no fuera tan mala idea, así pondríamos fin a esto de una vez por todas, pensé. Me hice a un lado y le dejé entrar.

—¿Y bien? —le pregunté en cuanto se acomodó en mi sala de estar.

—Susan, el tiempo que hemos pasado juntos es muy valioso para mí —comenzó—. Hasta que no recibí tu mensaje no me había dado cuenta de que las quedadas de los miércoles se habían convertido en algo tan importante en mi vida. Entiendo por qué lo enviaste. Quieres algo más de lo que ya tenemos, algún tipo de garantía que te asegure que no entrarás en la mediana edad sola. No pensé que estaría dispuesto a comprometerme, pero si el no hacerlo significa que perderé tu compañía, entonces estoy dispuesto a darte lo que quieres. Susan, me gustaría proponerte que vendas tu apartamento y que compres un piso en un lugar más céntrico, a poca distancia a pie de los lugares que solemos frecuentar. Yo me comprometo a estar contigo las noches del miércoles y el jueves, y pasar el resto de la semana en Sussex. No veo por qué este no puede ser nuestro nuevo acuerdo a largo plazo.

El desasosiego de Richard se había disipado, y ahora lucía una caritativa sonrisa en su rostro. Hasta ahora siempre nos habíamos visto bajo el cálido resplandor de las velas o de una lamparita de la mesilla de noche, bajo las tenues luces de un auditorio o de un bar. Verle sentado a mi sofá a las once de la mañana de un sábado me resultaba incongruente, como la obra de un pintor clásico colgada en una moderna galería de arte. Estaba acostumbrado a organizar su vida a la manera que mejor le convenía, a utilizar sus modales decorosos y su apariencia tan presentable para encandilar a la gente cuando era preciso, y no contemplaba siquiera la opción de que no me derritiera ante su propuesta. No pude contener una risotada ante su inapropiada autoconfianza. Mi ira hacia Richard se desvaneció, y supe que la escena que iba a tener lugar a continuación no iba a resultar como me había temido. Era yo la que tenía la sartén por el mango. Podía estar embarazada, pero eso no me hacía vulnerable.

—Verás, Richard —dije—. Me parece una idea encantadora. Pero tendrá que ser un apartamento con jardín, ya que esperamos un hijo. Y de buen tamaño, para dar cabida al cochecito, la cunita y demás cosas que vamos a necesitar. ¿Cuánto cuesta un piso céntrico con jardín? Y, claro, tendré que dejar de trabajar, pero seguro que estás más que dispuesto a pagar la hipoteca y a mantenernos al niño y a mí, porque contratar a una niñera en Londres asciende a una cifra astronómica. Pero no te preocupes, cuando estemos juntos podemos acurrucarnos en el sofá delante de la tele y pedir comida a domicilio. Nos tendremos el uno al otro, al menos, dos noches a la semana, y eso es lo realmente importante, ¿verdad?

La cara de Richard era un cuadro. A medida que yo hablaba, sus cejas iban elevándose cada vez más y empezó a experimentar un tic en una de las comisuras de la boca. El sudor brotaba de su frente, y eso que era un día fresco, y su complexión, normalmente resplandeciente, se tornó enfermiza, de un tono amarillento.

—¿Qué? ¿Estás embarazada? —tartamudeó.

—Exacto —respondí—. Y ahora, si no te importa, tengo que enviar un correo electrónico urgente. Te acompaño a la puerta.

Incapaz de articular palabra y con expresión sorprendida, Richard se dejó conducir hasta el vestíbulo. Abrí la puerta y me hice a un lado para dejarle pasar. Él se dio la vuelta como para decirme algo, pero luego cambió de opinión. Una vez en el camino de acceso, se giró de nuevo.

—No vas a…, es decir…, no tienes pensado…

—Adiós, Richard —dije y cerré la puerta.

Y, a pesar de ser toda una sorpresa para mí misma y para todo el que me conozca, creo que sí voy a hacerlo. Creo que, en realidad, sí quiero hacerlo.

# 6

Nueva visita a Birmingham, pero va a ser muy diferente a la última. Se me hacía raro pensar que hacía muy poco tiempo estaba hecha un trapo por culpa de las náuseas matutinas y las repercusiones inevitables del fallecimiento de un progenitor. En cuanto a mi estado físico, me sentía prácticamente como siempre. A nivel emocional, estaba cada vez mejor. Al haber zanjado la cuestión con Richard y haber tomado una decisión sobre el embarazo, podía centrarme exclusivamente en obtener lo que me pertenecía por derecho. Sentada en la recepción de Brinkworth & Bates, me sentía capaz de comerme el mundo.

Sé que hay quien me considera una mujer de trato difícil, pero nunca pretendo ser maleducada con nadie, salvo, quizá, con Edward, que se lo merece. De hecho, me enorgullezco de mis modales: cedo el asiento a las personas mayores en el transporte público, lo que a menudo abochorna a aquellos más jóvenes y en forma que yo; soy muy meticulosa a la hora de dar las gracias a quien me envía un regalo, sin importar lo poco o mucho que me guste; nunca empujo en las colas, incluso aunque la gente esté haciéndolas en la dirección equivocada, etcétera. Aunque admito que no me ando con tonterías. En el mejor de los casos, mostrar cierta ambigüedad e indiferencia lleva a malentendidos y situaciones vergonzantes, le da al otro la oportunidad de aprovecharse de cualquier vulnerabilidad que vea en ti. Sabía que tendría que ser persistente a la hora de tratar con el señor Brinkworth.

Le había enviado al abogado un correo electrónico en el que le pedía que me informara detalladamente de las circunstancias relacionadas con el testamento de mi madre para poder dictaminar hasta qué punto estaba involucrado Edward, pero no había tenido a bien contestarme, ni siquiera para acusar recibo. Descubrí, sin embargo, que como medida provisional podía solicitar al tribunal que bloqueara el certificado de herederos que el señor Brinkworth necesitaría para gestionar la herencia. Aunque el retraso resultante de tal maniobra resultaba inconveniente tanto para Edward como para mí, no me cabía duda de que yo sería capaz de aguantar más tiempo que mi hermano, cuyos ingresos oscilan entre impredecibles e inexistentes.

Me resulta frustrante no tener un despacho propio en el trabajo, lo que creo que es tremendamente injusto dada mi experiencia y mis conocimientos; en mi departamento del sector público, solo aquellos con responsabilidades directivas tienen el honor de contar con despacho independiente. Curiosamente, siempre que he postulado a un puesto de supervisora no me han tenido en cuenta. Según me han dicho, no se ajusta a mis capacidades, y debo admitir que no hay nadie en la empresa que sea tan concienzudo como yo en el análisis de datos complejos. Una de las consecuencias de no tener despacho propio es que mis compañeros de trabajo pueden escuchar todo lo que digo cuando realizo una llamada de índole personal durante la jornada laboral. Por tanto, cada vez que intentaba contactar con el señor Brinkworth para exigirle una respuesta a mi correo electrónico, tenía que llevarme el móvil al pasillo que da a los aseos; unas formas lamentables de llevar a cabo una conversación importante.

Al final, el albacea terminó por dejar que le transfirieran la llamada.

—Señorita Green —empezó diciendo—, debe comprender que no la represento ni a usted ni a su hermano en este asunto. Permítame explicárselo: mi labor se limita exclusivamente a gestionar la herencia de su madre de acuerdo con sus deseos.

Mantener interminables conversaciones telefónicas o remitirle más correspondencia de la necesaria acarrearía una serie de costes legales innecesarios para los que estoy limitado como albacea testamentario.

El señor Brinkworth habló lenta y deliberadamente, como si pensara que yo tenía dificultad alguna para entender lo que me estaba diciendo, y noté cómo se contuvo de añadir un «¿Alguna duda, guapa?» al final de la parrafada. Estaba familiarizada con este tipo de elementos. Casi con toda seguridad, el señor Brinkworth se había formado en algún colegio privado sin renombre y su carísima educación de segunda solo le había servido para hacerle creer que tenía derecho a ser condescendiente con aquellos con una educación más modesta. Incapaz de lograr serlo en su vida diaria, decidió formarse como albacea para montar su propio bufete y gestionarlo como si fuera el soberano de un reino de medio pelo. No me extrañaría descubrir que trata a sus secretarias como si fueran su harén personal, y a sus clientas como si fueran tontas.

—Y usted debe comprender, señor Brinkworth —respondí—, que no pienso dejar pasar esto. Tengo fuertes sospechas de que mi hermano está detrás de toda esta farsa para hacerse con la propiedad de mi madre, y usted tiene parte de culpa por dejar que ella firmara algo que no representa sus verdaderos deseos.

—Esta sarta de sinsentidos no nos van a llevar a ninguna parte. Sé que ha tomado la errónea decisión de impedirme gestionar la herencia, así que, en aras de hacer que la cuestión prospere, estoy dispuesto a citarme con usted. En beneficio de la transparencia, su hermano también deberá estar presente. Con ello espero aclarar cualquier asunto que le preocupe o no acabe de comprender, y después espero que retire el bloqueo y me permita llevar a cabo mi labor.

Estaba encantada con la idea de tratar la cuestión en persona, de modo que acordamos una cita.

* * *

78

Eran las dos y cuarto, y la reunión con el señor Brinkworth se suponía que empezaba a las dos en punto. Llegué puntual a las oficinas del albacea, a pesar de que había recorrido casi ciento sesenta kilómetros aquella mañana entre los trayectos en tren y metro. Sin embargo, no había ni rastro de Edward, quien apenas estaba a unas cuantas calles a pie o a cinco minutos en taxi, si caminar esa distancia suponía demasiado esfuerzo para él. Le pregunté a la recepcionista si podíamos ir empezando y me dijo que debíamos esperar a que llegara mi hermano. Supuse que estaría resacoso o colocado después de una noche de juerga y que no tendría ni idea del día que era. Llevaba sin ver a Edward desde el desastre del funeral de mi madre, y no me apetecía nada verlo ahora. No obstante, parecía no quedar más remedio. Intenté contactar con él llamando al fijo de casa, pero después de un par de tonos saltó el contestador. Me horrorizó el nuevo mensaje pregrabado; ya no era la voz cortés de mi madre, sino que se oía una sarta de tontadas supuestamente hilarantes con la de Edward rematada con una risotada estridente. Dejé un mensaje pidiéndole que se presentara en la oficina del albacea cuanto antes. (Puede que no se lo dijera tan amablemente, la verdad).

En los días que discurrieron entre la conversación telefónica con el señor Brinkworth y la reunión, centré mi atención en cuestiones prenatales. No soy de las que van de continuo al médico, salvo en casos absolutamente necesarios, ya que prefiero investigar y tratar por mi cuenta cualquier achaque sin importancia que pueda padecer. Así pues, aparte de cuando contacté con un médico de familia con veintimuchos, en caso de emergencia, no he tenido la necesidad de acudir a consulta y ni siquiera recordaba dónde se ubicaba. Sin embargo, era plenamente consciente de que debía informar a algún profesional médico de mi estado, y con la excusa de tener hora en el dentista, salí temprano del trabajo para acudir a la cita. La consulta estaba ubicada en una casa algo destartalada de la preguerra que había sido reformada para servir a su propósito actual; el suelo estaba cubierto con una desgastada moqueta verde botella, los muros eran amarillo pálido y estaba pintada de esmalte color granate. Evidentemente, era una temeridad tener moqueta y no un suelo fácil de desinfectar, cuestión que alguien debería debatir con el socio sénior del consultorio.

El médico parecía un recién graduado, y estaba tan nervioso que me preguntaba si no sería yo su primera paciente de carne y hueso. Se pasó casi toda la cita toqueteándose una zona de piel en carne viva de la palma de la mano con la mirada perdida en algún punto sobre mi hombro izquierdo. Cuando le dije que estaba embarazada, levantó las cejas y ojeó mis datos en el ordenador, que apenas le revelarían mi nombre y mi fecha de nacimiento. Supongo que pensaría que en mi caso sería más apropiado estar consultándole algo acerca de los inicios de la menopausia y no sobre traer al mundo a una criatura. Después de una forzada conversación en la que el médico trató de dilucidar cierta información acerca de mis circunstancias personales, a lo que yo puse reparos, finalmente completó las formalidades necesarias. Una vez hubimos zanjado la cuestión, decidí aprovechar que me encontraba en la consulta para preguntarle acerca de los derechos de los familiares de una persona fallecida sobre su historial médico. Resultó ser una mina de información útil, a pesar de su juventud; puede que hoy en día, en las facultades de Medicina se centran más en cuestiones de papeleo que en el trato con los pacientes.

Abandoné la consulta con un buen montón de folletos satinados acerca del embarazo y el parto, a los que les eché un vistazo aquella tarde de vuelta en casa. En general todos estaban ilustrados con fotografías de mujeres embarazadas de aspecto satisfecho, cuyas manos se cerraban sobre sus vientres en un gesto protector, o de madres radiantes sonriendo con orgullo a sus preciosos retoños, que acunaban en sus brazos. Aquí y allá se veía a algún hombre en actitud protectora, en segundo plano, con una mano en el hombro de su compañera. Todas las mujeres tenían un aspecto juvenil y resplandeciente, e irradiaban satisfacción por haber decidido procrear en el momento más apropiado de sus vidas. Me sentía confundida al intentar dilucidar qué podían tener que ver conmigo estas mujeres con un instinto maternal tan marcado, como si alguien estuviera intentando infiltrarse en un grupo extremista con una tapadera muy poco creíble.

Los folletos hicieron que me diera cuenta de lo que le iba a ocurrir en los meses venideros, no solo a mi cuerpo sino también a la criatura que crecía en mi interior. La parte positiva era que las náuseas desaparecerían por completo en los próximos días. Sin embargo, había multitud de desventajas. Me costaba imaginar mi abdomen, que me parecía estar bien tonificado para una mujer de mi edad, expandiéndose a tales proporciones. Tampoco podía hacerme a la idea de que mis modestos pechos se fueran a transformar en gigantescas ubres productoras de leche. Y en cuanto a los avatares corporales del parto en sí… era incapaz de pensar en ello. Me dirigí a la sala de estar y me coloqué delante del sofá, frente al espejo situado sobre la repisa de la chimenea con un cojín entre la blusa y la combinación que llevaba puesta. Me puse de lado, entrecrucé los dedos bajo el cojín que se suponía que emulaba mi vientre y adopté una expresión plácida, boba, de madre embarazada. No, no encajaba conmigo. Desde luego que no.

Lancé el cojín al sofá y volví a la cocina a examinar los folletos. Me sorprendí al descubrir que lo que llamaban mi «bebé» ya medía unos siete centímetros y medio y pesaba casi treinta gramos. Había estado tan preocupada con los efectos colaterales de la muerte de mi madre y con los clamorosos síntomas físicos de mis náuseas matutinas, que no me había percatado del hecho de que lo que crecía en mi interior era algo más que un conjunto de células apiñadas. No pensaba en él como una persona de verdad, pero la información que leí despertó en mí una sensación visceral desconocida hasta entonces. No estaba lidiando con una cuestión abstracta, sino que al final de todo este proceso, que según me dijo el médico estaba previsto para marzo del año próximo, abandonaría el hospital con un bebé de carne y hueso. Era todo tan irrisiblemente surrealista que mi mente se resistía a asimilarlo. Recogí los folletos y los coloqué en la bandeja de temas pendientes.

Más tarde ese día, mientras escribía al socio sénior de la consulta para hacerle partícipe de mis impresiones respecto al servicio que proporciona en su clínica, oí cómo llamaban a la puerta. Preocupada por no haber sido capaz de despachar a Richard de una vez por todas, eché un vistazo a través de la cortina de la ventana en mirador. No era más que mi vecina, Kate, del piso de arriba; seguro que se había dejado las llaves dentro otra vez. Había aceptado a regañadientes quedarme con un juego de sus llaves en caso de tales eventualidades. Cuando Kate y su pareja Alex se mudaron hace cinco años, ella era una mujer joven de aspecto profesional, siempre arreglada, que trabajaba en la City en algo relacionado con recursos humanos o comunicación. Tanto ella como Alex hacían jornadas interminables, y apenas se les veía u oía. Ahora, Kate era la madre aturullada y desaliñada de una niña de dos años y un bebé, que siempre la acompañaban. Alex sigue trabajando la misma cantidad de horas, así que debe de ser un extraño en su propia casa, igual que lo era para mí.

—Genial, Susan está en casa —dijo dirigiéndose a la niña mayor, una pequeña pelirroja que se abrazaba a su pierna—. Pensábamos que no estaría en casa tan temprano, ¿verdad? No se va a creer lo que nos ha pasado, ¿a que no?

—Voy a por tus llaves —dije.

El bebé, que apenas tenía unas semanas, estaba dormido, arropadito en la sillita para el coche que su madre tenía colgada del brazo. Kate mostraba una sonrisa producto evidente de pura fuerza de voluntad más que de felicidad, y sus antaño voluminosos tirabuzones prerrafaelitas le caían lacios a ambos lados de la cara como algas sin forma. Me pareció que aquella podía ser una buena oportunidad para realizar algunas indagaciones, así que le pregunté si les gustaría, a ella y su prole, tomarse un té conmigo. Kate dudó, titubeante, sin duda porque después de tantos años siendo vecinas nunca habíamos puesto un pie en casa de la otra. Un segundo más tarde, recuperó su expresión risueña y se dirigió a la mayor.

—Ava, ¿te apetece que nos tomemos algo en casa de la tía Susan? ¿Quieres?

Sorprendentemente, la niña, en lugar de negarse en redondo, asintió emocionada. Conduje a la familia hasta la cocina, hice té y serví un vaso de zumo de naranja. Era una agradable tarde de otoño, y los ventanales franceses que daban a mi jardincillo trasero estaban abiertos. Winston estaba repantingado en el muro trasero, empapándose del calorcito del final del día. La mayor deambulaba por la cocina.

—La tía Susan tiene mucha suerte por tener un jardín en casa, ¿verdad, Ava? —le dijo Kate mientras se acomodaba en una de las sillas de la cocina y colocaba la sillita para el coche en el suelo entre sus pies. Le dedicó al bebé una sonrisa exagerada y empezó a hacerle carantoñas—. Tendríamos que haber pensado en un jardín cuando compramos el piso —continuó, dirigiéndose al bebé—, pero no sabíamos que os íbamos a tener por aquel entonces, ¿verdad? Tampoco es que mamá y papá se hubieran podido permitir un jardín en esta zona, ¿a que no?

El bebé empezó a gimotear, así que Kate le retiró el arnés de seguridad de la sillita, lo cogió en brazos y empezó a acunarlo rítmicamente en sus brazos. Di por hecho que se trataba de un niño, ya que vestía el típico pelele de color azul claro.

—¿Cómo se llama? —indagué al recordar que es el tipo de cosa que un padre espera que se le pregunte.

—Te llamas Noah, y eres un angelito, ¿a que sí? —dijo mientras miraba al bebé a los ojos, que empezaban a cerrarse de nuevo—. Salvo cuando te despiertas a las tres de la madrugada, justo cuando habíamos conseguido que te durmieras.

Me pareció que aquel era el momento adecuado para hacerle alguna pregunta más específica.

—¿Qué se siente al ser madre? ¿Estás contenta con tu decisión o lamentas haber cometido un error terrible?

Kate rio.

—Nos encanta, ¿verdad? Estamos cansados todo el tiempo y es un gran gasto económico, pero no os cambiaríamos a Ava y a ti por nada del mundo, ¿verdad que no?

Era ahora o nunca. Contuve el aliento, puse los músculos en tensión y me lancé a la piscina antes de que pudiera arrepentirme.

—¿Te importa si lo cojo en brazos? —pregunté.

El pánico se reflejó en el rostro de Kate, como si le hubiera preguntado si podía llevármelo a hacer *rafting* a unos rápidos, y de forma instintiva lo atrajo con más fuerza hacia su pecho. No obstante, no se le ocurrió una objeción para rechazar mi petición.

—¿Te quieres acurrucar con la tía Susan, cariño? —dijo dirigiéndose al bebé mientras me lo entregaba a regañadientes.

Lo sostuve del mismo modo que Kate: en posición horizontal sobre mis antebrazos con su cabeza apoyada en el pliegue de mi codo. Pesaba más de lo que parecía; ingenuamente había supuesto que pesaría lo mismo que un bolso, cuando en realidad era más del estilo de un maletín lleno. Era blandito y estaba húmedo, y olía a una mezcla de ropa recién lavada y leche caliente, con ligeras notas de orina. Sin duda, el bebé notó mi torpeza, y empezó a contraer el rostro, que iba oscureciéndose, de rosadito a una especie de morado. Intenté acunarlo en mis brazos, como había hecho Kate, pero quizá mis movimientos eran demasiado erráticos y estaban faltos de coordinación. Rompió a llorar.

—Oh, ven con mami, bonito. Creo que estás un poco cansado y tienes hambre, ¿verdad? ¿Quieres comer un poquito?

Y entonces ocurrió algo que me pilló totalmente por sorpresa. La camiseta de Kate debía de tener una abertura oculta, como la puerta a un pasadizo en una antigua mansión, escondida detrás de una estantería giratoria. En cuestión de segundos levantó una solapa de su top, desabrochó un corchete y pasó de estar tan normal sentada a la mesa de la cocina a tener un pecho fuera. Debo aclarar que no me considero una mojigata ni me impresiono con facilidad; en general, creo que todos los cuerpos son muy parecidos. Sin embargo, me pilló totalmente desprevenida que mi vecina se sacara un pecho en medio de mi cocina, y lamento admitir que terminé alegando que tenía que hacer una llamada importantísima antes de las cinco para invitarles a irse. Kate repitió el truco de la estantería giratoria, y todo volvió a la normalidad. El bebé, no obstante, no estaba demasiado impresionado con la desaparición de su fuente de alimento.

—Ava, tenemos que irnos. La tía Susan tiene cosas que hacer —llamó a la niña a través del ventanal francés. Al tiempo que volvía a asegurar al bebé en la sillita para el coche, dijo animada—: Qué bien nos lo hemos pasado, ¿verdad? No está nada mal tratar con adultos para variar, ¿a que sí? Habrá que repetirlo, ¿sí?

Mi encuentro con Kate no había tenido mucho éxito en cuanto a convencerme de si poseía un instinto maternal por descubrir o si la vida de una madre era algo que me pudiera apetecer. Dicho esto, debo admitir que la experiencia me ha enseñado a sacar partido de prácticamente cualquier situación, por poco provechosa que parezca. Aunque Kate esté sucumbiendo al estrés y la presión de la maternidad, no hay razón para que me pase lo mismo. Para empezar, no tengo una pareja de la que cuidar, que, según he visto, a menudo es como tener otro hijo (para muestra, mi padre y mi hermano). Es más, el bebé heredará mis genes, por lo que espero que sea razonable y de comportamiento moderado. Por último, no tengo ninguna intención de dejar mi trabajo; tengo entendido que hay excelentes guarderías de día que aceptan a bebés desde muy temprana edad. No tienes más que dejar al niño a primera hora de la mañana, recogerlo por la tarde y la guardería hace el resto. La parte negativa, obviamente, es el coste; otro motivo por el que es imprescindible que obtenga mi parte de la herencia en los próximos meses.

* * *

85

Volví a mirar la hora en mi reloj; ya eran las tres menos cuarto. Después de responder al interfono, la recepcionista me informó de que si Edward no se presentaba en los próximos cinco minutos, se cancelaría la reunión con el señor Brinkworth y se fijaría otra fecha. A punto estaba de objetar cuando la puerta se abrió de un golpetazo y entró Edward en la sala con paso tranquilo. Me sorprendió ver que Rob lo acompañaba.

—Suze, querida hermanita, ¿cómo estás? Te habrás traído los guantes de boxeo, ¿no?

—Llegas tarde. ¿Dónde estabas?

—Es que no le veía sentido a esta reunión; todos sabemos lo que dice el testamento, pero me han traído a rastras. Aquí, el bueno de Rob, que le gusta mantener la paz, no se cansa de intentar aumentar el karma positivo en el mundo.

Edward se acomodó en una de las sillas bajas de vinilo y se dispuso a liarse un cigarrillo.

—Soy Ed Green. Estoy aquí para ver al jefe —le gritó a la recepcionista—. No te preocupes, es para luego —añadió una vez terminó de liarlo y se lo colocó detrás de la oreja.

—Hola, Susan —dijo Rob, que se mantenía un poco al margen, cerca de la puerta—. Espero que podáis solucionar todo este tema hoy mismo.

Rob sonrió, como si estuviéramos a buenas. Y para nada, pensé. Su aspecto era el de un hombre que se ha pasado la mañana excavando en un lodazal: llevaba las botas salpicadas de barro, unos pantalones de tipo militar hechos un asco y alguna clase de chaquetón de trabajo. Estaba segura de que para dedicarse a trabajos manuales no era necesario llevar tales pintas. Quizá pensaba que le daba un aire de tipo duro y de confianza. Nada más lejos de la realidad.

—Supongo que no pretenderás entrar a la reunión con nosotros —le espeté—. Es un tema familiar.

—¿Estás de broma? Mira qué pintas llevo. Además, estoy agotado. He estado desde las siete de la mañana metido en un barrizal hasta las rodillas. Estoy trabajando en un proyecto de paisajismo en los terrenos de un centro para mayores situado en esta misma calle. Eso sí, si necesitas que alguien te lleve a la estación después de la reunión, dame un toque, llego en cinco minutos.

Se acercó a donde me encontraba, sacó una tarjeta de visita de uno de sus muchos bolsillos y me la tendió:

*Robert Rhys, licenciado con honores en*
*Diseño de jardines y paisajismo*
*De la planificación al detalle final*

La leí y se la devolví.

—No te molestes. Tengo el número de la empresa de taxis.

—No intentes ser amable con ella, Rob, colega. Es una borde.

El interfono de la recepcionista sonó.

—¿Señor y señorita Green? —dijo—. El señor Brinkworth les atenderá ahora.

# 7

La recepcionista nos guio por un pasillo de techos bajos sin ventanas. Estaba forrado desde el suelo hasta la altura de la rodilla por montones de carpetas de color beis rebosantes de documentos sujetos con gomas; archivadores AZ de color negro etiquetados con las palabras *Pruebas documentales*, *Declaraciones* y *Pruebas*, y fardos de papeles amarillentos atados con cordel rosa. Para una institución que afirmaba poseer un conocimiento experto de las leyes, su indiferencia ante los posibles, y peligrosos, tropiezos era reveladora.

Enmarcado por el umbral de una puerta al final del pasillo observé a un hombre corpulento de rostro sonrojado sentado en un escritorio de caoba, cuya superficie apenas se adivinaba bajo pilas y pilas de esas mismas carpetas, archivadores y papeles. Ese hombre de aspecto pomposo era, sin lugar a duda, el señor Brinkworth. El albacea, al notar nuestra cercanía, levantó la vista de un documento que estaba leyendo detenidamente con ademán ostentoso, y nos miró por encima de sus gafas de medialuna. Si creía que esa actuación y su aire de autoridad judicial me impresionarían, estaba muy equivocado. Estoy familiarizada con el trato de tipos con los humos muy subidos, y sé lo fácil que es hacerles saltar. En cuanto entramos en su despacho se levantó y nos tendió la mano; primero a Edward y luego a mí.

—Ah, los hermanos Green por fin. Ya dudaba de que fuéramos a reunirnos hoy. Siéntense, siéntense. —El señor Brinkworth nos indicó con un gesto que tomáramos asiento en dos butacas hundidas, ambas a una altura inferior a la de su majestuoso trono, entre unos siete o diez centímetros por debajo. A su espalda tenía un enorme ventanal, que me obligaba a entornar los ojos para poder verle con claridad. Era todo tan obvio…, pero su estrategia no funcionaría conmigo. Edward adoptó su actitud habitual, despatarrado en la butaca a mi lado con los brazos cruzados contra el pecho y una expresión insolente en el rostro.

A ambos lados de la sala había estanterías repletas de polvorientos volúmenes de lomo marrón de la enciclopedia Halsbury de Derecho de Inglaterra y Gales; de lomo gris de los estatutos Halsbury, y de lomo azul de los informes legales de casos del sistema judicial; todos ellos adquiridos probablemente para causar buena impresión, aunque nunca se hayan abierto. En un pequeño escritorio embutido en el rincón más alejado de la sala estaba sentado un joven flacucho cuyo rostro salpicado de marcas de acné y caspa se veía desde una distancia de varios metros. Con un ademán despreciativo, el señor Brinkworth nos lo presentó como Daniel, el abogado en prácticas, que tomaría notas de la reunión. El joven desafortunado se sonrojó al escuchar su nombre, y se concentró en alisar la cubierta de su libreta azul.

—Bien, señor Brinkworth —comencé diciendo—, empecemos por aclarar qué llevó a mi madre a ratificar este testamento, que sin duda es imposible que sea reflejo de sus deseos.

—Todo a su tiempo, señora. Permítame localizar el documento en cuestión para ver con qué estamos lidiando.

El señor Brinkworth rebuscó entre las hileras de carpetas que atestaban su escritorio respirando con dificultad debido al esfuerzo. Con la ayuda de Daniel, que se había apresurado a su lado, finalmente sacó una carpeta de cartulina de la base de la pila más lejana, lo que casi ocasiona una avalancha.

—Ya veo, ya. La difunta señora Patricia Green. Vivienda, cuenta corriente y cuenta de la sociedad de ahorro y préstamo para la vivienda; dos beneficiarios. Parece estar todo muy claro. Aquí tienen una copia del testamento para cada uno, para que puedan hacerse una idea de los términos concretos. —Nos lanzó las copias por encima del campo de batalla que era su escritorio, aunque la mía terminó, por un error de cálculo, a mis pies—. Una suma interesante en las cuentas, por cierto. Para que se hagan una idea, podrían comprarse cada uno un coche nuevo de gama media y aún les sobraría un poco. Puedo mandarles los cheques correspondientes sin demora tan pronto hayamos solucionado este pequeño desacuerdo entre las partes.

Que el señor Brinkworth me ofreciera como incentivo la perspectiva de un hipotético Ford Focus o un Vauxhall Astra era ridículo. Nunca he sentido la necesidad de aprender a conducir viviendo en Londres. Solo un masoquista querría enfrentarse con los maleducados conductores de la ciudad, que creen que sus armazones metálicos les dan poder para comportarse como guerreros con causa. En el metro normalmente te libras de tener que tratar con otros viajeros si eres cuidadoso y evitas hacer contacto visual con nadie. Ignoré la insensatez del señor Brinkworth e insistí en que me diera explicaciones respecto a cómo un testamento tan sospechoso terminó por redactarse. Le dije que me parecía obvio, y que debía parecérselo a él también, que había alguien moviendo los hilos detrás de todo ello.

—Sí, sí, soy consciente de sus recelos, pero antes de que malgastemos el tiempo discutiéndolo, tengo una proposición que hacerles. —Se dirigió a Edward—. Como sabe, señor Green, mis manos están atadas mientras su hermana mantenga el bloqueo que ha solicitado. La cuestión es —continuó— que el testamento se redactó de forma correcta, y usted tiene todo el derecho a hacer de la vivienda familiar su lugar de residencia. Sin embargo, estoy seguro de que a todos nos gustaría llegar a una solución sin echar mano de procedimientos legales. Les propongo lo siguiente: usted, señor Green —dijo apuntando a Edward con un bolígrafo azul de plástico— accede a abandonar la propiedad en una fecha concreta, por ejemplo, dentro de doce meses, y en base a eso, usted, señorita Green —ahora dirigió su bolígrafo hacia mí—, retira el bloqueo y me permite gestionar la herencia. Quizá quieran consultarlo con un asesor legal independiente, pero creo que cualquier abogado con el que contacten les dirá que es la solución perfecta.

El señor Brinkworth dejó su bolígrafo en la mesa y se reclinó en su silla con la petulante autosatisfacción de un hombre que acaba de rellenar el crucigrama de *The Times* y quiere que todo el mundo se entere. Daniel levantó el rostro picado de sus anotaciones y casi se pone a aplaudir a su brillante mentor.

—No necesito acudir a ningún picapleitos, colega —dijo Edward—. No pienso aceptar. He de pensar en los deseos de mamá. Si quería echarme de casa pasado un año, lo habría dejado por escrito.

—Yo tampoco acepto. Mi intención es demostrar que el testamento de mi madre es resultado de una argucia criminal. Y si no lo ve así, tendré que ir a los tribunales.

A la espera de que el albacea asimilara mis palabras, experimenté una extraña sensación en la parte baja de mi abdomen; una especie de leve aleteo, como si un pajarillo estuviera atrapado en mi interior e intentara escapar. Sus alas batieron, luego pararon, batieron de nuevo y finalmente se detuvieron. Era bastante diferente a la sensación de tener el estómago revuelto o de hambre, era más molesto y sutil. Quizá, pensé, no era más que un efecto colateral de la adrenalina que prepara a la gente a punto de combatir. Cambié de postura en la silla y crucé las piernas con la esperanza de que así se esfumaría la sensación.

—Señorita Green —dijo el abogado mientras cogía un abrecartas de latón y daba irritantes golpecitos con él en la carpeta que tenía frente a él—. Las notas de Daniel de mi reunión con su madre ratifican que me dio instrucciones muy concretas respecto al contenido de su testamento. Quizá deba citarle un fragmento: «La clienta quiere repartir su herencia equitativamente entre sus hijos, abre paréntesis Edward y Susan cierra paréntesis. E vive con ella. La cliente opina que E necesitará algo de margen para encontrar una vivienda alternativa. HB le explica a la clienta la posibilidad de hacer a su hijo usufructuario de la casa familiar. La clienta dijo que le parecía una idea excelente y agradeció el consejo a HB». Como puede ver, su madre tenía bastante claro que deseaba que su hermano se quedara ahí a corto plazo.

—Tal cual, colega. —Edward levantó el pulgar en gesto de aprobación.

El aleteo había regresado. Imágenes de colibrís, libélulas y polillas gigantes invadieron mi mente. Necesité echar mano de toda mi fuerza de voluntad para ahuyentarlas y concentrarme en las lagunas del argumento del señor Brinkworth. Puse los músculos del abdomen en tensión y enderecé la columna.

—Pero no es solo a corto plazo, ¿verdad? —repliqué—. Edward puede quedarse allí el tiempo que le plazca. Puede que mi madre pareciera tener las ideas claras, pero recientemente había sufrido dos ictus; era vulnerable a la presión. ¿Lo sabía usted? ¿Se molestó en averiguar el estado de salud de la frágil anciana que estaba pidiéndole consejo?

—Que tuviera conocimiento o no de los ictus es irrelevante. Recuerdo que su madre era una mujer sagaz y lúcida. El hecho de que sus deseos no coincidan con los de usted no pone en duda sus capacidades mentales.

—No podría haberlo dicho mejor —coincidió Edward.

Llegados a este punto, el vivero en miniatura alojado en mi abdomen se estaba convirtiendo en una distracción y un incordio. Me revolví en mi asiento otra vez, acomodándome al borde de la butaca e inclinándome hacia delante. Me agobiaba que en mi inquieto estado físico, el señor Brinkworth y Edward me arrebataran el control de la reunión. Debo admitir que empecé a perder la compostura.

—Mira, Edward —dije encarando a mi hermano—, mantén la boca cerrada a no ser que tengas algo útil que aportar a la conversación. De hecho, si quieres participar activamente, ¿por qué no confiesas? Está claro que obligaste a mamá a hacer testamento.

¿Diseñaste el plan tú solo o contaste con la ayuda del señor Brinkworth?

—Sí, claro. El picapleitos y yo quedamos en The Bull's Head todas las noches. Incluso se queda a dormir en casa si va pedo. ¿A ti qué te parece, Suze? —dijo mirándome con desdén—. Para tu información, mi implicación resultó así: mamá me dijo hace unas semanas que iba a redactar un testamento. Punto. Nunca había visto a este tipo, ni había estado aquí; nunca le dije a mamá que escribiera un testamento ni le dije que quería quedarme en la casa después de su muerte. ¿Quieres tomar nota de todo ello, Suze? ¿Y tú, pequeño Danny? —Se dirigió por un instante al poco afortunado subordinado, que se volvió a sonrojar—. Supongo que mamá quiso echarme un cable. Quizá era su forma de agradecerme que estuviera haciéndole compañía estos últimos años, que no me hubiera largado sin más a Londres.

—Haciéndole compañía, vaya chiste —dije poniéndome de pie en un último intento por hacer desaparecer el aleteo. Edward debió tomarse mi gesto como una ofensa y él también se levantó y me encaró; me imaginé que sería una reacción instintiva después de la larga lista de peleas en *pubs* en las que se ha visto involucrado. Yo no mido más que un metro cincuenta y cinco, y Edward, aunque no es muy alto para ser un hombre, es unos buenos quince centímetros más alto que yo. Retrocedí un paso—. No podía librarse de ti —continué—. Cada vez que ella esperaba que por fin pudieras vivir por ti mismo, volvías arrastrándote a casa. No lo hacías por ella, lo hacías para poder holgazanear y ahorrarte el alquiler. Eres un parásito.

—Señorita Green, señor Green…

—Y una mierda —gritó Edward dándome un toque en el pecho con el dedo índice—. La acompañaba al supermercado, cortaba el césped, hacía chapucillas en casa. Y le hacía compañía. ¿Quién cuidaba de ella cuando enfermaba? ¿Qué hiciste tú por ella? Visitarla cada pocos meses para poder convencerte de que habías cumplido con tu deber de hija. No me extraña que decidiera que yo me merecía un poco más que tú.

—Estábamos más unidas de lo que jamás podrías imaginar. La llamaba todas las semanas, sin falta. Estaba al tanto de todo lo que ocurría en su vida. Es solo que, al contrario que tú, yo tengo un trabajo.

—Ya está bien. —El señor Brinkworth golpeó la superficie de su escritorio con la palma de las manos—. Si no empiezan a comportarse como es debido inmediatamente, tendré que pedirle a Danny que los acompañe a la salida. —El subordinado se encogió en su asiento.

El aleteo persistía, ya no era la mera sensación de que algo se movía en mi interior, sino que, de hecho, algo me estaba revolviendo las entrañas. No era un pensamiento agradable. Una escena de *Alien* se coló en mi cabeza; esa en la que se descubre, de una forma bastante dramática, que el personaje interpretado por John Hurt se ha convertido en una incubadora humana. Me llevé la mano instintivamente bajo la cintura de mi falda, que me pareció más ceñida de lo habitual. No parecía que nada fuera a salir de mi abdomen de repente.

—¿Y para qué necesitas la pasta, Suze? —continuó Edward ignorando mi agitación y haciendo oídos sordos a las súplicas del señor Brinkworth—. Siempre me estás restregando que tienes una estupenda carrera profesional en Londres, alardeando del fantástico piso que tienes en propiedad. Yo soy quien más la necesita, no tú.

Dudé por un instante. No tenía intención de hablarle a Edward de mi embarazo. No le incumbía en absoluto, sobre todo teniendo en cuenta que mi idea era cortar el contacto con él en cuanto zanjáramos el tema de la herencia. Además, no me beneficiaba en nada. Estaba claro que Edward se había atrincherado en su postura, y era muy poco probable que la perspectiva de convertirse en tío fuera a cambiarla. Por otro lado, decírselo a Richard había sido divertidísimo, como sacar un as bajo la manga o un conejo de una chistera.

—Para que lo sepas, Edward, estoy embarazada —dije.

Edward me miró de arriba abajo sin palabras, luego se pasó los dedos por el pelo grasiento, negó con la cabeza y soltó una risotada.

—Buen intento, Suze. Pero me sorprende que no se te haya ocurrido nada mejor que eso. ¿Te crees que soy imbécil?

La reunión con Edward y el señor Brinkworth no salió exactamente como había planeado. Quizá había sido demasiado optimista por mi parte esperar que el abogado admitiera su negligencia, o que mi hermano confesara su argucia. Sin embargo, por lo menos habíamos puesto las cartas sobre la mesa, y le había dejado bien claro al señor Brinkworth que no iba a parar hasta hacer justicia.

En el tren de vuelta a Londres aquella tarde, saqué la fotocopia del testamento de mi madre y lo examiné. Las cláusulas eran exactamente tal y como las había descrito el señor Brinkworth, y no pude detectar ninguna formulación inapropiada que resultara evidente. Abrí por la última página, donde figuraban las firmas de todas los participantes, incluidos los testigos. La firma de mi madre parecía ligeramente diferente de como la recordaba, no en la forma general exactamente, pero sí en su carácter; era más débil, temblorosa, con menos florituras y con trazos más vacilantes de lo normal. Me pregunté se sería porque se sentía confusa acerca de lo que estaba firmando, o porque lo estaba haciendo bajo presión.

Centré mi atención en la identidad de los dos testigos que, hasta el momento, el señor Brinkworth se había cuidado de mencionar. Uno era la tía Sylvia. Me sorprendí, ya que Edward y ella no suelen estar muy de acuerdo en nada. No pude más que dar por hecho que ella desconocía el contenido del testamento, de lo contrario no creo que lo hubiera firmado. El otro testigo era Rob, el mejor amigo de mi hermano, su alma gemela. ¡Ja! ¡Te tengo!, pensé. Si mi hermano hubiera querido ocultar su rastro y asegurarse de que el testamento se sostendría incluso bajo un exhaustivo escrutinio judicial, tendría que haber desestimado cualquier opción de testigo íntimamente relacionado con él.

Tendría que entrevistar y tomarle declaración a la tía Sylvia y a Rob para poder prepararme para el recurso judicial del testamento. En el caso de mi tía no habría ningún problema, pero Rob iba a tener su miga. Tendría que planear con sumo cuidado cómo le sonsacaría la información. Estaba más que capacitada para poner fin al jueguecito de Edward, no obstante, podría sacar buen provecho de robarle una hora de su tiempo a mi compañera de piso de la universidad, Brigid, toda un cerebrito en lo que a aspectos legales se refiere, con muy buena reputación, aunque nunca lo dirías por su aspecto, y que me diera algún consejillo gratis.

Guardé el documento en mi bolso y me giré para observar el paquete apoyado en el asiento contiguo. Me habían llamado la semana anterior de la funeraria para informarme de que habían intentado ponerse en contacto con Edward sin éxito. Necesitaban saber cuándo quería él recoger las cenizas de mi madre y se preguntaron si podría hacerle llegar el mensaje o recogerlas yo misma. No soy una persona especialmente sentimental, y como últimamente he estado ocupada con otras cuestiones más urgentes, no me había parado a pensar en las cenizas de mi madre. Sin embargo, en cuanto me lo hicieron saber, llegué a la conclusión de que sería mucho mejor que yo, y no Edward, me hiciera cargo del tema. Si dejaba que se encargara mi hermano, lo mismo las cenizas terminaban olvidadas en un autobús o un salón de apuestas, quizá incluso se le ocurría esparcirlas en algún lugar totalmente inapropiado, como la terraza de un *pub*. De modo que, después de la reunión con el abogado, recogí en la funeraria una pesada caja de cartón bastante difícil de manejar sellada con cinta adhesiva.

Me había resultado extraño llamar al timbre de latón de la funeraria una vez más, veintisiete años después de la última vez. No tuve ningún motivo para acercarme por allí después del fallecimiento de mi madre, ya que Edward se encargó de todo lo relacionado con el funeral y yo no tenía ningún interés en ver su cuerpo. ¿Por qué habría de tenerlo? Edward llevó a cabo la identificación del cuerpo y el médico certificó su fallecimiento. Aunque mi hermano es capaz de llevar a cabo casi cualquier práctica perversa, me pareció poco probable que hubiera asesinado u ocultado a mi madre y le hubiera llevado al médico el cuerpo de otra anciana que hubiera muerto por causas naturales. Mientras esperaba que me trajeran las cenizas de mi madre de pie en la recepción, recordé que me había sentido muy diferente cuando había fallecido mi padre.

Tenía diecisiete años cuando murió. En aquella época era menos pragmática de lo que soy hoy —mi yo adolescente podría compararse con una planta joven que todavía no se ha hecho lo suficientemente fuerte—, y me parecía importante ver el cuerpo de mi padre. Quizá se debía a que mi relación con él había sido compleja; quizá era por la naturaleza de sus últimos años y su fallecimiento. Fuera cual fuera la razón, un par de días después de la muerte de mi padre, decidí pasarme por la funeraria de camino a casa después del colegio.

La última vez que había visto a mi padre con vida, su cabello indisciplinado le llegaba por los hombros, y llevaba la barba descuidada. Entonces, echado en el ataúd, estaba perfectamente afeitado, le habían cortado el pelo y se lo habían peinado con pulcritud despejándole el rostro. En lugar de la ropa andrajosa con la que estaba acostumbrada a verle, estaba cubierto con un tejido sedoso de color blanco, sujeto a su cuello como la gorguera de un niño de coro. Es un cliché decir que el difunto parecía estar en paz, pero era cierto, por fin. Solo había un detalle que rompía la armonía de la composición: un trocito de hilo de algodón, puede que de un centímetro de largo, sobresalía entre las pestañas de su ojo izquierdo. No podía dejar que quedara así. Agarré el extremo del hilo entre el pulgar y el índice y tiré. Rápidamente descubrí que no se desprendía. Estaba sujeto entre los párpados superior e inferior. Mientras tiraba de él con más fuerza, me vinieron a la cabeza imágenes de su ojo abriéndose de golpe y una bolita de algodón de relleno saltando a mi mano. Dejé el hijo, pasé junto al ayudante del encargado de la funeraria, que estaba merodeando fuera de la sala, y salí corriendo. Mi madre tuvo que llamar a la funeraria a la mañana siguiente para recuperar mi mochila del colegio.

Sentada en el tren sentí curiosidad por saber qué tenía exactamente a mi cargo. Corté la cinta adhesiva con la lima de uñas metálica que llevo en el neceser de maquillaje y plegué la tapa de la caja. Dentro no encontré el típico tarro de plástico de tapa de rosca que esperaba, sino un cofre rectangular de madera, de muy buen gusto. Lo saqué de la caja y lo coloqué sobre la mesa que tenía enfrente. La mujer de rostro ceñudo que estaba sentada en mi diagonal, que llevaba la última media hora buscando en Google las diferentes fases de un divorcio, se quedó mirando al cofre y luego me dedicó una mirada de extrañeza. Hay gente incapaz de no meter las narices en los asuntos de los demás.

Giré el cofre, examinándolo desde todos los ángulos. La madera era suave, de roble pulido. Fijada a la tapa había una placa plateada que tenía grabado el nombre de mi madre y las fechas de nacimiento y defunción con una caligrafía sencilla. Lo cierto es que era posiblemente del estilo y forma que habría encargado de haber pensado en ello. Me sorprendió que Edward se tomara las molestias de encargar un cofre de estas características. Sin embargo, no hace falta aclarar que si de verdad estaba tan preocupado por el destino final de las cenizas, tendría que haber devuelto las llamadas a la funeraria sin demora. No tenía ni idea de lo que podía hacer yo con dicho recipiente y su contenido. Por lo menos, estaban a salvo en mis manos, que era lo más importante.

La tarde siguiente tenía cita en la Maternidad. Finalmente, me resigné a informar a mi superior directo, Trudy, de mi embarazo, de modo que mi ausencia se clasificaría como relacionada con la maternidad. Temprano aquella mañana, antes de que llegaran mis compañeros, fui a verla a su despacho. Esperaba tratar el tema de la forma más concisa y profesional posible, ya que no me convencía la idea de compartir con ella detalles íntimos de mi vida privada. Llamé a la puerta de su despacho, entré y fui directa al grano: le dije que estaba embarazada y que necesitaba tomarme la tarde libre.

—Oh, Susan, cuánto me alegro por ti, de verdad —dijo Trudy rodeando su escritorio para colocarse a mi lado y darme un abrazo. Sus brazos eran fuertes como los de un peón de obra, y supuse que se debía al esfuerzo físico que requería criar niños pequeños. Los segundos pasaban y una sensación de pánico empezó a apoderarse de mí mientras me preguntaba cómo me iba a liberar de sus brazos. Finalmente, ella misma aflojó, y se retiró un par de pasos para mirarme—. Siempre deseé que te ocurriera algo así un día. Estoy aquí para lo que necesites, no tienes más que decírmelo. ¡Qué buena noticia!

La reacción de Trudy resultó tan desproporcionada que me sobresalté. Tan pronto como fui capaz de librarme de sus zarpas y balbuceos, regresé a la oficina todavía desierta. Reorganicé mi material de papelería, me aseguré de que los montoncitos de documentos estaban paralelos a los bordes de mi escritorio y llevé a cabo las comprobaciones habituales en mis cactus. Me fijé que había suficiente espacio para uno más, si los apretujaba todos un poquito.

Aquella tarde, sentada en el sofá de casa mientras escuchaba las suaves y matemáticas cadencias de un concierto para violín de Mozart, examiné las tres fotografías por ultrasonido que me habían hecho en la Maternidad. Cuando había mirado el monitor, había sido incapaz de distinguir lo que la ecografista, debido a su experiencia, podía ver con claridad. Ahora, con mis gafas de lectura, podía diferenciar un organismo con forma de gamba enroscada con una gran cabeza, un punto negro que se suponía que era un ojo y unos minúsculos brazos y piernas. Apenas se parecía en algo a un ser humano, pero todo estaba en su lugar, o al menos eso me dijo la ecografista mientras me apretaba el abdomen con el escáner untado de una sustancia gelatinosa.

Después de la ecografía, una matrona eficiente, con la ligereza que otorga la práctica, me pinchó, toqueteó y sondeó verbalmente. Para mi sorpresa, no se extrañó lo más mínimo de que tuviera cuarenta y cinco años.

—Hoy en día muchas mujeres son madres con cuarenta y tantos —dijo mientras me pinchaba con una aguja para extraer sangre—. No es tan poco común como piensan muchos. De hecho, hay tantas mujeres de cuarenta y muchos teniendo bebés como las hay de menos de dieciocho. Ayer vino una mujer de cincuenta y dos. Salta a la vista que eres una chica saludable. Sigue haciendo lo que tienes por costumbre.

Sin embargo, había algo que la matrona estaba obligada a decirme; al parecer, me encontraba en la categoría de «alto riesgo» de tener un bebé con síndrome de Down, aunque no conoceríamos las probabilidades reales hasta dentro de un par de días. No debería preocuparme, ya que era muy posible que todo fuera bien. No obstante, si tener un bebé con necesidades especiales podría resultar un problema, quizá querría valorar realizarme un test de amniocentesis para salir de dudas. Esto conllevaba un pequeño riesgo de sufrir un aborto debido al procedimiento, de modo que debía pensármelo con calma. Le dije sin titubeos que lo más lógico era someterse a la prueba; es fundamental contar con todas las variables posibles a la hora de tomar cualquier decisión. Además, tener un bebé sería todo un desafío para mí (uno para el que sabía que daba la talla) y no deseaba que me tomaran por sorpresa complicaciones imprevistas. Me di cuenta de que la matrona no estaba acostumbrada a que las pacientes tomaran decisiones tan rápidas y con tanta seguridad.


Observando las ecografías emborronadas, estaba bastante segura de que había tomado la decisión acertada. Sigo pensándolo.

Si el procedimiento resulta que pone fin a mi embarazo, que así sea. Volveré al mismo punto en el que estaba hace unas semanas, y sin duda estaba perfectamente satisfecha con mi vida. Más que eso.

Se estaba haciendo tarde y estaba agotada. Dejé con cuidado las ecografías en la repisa de la chimenea, apoyadas con la ayuda de un fósil de ammonoideo que había encontrado de niña durante unas vacaciones en la playa. Puse en orden el sofá, apagué las luces y aparté a un lado mi nuevo tope para la puerta de roble pulido para cerrar la puerta de la sala de estar. El cofre es del tamaño, forma y peso idóneo y combina con mi mesa de centro a la perfección. A mi madre no le abría importado. Era una mujer pragmática y habría estado encantada de sentirse útil.

# Octubre

# 8

Octubre es mi mes favorito, y su llegada siempre me provoca un chute de energía. No soy alguien que disfrute del verano; el calor y la escasez de ropa y falta de inhibición asociada a él no me atraen en absoluto. Los compañeros de trabajo suelen insistirme en que me tome unas vacaciones de verano como Dios manda, pero no le veo ningún sentido a la cantidad de tiempo que la gente pasa holgazaneando en una playa o junto a la piscina. Cuando intento hacérselo ver, ellos simplemente se ríen y dicen «¡Venga, Susan!». Por suerte, en octubre ha desaparecido incluso la amenaza de un verano indio, y una por fin puede felizmente vestir tejidos pesados y cárdigans abrigados, además de comportarse de manera sensata, sin llamar la atención. Este mes, sin embargo, empezó de manera menos estimulante.

Pasaban de las tres de la madrugada del sábado y por fin me vencía un sueño intranquilo. Los críos adolescentes de la pareja fanática del *fitness* de la acera de enfrente estaban dando una fiesta escandalosa, y los potentes graves de su música *dance* me llevaban taladrando la cabeza desde las once de la noche del viernes. Supuse que sus padres estarían por ahí en una carrera Ironman o algo igualmente masoquista.

Con el paso de los años me he ido acostumbrando a los ruidos constantes que inundan mi apartamento: el chillido de las alarmas de los coches y las sirenas de policía; el quejido de los motores de los buses y los trenes; los gritos de ira o júbilo procedentes de la calle. Todo ello lo acepto sin quejarme como una consecuencia inevitable de vivir en Londres. Los adolescentes, sin embargo, habían subido la música a un volumen insoportable, y mi paciencia llegó a su límite. Valoré llamar a la policía para informar del ruido, pero ya lo había hecho en otras ocasiones y he descubierto que las autoridades generalmente actúan como si el problema fuera yo, la persona que da el aviso. Incluso aunque tomaran cartas en el asunto en este caso, que es altamente improbable, los críos sin duda bajarían el volumen hasta que la policía se hubiera alejado lo suficiente para luego volver a subirlo incluso más que antes.

Al principio, los golpetazos y timbrazos insistentes parecían formar parte de la música, pero en cuanto el sueño me abandonó por completo, me di cuenta de que alguien estaba llamando a la puerta de mi piso. Supuse que sería una broma pesada de algún fiestero delincuente que se las había ingeniado para acceder al recinto comunitario del edificio. No obstante, cuando abrí la puerta para decirle cuatro cosas sobre su comportamiento, no me encontré al joven borracho que esperaba, sino a Kate con el rostro ceniciento. Llevaba al brazo la sillita para bebés del coche donde transportaba a su bebé, vestido solamente con un pañal. La propia Kate lucía una extraña combinación de pijama de lunares rojos, chanclas y cazadora Barbour.

—Susan, gracias a Dios que estás en casa —dijo por encima de la música machacona. Aunque deduje que algo grave debía de estar pasando, ya que se estaba dirigiendo a mí directamente para variar, lamento admitir que fui incapaz de hacer uso de mi habitual cortesía.

—Supongo que no te habrás quedado sin llaves de casa en medio de la noche, ¿no?

—Es Noah —dijo casi sin aliento—. Tiene una fiebre tremenda y no soy capaz de bajársela. Lo he intentado todo: paracetamol, ibuprofeno, desnudarle, paños húmedos. Acabo de llamar al número de asistencia médica de urgencias, y me han dicho que lo lleve a Urgencias. No voy a esperar a que venga la ambulancia, voy directa en mi coche. La cosa es que Ava está dormida, no puedo llevarla conmigo. ¿Puedes encargarte de ella mientras estoy fuera? Súbete a mi cama y vuelve a dormirte. Por lo menos así habrá alguien en casa si se despierta. Dile que volveré pronto. Lo siento un montón, pero no tengo a nadie más a quien recurrir.

Miré al bebé. Tenía las mejillas color carmesí y el poco pelo que tenía, aplastado contra su cabecita; sus bracitos parecían de trapo. No tenía pinta de estar dormido ni despierto. Noté un nudo en la garganta.

—¿Y Alex? —pregunté con la esperanza de hallar una alternativa a mi implicación en esta crisis doméstica—. ¿No puede quedarse él con la niña?

—No está. Es una historia muy larga… Por favor, Susan, por favor. Tengo que irme ya. Tienes una copia de mis llaves, no tienes más que subir. Echa mano de lo que te apetezca, estás en tu casa. Te daré un toque cuando sepa algo.

Ya se estaba alejando por el pasillo y enfilaba el caminito de entrada hacia su coche, que siempre aparca justo enfrente de mi ventana en mirador. La seguí hasta la puerta delantera.

—No me importa echarte un cable durante un par de horas —exclamé—. Pero encuentra a alguien que pueda relevarme tan pronto como sea posible. Tengo muchas cosas que hacer mañana. Espero que todo vaya bien —añadí mientras ella colocaba la sillita portabebés en el asiento y luego se acomodaba en el asiento del conductor. Desapareció con un chirrido de neumáticos.


Era una situación más que inconveniente. Era fundamental que estuviera descansada para mañana ya que había planeado con meticulosidad una salida de compras. Las náuseas matutinas eran cosa del pasado, y había pasado rápidamente de parecer una corredora de maratón a una lanzadora de peso de Europa del Este. Había llegado a un punto en el que ya no podía ponerme mi ropa de siempre, incluso aunque dejara desabrochado el último botón de las faldas o de los pantalones. De modo que necesitaba urgentemente invertir en prendas apropiadas.

Me había tomado mi tiempo en realizar una investigación de la ropa premamá y había planeado un armario cápsula que me permitiría vestir adecuadamente de octubre hasta dar a luz en marzo, a saber, dos pantalones vaqueros negros (uno de pernera recta y otro pitillo) con cinturilla elástica ancha; dos faldas negras (una por encima de la rodilla y otra por debajo) con el mismo tipo de cinturilla; siete jerséis de manga larga en negro, gris y blanco; dos cárdigan de punto de color marengo (uno de punto fino y otro de punto grueso), y algunos artículos de ropa interior elástica cuya descripción prefiero omitir. Solo tenía que probarme dichas prendas para averiguar mi talla y comprarlas. Tenía previsto salir de casa a las ocho y media para poder pasarme la tarde con la investigación judicial. Haberme pasado casi toda la noche en vela iba a tener un impacto negativo en mis previsiones perfectamente calculadas.


Regresé a casa y cogí las llaves del piso de Kate. También enrollé mi edredón, mi sábana y mi almohada; bajo ningún concepto pensaba dormir entre las sábanas usadas de otra persona. Ya en el piso de Kate lancé mi ropa de cama al sofá y di una vuelta de reconocimiento. La sala de estar, que estaba ubicada justo encima de la mía y, por lo tanto, era del mismo tamaño, parecía mucho más pequeña, probablemente debido a toda la parafernalia del bebé y la niña que estaba esparcida por el suelo: un revoltijo de piezas de rompecabezas, una avalancha de bloques de construcción, montoncitos de plástico de diferentes formas y colores chillones, criaturas sintéticas deterioradas, suficientes como para llenar una clínica veterinaria, una alfombra de juegos, un cambiador, una sillita mecedora, un orinal, etcétera. No entiendo por qué tener niños se utiliza como excusa para no mantener una serie de estándares domésticos. Me extrañaría mucho que me pasara a mí.

Caminé de puntillas por el pasillo y me asomé al dormitorio. Una luz de noche con forma de champiñón gigante emitía un suave resplandor. Pude distinguir el contorno de una cama doble sin hacer contra una pared y un moisés a los pies, y una camita infantil contra la pared opuesta. Estaba todo apretadísimo. Me alegré de que pronto me haría con mi parte de la herencia y podría permitirme un apartamento de dos dormitorios. La niña a mi cargo estaba tumbada en la cama infantil, extendida como una estrella de mar, respirando profunda y rítmicamente a pesar de la música atronadora que provenía de la acera de enfrente. Recogí un juguete mugriento del suelo (representaba a algún personaje de una famosa serie infantil de televisión), lo coloqué junto a la pequeña durmiente y la arropé con el edredón del que se había desprendido.

A continuación, me dirigí a la cocina, que resultó tan caótica como la sala: platos sucios en el fregadero, restos de comida desparramados por la mesa y las encimeras, un cubo de basura rebosante… Sabía que sería incapaz de irme a dormir en un entorno desconocido después de haberme espabilado, de modo que decidí realizar alguna tarea física para cansarme. Me puse un par de guantes de fregar amarillos que encontré sin estrenar en un cajón y me puse a limpiar con agua jabonosa, lejía y friegasuelos. Cuando dejé la cocina impoluta, me puse con la sala de estar. Encontré recipientes en los que guardar muchas de las cosas que estaban por ahí tiradas, organicé el desorden reinante en los estantes y la repisa de la chimenea, extendí correctamente la alfombra y ahuequé los cojines de las butacas. Terminé con la tarea sobre las cinco y media, la música se había extinguido y yo estaba agotada. Apagué la lámpara de pie ubicada en un rincón de la habitación y me acomodé en el sofá.

Siempre me ha costado quedarme dormida por la noche, incluso cuando el ambiente está tranquilo y en calma. En cuanto cierro los ojos, una sensación completamente irracional se apodera de mí y me convence de que algo terrible me puede ocurrir si no permanezco alerta. Mientras esperaba a que llegara el sueño, pensé en todos aquellos años que me tumbaba en la cama despierta, esperando que mi padre volviera del *pub*. Mi dormitorio estaba ubicado sobre la entrada principal y el vestíbulo de la casa de mi infancia, y podía adivinar el estado en el que llegaba con tan solo escuchar los sonidos que me llegaban a través del suelo de madera. Si era capaz de introducir la llave en la cerradura a la primera, era buena señal; si se le caían las llaves o le costaba encontrar la cerradura, era mala señal. Si cerraba la puerta principal con cuidado, era buena señal; si daba un portazo, era mala. Si sus pasos por el pasillo eran ligeros y uniformes, era bueno; pero si eran pesados y vacilantes, era malo. Si escuchaba el agua correr porque se estaba sirviendo un vaso, era bueno; si, en cambio, escuchaba el tintineo del cuello de una botella contra la boca de un vaso corto, era malo. Si se iba directo a la cama, era bueno; si empezaba a escuchar ópera italiana a todo volumen, era malo. A veces me pregunto si Edward también permanecía despierto compartiendo mis pensamientos. No lo sé. Nunca se lo he preguntado.

En cuanto arrinconé el recuerdo al fondo de mi mente, noté un toquecito en el hombro. Allí plantada, vagamente iluminada por la luz que se colaba de la calle por la ventana, estaba la niña. Se aferraba a su peluche mientras me escrutaba con curiosidad.

—Hola —le dije—. Soy Susan, tu vecina de abajo, ¿me recuerdas? —La niña asintió con la cabeza, como si no hubiera nada de extraño en aquel encuentro—. Tu madre ha tenido que salir a hacer algo urgente, así que me voy a quedar contigo un par de horas, ¿entiendes? —Volvió a asentir con la cabeza, se me subió encima y se acurrucó entre el diminuto espacio que había entre mi cuerpo recostado y el respaldo del sofá.

—Lo siento, pero no hay espacio suficiente para las dos. Vuelve a tu camita, sé buena —le dije. Negó con la cabeza y cerró los ojos—. Venga, vete a la cama. Necesito dormir, y tú también —añadí con un tono más autoritario. Volvió a negar con la cabeza y cerró los ojos con más fuerza. Lo cierto es que no tengo demasiada experiencia en tratar con niños pequeños; prefiero con creces lidiar con gente que atiende a razones y a la lógica. Después de un nuevo intento de hacer que la niña me hiciera caso, me levanté del sofá, fui al dormitorio y me eché en la cama infantil. Era tan pequeña que me tuve que colocar en posición fetal para entrar en ella. En un par de minutos, la niña volvió a la carga, se me subió encima y se acurrucó entre el estrecho hueco entre mi cuerpo y la pared.

—Jovencita —dije—, este comportamiento es inadmisible. —Pero ya había cerrado los ojos y fingía estar dormida.

Después de insistir en vano, regresé al sofá y me siguió. Tal perseverancia podría considerarse una cualidad admirable si la recondujera hacia fines más constructivos. Maldiciendo por lo bajini, enfilé de nuevo hacia el dormitorio con la certeza de que la terca cría me seguiría. Se me pasó por la cabeza atrancar la puerta, pero pensé que quizá la cosa acabaría en llanto. Agotada, me eché sobre la cama doble —que las sábanas estuvieran usadas o no ya no me resultaba tan repugnante como hacía unas horas—. Como anticipé, pronto escuché unos pasitos y un movimiento en la cama; al menos ahora había sitio de sobra para las dos. Justo cuando empezaba a coger el sueño (y la niña parecía que también), sonó el teléfono de la mesilla de noche.

—Susan, soy yo, Kate. No te habré despertado, ¿verdad? Solo llamaba para comprobar cómo iba la cosa.

—No tienes de qué preocuparte —le dije—. La niña no te echa de menos.

—Noah tiene amigdalitis —me informó—. Le han dado antibiótico. Quieren que se quede en observación unas horas más, hasta que le baje la fiebre, así que me quedo con él. No soy capaz de contactar con Alex, pero le he dejado un mensaje explicándole la situación y pidiéndole que me llame en cuanto pueda.

—¿Está lejos? ¿Cuánto tardará en venir? Tengo cosas importantes que hacer.

—No tengo ni idea de dónde está. Me ha dejado. Estará con su novia.

Le dije que lamentaba su situación, pero le pedí que, por favor, localizara a alguien, quien fuera, para que me relevara cuanto antes. Kate me dijo que sus padres vivían en las Midlands, así que no podían encargarse, y que todas sus amistades tenían responsabilidades familiares propias, o bien vivían lejos de Londres. Le di mi número de móvil y le pedí que me informara en cuanto alguien pudiera venir a sustituirme.

Para cuando terminé de hablar con Kate, la niña estaba totalmente despejada, con los ojos brillantes y lista para empezar el día.

—Todavía no ha amanecido —le expliqué tratando de hacer que se echara en la cama—. Durmamos durante un par de horas más. —Se escabulló, salió corriendo del dormitorio y regresó un minuto más tarde con los brazos llenos de libros.

Me propuse ignorarla, sin embargo, tal era su insistencia que al final me rendí y le leí cuento tras cuento acerca de criaturas, lugares y situaciones que apenas se sostenían en la lógica de la realidad. Después de lo que pareció una hora, decidí que, mientras esperaba la llamada que pusiera fin a mi calvario, bien podía ceñirme al plan que tenía previsto para aquel día, aunque tuviera que hacer algunos ajustes en el horario. De modo que vestí a la niña de forma apropiada al pronóstico meteorológico, hice una selección de los juguetes menos llamativos, y regresé a mi piso. Como insistía en seguirme a todas partes, la dejé frente al televisor —algo que, sin duda, no haría con mi propio hijo— para poder preparar el desayuno. Apenas probó el muesli ni se bebió el zumo de pomelo, y supe que más tarde lo lamentaría. Después de desayunar le expliqué que íbamos a coger el tren y que esperaba que se comportara. Asintió.

En la estación de metro, le pedí a la mujer con aspecto de pájaro que regentaba la taquilla —que siempre me había parecido taciturna y cascarrabias— un billete de un día para la niña.

—La peque viaja gratis, querida. ¿Cuántos años tiene? —me preguntó con una sonrisa resplandeciente. Saludó a la niña con una mano huesuda, y esta le devolvió el saludo tímidamente desde el cochecito.

—Ni idea. ¿Cuántos cree que podría tener?

—¿No lo sabe? —Entrecerró los ojos con suspicacia.

Hice memoria e intenté recordar la primera vez que la había visto en el edificio.

—Bueno, no debe de tener más de tres años.

—Tengo dos.

—Vaya, si habla —dije sorprendida.

Llevar un cochecito y a una niña de dos años en el metro es un reto más complejo de lo que había previsto. Cada vez que nos aproximábamos a una escalera mecánica, tenía que detenerme, desabrocharle el arnés de seguridad a la niña, plegar el carrito (más fácil decirlo que hacerlo) y subirlo a la escalera en movimiento mientras mantenía bien agarrada a la niña. Y cuando la escalera se terminaba, repetía todo el proceso a la inversa. Y todo ello mientras el resto de los viajeros nos empujaban como si fuera una estampida de búfalos.

Era increíble la cantidad de escaleras mecánicas que había que recorrer para cubrir una distancia tan corta. También tuvimos que hacer dos transbordos y varios tramos de escaleras (que me obligaban a llevar a cabo una arriesgada maniobra de espaldas mientras apoyaba el carrito en sus ruedas traseras) antes de que llegáramos a nuestro primer destino. Decidí que escribiría un correo electrónico a los encargados del metro para hacerles llegar mi opinión respecto a su sistema de transporte. Una vez en el tren, descubrí que era mucho más difícil de lo habitual evitar contacto alguno con el resto de los pasajeros. La gente no se cansaba de sonreír a la niña para luego levantar la vista y dedicarme una sonrisa a mí también. Hubo quien incluso me preguntó su nombre y edad, información que ahora ya podía proporcionar con confianza. Supongo que parecíamos madre e hija disfrutando de un día juntas. Yo no soy especialmente niñera, pero supongo que tiene un aspecto bastante adorable, con esos tirabuzoncitos rubios, mejillas sonrosadas y enormes ojos azules. Al menos, si te fijas en ese tipo de cosas.

Llegamos a la primera tienda de mi lista setenta y dos minutos más tarde de lo que tenía previsto. Cogí los artículos premamá que deseaba probarme y enfilamos hacia los probadores. El carrito no entraba en el cubículo, de modo que lo tuve que dejar aparcado en el pasillo y dejar a la niña en el suelo en un rincón. Tan pronto como empecé a desvestirme, ella empezó a quejarse de que tenía hambre. Yo le dije que era culpa suya por no haberse comido el muesli; yo sí que había terminado mi desayuno y seguía llena. Se negó a aceptar la responsabilidad de la situación en la que se encontraba y siguió quejándose a voz en cuello. No le presté ninguna atención y me centré en lo importante: valorar la calidad, funcionalidad y aspecto de las prendas escogidas. Mientras lo hacía, la dependienta asomó la cabeza por la cortina del probador y me preguntó preocupada si todo iba bien. Intenté explicarle que la niña era la única responsable de su desdicha, pero, aun así, parecía sentir pena por ella.

Cargada con dos bolsas grandes nos dirigimos de nuevo al metro. En un intento por poner fin al drama, me paré en un puesto de fruta para comprar unos plátanos, pelé uno y se lo di a la niña, que lo estrujó entre los dedos para luego limpiárselo en el abrigo, el vestido y los lados del cochecito.

Le expliqué con calma que su comportamiento era inaceptable, pero ella procedió a berrear inteligiblemente. Las únicas palabras que conseguí distinguir fueron «mami», «casa» y algo que sonaba como «chuches». Aunque me cueste decirlo, el resto de la mañana de compras solo pudo llevarse a cabo gracias al acertado empleo de botoncitos de chocolate, que le daba a la niña a intervalos de cinco minutos.

Este comportamiento me recordó a Edward, que también fue un niño pequeño de trato difícil. Tengo una imagen de él grabada a fuego en la mente sentado en su cochecito dando patadas, retorciéndose y gritando a más no poder hasta que conseguía lo que quería. Mi madre consintió a Edward de un modo que jamás me consintió a mí. Quizá fuera porque era un niño muy enfermizo. No sé exactamente qué problema tenía; nadie me lo quiso explicar entonces y después nunca me interesé en preguntar. Creo que era algo genético relacionado con el estómago que le obligó a pasar por el quirófano en varias ocasiones.

Recuerdo a mi madre como una figura desdibujada durante el verano que Edward se pasó en el hospital; casi todo el tiempo estábamos mi padre y yo solos. Sorprendentemente, se las ingenió para estar a la altura de las circunstancias y asumir su responsabilidad en los asuntos domésticos en ausencia de mi madre. Incluso sacó tiempo para jugar conmigo. En mis recuerdos, hizo sol durante todo el verano. Mi padre y yo almorzábamos en la terraza de distintos *pubs*, yo pedía patatas fritas con sabor a pollo y limonada cada día; y la cena siempre era algo poco saludable, como sándwiches de mermelada o fideos redondos con palomitas dulces. Cuando mi madre volvió a casa con Edward, mi padre retomó sus antiguas costumbres y se acabó la diversión. Tenía que moverme en silencio por la casa para no molestar a mi hermano cuando estaba dormido, y no me dejaban jugar con él por si le hacía daño. En lugar de tener la total atención de un adulto —mi padre—, debía mendigar los pocos ratos que mi madre no estaba ocupándose de Edward y tenía disponibles para mí. Incluso aunque solo tenía dos años, mi hermano era plenamente consciente del poder que le otorgaba su calidad de convaleciente, y le sacó el máximo partido.

Era media tarde cuando por fin regresamos a mi casa, y seguía sin tener noticias de Kate. El viaje de vuelta resultó incluso más desafiante que el de ida debido al gran número de bolsas con las que tenía que cargar para subir y bajar de las escaleras mecánicas, además del carrito y la niña. Después de haberme pasado la noche en vela, a estas alturas estaba absolutamente exhausta, de modo que dejé las bolsas en la cocina y me acurruqué en la cama con la niña. Nos quedamos dormidas al momento.

Mientras cenábamos pollo asado con puré de patata y guisantes, lo que pareció gustarle, por fin llegó mi relevo. En cuanto entró Kate en la cocina, la niña se abalanzó sobre su madre. Parecía que llevaban meses separadas. Kate dejó al bebé en su sillita de coche en el suelo —el niño tenía mucho mejor aspecto—, y se sentó junto a su hijo mientras la niña terminaba de cenar. Kate me contó que le había bajado la fiebre y que le habían dado el alta y recetado antibióticos.

—Muchas gracias por ayudarme hoy —dijo—. Alex está en Cerdeña, según su jefe. Te debo una.

—Sin problema —dije levantándome a recoger la mesa—. Sin embargo, permíteme que te sugiera que diseñes una lista de contactos de emergencia para futuras crisis familiares.

Kate se levantó y observó el montón de bolsas de tiendas pre-mamá en un rincón de la cocina. Miró hacia mi vientre.

—Oh, estás embarazada. Enhorabuena —dijo—. ¿Y el padre? —añadió, como si esperara que lo tuviera escondido en la alacena.

—No, no hay padre.

—Bueno, podemos cuidar la una de la otra. Dos mamás solteras juntas. Será divertido.

—Sería estupendo —dije. Creo que pensó que lo decía en serio.


El viernes trabajé hasta tarde preparando una extensa presentación para la reunión mensual del departamento. Se me habían ocurrido una serie de formas novedosas de incrementar la eficiencia personal y así aumentar los objetivos individuales. Estaba segura de que mis compañeros estarían encantados. En mi oficina se perdía demasiado el tiempo, y nadie parecía darse cuenta. Me he fijado en que la cantidad de bebidas que se consumen a lo largo de la jornada laboral excede tremendamente el número mínimo que cualquier persona necesita para mantenerse hidratado.

Salta a la vista que la gente se prepara algo de beber simplemente porque piensa que es lo que toca, más que porque tengan sed en realidad. Además, a menudo he visto a dos o más personas en torno al hervidor de agua al mismo tiempo, cuando es evidente que solo hace falta una para preparar una ronda de té o café. Por lo tanto he ideado un horario fijo para la preparación y consumición de bebidas, cuya validez científica está fuera de toda duda.

También he percibido que mis compañeros pierden un montón de tiempo en ir y venir por la diáfana oficina con documentos, de su mesa a la de cualquier otro. Entonces, se sienten obligados a perder el tiempo en el escritorio charlando con su ocupante, y sospecho que tales conversaciones muchas veces no tratan de lo estrictamente laboral. Si la gente tuviera que enviar por correo electrónico el papeleo a sus compañeros, en lugar de llevarlo físicamente, esa sensación de verse en la obligación de entablar conversación no existiría. He tomado nota de otras ideas por el estilo, y he calculado que podríamos ahorrarnos unos veinte minutos diarios por empleado. Esto permitiría que Trudy aumentara los objetivos personales, incluidos los suyos, en un 4,5 por ciento.

Para cuando abandoné la oficina ya había oscurecido y la amenaza de lluvia que se había mantenido a lo largo del día se había desatado por fin. Mientras me las veía y me las deseaba con el complicado mecanismo del paraguas, un rostro familiar surgió de entre las sombras a un lado de la puerta, donde suelen juntarse los fumadores. Richard. Había pasado algo de tiempo desde la última vez que lo vi o hablé con él; me había telefoneado en varias ocasiones, pero no atendí a sus llamadas. ¿Qué más había que hablar? Debía de llevar un buen rato merodeando por la esquina de los fumadores, pero aunque tenía el pelo empapado, su abrigo azul noche estaba calado y tenía gotitas de lluvia en las pestañas, se las apañaba para mantener un aspecto impecable. Me vino a la mente la escena de una vieja película en blanco y negro: un sofisticado Orson Wells emergiendo de la oscuridad en *El tercer hombre*. Noté cómo se me revolucionaba el cuerpo, muy a mi pesar. Me contuve.

No estaba de humor para mantener una conversación delicada, y menos una que no había tenido oportunidad de preparar, así que di media vuelta y enfilé hacia la boca de metro. Supongo que pequé de optimista al pensar que Richard se daría tan rápidamente por vencido. Antes de que me diera tiempo a escapar, me cogió de la manga.

—Susan —dijo por encima del zumbido del tráfico pasada la hora punta, el repiqueteo de la lluvia y el siseo de los neumáticos al atravesar los charcos—. ¿No te parece que va siendo hora de que hablemos? —Bajó la vista hacia mi vientre—. Acerca de nuestro bebé.

Me ceñí el abrigo en torno al cuerpo.

—Por favor, no te sientas obligado a pensar en él como «nuestro» bebé —le dije—. Has cumplido con tu papel.

—¿Por qué no nos ponemos a cubierto y hablamos de ello como Dios manda? Resulta absurdo tratar este tema en medio de la calle.

—No hay que tratar nada en ninguna parte. Quédate tranquilo, no necesito tu ayuda.

—Susan, quiero que sepas que soy perfectamente consciente de que la última vez que nos vimos tu intención era ahuyentarme porque querías demostrar tu independencia. Y te admiro por ello. Pero piensa en las facilidades si yo tuviera algún tipo de implicación en el asunto, tanto a nivel económico como en el sentido práctico. Lo he pensado mucho y he llegado a algunas conclusiones. Estoy listo y dispuesto a asumir una responsabilidad conjunta respecto al bebé, con todo lo que eso conlleva.

Me recordé a mí misma que había tomado una decisión, y que no soy una persona dubitativa. Sin embargo, había sido un día muy largo y estaba agotada. Debía deshacerme de Richard antes de que mi armadura empezara a resquebrajarse.

—Te equivocas. No estoy intentando probar nada. Solo estoy dejando bien claro que eres libre de no involucrarte. Nuestra relación se basaba exclusivamente en un acuerdo formal, que ha concluido. No tienes ninguna obligación.

—Pero no hay ningún motivo que impida que renegociemos el acuerdo si así lo quieren ambas partes —dijo dándose aires de diplomático experimentado—. El objetivo inicial de nuestro acuerdo era el entretenimiento y placer mutuos. Ahora podría ser el de criar a un niño equilibrado y sano. Estoy seguro de que si los dos trabajamos juntos en ese objetivo, sería una empresa de éxito y beneficiosa para ambos.

—Mira, Richard —dije apartándome el cabello empapado de los ojos—. Sé que no tienes ningún deseo de convertirte en padre, y también sé que el niño estará perfectamente bien sin ti. Si lo piensas bien, te darás cuenta de lo ridículo que sería que mantuviéramos una relación durante los próximos dieciocho años simplemente por un accidente de la biología. Dudo mucho que eso sea lo que deseas, si eres honesto contigo mismo.

—Pero ¿qué quieres tú?

—Quiero cobijarme de la lluvia. Irme a casa y cenar.

—Ese bebé tiene mis genes —dijo señalando mi vientre con su dedo índice—. No solo es tuyo. La mitad me pertenece. Es posible que se parezca a mí, piense como yo, camine y hable como yo. No estoy dispuesto a ceder mi parte de control sobre su futuro. Le debo a mi madre asegurar el bienestar de su nieto.

—No es cosa tuya —le dije apartando su dedo de un manotazo, enfadada—. Entiendo que quieres hacer lo que crees que es correcto, pero, por favor, confía en mí; yo sé lo que es mejor para los dos. Y ahora, si no te importa…

Me deshice del paraguas inservible en un cubo de basura rebosante y detuve el taxi libre que apareció justo a tiempo.

—Si no entras pronto en razón, me temo que tendrás noticias de mi abogado —gritó mientras me alejaba.

Es increíble cómo la gente cae en tópicos cuando no tiene a qué agarrarse.

# 9

Llevaba varios días intentando hablar con la tía Sylvia, pero cada vez que llamaba me atendía el tono áspero de fumador del tío Frank, o la vocecilla cantarina de Wendy o Christine. En un par de ocasiones escuché de fondo la voz de la tía Sylvia diciéndole al recadero de turno que lo sentía muchísimo, pero que estaba ocupadísima en ese momento y que ya me llamaría más tarde. Tales excusas, sin embargo, eran tan falsas como sus uñas, sus pestañas y el intenso azul de sus ojos. Durante una de las llamadas, durante la cual la tía Sylvia supuestamente no podía hablar porque le habían blanqueado los dientes con láser aquella mañana, conseguí sonsacarle a Wendy que ella, Christine y mi tía viajarían a Londres el fin de semana siguiente para acudir a un espectáculo del West End. ¿Qué les parecería si yo me llevaba a su madre a dar una vuelta por la ciudad mientras ellas se daban un gusto y disfrutaban de un *spa*?

—Pero yo también quiero que me mimen en el *spa*. No quiero perder el tiempo visitando un montón de museos viejos y lúgubres —se quejó la tía Sylvia con dificultad a pesar de su aflicción dental.

Al final, me quedó claro que la única manera de acorralar a mi escurridiza tía iba a ser, muy a mi pesar, sumándome a ella y mis primas en el *spa*. Nunca antes había estado en un sitio así; siempre me han parecido una forma sinsentido de malgastar el dinero, ideal para aquellos que creen que su valía es directamente proporcional al dinero que se gastan en ellos mismos. Exactamente como en el caso de mi tía y mis primas. Sin embargo, Wendy me tranquilizó diciéndome que solo necesitaba comprar un pase de medio día.

Llegué al *spa*, que estaba ubicado en un hotel impecable de Londres en el que me había alojado con Richard en una ocasión, a las nueve y media de la mañana. Mi familia todavía no había llegado; era demasiado temprano para lidiar con la ardua tarea de ponerse a remojo. Todo en la zona de recepción resplandecía, desde los suelos de mármol a las paredes revestidas de espejo pasando por la tez perfecta de la recepcionista. El silencio eclesiástico del lugar solo se veía interrumpido por el borboteo del agua procedente de una jofaina de piedra a modo de fuente que estaba en el lado opuesto a la entrada. El ambiente estaba cargado del aroma de aceites y ungüentos, que se mezclaba con un ligero tufillo a cloro.

—¿Le gustaría reservar algún tratamiento para hoy, señora? Puede elegir de nuestra carta de servicios, o quizá le interesen nuestros packs «Serenidad» o «Vitalidad» —dijo la prolija mujer. Le dije que no creía que se pudiera alcanzar ninguno de esos dos estados con tan solo pasar una mañana en su establecimiento, y que solo quería acceder al santuario, cuyo coste era desorbitado.

Me entregaron una toalla y un albornoz con monograma y me guiaron a los vestuarios, donde un puñado de mujeres intentaba embutirse en los trajes de baño más poco prácticos que había visto en mi vida. No me había probado mi bañador de Speedo negro desde que me quedé embarazada, y observé que la forma en que se me ceñía en torno al vientre y comprimía mis ahora generosos pechos no resultaba especialmente favorecedora. La verdad es que no me importaba demasiado, tenía asuntos mucho más importantes en los que pensar.

Me envolví en el albornoz y me lo ajusté a la cintura, asegurándolo con un doble nudo. Cogí mi cartera, donde llevaba el pesado volumen de *Ensayo sobre la autenticación de testamentos de Tristram y Cootes* que había tomado prestado de la biblioteca el día anterior, y me dirigí a la «zona tranquila» del área de la piscina. La decoración era parecida a la del área de recepción, salvo por la presencia de palmeras, exuberantes plantas colgantes y tumbonas, además de por su ambiente sofocante. El espacio ya estaba medio lleno; es sorprendente la de gente que no tiene nada constructivo que hacer un sábado por la mañana. Mientras atravesaba la estancia, me di cuenta de que los hombres echados en las tumbonas eran rollizos y peludos, en contraposición a las mujeres, en su mayoría delgadas y bien depiladas. Todos tenían pinta de idiotas. Encontré un rincón apartado, me puse las gafas de lectura y abrí mi libro de Derecho.

Una hora o así más tarde, la tía Sylvia hizo su aparición desde los vestuarios, seguida a un par de pasos de distancia por Wendy y Christina. Tuve que soportar los besos habituales y los comentarios correspondientes respecto a lo estupendo que era verme de nuevo tan pronto después del funeral. Colocaron sus tumbonas junto a la mía, la de la tía Sylvia a mi izquierda y las de mis primas a mi derecha, y se desprendieron de los albornoces. Mis primas lucían bañadores de color verde jade, tobilleras doradas a juego y se habían peinado el cabello rubio cobrizo recogiéndolo en la coronilla de forma bastante elaborada. Que un par de gemelas siguieran vistiéndose iguales con treinta y nueve años, y que pasaran tanto tiempo juntas incluso aunque ambas tenían familias propias, era un indicativo claro de profundos problemas de identidad, sin duda causados por su egocéntrica madre. Mi tía, que llevaba un traje de baño con estampado de plantas tropicales, para ir a juego con la temática de la piscina, debía de haber vuelto hacía bien poco de su casa de vacaciones en España; su cuerpo rechoncho estaba bronceado y curtido como un viejo guante de boxeo. Completamente distinta al aspecto de mi madre, menuda y de tez pálida.

\* \* \*

122

Mis primas y yo pasamos más tardes de nuestra infancia juntas de las que puedo recordar. Antes de que mi tía y su familia se mudaran y abandonaran Birmingham para instalarse en su ostentoso casoplón a las afueras de Worcester, ella y mi madre se visitaban la una a la otra por lo menos una vez a la semana. Como éramos pequeñas, no nos quedaba más remedio que acompañarlas. Curiosamente, incluso aunque mi madre y mi tía tenían muy poco en común, solían pasar una increíble cantidad de tiempo charlando y cotilleando. Para poder hacerlo libremente sin la presencia represora de su prole, la tía Sylvia y mi madre solían hacernos salir a jugar al jardín trasero o a la calle. Cuando llegaba el momento de las despedidas, mi madre a veces tenía los ojos enrojecidos e hinchados. Entonces descubría que habían estado tratando el eterno debate del comportamiento de mi padre.

Soy seis años mayor que mis primas, así que, supuestamente, estaba a cargo de ellas cuando mi madre y mi tía estaban a sus cosas. Digo «supuestamente» porque intentar controlar a aquellas niñatas malcriadas y taimadas era imposible. Aunque mayor que ellas, no había quien las dominara, ni aunque fuera más grande, fuerte o inteligente. Mis primas estaban más mimadas por su madre de lo que lo estaba Edward por la nuestra. Así que siempre que la trataran con servil veneración, conseguían lo que querían: chucherías, juguetes, mascotas… No hacían por ocultar que yo no les caía bien, probablemente porque era invulnerable a sus formas de persuasión y sus lloriqueos. En cambio, veneraban a Edward como a un superhéroe; su carácter subversivo le daba un aire de emoción y rebeldía. Si discutíamos o no nos poníamos de acuerdo en algo entre nosotros cuatro, lo cual ocurría a menudo, siempre era Edward y mis primas contra mí.

Pongamos un ejemplo: yo debía tener unos trece años, de modo que Edward tendría como diez u once y mis primas unos siete. Era finales de verano y yo estaba entre no tener ninguna gana de volver al colegio y estar deseosa de hacerlo. No tenía ganas porque ya a esa edad prefería la soledad, y estaba deseosa porque

123

tener éxito en el cole a nivel académico era el único aspecto de mi vida sobre el que tenía control absoluto. A mis primas, a Edward y a mí nos habían dicho, como de costumbre, que saliéramos a jugar fuera para que los mayores pudieran charlar. Ya era demasiado mayor para «jugar», y lo que de verdad quería era sentarme a leer mi libro, pero sabía que mi madre necesitaba que echara un ojo a los pequeños. Estaban pavimentando parte del jardín trasero, y enfrente de casa había un montón de hormigas aladas incordiando, de modo que salimos pitando al parque más cercano. Cuando llegamos, Edward empezó a hacer el tonto: ahora perseguía a los gansos y sus crías; luego que si tiraba piedras al estanque donde los ancianos lanzaban el anzuelo de sus cañas de pesca, o bien se ponía a trepar a los árboles a una altura temeraria. Las primas estaban encantadas con sus payasadas mientras yo trataba de meterlo en vereda, pero todo era en vano. Era como intentar razonar con un babuino.

En el parque infantil, Edward se entretuvo trepando por el lado incorrecto del tobogán mientras un montón de niños hacían cola para deslizarse por él, y hacía girar tan rápido el carrusel que los más pequeños casi salen despedidos debido a la fuerza centrífuga. Un montón de padres furiosos lo echaron de allí, y entonces él decidió que le apetecía jugar a una versión de «El gallina»: él se plantaba delante de un columpio en movimiento y tenía que apartarse en el último momento para evitar que le diera en toda la cara. Le grité que parara, que se iba a hacer daño, pero se limitó a hacerme un gesto que no pienso ni describir. Mientras me miraba, se desconcentró y la esquina del columpio le dio en toda la sien.

La cantidad de sangre era alarmante. Mis primas se echaron a llorar, estaban pálidas y temblorosas, y Edward se desmayó por la conmoción. Por suerte, una vecina estaba en el parque con sus hijas pequeñas. Taponó la herida con un cárdigan, nos metió a toda prisa en su monovolumen y nos llevó a casa. Después de que le dieran puntos a Edward en el hospital, empezaron los interrogatorios. Yo proporcioné mi versión de los hechos, incluyendo todos los detalles relacionados con el comportamiento mezquino, estúpido y temerario. Él, en cambio, contó una historia muy distinta. Según Edward, un chico mayor empujó a una de mis primas delante del columpio, y mientras mi hermano se lanzaba al rescate, el columpio le golpeó en la cabeza. Mis primas respaldaron sus palabras. Al parecer, yo me había dedicado a estar sentada en un banco leyendo un libro, pasando de todo. Mi madre me dijo, con ojos llorosos y voz quebrada, que estaba muy pero que muy decepcionada conmigo. Que yo era la que estaba al cargo de los pequeños y que tenía que haber cuidado mejor de mi hermano y mis primas. Y eso que yo solía ser una chica tan digna de confianza y tan sensata. ¿A quién iba a acudir ella ahora? Edward y mis primas apenas pudieron reprimir una sonrisa.

—No me digas que no se está bien —dijo mi tía dándome un apretoncito en el brazo; lo noté incluso a través del grueso material de felpa del albornoz.

—Es una maravilla —dijeron con voz cantarina mis primas desde el otro lado.

—Tu tío Frank nos ha regalado este fin de semana de chicas para celebrar mi cumpleaños. Hago sesenta y dos, ¿sabías? —Abrió los ojos como platos, como si incluso fuera una revelación para ella—. Nadie da crédito cuando lo cuento. Todo el mundo piensa que debo tener cincuenta y pocos. Siempre me he cuidado, y se nota. «Te mantienes joven y hermosa», me dicen.

—Estás estupenda, mamá —dijo una de mis primas.

—Espero que nosotras también tengamos tan buen aspecto a tu edad —añadió la otra a la vez que se daba media vuelta para observarse en la pared revestida de espejos a su espalda. La tía Sylvia sonrió, satisfecha con que su radiante juventud se notara.

—¿Ya estás totalmente recuperada del vahído que te dio en el funeral? —me preguntó—. Debes de haberlo pasado fatal. Pobrecita. También ha sido duro para mí. Por poco me da un patatús a mí, pero, claro, yo siempre he sido una persona muy sensible. «Eres todo corazón, Sylvia», me dice siempre el tío Frank.

Le expliqué que yo nunca había tenido ninguna dificultad para mantener mis emociones a raya, y que simplemente no me sentía demasiado bien físicamente.

—No tiene nada de malo abrirse en el funeral de una madre, ¿sabes? Los casos así son excepcionales. Como el desconcertante comportamiento de Ed en el velatorio. No se lo tenemos en cuenta, ¿verdad, niñas?

Mis primas negaron con la cabeza al unísono.

—No, mamá, para nada.

—No sabía lo que decía —justificó Wendy.

—Estaba ahogando las penas —añadió Christine.

Tuve que soportar la cháchara insustancial de mi tía y mis primas sobre el funeral y el velatorio, incluido un análisis del carácter, el comportamiento y el gusto para vestir de los dolientes, durante varios minutos que se hicieron eternos hasta que por fin callaron el tiempo suficiente como para que me dejaran explicarles que la única razón por la que había accedido a reunirme con ellas en el *spa* era para hablar sobre las circunstancias en las que se firmó el testamento de mi madre.

—¿Había hecho testamento, querida? —dijo mi tía.

—Deberías saberlo. Serviste de testigo.

—¿Ah, sí? No lo recuerdo. ¿Cuándo fue?

Le respondí que unas semanas antes del fallecimiento de mi madre.

La tía Sylvia nos deleitó con un excelente ceño fruncido mientras reflexionaba, y eso que debió de costarle teniendo en cuenta lo estirada que tenía la frente por culpa del bótox.

—Rob, el amigo de Edward, era el otro testigo —apunté—. Supongo que él firmaría el mismo día.

—Oh, Rob, sí, ya lo recuerdo. Un hombre encantador, un

gigantón muy agradable. Debo admitir que me dejó fascinada. Me dio una de sus tarjetas y anotó su teléfono personal en la parte de atrás. Creo que le llamaré para que venga a echar un vistazo a nuestro terreno. Nuestro jardinero se las apaña cortando el césped y podando setos, pero no tiene ese punto artístico. No paro de decirle al tío Frank que quiero un cenador y un jardín sumergido, y él siempre me dice, «Lo que desees, cariño», pero luego nunca saco tiempo para organizarlo todo. Ahora que me lo has recordado pienso llamar a Rob en cuantito que volvamos a casa.

Me di cuenta de que iba a tener que hacer un esfuerzo enorme por mantener la atención de mi tía en el tema en cuestión.

—¿Quién te pidió que actuaras como testigo? —De nuevo un intento de ceño fruncido asomó a su rostro.

—Déjame que piense… Sí, ya lo recuerdo. Ed me llamó el día anterior. Lo recuerdo porque creo que fue la primera vez en la vida que me llama. No es muy familiar, ¿verdad? Pensé que tendría malas noticias, como tu madre había sufrido dos ictus…, pero me dijo que no, que solo llamaba porque había pensado que igual quería pasarme por allí para charlar. Dijo que tu madre parecía desanimada y que necesitaba una visita. Sabía que yo siempre le levantaba el ánimo. Eso dice todo el mundo: «Sylvia», me dicen, «siempre llevas la alegría dondequiera que vayas». Y así debería de ser siempre, ¿no? No tiene sentido estar de morros todo el día. ¿Recuerdas a la tía abuela Gladys? Siempre con esa cara tan larga… Nada era lo suficientemente bueno para ella. Recuerdo una ocasión…

—¿Dijo algo más por teléfono? ¿Mencionó el testamento?

Cuando estaba a punto de responder, una mujer con aspecto de glamurosa enfermera psiquiátrica —su almidonada bata blanca y ese aire de fría eficiencia contrastaba con el maquillaje exagerado que llevaba—, emergió de entre el follaje y se inclinó sobre la tía Sylvia.

—¿Señora Mason? Lamento molestarla. Es hora de su manicura. Acompáñeme, por favor.

—Oooh. Esto es un no parar, ¿a que sí? —dijo mi tía con una risita.

Se me acababa el tiempo, y como no quería echar a perder el dineral que me había gastado en el pase de medio día, guardé mi libro en la cartera y seguí a mi tía a la zona de tratamientos. Ya se había sentado en un taburete frente a una pequeña mesa sobre la que tenía extendida una mano de dedos regordetes.

—¿También te vas a hacer las manos, Susan? Yo me las hago cada dos semanas sin falta. Al tío Frank le encanta que siempre tenga buen aspecto.

—Lo cierto es que no. Por ahora soy capaz de cortarme las uñas yo sola. Respecto a la llamada de Edward y la firma del testamento… —Coloqué otro taburete junto al de mi tía y me senté.

—Bueno, pues estoy bastante segura de que Ed no me dijo nada de ningún testamento por teléfono. Pero recuerdo que insistió bastante en que los visitara pronto. Dijo que no quería que tu madre se desanimara más todavía. Así que le dije que me pasaría por allí al día siguiente; en cualquier caso, quería ir de compras por Birmingham. Buscaba un tocado que combinara con mi modelito para la boda de mi amiga Jacquie. Las tiendas de Worcester no me acaban de convencer. Eso es lo único que extraño de Birmingham, las tiendas. Y también quería visitar a tu madre. Nos gustaba vernos con regularidad.

—Y cuando fuiste a ver a mamá, ¿qué pasó?

—Nada en especial, la verdad. No me pareció que estuviera especialmente tristona, que yo recuerde. Un poco confusa, puede, pero ya estaba así después de los ictus, ¿no crees? Era de esperar. Almorzamos, tomamos el té y luego fui a la ciudad. ¿Y te puedes creer que después de visitar todas las tiendas de Birmingham no pude encontrar un tocado de color verde amarillento? No hubo manera.

—Vale, pero ¿qué hay del testamento? —insistí.

—Bueno pues cuando terminamos de comer apareció Rob. Es muy alto, ¿verdad? Siempre me han gustado los hombres altos. Así que Ed informa a tu madre de que ya ha llegado Rob, y ella parece un poco confundida. Entonces él le dice, «Acuérdate, necesitas a dos personas», y ella contesta, «Oh, es verdad. ¿Dónde está?», y entonces Ed sale de la habitación y vuelve un minuto más tarde con un sobre marrón grande. Entonces nos dice que él se marcha para que nos encarguemos del asunto. Esa fue la última vez que lo vi hasta el funeral. Tu madre nos dice a Rob y a mí que quiere que sirvamos de testigos de su firma, así que saca un documento, firma y Rob y yo hacemos lo propio. Luego nos tomamos un té y le hablo a Rob del cenador y del jardín sumergido, fue entonces cuando me dio su tarjeta. Es un encanto.

—¿Mamá mencionó algo sobre las cláusulas del testamento?

—¿Qué color le apetece hoy, señora Mason? —interrumpió la enfermera psiquiátrica—. Ayer mismo nos llegaron unos esmaltes nuevos. Creo que le van a encantar. —Le enseñó a mi tía un pequeño expositor que contenía un buen surtido de botecitos en miniatura.

—Oooh, es como ir a una tienda de chucherías, ¿no te parece? No sé cuál elegir. Es como si me preguntas si prefiero delicias turcas, almendras garrapiñadas o pistachos con cobertura de chocolate. Me chiflan todos. Aunque creo que me inclinaré por el Flamenco, quizá el Sandía. ¿Qué opinas, Susan? Se me da fatal decidirme. Las niñas siempre me dicen, «Mamá, eso te pasa porque eres superpositiva respecto a todo». Positiva hasta decir basta, así soy yo.

—No sé. No tengo ni idea. ¿Por qué no cierras los ojos y señalas uno?

—Qué buena idea. Como si fuera un juego. Dejemos que decida el destino.

Cerró los ojos y apuntó con un dedo al expositor. Se le notó la decepción en la cara cuando vio el tono rosado tan natural que el destino había elegido por ella.

—No, creo que me gusta el Flamenco. Siempre digo que hay que confiar en el instinto. —Sacó un botecito de color chillón del expositor.

—Es una elección excelente. Qué buen ojo tiene para los colores, señora Mason —dijo la enfermera psiquiátrica, como si hubiera sido mi tía la que había diseñado y formulado la composición del esmalte.

—El testamento —insistí—. ¿Te dijo mamá algo sobre las cláusulas?

—A ver…, ¿qué fue lo que me dijo? Bueno, pues que había estado pensando en lo que pasaría cuando ella ya no estuviera. Que quería ser justa con los dos, ya sabes. Para que no os pelearais. Sabía que sois como el agua y el aceite, irreconciliables. Creo que me dijo que lo había hablado con alguien, para que la ayudara a aclararse. No recuerdo con quién. Puede que fuera el párroco. La llamaba a menudo para ver cómo estaba. Coincidí con él en alguna de mis visitas. Encantador, pero un poco afeminado, no sé si me entiendes. Una se da cuenta de esas cosas, ¿no crees? Apenas me prestó ninguna atención.

—¿Dijo algo sobre que pensaba nombrar a Edward usufructuario de la casa familiar?

—¿Cómo dices, querida?

—Usufructuario. Quiere decir que puede quedarse a vivir allí el tiempo que quiera.

—No me suena nada de eso. No mencionó nada de «usufructuarios». O puede que sí y simplemente no estaba prestando atención. ¿Que sea así te ha sacado un poco de tus casillas? ¿Por eso me haces todas estas preguntas?

—No es que me haya «sacado de mis casillas», estoy furiosa. No hay ningún motivo por el que mamá decidiera hacer eso. Está claro que Edward la engañó o la amenazó. Estoy intentando hacerme con su historial médico e interrogando a todo el que la conocía. Voy a demostrar que mamá estaba confundida y vulnerable. Y que no era el tipo de persona que haría algo tan tremendamente injusto.

La tía Sylvia apartó la vista de sus llamativas uñas y me miró a la cara.

—Susan, puede que no te quede más remedio que aceptar el testamento. Tu madre tendría sus razones. ¿Quién sabe lo que se le pasa a cada uno por la cabeza? ¿Por qué perder el tiempo en remover su vida privada? A veces lo mejor es aceptar las cosas tal y como vienen e intentar sacarles el mayor provecho posible. Hablo desde la experiencia. De lo contrario te disgustarás a ti misma y a los que te rodean.

—Ya hemos terminado, señora Mason —dijo la enfermera psiquiátrica recogiendo sus utensilios—. ¿Le gustan?

—Oooh, me encantan. Tengo las manos de una estrella de cine, ¿no crees? —dijo resplandeciente mientras movía los dedos.


Cuando regresamos a la zona de las tumbonas, mis primas dijeron que se aburrían. Faltaba media hora hasta su primer tratamiento (envoltura corporal para perder unos centímetros de contorno; sin duda no se les había ocurrido la opción de hacer ejercicio o comer un poco menos) y ninguna había pensado en traerse un libro para entretenerse. Dando por hecho que sepan leer, claro. Propusieron que nos relajáramos juntas en el *jacuzzi* para cambiar de aires.

—Creo que paso —dijo mi tía estirándose y cerrando los ojos—. Acabo de hacerme las uñas y necesito descansar.

—Venga, Susan, te relajará —dijo Wendy—. No aceptamos un «no» por respuesta.

Nunca he sentido la necesidad de ponerme a remojo en compañía de nadie, y menos con esas dos mujeres horribles. Mientras declinaba la invitación, Wendy me desató el cinturón del albornoz con destreza y Christine me lo quitó de los hombros. Tal eficiencia conjunta era probablemente el resultado de abusar de chavalas menos populares que ellas en el colegio. En cuanto el albornoz tocó el suelo, miraron hacia mi vientre, luego a mi cara y por último a mi vientre de nuevo. No me había dado cuenta de que era tan obvio.

—Mamá, Susan está embarazada —dijo Wendy. Su cara era de terror absoluto.

—Pero es imposible. Tiene cuarenta y cinco años —añadió Christine.

—Oooh, pero qué maravillosa noticia. No puedo estar más contenta. Voy a ser tía abuela —dijo su madre, dándole, como siempre, esa perspectiva personal—. Aunque me hace parecer más vieja, eso de «tía abuela».

Mis primas estaban decididas a interrogarme al respecto. Me encararon con ímpetu.

—¿Cómo ha pasado?

—¿Ha sido un accidente?

—¿De cuánto estás?

—¿Es arriesgado a tu edad?

—Niñas, sentaos y dejad que Susan nos cuente toda la historia —dijo mi tía.

Antes de que pudiera mandarlas a freír espárragos, la mujer resplandeciente de la recepción se acercó furtivamente.

—Señorita Green —me llamó—, tan solo vengo a recordarle que su pase de medio día expira a las doce, pero si lo desea puede contratar un pase de día completo.

Tenía muchas más cosas de las que hablar con la tía Sylvia, sobre todo su percepción sobre la capacidad mental de mi madre antes de firmar el testamento, aunque si tenemos en cuenta su propia, y cuestionable, capacidad mental, puede que su valoración no tuviera mucho peso en los tribunales. Sin embargo, mis averiguaciones tendrían que esperar. No estaba dispuesta a someterme al interrogatorio exhaustivo de mis primas ni a despilfarrar más dinero.

—Qué lástima, tengo que marcharme. Tendremos que dejarlo para otra vez —les dije a mis ansiosas primas. Recogí el albornoz y la cartera y salí disparada hacia la puerta antes de que pudieran detenerme.

—Estamos en contacto, Susan —exclamó la tía Sylvia en cuanto me marché—. Queremos que pases las Navidades con nosotros ahora que falta tu madre. Te acogeremos como a una más, ¿verdad, niñas?

—No te vayas. No es justo. Quiero conocer todos los detalles del embarazo —gritó Wendy.

—Engreída… —Escuché que murmuraba Christine.

# 10

Aquella tarde tomé nota detallada de mi conversación con la tía Sylvia. Iba a tener que redactar una declaración en su nombre y quería asegurarme de guardar a buen recaudo sus palabras precisas. Siempre que fuera posible las utilizaría en cualquier documento judicial, pero corregiría sus faltas y coloquialismos para que las pruebas resultaran más persuasivas. No quería arriesgarme a que el juez pensara que estaba leyendo el testimonio de una imbécil.

De la poca información relevante que había podido extraer de las divagaciones de la tía Sylvia, no me cabía duda de que la implicación de Edward en el testamento iba más allá de ser un mero conocedor de su existencia. Sabía dónde estaba guardado antes de que se firmara y había tenido libre acceso al mismo. No solo eso, sino que él había sido quien personalmente había organizado la firma del documento por parte de mi madre y los dos testigos, su mejor amigo Rob y nuestra tía, que era muy susceptible a la manipulación. Que quisiera que la tía Sylvia visitara a mi madre urgentemente era revelador. En tales circunstancias, es imposible que él no estuviera al tanto del contenido del testamento. Puedo imaginar la emoción arrebatadora que debía de sentir, cómo le debían de sudar las manos, mientras le entregaba el sobre marrón a nuestra madre, consciente de que estaba a unos minutos de conseguir lo que, de hecho, sería una garantía para convertirse, técnicamente, en el único propietario de la casa familiar. No me sorprende que los dejara a solas para firmar. Seguro que le preocupaba que su ansioso entusiasmo se le reflejara en la cara, lo que podría haber provocado que mi madre titubeara y reflexionara acerca de lo que estaba a punto de hacer.

Me pregunté por qué Edward se habría empecinado en convertirse en usufructuario de la casa. No soy una persona rencorosa. Si la herencia de mi madre se hubiera dividido entre los dos a partes iguales, como tendría que haber sido, no se me habría ocurrido echarlo a la calle al día siguiente (aunque lo habría disfrutado mucho, la verdad). No, le habría dado un par de meses de margen para encontrar otro alojamiento mientras yo me encargaba de vaciar y preparar la casa para su venta. Podía haber encontrado sin problema algún piso de alquiler en el que vivir temporalmente hasta que se hiciera efectiva la venta, después de la cual tendría dinero suficiente de su parte de los beneficios para comprar un piso a las afueras de Birmingham en un buen distrito, o incluso una modesta casita en algún barrio quizá menos recomendable. Parece que nada de eso no era suficientemente bueno para el querido y consentido Edward. Estaba viviendo en una casita adosada muy cómoda, de cuatro dormitorios y con un mantenimiento impecable ubicada en una calle tranquila en una zona muy cotizada con todos los servicios necesarios, incluido un *pub*, una licorería y una casa de apuestas, a un corto paseo de distancia. Prefirió montar toda esta trama en lugar de hacer un par de llamadas a alguna agencia del sector inmobiliario. Y todo esto a pesar del hecho que, dada la cantidad de trabajo remunerado que había desempeñado desde que dejó la universidad, debería de estar viviendo en una caja de cartón bajo el paso elevado de las vías del tren.

Por fortuna, mi caso contra Edward empezaba a tomar forma. Era como si estuviera retirando la capa superior de suciedad de la superficie de un viejo cuadro. Se empezaba a entrever una imagen difusa. Trabajaría en su restauración hasta que por fin quedara a la vista la imagen, sin importar lo horrorosa que fuera.

\* \* \*

En cuanto terminé con mis notas y cerré la carpeta, escuché que llamaban a la puerta y un avergonzado «Hola, Susan, soy yo» a través de la ranura del buzón. Era Kate, de nuevo en pijama (como yo), pero en esta ocasión llevaba zapatillas de andar por casa, una bata y una botella en la mano.

—Mira, funciona aquí abajo. Me llega la señal —dijo mostrándome el receptor de un monitor para bebés como si fuera el boleto ganador de la lotería. Se escuchó un siseo bajo y un débil crujido, y parpadearon unas lucecitas verdes y rojas en la pantalla—. Puedo vigilarlos desde aquí abajo mientras nos tomamos una copita.

—Lo siento, en mi condición actual me temo que no puedo acompañarte.

—Oh, no —rio Kate enrojeciéndose—. No es vino. Hasta ahí llego. Es espumoso de flor de saúco. Lo bebía mucho cuando estaba embarazada. Intentaba convencerme de que me estaba poniendo ciega de champán. Venga, tómatela conmigo. No suelo salir mucho.

Aunque no la conocía demasiado, Kate no parecía el tipo de mujer a la que le resultara fácil relacionarse socialmente con nadie de más de dos años. Era evidente que estaba haciendo un esfuerzo enorme. Me dio pena, la invité a pasar y la conduje directamente a la sala de estar.


Como sabéis, no me siento cómoda dejando que cualquiera acceda a la privacidad de mi hogar, y menos aún si la persona en cuestión se presenta de improviso. Me pasaba exactamente lo mismo de niña. Desde bien pequeña me di cuenta de que lo que más me convenía era que nadie conociera el secreto problema con la bebida que tenía mi padre, y menos mis compañeros del colegio. Me volví una experta. Mi principal estrategia defensiva era no hacer amigos, de modo que nadie se sentiría tentado de acercarse a mi casa y encontrarse con mi padre. Logré mi objetivo gracias a rechazar cualquier invitación para jugar en el patio, asistir a cumpleaños y fiestas en casa de otros niños y, en general, no relacionándome con nadie. Mi estrategia de defensa secundaria era evitar que nadie me viera en público con mi padre. Por desgracia, esto no siempre era posible.

Tuvo lugar un incidente cuando tenía yo catorce años, que me acarreó las consecuencias que tanto me había esforzado en evitar. Volvíamos a casa en coche de una visita familiar especialmente agotadora a casa de la tía Sylvia. Mi padre le pidió a mi madre que parara un momento delante de la licorería, y como sabía que no valía la pena llevarle la contraria, obedeció. Cubrió la distancia del coche a la tienda tambaleándose, para luego repetir la operación en la dirección contraria, esta vez cargado con una bolsa en cada mano. A estas alturas de su vida, el tamaño de su barriga cervecera le obligaba a estar constantemente subiéndose la cinturilla del pantalón, que rápidamente volvía a escurrírsele cadera abajo.

Mientras mi padre se acercaba al coche, observé cómo la cinturilla se iba escurriendo más y más. Entonces lo supe. Abrí la puerta y corrí en su dirección, pero era demasiado tarde; llevaba los pantalones a la altura de los tobillos, dejando al descubierto sus piernecitas flacuchas y pálidas. En lugar de soltar las bolsas, se quedó allí plantado con una expresión de pánico. Le cogí las bolsas de las manos y él se agachó para recolocarse los pantalones; a punto estuvo de caerse en el intento. Puede parecer una escena graciosa, pero no lo fue en absoluto. Desde luego no para mí, no en aquel momento. Miré a mi alrededor con la esperanza de que nadie se hubiera dado cuenta de lo sucedido, y entonces vi a un grupo de chicas partiéndose de risa: Carol y tres de sus amiguitas, todas compañeras mías de clase, que, muy en el estilo de mis queridas primas, disfrutaban exponiendo las vulnerabilidades de los demás. Salí disparada de vuelta al coche.

Sé que podrá parecer una cobardía, pero el lunes por la mañana le dije a mi madre que me no me encontraba bien para ir a clase. Utilicé la misma excusa el martes, y el miércoles por la mañana amenazó con llamar al médico, de modo que me resigné y me armé de valor para encarar a mis compañeras. Al entrar en clase a primera hora, me dio la impresión de que todos mis compañeros se reían de mí a mis espaldas.

—Eh, Sue, os vi a tu padre y a ti de compras el sábado —gritó Carol—. De hecho, vi demasiado de tu padre.

—Menos mal que no lo pilló la policía por exhibicionista; mira que dejarse ver así enfrente de un grupito de chicas… —añadió una de su pandilla.

—Parecía bastante perjudicado.

—Mi madre dice que tu padre es un borrachuzo.

Me quedé mirando mi escritorio, tratando de hacer oídos sordos a sus palabras. Era imposible. Carol era la cabecilla, y no callaba ni un minuto; no lo dejaba estar. Entonces hice algo completamente impropio de mí, algo que no he vuelto a hacer desde aquel día. Me levanté, me acerqué a la mesa de Carol y le di una bofetada con todas mis fuerzas. Ella dio un traspié y se golpeó el codo contra el radiador justo cuando nuestro tutor, el señor Briggs, entraba en el aula para pasar lista. Me caía bien; tenía veintipocos, era delgado, rubio y amable. Daba clase de Lengua, pero no a mi curso.

—¿Qué demonios está pasando aquí? —preguntó mientras dejaba la hoja de control de asistencia sobre su mesa.

—Señor, ha sido Susan —gimoteó Carol—. Me ha dado un tortazo sin venir a cuento, y me he dado un golpe en el codo; creo que me lo he roto.

El señor Briggs no daba crédito.

—Susan, ¿has pegado a Carol?

—Sí, señor. —Bajé la mirada hacia mis zapatones escolares.

Me preguntó que qué mosca me había picado, y yo alegué que no sabía. Se dirigió a Carol, cuya mejilla había adquirido un tono carmesí brillante.

—Echemos un vistazo a ese codo. ¿Puedes moverlo?

Tras un breve examen, le dijo que no parecía que se hubiera

hecho nada grave. Le permitió salir al baño para empapar un trozo de papel en el lavabo y ponérselo en la cara unos minutos. Cuando regresó al aula me dedicó una sonrisa perversa, como si ya estuviera maquinando todo tipo de males que infligir a mi persona.

Cuando acabó la primera hora y estábamos a punto de salir de clase, el señor Briggs nos pidió a Carol y a mí que nos quedáramos. Me preguntó por qué había abofeteado a Carol y yo le volví a decir que no sabía.

—Carol, ¿me lo explicas tú?

—Ha sido porque mencioné a su padre. Lo vimos dando tumbos borracho el fin de semana y solo le pregunté que qué tal se encontraba.

—¿Es eso cierto, Susan?

—No me ha preguntado por cómo estoy. Estaba diciendo cosas horribles de mi padre, insultándole.

El señor Briggs me dijo que nunca debía recurrir a la violencia física, fuera cual fuera la provocación. Sabía que ese comportamiento no era propio de mí, así que, por esta vez, me dejó marchar con una amonestación. Sin embargo me dijo que si se repetía algo así, me mandaría directamente al despacho de la directora. Le dijo a Carol que no quería volver a oír que iba contando chismes de mi padre por ahí. Cuando nos preguntó si nos quedaba todo claro, las dos respondimos que sí.

—De acuerdo. Y ahora, venga, a clase.

Las burlas continuaron, claro está. ¿Qué niño dejaría un entretenimiento así solo porque se lo diga un profesor? Carol y mis amigas sacaron el máximo partido a la información que tenían para usar en mi contra. Me planteé fingir una enfermedad crónica, pero sabía que no podría mantenerme alejada del colegio para siempre. Y, en cualquier caso, me decía a mí misma, era una chica fuerte, realmente eficiente a la hora de aislarme de mi alrededor y de suprimir cualquier tipo de reacción emocional.

La semana siguiente, el señor Briggs me pidió que me quedara después de primera hora otra vez. Me dijo que conocía a un vecino mío, y que le había hablado un poco de mi padre.

—¿Cómo van las cosas en casa? —me preguntó.

—Genial.

—¿De verdad? —No respondí—. Susan, solo quiero que sepas que mi padre también tenía un problema con la bebida y que entiendo por lo que estás pasando.

Seguí callada. Me preguntó si mis compañeros habían dejado de meterse conmigo e instintivamente negué con la cabeza.

—¿Quién te está molestando? ¿Carol? Hablaré con ella.

—No lo haga, así solo conseguirá provocarla.

—Vale, como prefieras. Pero si necesitas escapar de la pandilla de Carol, puedes venir a mi aula en el recreo. Y si quieres que te ayude con algo, no tienes más que decirlo.

Acudí al aula del señor Briggs en el primer recreo al día siguiente, pero no porque no pudiera soportar el acoso de mis compañeros, sino porque prefería la paz y tranquilidad. Mientras él corregía los deberes, yo me sentaba a una mesa en el rincón más apartado de la clase y me ponía a leer. Después de un rato, él levantó la vista y me preguntó qué estaba leyendo; recuerdo que era *Tres hombres en un bote* de Jerome K. Jerome, y me dijo que era uno de sus libros favoritos. Al día siguiente me trajo una novela de P. G. Wodehouse que pensó que podría gustarme. Me dijo que podía quedármelo, que tenía demasiados libros en casa y que estaba encantado de hacer hueco en las estanterías.

Así que se convirtió en mi rutina. En cada recreo, después de que sonara el timbre, iba al aula del señor Briggs, sacaba un libro y lo leía mientras él corregía deberes y planificaba clases. A veces me traía libros y debatíamos sobre ellos. Incluso en alguna ocasión intentó sonsacarme acerca de mi situación doméstica, pero siempre le contestaba con evasivas. Me dijo que lo mejor era mantener mis visitas en secreto, de lo contrario, el resto de los alumnos sentirían celos, y acepté de buen grado. El aula del señor Briggs era mi oasis personal de calma y orden, y no tenía intención de compartirlo con nadie.

Pero entonces Edward metió las narices. Descubrió un par de libros en mi cuarto que tenían el nombre del señor Briggs escrito. Luego se dio cuenta de que no estaba en el patio durante el recreo y se las apañó para localizarme.

—¿Qué demonios haces tú solita tanto tiempo con Briggsy? —me preguntó al alcanzarme de camino a casa después del colegio, bloqueándome el paso. Ojalá le hubiera ignorado.

—Él corrige, yo leo; me da libros, hablamos de ellos.

—Qué chungo. Los profes tienen prohibido pasar tiempo a solas con sus alumnos, y tampoco pueden regalarles cosas. He oído rumores sobre tipos así.

—No seas ridículo. Solo está siendo amable conmigo.

Edward se distrajo al ver a su mejor amigo Steve (el hermano de Carol) subido a su nuevo monopatín en la acera de enfrente, y yo aproveché para librarme de él. No pensé más en ello. Un par de días más tarde, en la zona donde guardábamos los abrigos, Yasmin, una chica callada que en otras circunstancias podría haber sido amiga mía, me dio un toquecito en el hombro mientras me ponía mi gabardina.

—Creo que deberías saber que hay rumores sobre ti y el señor Briggs —me dijo.

—¿Qué clase de rumores?

—Dicen que estáis enrollados.

—Eso no tiene ningún sentido. ¿Quién lo dice?

—Todo el mundo. Dicen que te hace regalos, en plan libros y tal, para camelarte.

Se disculpó por ser portadora de malas noticias, sonrió con compasión y se marchó. Me quedé allí plantada, con un brazo metido en la manga del abrigo y el otro colgando inerte en un costado. Me horrorizó que algo tan inocente pudiera ser mancillado por tan viles recelos. Los libros, pensé, ¿quién sabía lo de los libros?

Solo una persona, aparte del señor Briggs y yo. La gente se traga cualquier cosa que le cuentes como si fuera una confidencia, y Edward siempre ha sido un perverso experto en extender cualquier chisme. Mi intención era enfrentarme a mi hermano tan pronto como llegara a casa, pero, mira tú qué coincidencia, que justo ese día se quedaba a dormir en casa de Steve.

Al parecer, los rumores corrieron como la pólvora, porque antes de que hubiera sacado los deberes de la mochila, mi madre recibió una llamada pidiéndole que la acompañara a una reunión con la directora a la mañana siguiente. Me preguntó que qué pasaba, pero le dije que no lo sabía. No quería pensar en las batallitas que contaban por ahí. Deseaba que todo quedara en nada.

Cuando mi madre y yo nos sentamos en el despacho de la directora, esta fue directa al grano. Dijo que había llegado a sus oídos el rumor de que uno de los profesores nuevos, el señor Briggs, y yo estábamos manteniendo una relación inapropiada. Que había testigos, más de uno. Me pidió que explicara, con mis propias palabras, qué había ocurrido. Le dije que había estado cobijándome en el aula del señor Briggs durante los recreos para escapar del acoso de las chicas de mi clase. Me preguntó si me había estado haciendo regalos. Sí, le respondí, pero no eran más que libros de segunda mano. ¿Te pidió que lo mantuvieras en secreto? Sí, pero tan solo para que el resto de los alumnos no exigieran poder quedarse en el aula durante los recreos igual que yo. Se inclinó hacia delante y dijo que lamentaba sacar el tema, pero que no le quedaba más remedio, y me preguntó si el señor Briggs me había tocado alguna vez o me había pedido que le tocara yo a él. No tenía nada que ocultar, de modo que fui todo lo honesta posible.

—Desde luego que no —respondí—. Para nada. Qué va, nunca.

Me miró escéptica, como si diera por sentado que lo negaría fuera verdad o no. Después de asegurarle a mi madre que llegaría al fondo del asunto, la directora me indicó que volviera a clase. Mi madre fruncía los labios, tensa, cuando le di un beso de despedida.

Al día siguiente, había un profesor sustituto en la mesa del señor Briggs. Nos dijeron que estaba de baja por enfermedad, y que lo más probable es que no regresara antes de las vacaciones de verano, que empezaban en un par de semanas. No se reincorporó al trimestre siguiente, y yo no lo volví a ver nunca más. Nunca supe si lo despidió la directora, si dimitió cuando esta se dispuso a interrogarle o si directamente no tenía intención de regresar al curso siguiente. Para mí, aquello significaba volver al patio durante los recreos, volver a pasar por las mofas y los insultos, que no solo arremetían contra mi padre. Al final, pasados unos meses, los rumores acerca del señor Briggs y yo fueron agua pasada, y Carol centró su atención en una chica que había descubierto que era adoptada y un chico que ella había decidido que era gay. Seguía atormentándome con que mi padre bebía, pero no con tanto gusto. Eso sí, nunca llegué a perdonar a Edward por destruir mi santuario y arruinar lo que yo sigo creyendo de verdad que era una relación totalmente inocente entre una alumna y su profesor. Encaré a mi hermano al respecto en el vestíbulo tan pronto entré en casa el día de la reunión.

—Es que estaba claro que era un pervertido —me dijo—. Por eso se lo conté a Carol cuando me quedé en su casa porque me había invitado su hermano Steve, porque sabía que ella era tu amiga. Y por eso se lo conté a la directora.

Curiosamente, mi madre estaba furiosa conmigo, incluso a pesar de que pareció creer mi versión de los hechos. Había algo raro, dijo, en el hecho de que un hombre adulto buscara la compañía de una adolescente y le hiciera regalos. Dijo que nunca debí haberlos aceptado, que puede que a mí me parecieran inofensivos, pero que era una ingenua; que nunca puedes bajar la guardia con los hombres. Que lo más probable era que el señor Briggs estuviera tomándose su tiempo, ganándose mi confianza, ¿y quién sabe en qué hubiera terminado la cosa? Pasó el brazo por los hombros de Edward.

—Gracias a Dios que Teddy estaba ahí para protegerte.

* * *

143

Pues ahí estaba yo, apencando con una invitada imprevista. Tendría por lo menos que sacarle el mejor provecho posible a la situación. Lo que desde luego no me importaba en absoluto era dar buena cuenta de la fantasía vinosa que había traído, así que utilizando el cofre de roble macizo para subirme, alcancé una caja de copas de champán sin estrenar del estante más alto de la alacena de la cocina. Kate las llenó con el espumoso de flor de saúco, y nos sentamos con las piernas encogidas en extremos opuestos del sofá con los cojines en nuestro regazo a modo de barricada. Se produjo un silencio incómodo mientras las dos pensábamos qué demonios decirnos la una a la otra. Siempre que visito a alguien, preparo de antemano una lista de temas de conversación para evitar situaciones como estas. Saltaba a la vista que Kate no era como yo en ese aspecto.

—¿Has hecho algo divertido hoy? —se aventuró.

—No lo clasificaría como divertido, la verdad —dije, y procedí a relatarle mi visita al *spa*, así como a describirle a mis frívolas primas y tía. Ella me escuchó con admirable atención.

—Parecen terribles personas —dijo cuando terminé—. Seguro que estaban enfadadas como monas cuando huiste sin saciar sus ansias de cotilleo.

Kate me contó que después de varios años trabajando en la City, estaba harta de la gente superficial. Al parecer había estudiado Psicología en la universidad y había terminado trabajando en recursos humanos como resultado de la más auténtica desesperación por obtener unos ingresos regulares que le permitieran pagar sus préstamos de estudios. No le iba nada con su carácter, ya que es bastante introvertida, y detestaba todo lo relacionado con su trabajo. Estaba a punto de empezar un máster y soñaba con poder labrarse una carrera profesional en el ámbito académico.

—A mí lo que me importa es el interior de las personas —concluyó—. No la marca de la ropa que llevas o el coche que conduces, tampoco que seas popular, vayas a la moda o seas guapo.

No hace falta que diga que no me gusta compartir información personal con nadie. Ya hay demasiada gente a la que le encanta hacerlo, personas que necesitan validar sus pensamientos, emociones y experiencias constantemente compartiéndolas con sus amigos o con completos desconocidos. En esta ocasión, sin embargo, animada por su racional punto de vista, decidí explicarle la razón por la que había accedido a quedar con mi tía. Dejé a un lado el cojín, rellené nuestras copas con el sucedáneo de champán y empecé con el relato. Le hablé del reciente fallecimiento de mi madre, las indignantes cláusulas del testamento, mis sólidas sospechas de coacción por parte de mi hermano, mi intención de elevar el caso a los tribunales para anular el testamento y las investigaciones que estaba llevando a cabo en ese momento.

—Vaya nido de víboras —dijo dejando también ella el cojín a un lado—. ¿Y de verdad crees que tu hermano engañó a tu madre para que lo nombrara usufructuario de la casa?

—Casi segura. La engañó, la amenazó o la engatusó, todavía no lo sé exactamente, pero lo averiguaré.

—Increíble. Avísame si necesitas que te eche una mano. Ya tienes bastante con lo tuyo en el estado en que te encuentras, y a mí me vendría de perlas distraerme con algo en este momento. Estoy un poco aislada de todo, ya sabes, sola en casa todo el día con los niños. Y paso por Birmingham a menudo porque mi familia vive en Lichfield. Si en algún momento planeas ir hasta allí, dímelo.

Para mi sorpresa, resultó ser una tarde muy provechosa, al fin y al cabo. Incluso puede que me plantee repetir la experiencia si no se me ocurre nada mejor que hacer.


Como no me preocupo por mirar el teléfono móvil con regularidad, cuando llegué a casa de la oficina el lunes descubrí que tenía tres llamadas perdidas. Al parecer me estaba volviendo muy popular. Marqué el número del buzón de voz para escuchar el primer mensaje mientras giraba los cactus que tengo en la repisa de la ventana de la cocina.

—¿Hola? ¿Hola? Hola, Susan, querida. ¿Estás ahí? Soy la tía —chirrió la grabación—. Ay, qué tonta, seguro que estás trabajando. A veces lo olvido. El tío Frank y yo volamos a nuestra villa en Estepona esta tarde, y esperaba poder hablar contigo antes de irme. Es solo que, ya sabes, todo eso que me dijiste el sábado acerca del testamento de los «usufructuarios» o lo que sea que tu madre le ha dejado a Ed. Me decías que no entendías por qué lo había hecho. Pues bien, he estado pensando en ello, de hecho, no he pegado ojo, que es impropio de mí; siempre he dormido como un bebé. «Duermes como un lirón», siempre me dice el tío Frank. En fin, creo que la razón por la que tu madre puede haberlo hecho es porque siempre estaba preocupada por Ed, es decir, por todas esas operaciones a las que se tuvo que someter de pequeño y porque vuestro padre bebía. Ella leyó en una ocasión que estaba relacionado con los genes. Me hablaba de ello a menudo. Pensaba que Ed podría haber heredado el gen de la bebida, y que su biología, o lo que fuera, le haría tomar el mismo camino que tu padre. «De tal palo, tal astilla», solía decirme. Pensaba que era su obligación llevarle por el buen camino. En fin, que solo quería decirte esto. Vamos, que no digo que sea la razón al cien por cien, es solo que no quiero que pierdas el tiempo fisgoneando y acudiendo a los tribunales y tal, cuando tu madre probablemente lo único que quería era asegurarse de que Ed estuviera bien cuando ella faltara. Bueno, pues eso es todo. Vamos a disfrutar de climas más soleados durante unas semanas. ¡Viva España!

Qué sarta de tonterías. Mi madre no era ninguna estúpida; no le habría dado a Edward el derecho de quedarse en la casa familiar por una supuesta debilidad hereditaria. Admito que a menudo trataba a Edward como una especie de genio artístico torturado que necesitaba que lo protegieran de la dura realidad de la existencia, pero en el fondo ella sabía que no era más que un oportunista en busca de una vida fácil. Todos tenemos el poder de controlar nuestro destino. Cualquiera podía ver que Edward era un inútil, y no porque estuviera genéticamente programado para ello, sino porque había decidido regodearse en un lodazal de autocompasión y autocomplacencia en lugar de intentar superarse, tomar las riendas de su vida y convertirse en un ciudadano trabajador y responsable. Y, en cualquier caso, mi madre debía ser perfectamente consciente de que si Edward estaba biológicamente programado para tener un carácter débil, también debía de estarlo yo. Al fin y al cabo somos hermanos. Mi hermano, sin embargo, no se parecía en nada a mi padre, quien, cuando estaba sobrio, era inteligente, culto e ingenioso. Edward no tiene ninguna de esas cualidades. Y lo que es todavía más importante, mi madre nos quería a los dos por igual.

Podía demostrarse que la teoría de la tía Sylvia era errónea, y eso mismo pensaba decirle. Sin escuchar el resto de los mensajes, le devolví la llamada de inmediato con la esperanza de que todavía no hubiera salido hacia España. No me lo cogió.

El segundo mensaje de voz era igual de exasperante.

—Hola, Susan, soy Rob. Ed me ha pedido que te llame; cree que es mejor que os comuniquéis mediante un tercero. Y me ha tocado a mí. Siento decírtelo porque creo que no te va a hacer ninguna gracia, pero Ed quiere hacer algunos cambios en la casa. Quiere convertir el cuarto de tu madre en un estudio para su arte, y tu dormitorio en una sala de música. Y quiere poner una mesa de billar en el comedor. Así que dice que ya va siendo hora de que se haga limpieza de las cosas de tu madre, ya sabes, ropa, artículos de aseo, cachivaches, recuerdos y demás. Quiere que te encargues tú. Dice que es demasiado para él, que no tiene ni idea de por dónde empezar y que ese tipo de tarea es más de tu rollo. Quiere saber cuándo vas a venir para no coincidir contigo. Eso sí, yo estaré por allí por si necesitas que te eche una mano. Me ha dicho qué cosas quiere conservar. Y como sé que no sabes conducir y yo tengo una furgoneta, si quieres trasladar alguna cosa, soy la persona indicada. —Me dejó su número de teléfono y me pidió que le diera un toque.

Aunque había previsto que Edward se dispondría a profanar

147

la vivienda familiar, y me había estado preparando para ese momento, me dolió enterarme de que lo tenía todo tan bien planificado. Me dolió y me enfureció. Sin embargo, tal y como dicen, la venganza es un plato que se sirve frío. Respiré hondo unas cuantas veces y escuché el mensaje otra vez. Lo cierto es que era toda una suerte que fuera a pasar algo de tiempo con Rob. Era el siguiente en mi lista de personas a las que debía interrogar para armar mi caso, y necesitaba establecer hasta qué punto estaba implicado en la trama de Edward y extraerle tanta información como pudiera relacionada con las acciones y motivaciones de mi hermano. Tendría que manejar a Rob con cuidado, ya que era un co-conspirador, así que poner en orden la casa de mi madre sería la tapadera y distracción perfecta: podría dejar caer mis preguntas de manera casual, sin levantar sospechas, y hacer que bajara la guardia. Con un poco de astucia estaba segura de que lo tendría comiendo de la palma de mi mano. Llamé al móvil de Rob y le dejé un mensaje diciéndole que iría a Birmingham en dos fines de semana. Dormiría en mi antiguo cuarto una última noche antes de que mi hermano lo destrozara.

El tercer mensaje era de Wendy, y me sorprendió descubrir que tenía mi número.

—Holi, Susan —escuché su voz cantarina—. Solo te llamo para saber cómo estás. No olvides que Chrissie y yo estamos deseosas de saberlo todo acerca del bebé. Llámame en cuanto oigas este mensaje. Chao.

No le devolví la llamada.


Estaba en una sala de reconocimiento con aspecto de celda, echada de espaldas sobre lo que parecía ser un trozo gigante de papel higiénico de color azul que cubría una camilla ligeramente alzada. Mi vientre, que recientemente había empezado a parecerse a la cúpula de la catedral de San Pablo, estaba untado en la ya familiar pringue gelatinosa. El día del test de amniocentesis había llegado, y los médicos habían decidido tratarme con desprecio. Llevaba allí sola lo que parecían horas, y estaba tensa por culpa del aburrimiento y la frustración.

El médico, ahora ausente, el doctor Da Silva, cuyos serios ojos marrones y facciones redondeadas le daban el aspecto de un cachorrito de Labrador, había empezado explicándome el procedimiento. Primero examinaría mi vientre con el ecógrafo para concretar la posición exacta del bebé, después limpiaría una pequeña zona de piel, insertaría un delgado tubo a través de mi abdomen hacia el útero y extraería una pequeña cantidad de líquido amniótico, que analizarían y en unos días me dirían si el bebé tenía síndrome de Down o algún otro defecto cromosómico. Me repitió lo que ya me habían dicho, que existía el riesgo de perder el bebé. Era mínimo, pero debía de tenerlo en cuenta. También me informó de que el procedimiento era indoloro y que me quedara tranquila al respecto. Le dije que no me preocupaba sentir dolor. Lo único que quería es que terminaran cuanto antes. En cuanto terminó de lubricar mi vientre, llamaron a la puerta y una enfermera con aspecto estresado entró en la sala. Le preguntó al doctor Da Silva entre susurros que denotaban urgencia si podía acercarse a la sala contigua para ofrecer una segunda opinión respecto a un pequeño problema que había detectado.

—Cuánto lo siento, señorita Green. No tardaré. Relájese y póngase cómoda —dijo limpiándose el gel de las manos para seguir a la mujer.

En la distancia podía escuchar voces: algunas insistentes, otras afectuosas, algunas furiosas, otras tranquilizadoras. Percibía una especie de zumbido bajo de fondo, ya fuera de las tuberías que corrían por el rodapié o por todos los aparatos electrónicos que había a mi lado, no estaba segura. Por encima de todos esos sonidos, me llegaba un tic constante. Giré el cuello para intentar localizar el reloj, que estaba en la pared a mi espalda. En la esfera se podían leer las palabras *Que tengas un buen día*. No en mi caso. Bajo el reloj había varios pósteres que llamaban a la acción, *Suénate, tíralo,*

*mátalo*, *Contra toses y estornudos ¡utiliza un escudo! Impide que ga-
nen los gérmenes, Nos interesa conocer su opinión: háganosla saber.*
Estaría encantada de decirles lo que pensaba. Pensaba que era totalmente inaceptable indicarle a una paciente que se echara en una
camilla, elevarla en el aire con una bomba de pedal, pedirle que se
levante la camiseta y se baje la falda, untarla en una sustancia gelatinosa para luego dejarla ahí arriba, muerta del asco, durante
horas.

Estuve a punto de no llegar a mi cita para la prueba. Me había levantado aquella mañana con un dolor de cabeza descomunal. Después de valorar la posibilidad excepcional de pasarme el
día en la cama, logré reunir las pocas reservas de fuerza de voluntad que tenía, me arrastré hasta el baño, me lavé la cara con agua
fría y me tomé una pastilla para el dolor de cabeza. Cuando llegué
al metro, me enteré de que había retrasos importantes en la Nor-
thern Line debido a un «incidente» que había tenido lugar aquella
mañana. Sería difícil llegar a tiempo a la cita, y me enorgullezco
de ser una persona que siempre es puntual. No tenía sentido ninguno intentar siquiera hacer el trayecto en metro. Me dispuse a
volver a casa, pero luego cambié de opinión y enfilé en dirección
a la parada de autobús. Una vez en el bus empecé a dudar sobre si
había cerrado las ventanas francesas. Recordé haberlas abierto durante el desayuno, pero no recordaba haber echado la llave cuando las cerré. Pulsé el botón de bajada en la próxima parada y me
dirigí a la parte delantera del bus. En cuanto llegamos a la parada
y las puertas se abrieron, me disculpé con el conductor, recorrí el
pasillo de vuelta a mi asiento y me senté. No era muy probable que
nadie fuera a colarse en mi apartamento durante la hora o dos que estaría fuera.

De camino al hospital desde la parada del autobús, de repente recordé un borrador importante que había dejado sin atender
en mi mesa de la oficina. Debería haberlo discutido con Trudy la

tarde anterior antes de entregárselo al jefe del departamento. Puede que estuviera esperándolo, y no quería parecer poco profesional. Saqué el teléfono de mi bolso y marqué el número del hospital para cancelar la cita. Sin embargo, a aquellas alturas faltaban solo cinco minutos para la cita y casi había llegado a mi destino. Sabía que no tenía sentido tomarme las molestias de reagendar la cita para otro momento, y menos ahora que ya casi estaba allí. Puse fin a la llamada, guardé el móvil en el bolso y atravesé las puertas del hospital.

—Disculpe la espera, señorita Green —dijo el doctor Da Silva entrando de nuevo en la sala—. Una pequeña emergencia. ¿Por dónde íbamos?

—Vamos por la parte en la que le digo que tengo mejores cosas que hacer que estar tirada en una camilla de hospital todo el día —le dije incorporándome. Corté un trozo de rollo de papel azul que cubría la camilla y me limpié la plasta de la tripa. Era viscosa y difícil de retirar, como otras sustancias desagradables con las que he tenido que lidiar, y necesité varios trozos de papel hasta que conseguí limpiarme del todo.

—Pero si estábamos a punto de empezar —dijo el doctor Da Silva—. No nos habría llevado demasiado, no es un procedimiento largo. Lamento el retraso, pero apenas me he ausentado unos minutos. Son cosas que pasan en los hospitales. —Sus ojos de cachorrito estaban empañados de arrepentimiento—. ¿O es que ha cambiado de opinión acerca de realizarse la prueba?

—No, para nada. No soy una persona que cambie de opinión así porque sí. —Era verdad. Yo no era así, nunca lo había sido. Cuando me decidía por algo, lo cumplía. Titubeé y pensé en todo lo acontecido aquella mañana. Pensé en que quien no me conociera quizá habría deducido de lo ocurrido que estaba desesperada por encontrar una excusa que me librara de acudir a la cita o, de haber acudido, haberme escaqueado de hacer la prueba. Estarían equivocados, claro. He intentado darle un enfoque lógico, pero las circunstancias no han estado de mi parte desde que me desperté esta mañana. Dicho eso, no me gusta ser una víctima de las casualidades. Me dije que era fundamental no ser una persona indecisa o voluble, que tenía que mantenerme fiel a quien era y siempre había sido.

—De acuerdo —dije volviendo a echarme en la camilla—. Hagámoslo…

—¿Está segura, señorita Green? Puede tomarse unos instantes…

—No quiero hablar más de ello, sino acabar de una vez.

Me hizo caso. Volví la cara hacia la pared y apreté los dientes. No era muy doloroso a nivel físico, solo notaba una sensación punzante. Aunque a partir del momento en que tomé la decisión, empezó a ocurrir algo muy extraño. Los diez minutos que duraba la intervención me parecieron una hora; las setenta y dos horas durante las que el riesgo de aborto era más alto, setecientas veinte; y las dos semanas siguientes, durante las cuales el riesgo de perder el bebé todavía era elevado, se me antojaron dos meses. Cuando por fin pasó el tiempo, me sentí extrañamente entusiasmada. Y los resultados, cuando por fin los recibí, fueron claramente la guinda del pastel.

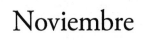

Noviembre

# 11

Este mes por fin empecé con la labor de revisar las pertenencias de mi madre. Era una tarea que me provocaba sentimientos encontrados. Estaba ansiosa por encargarme de custodiar los artículos de valor sentimental o económico en caso de que a Edward se le ocurriera deshacerse de ellos, pero no tenía ninguna gana de tener que tomar un sinnúmero de pequeñas decisiones relacionadas con todas y cada una de las pertenencias de mi madre. Y en mi estado actual, tampoco me interesaba en absoluto realizar esfuerzos físicos innecesarios. Por todas esas razones decidí no atosigar a Edward al respecto, y posiblemente seguiría dejándolo estar si no fuera por el hecho de que los planes intolerables de mi hermano exigían que se despejaran algunas habitaciones de la casa.

Llegué a la antigua vivienda familiar con los nervios a flor de piel. Kate, que estaba encantada por contar con la compañía de un adulto durante el viaje a casa de sus padres, me recogió después del trabajo en su ruidoso Fiat. Sus hijos estaban en la parte de atrás con el pijama puesto. Me aseguró que ya les había dado de comer y de beber, y que se quedarían sopa durante el viaje. Es verdad, se quedaron dormidos, pero no hasta haberse pasado las dos horas de atasco en la M25 lloriqueando, sollozando y berreando. El CD de nanas, que estaba puesto en bucle —Kate había preferido no poner la estimulante *Obertura 1812* que le había sugerido y que, a mi parecer, habría resultado beneficiosa en un viaje extenuante—, sonaba ya por cuarta o quinta vez. Después de un brevísimo momento de calma, el bebé se despertó de nuevo justo antes de la estación de servicio de Oxford, y tuvimos que parar para que le cambiase el pañal y le diera el pecho. Perdimos una hora más. La experiencia fue tan horrorosa como viajar en transporte público.

Tenía la seguridad de encontrarme con Rob cuando llegara, pero en su lugar me dejó una nota en la mesa de la cocina informándome de que había salido y que volvería a medianoche. «Te veo luego», terminaba el mensaje. ¿De verdad pensaba que me iba a quedar despierta esperando por él? Al día siguiente, al descorrer las cortinas de mi cuarto, observé la vista que me había acompañado cada mañana durante mi infancia. No había cambiado nada con el paso de las décadas: hileras de setos de boj dividiendo modestos jardincillos que se perdían en la distancia a izquierda y derecha; secciones de césped se mantenían meticulosamente a raya después de un último repaso antes de la llegada del invierno; cobertizos bien cuidados medio escondidos en los márgenes de los jardines, cubiertos generosamente de creosota para protegerlos del aumento de la humedad ambiental; algún que otro estanque de peces ornamental o rocalla alpina decorada con animales de hormigón. Las hojas, arrancadas de los árboles con el soplar del viento, sin duda terminarían apiladas en pulcros montones al final del día. Si no fuera una persona tan disciplinada, quizá me permitiría sentir cierta melancolía al pensar en que jamás volvería a despertarme delante de esa vista. Sin embargo, tal emoción sería absurda, ya que apenas he sido feliz en este lugar.

No había ni rastro de Rob cuando entré en la cocina, pero una botella de cerveza vacía y un plato cubierto de migas me confirmó que, de hecho, estuvo en casa. Abrí la alacena donde sabía que mi madre guardaba los cereales. La selección habitual con base de salvado seguía allí, y después de echar un vistazo observé que todos los paquetes habían superado la fecha de consumo preferente. ¿Qué demonios desayunan estos tíos? Mis reflexiones se vieron interrumpidas por la aparición de Rob en la cocina vestido con un pantalón de pijama y un albornoz.

—Buenos días, Susan —murmuró con una expresión de aturdimiento en el rostro—. Te he oído. ¿Qué hora es? Joder, ¿las seis y media? —añadió echando un vistazo al reloj del horno.

—Es que tengo muchas cosas que hacer.

—Pero es fin de semana. —Se pasó las manos por ambos lados de la cara y bostezó—. En fin, ya que estoy despierto…, ¿qué te parece si tú preparas el té y yo me pongo con el desayuno? Siempre puedo volverme a la cama después.

Mientras dábamos cuenta de un montón de salchichas vegetarianas, huevos, judías y champiñones grasosos, al que intenté hacer frente con mucha actitud pero poco éxito, él procedió a hablarme de su negocio, como si me importara lo que hacía para ganarse la vida. Aunque tenía presente que mi plan era ser tan agradable —amistosa incluso— como me fuera posible durante el fin de semana para que Rob mantuviera la guardia bajada a la hora de interrogarlo. Me dijo que después de graduarse en la Facultad de Bellas Artes, fue dando tumbos de trabajo en trabajo durante años, sobre todo en puestos no especializados relacionados con la horticultura. Con treinta y pocos años decidió empezar a comportarse como es debido, realizó un curso de diseño de jardines y abrió su propia empresa de paisajismo.

—Y los viajes, ¿dónde encajan en todo esto? —le pregunté fingiendo interés.

Me dijo que vinieron dados por su divorcio. Increíblemente, a una de sus clientas le había gustado tanto el trabajo de paisajismo que Rob había hecho en sus terrenos, que dejó a su pareja para vivir estrecheces con él. Se casaron rápidamente, y muy poco después se dieron cuenta de que, en realidad, no se gustaban demasiado. Esta desacertada relación, sin embargo, logró durar un par de años. Su mujer finalmente lo dejó por el dueño de una tienda de empeños a la que ella había acudido para empeñar el anillo de compromiso de la difunta madre de Rob. Vendieron la vivienda marital y se repartieron los beneficios equitativamente entre la ex-mujer de Rob, que volvía a disfrutar de una cómoda posición económica, y Rob, que se quedó más o menos como estaba. Menudo *crack*. Decidió entonces pasar algún tiempo viajando por la India para intentar recomponerse. Durante ese tiempo fuera cayó en la cuenta de que la persona con la que debía de estar compartiendo su vida era una novia que tuvo en la universidad, Alison, y se disponía a localizarla para intentar recuperarla en cuanto el trabajo le diera una tregua.

—La verdad es que no he parado últimamente —me explicó—. Estoy haciendo malabares con dos o tres proyectos al mismo tiempo, así que he contratado a un nuevo ayudante. Además, la semana pasada cerré la compra de una casa; está un poco hecha polvo, hay que tirarla casi entera, pero tiene potencial.

—Cuánto me alegro de que te esté yendo tan bien —le dije, limpiándome la boca con la servilleta y levantándome de la mesa.

Le pedí a Rob que se encargara de fregar los platos y recoger la cocina mientras yo me ponía con las tareas que había previsto para el día.

—Sí, sin problema, me encargaré de ello más tarde. Creo que me vuelvo a la cama para dormir una horita más —dijo mientras desaparecía escaleras arriba.


Me pertreché con los recipientes necesarios, respiré hondo y entré en el dormitorio de mi madre. Estaba exactamente igual que el fin de semana del funeral, salvo porque se habían retirado los visillos de la ventana y ahora descansaban sobre el suelo con aspecto desangelado. Todo estaba en penumbra; el día estaba nublado y la sucia ventana en mirador apenas dejaba entrar la escasa luz solar del exterior. Después de encender la luz del techo y las dos lamparitas con flecos de las mesillas, me senté en el taburete bajo situado frente al tocador de mi madre. Me miré en el espejo, que me devolvía varios reflejos de mí misma: uno, el del espejo central grande, era directo, captaba mi cara como si fuera un retrato; y los otros dos eran más enigmáticos, versiones oblicuas de mi rostro que procedían de los estrechos espejos laterales. Me sentía bastante cómoda con la cara de la imagen central; era la que veía cada mañana cuando me maquillaba, o la que veía de refilón reflejada en los escaparates. Las versiones laterales, sin embargo, me resultaban poco familiares, como si prácticamente pertenecieran a otra persona. Mi cabello no tenía tan buen aspecto desde esta perspectiva como esperaba; mi perfil no resultaba tan firme como creía; observé que la zona bajo mi mandíbula estaba un poco hundida, y no la recordaba así. Era desconcertante pensar que otras personas podían ver aspectos de mí que apenas era capaz de ver yo misma. Me imaginé a mi madre sentada frente a este mismo espejo, y me pregunté si ella estaría a gusto con todos sus reflejos, si estaría segura de que sus diferentes facetas sumaban para crear un todo coherente y armonioso. Y ¿qué hay de mi padre? ¿Nunca se habría sentado aquí a observar su aspecto, como hacía yo ahora mismo? Probablemente no. No querría encarar a la persona que aparecía en el reflejo.

Esto no era más que una pérdida de tiempo. Tenía un trabajo que hacer y un tiempo limitado para hacerlo. Al abrir el cajón principal del tocador de mi madre, me golpeó el empalagoso olor de su viejo maquillaje. Abrí una antigua polvera y me llevé la pequeña borla a la nariz. El olor me recordó a las veces que mi madre se inclinaba sobre mí para darme un beso de buenas noches en la cama. Siempre quería que se quedara más tiempo, que me cogiera de la mano o me acariciara el pelo, pero tenía que atender a Edward, que no se quedaba tranquilo hasta que le hubieran contado un cuento, le llevaran una taza de chocolate caliente y comprobaran que no había monstruos ni en el armario ni bajo la cama. (Probablemente aún lo necesite. ¿Acaso se encarga Rob?). Y, por supuesto, cuando mi madre terminaba de atender todas las necesidades de Edward debía encargarse de mi padre.

Tiré el polvo compacto junto con los estuches de colorete, las paletas de sombra de ojos y las barras de labios inservibles a la bolsa de basura que había dejado en el suelo junto a mí. Me deshice también de tarros de crema hidratante, crema de manos y bálsamo labial, además de horquillas, redecillas y rulos. Me quedé solo con la fotografía familiar, un par de candelabros de porcelana y un conjunto de cepillo peine y espejito de plata, que guardé con cuidado en una caja de cartón. Después de dudarlo un instante, recuperé el polvo compacto de la bolsa de basura y lo añadí a la colección.

A continuación, abrí el armario con olor a naftalina, que estaba lleno de conjuntos de vestido y chaqueta y de falda y chaqueta en color limón pálido, azul bebé y lavanda. Recordé cuando me explicó de niña que le gustaba utilizar siempre tonalidades que sabía que le iban bien a su complexión pálida y que combinaban entre ellas. Le dije que aquello era muy aburrido, pero era una mujer obstinada. Llené tres bolsas de basura, que llevaría a la tienda de artículos de segunda mano cuyos beneficios se destinan a la caridad, antes de vaciar por fin el armario. Luego me puse con la cómoda, cuyo contenido tuvo un destino similar, salvo por las medias y la ropa interior, que cogí con el índice y el pulgar y tiré directamente a la basura. Sentía como si estuviera invadiendo la privacidad de mi madre. En el último cajón encontré un cárdigan deforme de color beis que pertenecía a mi padre; era uno de sus favoritos. Decidí quedármelo. Quizá me sería de utilidad para proteger el contenido de la caja, me dije.

En la mesita de noche de mi madre encontré una caja de piel de cocodrilo falsa. En ella guardaba la bisutería, que prefería lucir en lugar de sus joyas más caras. Recuerdo que cuando era pequeña disfrutaba poniéndome aquellas baratijas y mirándome en el espejo del armario, fingiendo ser la reina o la princesa Grace de Mónaco. Inexplicablemente, me sentí empujada a recrear aquella escena. Me colgué media docena de collares de abalorios alrededor del cuello, me puse pendientes de circonita con pinza en las orejas, escogí varios broches esmaltados que prendí en mi camiseta negra y coloqué en equilibrio sobre mi cabeza un collar de perlas falsas a modo de tiara. Me miré en el espejo del armario y observé el majestuoso resultado. Fue como si volviera a tener siete años, una edad en la que las probabilidades de reinar en un país o casarse con un príncipe eran prácticamente las mismas que las de convertirse en profesora, policía o piloto.

Como era de esperar, Rob eligió ese preciso instante para llamar a la puerta y entrar con dos tazas de café. Había supuesto que seguía durmiendo; debía de haber pasado más tiempo del que creía.

—Parece que se ha adelantado la Navidad este año —sonrió—. Es decir, tienes un aspecto muy decorativo, muy Bollywood.

Noté cómo me sonrojaba a pesar de mis esfuerzos por impedir que tal cosa sucediera. Y me devané los sesos por hallar una explicación racional a mi ridículo comportamiento, pero fui incapaz. Me desprendí de la bisutería y la volví a colocar en la caja, con lentitud, procurando no descubrir lo avergonzada que me sentía. Una vez cerrada la tapa, me senté en la silla situada en un rincón de la habitación y acepté el café, como si nada extraño hubiera ocurrido. Rob se sentó en la otomana a juego que había a los pies de la cama. Era café instantáneo.

—Parece que has hecho progresos —dijo, ajeno a la incomodidad de la situación—. Supongo que es duro eso de tener que revisar años y años de objetos y decidir con qué quedarte y con qué no. Como poner fin a una parte enorme de tu pasado. Seguro que por eso Ed se sintió incapaz de hacerlo.

—Querrás decir que se sintió incapaz de mover un dedo.

—Creo que simplemente está intentando mantener la entereza. Pasar página.

Me reí sin más. Estaba decidida a no iniciar una discusión, a pesar de mis impulsos por contraargumentar tal sarta de tonterías. Después de echarle un vistazo a la habitación, Rob me preguntó qué pensaba hacer con los muebles. La verdad es que todavía no lo había pensado.

—No tengo sitio en mi piso, pero me vendrán bien cuando

reciba la herencia y me compre algo más grande. Tendré que guardarlos en un trastero hasta entonces.

Cuando nos terminamos el café, le sugerí a Rob que saliera a hacer lo que mejor se le daba, a saber, arreglar el jardín, mientras yo continuaba con mi tarea sin distracciones.

—¿Siempre eres tan mandona? —me preguntó mientras se marchaba.

—No soy mandona —exclamé—. Solo organizada.

En una hora o así, terminé de despejar el cuarto de mi madre. Lo único que quedaba en la estancia eran los muebles, ahora vacíos y polvorientos, y un montón de cajas y bolsas de plástico a rebosar. El bebé se revolvía en mi interior, animado por la cafeína o por la vigorosa actividad matutina. Me eché en la cama doble y me acaricié el vientre para intentar calmarlo. Escuché los acordes iniciales de *Perfect Day* procedentes de la planta de abajo. En cuanto empezó a cantar Lou Reed, se le unió Rob. Su voz era más melodiosa y controlada de lo que cabría esperar en una persona tan despreocupada. Quizá de niño formaba parte de un coro. Recordé que mi hermano también tenía una voz sorprendentemente tolerable cuando era más joven. Hubo una época en la que su ambición era convertirse en cantante de un grupo (por supuesto), pero resultó que ensayar un par de horas a la semana era demasiado compromiso para él. Cerré los ojos y me permití fluir con la música. Pensé en mi día perfecto de mi infancia.

Es la primera mañana en familia en la casita que hemos alquilado para pasar las vacaciones en Cornualles, el verano anterior a mi inicio de la secundaria. He dormido sin interrupciones y no me he despertado sintiéndome con esa sensación terrible de pavor absoluto. En cuanto mi madre oye que ya estoy desperezándome, entra en el cuarto con una taza de té. No se limita a dejármela en la mesita de noche, sino que descorre las cortinas y se sienta al borde de mi cama. La intensidad de la luz que entra por la ventana le da un aire de dibujo animado a todo lo que me rodea. Mi madre luce un vestido de algodón sin mangas con rosas rojas y rosas estampadas que nunca le había visto, y lleva el pelo recogido en un moño flojo.

—¿Qué te gustaría hacer hoy, cariño? —Mi madre me sonríe—. Hoy eliges tú.

Mientras lo pienso, veo polvo de hadas flotando a la deriva en los rayos de luz. Le pregunto si podemos ir a la playa a rebuscar en las charcas que forman las rocas. Sin asegurarse de que a Edward le apetezca hacerlo, acepta. Mi padre también se asoma a darme los buenos días. Está en modo vacaciones: lleva unos pantalones cortos y una camisa de manga corta con las gafas de sol ya preparadas en el bolsillo de la pechera. Nunca lo he visto con un aspecto tan saludable. Cuando me abraza y me llama su princesita, no distingo ni rastro de alcohol en su aliento.

Desayunamos todos juntos en la mesa de madera del jardín trasero, cuyas vistas dan al mar, colina abajo. El azul del mar y del cielo es de un azul tan suave y brumoso que es imposible distinguir dónde empieza uno y acaba el otro. No hay disputas, ni llantos, nadie se enfada. Edward no se ha llevado una reprimenda de mi padre esta mañana, así que no está enfurruñado ni le da patadas a los muebles, y mi madre no tiene que salir en su defensa.

Cuando terminamos de comer, Edward le pregunta a mamá si podemos ir a la sala de juegos recreativos.

—Hoy no, Teddy. Hoy voy a buscar tesoros con mi adorable hija a las pocitas de la playa —responde. Él no se enfada.

Mi madre se toma su tiempo en cepillarme y trenzarme el pelo mientras mi padre prepara unos sándwiches con mantequilla para el pícnic. No queremos desperdiciar ni un segundo de este poco habitual y precioso sol inglés, así que mi madre decide ir caminando a la playa. Le pide a mi padre si puede coger el coche y reunirse con nosotros en el paseo marítimo. Como no está borracho, acepta.

Mientras mi madre y yo vamos dando un paseo, observando las espléndidas mariposas casi tropicales y las flores silvestres diseminadas por los setos vivos, ella no va callada y taciturna, sino que me

163

pregunta por el libro que estoy leyendo, por cómo me va con mis amigos y por cómo me siento con la idea de empezar en un cole nuevo. No dejamos de charlar hasta la playa. Aunque el resto de nuestra familia todavía no ha llegado, mi madre no se preocupa por si mi padre ha tenido un accidente con el coche por haber empezado a beber. Nos sentamos en un banco al sol y esperamos. Mi madre me toma de las manos y me da un apretoncito.

Vemos cómo nuestro coche entra en el aparcamiento, nos acercamos y ayudamos a sacar del maletero los cubos, las palas y las sillas plegables. Nos repartimos los bártulos y los llevamos a la playa. Mi hermano le pide a mi padre jugar al frisbi juntos en cuanto nos hayamos instalado. Mi padre no está borracho, así que dice «Buena idea». Mi madre y yo cogemos nuestras redes de pesca y nos dirigimos hacia las rocas. No va con prisa, agobiada por volver cuanto antes para asegurarse de que mi padre y mi hermano están bien, y se pasa el tiempo volando mientras disfrutamos ensuciándonos las manos y las rodillas, apartando matas de algas y hurgando bajo las rocas. Capturamos quince cangrejos y doce pececillos dardo. Nunca antes había visto tanta vida en una misma poza.

Cuando mi madre y yo volvemos, mi padre todavía no ha empezado a beber. Cogemos los sándwiches, nos sentamos en las sillas plegables y damos buena cuenta del almuerzo. A mi padre no le patinan las palabras ni se le caen las cosas; mi madre no está agobiada, de modo que escucha lo que digo y me responde, y Edward no tiene actitud hostil o beligerante. Más tarde decidimos ir a jugar al minigolf en un sitio algo deteriorado frente al paseo marítimo. Mi padre no se lleva su bolsa de plástico con su suministro de emergencia de jerez inglés barato. Tampoco desaparece durante media hora para reaparecer sonrojado y dando tumbos. Perdemos la cuenta de la puntuación, pero a nadie le importa quién va ganando ni quién pierde. A mi hermano no le da una pataleta cuando mi madre le dice que solo vamos a echar una partida, de modo que mi padre no tiene motivos para gritarle.

En cuanto el sol empieza a esconderse en el horizonte, mamá lleva de vuelta el coche colina arriba, a la casita de vacaciones. Mi padre, Edward y yo vamos caminando, así podemos dar un rodeo y pararnos en una tienda cerca del *parking* de caravanas para comprar unos helados. Pasamos por delante del *pub* de la zona sin que mi padre nos diga que va a entrar a tomarse una media pinta rapidita. Edward y yo no tenemos que quedarnos sentados fuera en la acera, esperando a que salga, y no tenemos que soportar las miradas de lástima de los viandantes. Mi padre no regresa a casa dando tumbos.

A última hora de la tarde mi padre sigue sin desaparecer en el *pub*, y tampoco abre una botella. Nadie me dice lo estúpida y fea que soy. Nadie le dice a Edward que es un crío malcriado que va a terminar en la cárcel. Mi padre no sermonea a mi madre y no se pelean. Jugamos al Monopoly, y la partida se alarga tantísimo que finalmente todos acordamos que ha habido un empate a cuatro bandas. Cuando me voy a la cama, mi padre me da un beso de buenas noches; sigue sin oler a alcohol. Mi madre viene a arroparme y se vuelve a sentar al borde de mi cama.

—¿Te lo has pasado bien hoy, cariño? —me pregunta.

—Ha sido el mejor día de mi vida.

Está radiante. Apaga mi lamparita de noche y cierra con cuidado la puerta de mi dormitorio, entonces me doy cuenta de que no he sentido ansiedad, humillación ni impotencia en todo el día. La luz que entraba por las cortinas se desvanece, y no me llegan gritos ni voces de la planta de abajo. Nada de portazos. No me tengo que esconder en las sombras del descansillo de lo alto de las escaleras por si acaso tengo que intervenir en la bronca entre mis padres. No hay ninguna razón por la que no pueda quedarme dormida, y eso hago.

Así es mi día perfecto. Puede que lo haya adornado ligeramente, la verdad.


Después de almorzar un mazacote de sándwich que preparó Rob de aquella manera, me puse con el comedor. En el rincón junto a la ventana estaba el buró de mi madre, donde solía redactar las cartas y guardaba su agenda. Los cajones estaban abarrotados de carpetas de cartón con las esquinas dobladas, de las cuales algunas contenían antiguos documentos de aspecto oficial, que no parecían demasiado relevantes actualmente, y otras su correspondencia personal de amigos y familiares. Me sentí tentada de tirarlo todo al cubo del reciclaje para ahorrarme algo de tiempo. Al final, decidí reunir en montoncitos las de carácter personal. Me las llevaría a Londres y les echaría un vistazo rápido antes de deshacerme de ellas. El aparador y la cómoda estaban repletos de artículos que no eran de mi gusto: fruteros tallados, jarrones y sets de aceitera y vinagrera, figuritas de porcelana de chicas con el cuello muy largo, baratijas de latón... Y ahí estaba la disyuntiva: por un lado me disgustaba la idea de deshacerme de todo, quizá porque constituían el trasfondo tangible de mi infancia; sin embargo, no eran cosas que fuera a necesitar nunca ni que quisiera tener a la vista a modo de decoración.

Rob asomó la cabeza por la puerta para comprobar, una vez más, mis progresos. Estaba claro que había recibido instrucciones de vigilarme.

—He estado pensando —dijo— que, si te sirve de algo, puedo guardarte los muebles en mi casa nueva. Apenas tengo nada propio, así que a mí me vendría bien tenerlos temporalmente. Nos estaríamos haciendo un favor el uno al otro. Y mientras decides con qué te quedas y con qué no, puedes guardar cajas o lo que quieras en mi desván. Puedes ir a por ello cuando lo necesites.

Otra disyuntiva. Por un lado, no quería estar en deuda con una persona a la que prácticamente no conocía, alguien que estaba compinchado con Edward además. Y este arreglo me obligaría a tener que tratar constantemente con Rob, lo que tampoco me apetecía ni pizca. Por otro lado, me estaba proponiendo una solución conveniente y realmente barata, lo que en mi situación económica actual sería muy difícil de rechazar. Las cosas que necesitaba guardar no tenían un valor monetario particular y, desde luego, no eran del interés de Edward, de modo que era poco probable que Rob pretendiera chantajearme con ellas. Además, aunque estaba casi segura de que me había hecho la oferta para ablandarme y que desvelara cierta información acerca de mis tácticas, no había posibilidad alguna de que eso ocurriera. Concluí, por tanto, que no había ninguna pega.

—Puede que lo mejor sea no mencionárselo a Ed, a no ser que pregunte —dijo Rob—. Sobre todo teniendo en cuenta que en este momento no os lleváis muy bien. No sé qué podría pensar al respecto.

Muy buena, Rob, pensé. Muy astuto; intentas hacerme creer que no eres el leal compinche y secuaz de mi hermano. Estás intentando ganarte mi confianza. Bueno, yo también sé jugar a ese juego, y pronto descubrirás que estoy a la altura.

Rob fue a por un montón de periódicos viejos y unas cuantas cajas de cartón más, y le dejé que me echara una mano en empaquetar los objetos. Era la oportunidad perfecta (los dos estábamos sentados en el suelo en un ambiente informal entretenidos en una tarea repetitiva y tediosa) para tantear sutilmente a Rob acerca del testamento de mi madre.

—Acababa de llegar de la India —me dijo—. Me estaba alojando en casa de un amigo por aquel entonces. Tiene mujer e hijos, y no quería estar siempre por medio, así que pasaba mucho tiempo con Ed aquí, en casa de tu madre. Era tan amable, siempre me hizo sentir como en casa. De hecho, me ofreció la habitación de invitados enseguida, pero no quería abusar de la amabilidad de una anciana. El día que serví de testigo, Ed me dijo que podía escabullirme del trabajo a la hora del almuerzo y acercarme a buscar un CD que había prometido prestarme. Cuando llegué, tu tía estaba sentada con tu madre en la mesa del comedor. Tu tía me saludó como si fuera un amigo al que no ve desde hace tiempo, aunque no recordaba haber coincidido con ella antes. Mientras estábamos charlando, Ed se fue y trajo un sobre, luego dijo que tenía que irse. Tu madre me dijo que había escrito un testamento y que quería que sirviéramos de testigos de su firma. Sacó un bolígrafo del cajón del aparador, firmó el testamento y luego hicimos lo propio tu tía y yo. Después, tu tía intentó convencerme de que me encargara de un proyecto de paisajismo que tiene en mente. Le expliqué que no me venía muy bien aceptar el trabajo porque vive muy lejos, pero fue muy insistente.

Todo suena muy inocente, espontáneo, ¿verdad? Le pregunté qué sabía Edward acerca del contenido del testamento antes de que lo firmara mi madre.

—Ni idea. Nunca lo mencionó. Pero, como te decía, yo acababa de llegar del extranjero. Lo primero que supe del contenido fue justo antes de que vinieras al funeral. Ed recibió una carta del abogado después de desayunar. Al parecer, decía que podía quedarse en la casa todo el tiempo que quisiera, y que no podría venderse hasta que él decidiera mudarse. Estaba encantado con la noticia, pero sabía que a ti no te haría ninguna gracia. Dijo algo así como que se iba a armar una buena.

—¿Y te ha dicho algo más sobre el testamento desde entonces?

—Lo siento, Susan, pero me encuentro en una posición un tanto difícil. Quiero ser honesto contigo, pero no quiero traicionar a Ed. Todo lo que puedo decirte es que sabe que has hecho algo en los tribunales para impedir que el abogado gestione la herencia. Dice que no tienes caso, que estás malgastando tu tiempo y energía. Dice que simplemente esperará a que se te pase. No creo que haya dicho nada fuera de lugar. Quiero mantenerme neutral en todo este tema. En cualquier caso, ¿cómo tienes pensado hacer que revoquen el testamento?

Otro discursito de Oscar: fingir ignorancia total de la conspiración mientras me proporciona información suficiente acerca de lo que piensa Edward del tema como prueba de que Rob quiere ser honesto y transparente conmigo.

Para entonces todos los objetos decorativos y baratijas ya estaban envueltos en papel de periódico y guardados en cajas. Me sentía frustrada por no haber sido capaz de sonsacarle casi ninguna información útil por el momento. Dejé a un lado el tema de mi hermano y decidí centrar la atención en mi madre. Después de cerrar la tapa de la última caja y de haber recogido todo el papel de periódico que no habíamos usado, como quien no quiere la cosa le pregunté a Rob cómo había visto a mi madre en las últimas semanas antes de su muerte. Se frotó la incipiente barba y calló unos instantes, sin duda preparando una buena historia.

—Supongo que no parecía ella misma al cien por cien —dijo finalmente—. Parecía estar un poco, no sé, distraída. Como si tuviera la cabeza en otra parte. Se quedaba callada a mitad de las frases, como si hubiera olvidado lo que iba a decir. Pero diría que es algo que padecen en general todas las personas mayores. No era algo fuera de lo normal, nada por lo que nadie se habría preocupado. En cualquier caso, tú hablabas con ella por teléfono todas las semanas. ¿A ti qué te parecía?

—Me daba la impresión de que cada vez estaba más confundida. Debí haber hecho caso a mi instinto y haber adelantado mi siguiente visita. La podía haber protegido de las intrigas de Edward.

En cuanto las palabras salieron de mi boca me di cuenta de que no debí haberlas pronunciado en presencia del aliado de mi hermano. Idiota.

—Ed no estaba intrigando nada. No se habría aprovechado de tu madre. Estaba preocupado por ella. Siempre asegurándose de que estuviera bien, de que tenía todo lo que pudiera necesitar antes de decidirse a salir, haciendo recados. Se portaba genial con ella. Si lo hubieras visto en el *pub* con sus amigotes y luego en casa con tu madre, te habrían parecido dos personas distintas. Era muy amable y atento con ella. Sacaba lo mejor de él.

Debo admitir que ese aspecto de la personalidad de Edward se me ha pasado inadvertido durante más de cuatro décadas, o él ha sabido ocultármelo de maravilla. Y, francamente, no creo que exista. Las afirmaciones de Rob no me resultaron creíbles.

—Pero si no tenía las ideas claras, y Edward le dejó caer, aunque de manera inocente, que necesitaba quedarse en la casa familiar…

—No tengo motivos para pensar que ocurriera algo así. Mira, esto no tiene nada que ver conmigo. No sé más que tú del tema. Lo siento, pero esta conversación me está resultando muy incómoda, prefiero que hablemos de otra cosa.

No tenía ni idea de sobre qué otras cosas podríamos hablar Rob y yo.


A última hora de la tarde, mientras estaba sentada a solas en el salón viendo un episodio de una lúgubre serie de detectives escandinava (Rob había salido a celebrar la despedida de soltero de un amigo), me pregunté si no habría sido un poco brusca en mis formas de conducir el interrogatorio de aquella tarde. Quizá si intentaba ser más sutil con Rob, obtendría mejores resultados y me desvelaría información sobre las acciones e intenciones de mi hermano, o sobre el estado mental de mi madre. No quería ahuyentarlo. Decidí que al día siguiente desplegaría mis encantos innatos, sería cordial y encantadora.

# 12

Iba en el asiento delantero de una furgoneta Transit blanca, apretujada entre dos peones de obra hechos un asco; una situación en la que jamás pensé que me encontraría. Rob iba a mi derecha, llevaba una mano en el volante y con la otra marcaba el ritmo de la canción que tarareaba. Vestía su atuendo de trabajo que, como de costumbre, estaba salpicado de restos de las zanjas que había excavado y del fertilizante que había esparcido. A mi izquierda iba Billy, igual de apestoso, aunque con aspecto de duende, el ayudante y recadero de Rob. Billy era una cabeza más bajito que yo, era todo huesos y nervio, y unas arrugas profundas le surcaban las mejillas. Llevaba tres pendientes en cada oreja, y tatuajes, que se había hecho a sí mismo, en los dedos. Cuando no estaba parloteando en una jerga casi incomprensible, se revolvía en el sitio, se rascaba o se liaba un cigarrillo. A veces hasta lo hacía todo a la vez. No me habría sorprendido descubrir que lo acababan de poner en libertad.

Al subir a la furgoneta de Rob tuve que sortear periódicos amarillentos y tazas de café para llevar desechables, que descansaban en montoncitos en el espacio para las piernas. Los asientos de vinilo negro estaban rajados aquí y allá, dejando al descubierto el relleno, y una gruesa capa de porquería lo cubría todo. Tomé la precaución de colocar uno de los periódicos en el asiento antes de sentarme, por si mis pantalones negros de lana, que solo se podían limpiar en seco, se ensuciaban irremediablemente. La suspensión de la furgoneta estaba claramente dañada; cada bache en la carretera se magnificaba cien veces y mis huesos se sacudían de tal manera que no hacía más que dar botes en mi asiento. Lo cierto es que Rob se había sentido un poco avergonzado cuando me abrió la puerta de la furgoneta.

—Normalmente no llevo a nadie aparte de Billy. Espero que no te importe demasiado. —La verdad es que sí que me importaba, sin embargo, no me quedaba otra si quería asegurarme de que mis muebles y cajas se guardaban a buen recaudo.

Pusimos rumbo a la casa recién adquirida de Rob que, según me dijo, estaba «a un tiro de piedra». Mientras nos precipitábamos sobre un bache particularmente pronunciado, Billy sacó uno de los cigarrillos que acababa de liarse. No creía que fuera a encenderlo hasta que le vi con el mechero de plástico en la mano. No me gusta decirle a la gente lo que debe o no debe hacer, pero no me quedó más alternativa que decirle, de la forma más tajante posible, que no se le ocurriera encendérselo. No pareció excesivamente indignado al respecto, lo que me hizo pensar que probablemente estaba acostumbrado a recibir órdenes de la policía, carceleros y gente por el estilo. Rob, no obstante, negaba con la cabeza.

—No creo que sea algo personal, tío —dijo inclinando la cabeza en mi dirección—. Es que simplemente es un poco brusca.

—Sin problema. Lo siento, guapa, no me acordaba de que estás preñada —dijo Billy dándome un apretoncito en el muslo un poco más arriba de lo deseable—. No lo pareces. Mi señora se puso enorme solo de cuatro meses. Aunque bien mirado, sigue estando enorme. —Se rio por lo bajo y volvió a guardar el pitillo—. ¿Lo dejaste cuando te quedaste embarazada?

—No fumo, nunca he fumado —le dije.

—Pensaba que sí —intervino Rob—. Hace años, cuando estudiábamos. Todo el mundo fumaba por aquel entonces.

—Pues yo no. Quizá me confundas con otra persona. No te

recuerdo de aquella época. —Si alguna vez hubiera hecho algo tan ilógico y de tan poco sentido común, que no es el caso, estaba claro que no lo iba a admitir delante de Rob.

—Es un hábito asqueroso —dijo Billy—. Pienso dejarlo en Año Nuevo. ¿Y qué va a ser?

Le expliqué que no tenía ni idea. Que me harían una ecografía la semana próxima y entonces tendría que decidir si quería saberlo o no. Aunque todavía no había pensado si era lo más adecuado o si me apetecía saberlo.

—A mi señora le encantó saber que íbamos a tener una niña. Estaba deseando vestirla como una muñequita y comprarle todos esos juguetes de My Little Pony, sí, sí. Luego nació nuestra Amy y ahora lo único que quiere es pasarse el día vestida con la equipación de fútbol y darle patadas al balón. Nunca sabes lo que te viene encima. ¿Qué quieres tener? ¿Un hijo o una hija?

Esas dos palabras penetraron en mi consciencia como el chasquido de dedos en alguien en trance. Las repetí para mis adentros: «hijo», «hija». Sería una mujer con un hijo, o una mujer con una hija. No solo eso, pero el destino ya había tomado esa decisión por mí. No era algo sobre lo que tuviera el más mínimo control. Y entonces, otra palabra me vino a la mente. Si el bebé iba a ser un hijo o una hija, eso me convertiría a mí en una «madre». Un niño me miraría y lo que pensaría de mí no sería «hermana distante», ni «compañera de trabajo» o «mujer que a veces veo en el metro», sino «madre». Y eso era importante. Tan importante que no podía explicarse solamente empleando la lógica. Importaba que yo no fuera una decepción, una fuente de descontento, frustración o arrepentimiento. Estaba segura de que mi hijo o hija consideraría que estaba llevando a cabo mi labor de ser madre de manera ejemplar. La palabra «fracaso» no forma parte de mi vocabulario. Pero ¿y si…? Billy no dejaba de parlotear sobre cómo no iba a tener problemas en sacar al crío adelante sin el padre, que prácticamente ningún padre de los que conocía se implicaba demasiado en la crianza de los hijos, pero yo apenas le escuchaba. «Madre».

—Susan, ¿sigues ahí? —oí decir a Rob—. Parece que estás con la cabeza en otra parte.

—Estoy perfectamente, gracias. ¿Decías algo?

—Te preguntaba si querías algo de la cafetería. Salgo a por un par de cafés para Billy y para mí.

—Oh, una taza de Earl Grey, gracias —dije mecánicamente.


Aquella mañana me había levantado a las siete en punto, justo cuando sonó el despertador, y había terminado de vaciar mi antiguo dormitorio antes de que Rob me llamara a degustar otro de sus desayunos de camionero vegetariano (¿«camionero vegetariano» será un oxímoron?). No había tardado mucho en vaciar mi cuarto, ya que mi madre había retirado casi todos mis efectos personales en cuanto me fui a la universidad. Las únicas dos cosas que decidí quedarme fueron un ejemplar de *Mujercitas* que había pertenecido a mi madre, y uno de *Precisamente así* que había pertenecido a mi padre.

Rob estuvo bastante callado durante el desayuno, seguramente debido a la resaca provocada por la salida de la noche anterior. No había llegado hasta la una de la mañana, hora en que escuché la llave en la puerta principal. No había sido capaz de pegar ojo hasta que volvió, lo que supuse que se debía a que me sentía extrañamente apagada. Sonó el timbre mientras Rob estaba en el jardín vaciando los desechos orgánicos en el cubo del compostaje y yo me encontraba echando un vistazo al periódico del día anterior. Billy se acomodó rápidamente: dejó su chaqueta sobre el extremo del pasamanos de la escalera de casa, entró en la cocina y se dejó caer en una de las sillas sin que nadie le invitara a hacerlo. Me dio la sensación de que claramente aquella no era su primera visita a la casa.

—Así que te llevas algunas de tus cosas de casa de tu hermano, ¿eh, guapa? —me preguntó mientras se sonaba la nariz en un trozo mugriento de pañuelo de papel que había sacado del bolsillo de los vaqueros—. Conozco un poco a Ed, de The Bull's Head. Es amigo del dueño.

—No es la casa de mi hermano —le corregí—. Nos pertenece a los dos, pronto la venderemos.

—Disculpa, es que pensaba que tu madre le había dejado la casa a Ed. Parecía que tenía planes para ella.

—Le está costando hacerse a la idea de tener que mudarse.

Rob volvió del jardín y Billy se puso de pie.

—Y bien, jefe, ¿por dónde empezamos? —le preguntó frotándose las manos, seguramente pensando en las horas extra que cobraría.

No tenía nada que hacer salvo supervisar toda la operación mientras Rob y Billy resoplaban y se esforzaban bajo el peso de las cajas y los muebles. Mientras aseguraban las cosas en la furgoneta, me paseé por las habitaciones vacías, ahora habitadas por las marcas fantasmales de los objetos que albergaron en el pasado. Allá donde habían estado los muebles, la moqueta era más oscura y afelpada, protegida del sol y el uso, y las pisadas habían dejado hendiduras a su alrededor. En el deslucido papel pintado había sombras más oscuras donde habían estado colgados cuadros y espejos. Incluso se podía distinguir la leve silueta del crucifijo de madera que tenía colgado más recientemente sobre la cabecera de la cama. A pesar de estos ecos de la vida anterior de estas habitaciones, los recuerdos que albergaban ya se estaban disipando, como el humo cuando apagas una vela. En mi antiguo dormitorio cerré mi bolsa de fin de semana, abandonada en el medio del suelo vacío, y eché un último vistazo por mi ventana. Recogí mis cosas y cerré la puerta detrás de mí. Disfruta de tu sala de música, Edward, pensé, porque no la tendrás por mucho tiempo.

Me encaramé a una caja de transporte de madera dada la vuelta y bebí a sorbitos una taza de té fuerte mientras los dos hombres descargaban la furgoneta y metían con gran esfuerzo las mesas, armarios y cómodas en la casa de una sola planta de salón y dos dormitorios de Rob. Luego cogieron unas escaleras de mano y subieron mis cajas al desván. Rob fue bastante preciso al decir que su casa estaba un poco hecha polvo. Admito que era una casa de estilo victoriano con mucho potencial en una zona con algunos atractivos, pero la cocina, el baño y la decoración parecían haber sido elegidos por un lunático daltónico en la década de los años setenta. Y no tenía pinta de que la hubieran pintado, aspirado o pasado el polvo desde entonces. Un lugar lamentable en el que guardar las pertenencias más apreciadas por mi madre. En fin, a caballo regalado, no le mires el diente.

Cuando terminaron, Rob le entregó a Billy un par de billetes doblados por la mitad.

—Tómate una a nuestra salud —dijo mientras se volvía a guardar la cartera en el bolsillo trasero del pantalón.

—Gracias, jefe. Y buena suerte con el embarazo, guapa. Vas a ser una gran madre. Tú y el pequeño deberíais veniros a vivir aquí, a Birmingham. Es mucho mejor que Londres. Hay un montón de parques y cosas para los críos. Ha cambiado mucho desde que tú eras pequeña.

—Tendré en cuenta tu consejo —le aseguré.


Acepté la oferta de Rob de acercarme a la estación de New Street, ya que Kate había decidido, muy inconvenientemente, quedarse un par de días más en casa de sus padres. En cuanto nos abrochamos los cinturones, me preguntó por el padre del bebé. Fue una pregunta directa y me tomó por sorpresa. Estuve a punto de decirle que se metiera en sus malditos asuntos, pero como seguía esforzándome en mostrarle mi cara más amable y amistosa, no lo hice.

—No tengo una relación con el padre —le expliqué—. Le he dicho que no necesito su ayuda.

—¿Y a él le parece bien?

—Todavía no, pero al final seguro que sí. Sigue creyendo, equivocadamente, que quiere implicarse de alguna manera.

—¿Por qué lo rechazas, entonces? ¿Te trató mal?

—No, todo lo contrario. Si tanto insistes, te contaré los tres motivos que tengo para rechazarle: uno, no quiero estar en deuda con él ni moral ni económicamente; dos, quiero tener libertad total para tomar mis propias decisiones en lo que respecta al niño; y tres, sé que no quiere tener esa responsabilidad.

—Seguramente es él quien debe saber qué quiere y qué no. No puedes tomar la decisión por él. Si te ayuda a nivel económico o de otra manera, no significa que le debas nada. Habéis creado a ese bebé juntos, así que los dos sois igual de responsables. Y respecto a eso de querer tomar tú todas las decisiones concernientes al bebé, bueno, creo que no es demasiado justo. Me parece que tienes un problema si pretendes tener siempre todo bajo control.

No sabía cuánto tiempo más aguantaría mi fachada. Notaba cómo se me iba cayendo la máscara de afabilidad.

—¿Cuál es tu intención, Rob? ¿Eres el portavoz de Justicia para los Padres o algo así? Porque no acabo de entender exactamente qué tiene que ver todo esto contigo.

—Nada que ver. No pretendo defender ninguna cuestión política. Solo me baso en mi experiencia personal, lo que me da una perspectiva de las cosas que puede que no tengas.

—¿Qué tipo de experiencia personal puedes haber tenido que sea relevante en mi situación?

Hubo una pausa larga. Esperaba que mi pregunta retórica hubiera puesto fin a la discusión.

—Cuando estaba en la universidad, era un poco imbécil, si te digo la verdad —empezó. Me contuve de añadir que no me sorprendía—. Tuve unas cuantas novias, pero nunca duraban mucho. Sin embargo, hubo una chica con la que me lo tomé en serio, Alison, y ella también iba en serio conmigo. El único problema es que siempre me estaba atosigando con que pusiera mi vida en orden. Yo estaba metido en los rollos de estudiante habituales, quizá demasiado, si sabes a qué me refiero.

—La verdad es que no.

—Nada serio, solo bebía demasiado, fumaba demasiado, iba colocado casi todos los días, un poco más durante los fines de semana. Entonces, justo antes de los finales, Alison descubre que está embarazada. Se suponía que estaba tomando la píldora. Hablamos del tema sin parar, dándole más y más vueltas. Al final, le dije que debía abortar, que éramos muy jóvenes para ser padres. Ella accedió, pero el día que tenía cita en la clínica, tenía un catarro bestial, así que le dijeron que se marchara, se recuperara y que entonces pidiera otra cita. Nunca lo hizo. Yo seguí insistiéndole, y ella me aseguraba que lo haría, pero el tiempo pasaba. Después de unas semanas me dijo que ya era demasiado tarde, que se quedaba con el bebé. Yo me acojoné. No quería esa responsabilidad. Quería seguir saliendo con mis colegas, poniéndome ciego los findes, gastarme el dinero en pasarlo bien.

Llevábamos un buen rato parados en un cruce bastante concurrido. El semáforo se puso en verde y el conductor de atrás nos pitó. Rob puso primera.

—No sé muy bien por qué te cuento todo esto, pero te aseguro que al final todo tiene su explicación. —Se quedó callado unos instantes mientras adelantaba a un ciclista, y luego siguió con la historia—. Al final me dio un ultimátum: o sentaba la cabeza o me largaba. Me agarré a la cuerda salvavidas. Me dije que, a fin de cuentas, no era mi problema. Había sido Alison la que se había liado con la píldora y era ella la que había decidido quedarse con el bebé, así que no podía esperar que fuera a hacer lo que ella quisiera. Ya te he dicho que era un imbécil. —El coche de detrás volvió a pitar, ya que Rob conducía cada vez más despacio. Pisó el acelerador y le hizo una peineta; un gesto inútil, ya que íbamos en una furgoneta.

—Alison se marchó de Birmingham y volvió a casa de sus padres en Edimburgo. No pensé mucho en el bebé al principio, ya que estaba muy ocupado en pasármelo bien, pero a medida que pasaba el tiempo empecé a darle vueltas. No sabía siquiera si había sido un niño o una niña. En la época en la que habría cumplido cinco años, decidí contactar con Alison. Esperaba que no fuera demasiado tarde para poder conocer a mi hijo. Me las arreglé para encontrar el número de sus padres y les llamé. No les hizo mucha gracia. Supuse que habrían escuchado toda clase de historias terribles por parte de Alison, y la mayoría serían ciertas. Me dijeron que era un niño, que se llamaba James y que Alison estaba viviendo felizmente con otra persona.

Rob hizo una pausa. Pensé que quizá ya habría terminado, pero después de un suspiro continuó.

—Los padres de Alison me advirtieron que no intentara contactar con ella, que no quería saber nada de mí. Pero no podía dejarlo así. Llamé y llamé, les rogué que me dieran su número. Les expliqué que solo quería ser un padre para mi hijo. Debieron de contárselo, porque una noche me llamó. Estaba muy tranquila, y muy tajante. Me dijo que había perdido cualquier derecho de ver a James el mismo día que me marché. Era un niño feliz y seguro de sí mismo, y llamaba a su nueva pareja «papi». Me dijo que yo no significaba nada para él, que mi nombre ni siquiera figuraba en la partida de nacimiento. Podría haber luchado por verle. Quién sabe, quizá hubiera ganado. Pero sabía que lo había hecho mal desde el principio, desde el mismo momento en que me marché. No quería volver a hacerles daño y andar revolucionando sus vidas, así que decidí dejarles en paz. Pero cada día pienso en mi hijo, me pregunto qué hace, qué aspecto tendrá, si se parecerá a mí. Tiene más de veinte años, y no tengo ni idea de si alguna vez piensa en mí. Pueda que ni sepa que existo. Perdí la oportunidad de ver a mi hijo crecer. Es mi culpa y de nadie más. Lo único que digo, Susan, es que no le hagas esto al padre de tu hijo. A no ser que tengas una buena razón, como que te haya tratado mal o se lo merezca.

Para entonces ya estábamos en el aparcamiento de la estación. Rob inclinó la cabeza sobre el volante unos segundos, luego me miró. Iba a ser firme con él, pero parecía que iba a echarse a llorar. Por favor, no lo hagas, pensé. No estoy preparada para tratar con hombres llorando. O mujeres, la verdad.

—Mierda. Lo único que quería era compartir mi experiencia contigo —dijo sorbiéndose la nariz y riendo—. Saquemos tu equipaje de atrás.

Acepté la oferta de Rob de llevarme el equipaje hasta el tren, ya que regresaba a Londres con muchas más cosas. De camino, Rob, más calmado, continuó con la historia.

—En fin, como te dije, en la India entré en razón. Alison es la mujer de mi vida. Ya he perdido mucho tiempo sin ella. Voy a encontrarla a ella y a mi hijo, ver si me puede perdonar, y si Alison no tiene pareja, hacer todo lo posible por recuperarla. Quiero compensarla por todo lo que le hice pasar cuando era más joven.


En el tren de vuelta a Londres pensé en la revelación de Rob. No podía evitar preguntarme si su intención había sido solamente la de romper una sincera lanza en favor de los padres excluidos, o si también esperaba ablandarme y que me cayera mejor. En cualquier caso, por poco lo consigue; casi sentí lástima por él, al menos por un momento. Me recordé, no obstante, que él mismo se lo había buscado. Se había comportado fatal, y su novia sin duda había sufrido mucho más que él, por lo menos, al principio. Además, como Rob era el fiel compinche de mi hermano, era poco probable que nada de lo que me había contado fuera verdad.

Con la presencia constante de Billy casi todo el día, y las «revelaciones» de Rob sobre su hijo, no tuve oportunidad de extraer más información acerca de Edward o el testamento de mi madre. Era una suerte que fuera a ver a Rob en unas semanas. Acudiría a un concierto con Edward a Londres, dijo, así que no le importaba traerme las cajas que me interesaran. Buena forma también de conseguir que bajara la guardia, y seguro que por eso se le ocurrió. Curiosamente, cuando cerré los ojos con intención de echar una siesta antes de Euston, no podía evitar recordar el inusual tono azul de los ojos de Rob cuando se giró a mirarme en la furgoneta. Debió de ser por la luz.

Aquella noche en la cama, envuelta en almohadones, me rodeé de las carpetas de cartón que había encontrado en el buró de mi madre. Esperaba encontrar alguna referencia a su estado mental, o a la gestión de su herencia cuando falleciera, pero toda la correspondencia era, en general, demasiado antigua para tener alguna relevancia. Había notas de agradecimiento del tío Harold y la tía Julia y sus hijos por regalos que mi madre les había enviado con el paso de los años; cartas de dos antiguas amigas del colegio que se habían mudado a Nueva Zelanda y Canadá, en las que recordaban experiencias comunes de la infancia; tarjetas de feliz cumpleaños de mi padre, que dejó de regalarle cuando yo tenía diez años; tarjetas de Navidad y Semana Santa hechas a mano en el colegio, sobre todo de Edward, pero alguna mía también; varias cartas apenas legibles de la tía Sylvia, incluida una que había sido rota en mil pedazos para luego reconstruirla con cinta adhesiva, en la que le expresaba su eterna gratitud por algo que no mencionaba; una carta mecanografiada de referencia de la jefa de mi madre en la oficina de la facultad, en la que decía que era una empleada de confianza y trabajadora; algunas cartas y tarjetas de pésame por la muerte de mi padre; y cosas por el estilo. Dudé sobre si quería guardar algo, pero al final decidí tirarlo todo al contenedor del reciclaje. Ninguna de aquellas cartas me decía nada que no supiera ya y tampoco me sobraba el espacio.

A continuación, abrí el pesado álbum de fotografías, que también me había traído de Birmingham. Empezaban con la boda de mis padres y terminaban cuando empecé a ir al colegio. La primera era una foto formal en blanco y negro, un posado de toda la familia fuera de la iglesia después de la ceremonia. Mi madre tenía aspecto tímido, vergonzoso, poco acostumbrada a ser el centro de atención. Mi padre estaba como ido, soportando lo insoportable para convertirse en un hombre casado. Supuse que se habría tomado un copazo para sobrevivir a tal calvario. En cambio, la tía Sylvia, de pie junto a mi madre, lucía un vestido largo de dama de honor repleto de lazos, y parecía estar pasándolo en grande. Mi madre se casó con veintisiete años, de modo que la tía Sylvia tendría unos doce. A esa temprana edad, ya había aprendido de las revistas de estrellas de cine cómo posar para la cámara para transmitir una confianza total (aunque poco apropiada) en su atractivo. Una habilidad que todavía la acompaña.

El resto de la familia de mi madre se había revestido de sus mejores galas con mucho entusiasmo, aunque muy poco gusto, para celebrar que una del clan prosperaba en la vida. A pesar de todos sus esfuerzos, tenían aspecto rígido, como de estar incómodos, y muy poca gracia. La familia de mi padre, sin embargo, estaba en su salsa. Los trajes a medida de tres piezas y los vestidos y chaquetas de alta costura no eran nada fuera de lo común para ellos. A pesar de su patente comodidad, los indicios contenidos de ceños fruncidos, mohínes y sonrisitas de suficiencia traicionaban las variadas opiniones de los familiares de mi padre respecto a la unión de los novios. Tan solo la expresión del tío Harold, el hermano pequeño de mi padre y su padrino, era tan inescrutable como la de mi padre; en el caso de mi tío se debía a su intenso entrenamiento militar más que a cualquier otro tipo de anestésico. Se me hacía raro ver a mis abuelos paternos en la foto. No recuerdo haberlos conocido en persona.

Pasé las hojas hasta llegar a una foto en el medio del álbum, que debió de tomarse unos pocos años después. Era del día de mi bautizo en la misma iglesia, aunque con menos invitados. Yo no tendría más que un par de meses. A diferencia de la foto de la boda, que claramente había sido sacada por un profesional, esta era una instantánea Kodachrome algo torcida. El único miembro de la familia de mi padre que asistió a la celebración fue mi tío Harold, tan diligente como siempre. Por parte de mi madre también había menos invitados. Aunque mi abuela materna estaba allí, mi abuelo debía de tener mejores cosas que hacer aquel día. En la fotografía mi madre me tiene en brazos y parece algo incómoda. Supongo que apenas tendría unas semanas de práctica. Mi padre, serio y con el ceño fruncido, le pasaba el brazo por los hombros en gesto tranquilizador. La tía Sylvia, que ahora tendría unos dieciséis o dieciocho años, no miraba a la cámara, como si algo en el suelo a su derecha la estuviera distrayendo. Llevaba un minivestido de color melocotón con unas botas blancas hasta la rodilla, un fuerte contraste con el traje de vestido y chaqueta de mi madre en gris oscuro con casquete a juego. Es la única foto que he visto de mi tía en la que no sale sonriendo.

—Pues ya podíais haberos alegrado un poquito más de mi llegada —le dije a la foto antes de cerrar el álbum, colocarlo en mi mesita de noche y apagar la luz.


Unos días más tarde me dirigí caminando fatigosamente hacia el departamento de maternidad del hospital en la hora de la comida para acudir a otra cita prenatal, en este caso se trataba de mi ecografía de las veinte semanas. Debo decir que seguía sintiéndome incapaz y reticente a aceptar el hecho de que, después de cuarenta y cinco años felizmente guardando para mí misma la privacidad de mi cuerpo y mi mente, ahora parecía haberse convertido en propiedad pública. Es increíble cuánta gente hace falta para toquetearte, pincharte, hacerte pruebas y preguntas cuando estás embarazada. Solamente acudir a las citas parecía un trabajo a jornada completa, y mi vientre estaba sometido a más escrutinio que el de la más diligente bailarina turca. Es como si hubiera dejado de ser una persona por derecho propio y me hubiera convertido en un mero recipiente para otro ser humano.

—Y bien, señorita Green, ¿está lista para conocer el sexo de su bebecito? —me preguntó la ecografista de hoy, una delgada mujer escocesa de mediana edad con el pelo corto pelirrojo muy rizado. Desde mi encuentro con Billy había pasado bastante tiempo dándole vueltas al tema. Saberlo de antemano me parecía como abrir los regalos de Navidad antes de tiempo u ojear el final de la novela cuando vas por la mitad. Parecía como si hiciera trampas, como si hiciera gala de una incapacidad infantil de tener paciencia y autocontrol. Sin embargo, soy una mujer pragmática. Me gusta saber exactamente qué va a ocurrir y cuándo. De ese modo puedes protegerte ante sorpresas inoportunas y asegurarte de que todo sale como debe. Si sabía el sexo del bebé, podría comprar la ropa y los accesorios adecuados. Y que conste que no soy el tipo de persona que le compraría cositas rosas extravagantes a una niña y otras más sencillas en color azul a un niño, pero supongo que habrá alguna diferencia entre los artículos que seleccione. Por todo ello, decidí que la ecografista me dijera el sexo del bebé. Y así lo hizo.

De vuelta en la oficina Trudy me llamó a su despacho, como una espía en una misión secreta. Cerró la puerta detrás de mí conteniendo una risita.

—¿Y bien, Susan? ¿Qué es, niño o niña? —Tenía una expresión de ansiosa expectación en el rostro.

—Oh, pues no me lo han podido decir. Estaba dado la vuelta. Tendré que esperar a que nazca.

Trudy no podría haberse quedado más consternada si le hubiera dicho que al final todo había sido un error y que no estaba embarazada. Regresó a su escritorio y se dejó caer en la silla.

—Oh, qué pena más grande —dijo—. Qué decepción.

—Sí, ¿verdad?

Bueno, es que una cosa es echar un vistazo a la última página de un libro, y otra muy diferente leerlo en voz alta para que todo el mundo se entere.

# 13

En los días que siguieron a mi visita a Birmingham para vaciar la casa de mamá, estuve dándole vueltas a mi decisión de no dejar que Richard forme parte de la vida de mi bebé. Había llegado a la conclusión, aunque a regañadientes, de que quizá Rob tuviera algo de razón. No tenía motivos para pensar que Richard le haría ningún daño al niño, ni a nivel emocional ni físico. Es más, debido a su disposición de implicarse en la crianza, podía resultar ser un padre cariñoso y atento, una influencia positiva en su vida. Y teniendo en cuenta mi experiencia personal, ¿cómo podría negarle eso a mi hijo? Si decidía negárselo, ¿era posible que cuando el niño creciera, se sintiera resentido por haberlo hecho, incluso a pesar de explicarle que lo único que deseaba era preservar mi independencia? Es más, ¿era correcto ignorar el efecto que mi rechazo de contacto podría tener en Richard? A juzgar por los años de arrepentimiento que Rob (verdaderos o no) dijo haber padecido por haberse distanciado de su hijo, pensé que hacerle lo mismo a Richard podría ensombrecer su vida. No suelo retractarme cuando ya he tomado una decisión, pero hace falta ser una persona fuerte y segura de sí misma para aceptar que te has pasado un poco.

St. James's Park estaba en su apogeo otoñal; los árboles conservaban sus hojas, pero el follaje se había vuelto de color cobrizo, bermejo y ocre. El sol de mediados de noviembre resplandecía y no había ni rastro de la espesa neblina de la mañana. No era un parque al que solía venir; lo había sugerido Richard, como opción tranquila y agradable para quedar a almorzar sin interrupciones. Mientras caminaba fatigosamente por el camino desde The Mall, le vi sentado en un banco junto al lago, donde me dijo que lo encontraría. Iba impoluto, como siempre, como si se hubiera detenido un momento a reflexionar antes de reunirse con la reina. Sin embargo, su atuendo no fue lo primero que advertí. Mi atención se centró irremediablemente en que de pie junto a él en el banco de madera, y con la cabeza en un ángulo que denotaba una arrogante prepotencia, había un pelícano enorme blanco como la nieve. Ni el hombre ni el pájaro se hacían el menor caso el uno al otro. El propio Richard estaba absorto en la lectura de un libro de bolsillo, que, en cuanto me acerqué un poco, acerté a adivinar que se trataba de *Madame Bovary*. Contrariamente a lo que podría esperarse de un hombre tan reservado, siempre le habían atraído las heroínas trágicas cuyas pasiones conquistan sus razonamientos. Supongo que yo fui toda una sorpresa para él.

Ya casi había llegado a su altura cuando levantó la vista del libro y me dedicó una de sus más encantadoras y frescas sonrisas. Me pareció que todavía albergaba esperanzas de recuperarme.

—La encantadora Susan —dijo doblando con cuidado la esquina de una página, algo muy poco propio de él, y me dio pena por la pobre hoja. Después de guardar el libro en uno de los bolsillos del abrigo, se puso en pie. Dejé que me diera un beso en cada mejilla—. Estás espectacular.

Ya estaba un poco harta de tales calificativos.

—¿Por qué hay un pelícano a tu lado en el banco? —pregunté.

—Oh, es muy amistoso. Suelo venir huyendo del bullicio, y a menudo me lo encuentro a mi lado cuando levanto la vista del libro. Creo que lo tengo impresionado.

—¿Pero qué hace un pelícano en un parque del centro de Londres?

—¿No lo sabes? Hay todo un grupo. ¿O es manada? No, creo que en realidad se dice bandada. Llevan aquí unos cuatrocientos años; originariamente fueron un regalo del embajador ruso. Unas criaturas peculiares. Siento una extraña afinidad con ellos.

El pelícano me miró con desdén, luego abrió las alas, saltó del banco y se encaminó hacia el lago. Era increíble que algo pudiera al mismo tiempo parecer tan arrogante y absurdo.

—¿Nos sentamos? —preguntó Richard. Sacó un pañuelo cuidadosamente planchado del bolsillo interior del abrigo, lo desdobló y lo pasó con movimientos delicados por el asiento. Luego lo colocó junto a él en el banco y le dio unas palmaditas. Nos quedamos en silencio unos segundos observando al pelícano utilizar su poco práctico y alargado pico naranja para rascarse el pecho hinchado. Richard tosió.

—Permíteme que me disculpe por mi deplorable comportamiento la última vez que nos vimos. No había dormido bien, y la situación relacionada con el niño había hecho mella en mí. No debí haberte acosado a la salida de la oficina, y desde luego tampoco debí amenazarte de esa manera. Me gustaría que olvidáramos lo ocurrido entre nosotros en las últimas semanas para poder empezar de nuevo partiendo de una base de armonía y respeto mutuo.

Un grupito de chicas, que parecían estudiantes japonesas (calcetines por encima de la rodilla, ropa estrafalaria y bolsos de dibujitos), se había detenido frente a nuestro banco para admirar al pelícano, que ahora agitaba sus alas. Una de ellas empezó a sacar fotos de las otras, que estaban haciendo el signo de la victoria detrás de la cabeza del pájaro.

—No tengo nada que objetar al respecto —le dije a Richard—. Como te comenté cuando te llamé, he estado pensando en tu posible implicación en la vida del niño. Quizá me precipité al rechazar tan tajantemente tu oferta antes de analizar detenidamente el tema. No obstante, era fundamental que quedara claro desde el principio que no tengo ninguna intención de adoptar el papel de una mujer patética y necesitada.

—Susan, no creo que nadie pueda jamás describirte como una persona patética y necesitada.

—Bien. Ahora, lo que quiero decir es que he llegado a la conclusión, después de haber sopesado varias cuestiones, que excluirte por completo de la vida del bebé no sería lo correcto, así que he decidido...

Me interrumpió una de las estudiantes japonesas, una chica sonriente con coletas adornadas con cintas, que se acercaba a nuestro banco. Se disculpó por molestarnos y nos pidió si podíamos sacarle una foto a su grupo con el pelícano. Richard aceptó.

—¿Qué decías?

—Decía que he decidido que algo de implicación por tu parte en la vida del bebé no sería del todo inaceptable. Aunque tal intervención deberá estar claramente definida y fijada antes del nacimiento, no veo por qué no pueda concertarse amigablemente.

—Maravilloso. No sabes qué peso me quitas de encima. Sé que podemos hacer que esto funcione para todos los implicados. Me acercaré a Foyles esta misma tarde y compraré algunos libros sobre paternidad.

—Eso mismo iba a sugerir a continuación —dije—. Lo mejor es documentarse con tiempo.

Una familia que había estado charlando animadamente, voces escocesas acerca de la proximidad de una especie rara de Pokémon, se detuvo a observar los hábitos de acicalamiento del pelícano. Mientras la madre impedía que sus dos hijos pequeños tocaran la criatura de carne y hueso, el padre se acercó a Richard y a mí para pedirnos, otra vez, que les sacáramos una foto de grupo. Richard aceptó, esta vez de mala gana. En cuanto regresó al banco, se aclaró la garganta.

—Así que estamos en vías de llegar a un acuerdo respecto a una cuestión: el alcance de mi implicación posnatal. Hay, por supuesto, otra cuestión pendiente. Hemos dicho cosas en caliente que realmente no decíamos en serio. Los dos necesitábamos algo de tiempo para asimilar el cambio de nuestra situación antes de revisar de nuevo nuestra relación. El hecho de que ahora rememos en la misma dirección en lo que al niño se refiere indica que lo hemos hecho.

—Sí, supongo.

—Por supuesto soy consciente de que nunca me ha interesado comprometerme a una relación convencional, pero las circunstancias han cambiado.

—Richard, no creo que...

—Déjame terminar, por favor.

Otro grupo de turistas, en este caso australianos, observaban al pelícano. Una mujer de mediana edad con el pelo teñido de rubio platino se giró hacia nosotros.

—Lo siento, señora, nada de fotos —dijo Richard alzando demasiado la voz. El pájaro, acostumbrado exclusivamente a los murmullos de admiración, se sobresaltó con el ruido inesperado y se lanzó al agua. Los australianos se marcharon lanzándonos miradas de resentimiento por encima del hombro.

—Susan, somos dos personas a las que les gusta que las cosas se hagan a rajatabla. Supongo que lo tradicional sería hincar la rodilla en tierra, pero los pelícanos han hecho de las suyas y tú estás sentada en mi pañuelo. Susan, nuestras noches juntos han significado mucho para mí. Creo que podrías ser mi alma gemela; eres como yo en versión femenina. ¿Me harías el honor de convertirte en mi esposa?

—¿Tu esposa? —pregunté, sorprendida—. ¿Te refieres a casarnos o compartir un hogar?

—Una cosa suele llevar a la otra.

No me gusta que me pillen desprevenida. El único motivo por el que había quedado con Richard era para concederle mi munificencia; para conferirle magnánimamente lo que había decidido que moralmente debía otorgarle. El objetivo no era negociar ningún otro tipo de acuerdo personal. Mi primer impulso fue decirle que lo olvidara. Sin embargo, me contuve y me tomé unos instantes para pensarlo. ¿De verdad estaba tan lejos del reino de las posibilidades? Era indiscutible que los detalles prácticos de cuidar de un bebé serían todavía más sencillos de gestionar si dos adultos convivieran bajo el mismo techo; ¿y no sería incluso mejor para el niño, en términos de seguridad emocional, vivir con sus dos progenitores, siempre y cuando ambos sean capaces de llevarse bien? Hasta hace bien poco, y dados los sucesos recientes, Richard y yo siempre hemos sido del mismo parecer en todo.

Tomé nota mentalmente de todos los pros de Richard. Sin duda había sido una excelente compañía en los últimos años; nunca me ha decepcionado, mentido ni hecho daño. Es un hombre inteligente, con unos modales excelentes y bastante atractivo, con buen gusto y unos ingresos estables, y los dos tenemos muchos intereses en común. Siempre nos hemos sentido atraídos el uno por el otro, y nuestros encuentros más íntimos han sido placenteros. Nunca hemos acometido nada «doméstico» juntos, claro, pero nada impide que los buenos ratos que hemos pasado durante nuestro acuerdo perfectamente delimitado no puedan traspasarse a la vida diaria. En casi todos los aspectos era mi compañero ideal. No obstante, contra todo lo anteriormente expuesto estaba el hecho de que jamás había tenido el más mínimo deseo de compartir mi vida con nadie. Y también estaba la cuestión de que no tenía «sentimientos románticos» hacia Richard y, hasta donde yo sabía, él tampoco los tenía hacia mí. ¿Hasta qué punto era eso importante? Me pregunté. Lo miré directamente, intentando decidir si alguna vez podría sentir algo más de lo que sentía en aquel momento. Si tales sentimientos fueran a surgir entre nosotros, supongo que ya tendrían que haberlo hecho. No estaba totalmente fuera de discusión, pero tampoco me acababa de convencer.

—Comprendo tus deseos de hacer las cosas siguiendo las normas habituales, Richard, pero no creo que sea una buena idea. Creo que nos llevaríamos mucho mejor como copadres que como marido y mujer.

El pelícano había vuelto a resurgir del agua y me miraba con lo que me pareció cierto desprecio. Richard suspiró y se desplomó en el asiento.

—Debí suponer que era demasiado pronto sacar el tema del matrimonio, ahora que hemos retomado nuestra amistad. Te he pillado desprevenida; necesitarás algo de tiempo para pensar en ello. Podemos valorarlo más adelante.

—Me temo que no servirá de mucho —dije con más convicción de la que sentía—. Tengo que volver al trabajo. La gente se preguntará dónde estoy; normalmente no me ausento mucho rato a la hora del almuerzo.

—Mi madre va a alegrarse mucho cuando le diga que voy a formar parte de la vida de nuestro hijo. El mes que viene viajaré a Nueva York por trabajo durante las vacaciones, pero me pondré en contacto contigo para debatir los detalles en Año Nuevo. Y respecto a la otra cuestión, lo dejaremos en el aire hasta entonces.

—No hay nada en el aire. Está aterrizando suavemente en el suelo, que es donde se va a quedar.

—Bueno, ya veremos. Me da la sensación de que puedes dejarte persuadir.

Dejé que me diera un beso en cada mejilla una vez más, luego desanduve mis pasos por el camino que lleva a The Mall. Eché la vista atrás y vi que el pelícano había vuelto a subirse al banco junto a Richard, que intentaba arrebatarle el pañuelo de debajo de sus palmeados pies.

# 14

«Una jovencita de hueso ancho», eran las palabras que utilizaba mi madre para describirla. «Brigid Barrigona» la llamaba Edward, incluso en su cara en el par de ocasiones que coincidieron.
Yo, personalmente, pensaba que se parecía a una levantadora de
peso olímpica, claro que no me imaginaba diciéndole tal cosa. Lo
que sí que hice, sin embargo, fue sugerirle en varias ocasiones que
redujera la ingesta de calorías por el bien de su salud, su aspecto y
su autoestima. Brigid se limitaba entonces a darme una buena palmada en la espalda y a decirme que menos mal que no se ofendía
con facilidad porque si no, yo no tendría ni un solo amigo.

Brigid y yo nos conocimos en el primer semestre en la Universidad de Nottingham. A las dos nos gustaba sentarnos en el medio de la primera fila en todas las clases, así que muchas veces
coincidíamos una al lado de la otra. Por aquel entonces yo era bastante reservada, y su efusiva afabilidad me resultaba exasperante
(era como si te arrastrara un tsunami de amabilidad) y extrañamente reconfortante a partes iguales (no tenía que estar pendiente de lo que dijera, podía incluso no decir nada de nada). Para
cuando terminamos el primer curso, que nos pasamos casi todo el
tiempo de acá para allá, fue Brigid la que sugirió que compartié-
ramos piso, la que encontró un lugar apropiado y la que hizo todas las gestiones necesarias. No tuve ningún problema en dejar que
se encargara de todo. Era el tipo de persona resuelta y franca a la

que jamás engañarían con un alojamiento de mala calidad o un desfavorable contrato de alquiler. Nuestra relación doméstica funcionó perfectamente, incluso cuando Brigid empezó a salir con Dermot, un jugador de *rugby* más grande que ella y yo…, bueno, ya llegaremos a esa parte.

Y ahí estaba yo, veintitantos años más tarde, sentada en una mesa de un ruidoso restaurante italiano al lado de Chancery Lane frente a mi antigua compañera de piso. Después de dejar la universidad, Brigid se casó con Dermot, se licenció en Derecho, tuvo un crío, como ella misma dice, y durante los primeros años de maternidad mató el tiempo en un bufete de lesiones personales especializado en accidentes derivados de resbalones y tropiezos. Desde entonces se volvió a especializar y ahora era una abogada con un emocionante y radical bufete en Lincoln's Inn. Sus casos habituales eran de esos que a menudo atraen la atención de los medios. De hecho, no hace mucho había visto a mi querida Brigid en una entrevista en las noticias de las diez (menos mal que inventaron la televisión panorámica). Aunque las dos vivíamos en Londres, me las ingeniaba para limitar nuestras quedadas a una vez cada dos o tres años, en parte aprovechándome de lo ocupada que estaba siempre.

—Quién lo hubiera dicho —dijo dando una fuerte palmada sobre la mesa, lo que provocó que los cubiertos dieran un bote—. A la buena de Susan «Yo No Quiero Ser Mamá» Green le han hecho un bombo. Recuerdo que decías que las familias eran como prisiones, pero sin la esperanza de que te redujeran la condena. Bueno, te has tomado tu tiempo en cambiar de idea. Un poco más y el tren se habría marchado para no volver. —Dio un largo trago de su copa de vino tinto—. Yo casi veo la luz al final del túnel. Rachel ya tiene diecisiete, un año más y dejará de ser problema mío. Te digo que ya he empezado a hacerle las maletas. —Dio otro trago—. Ahora en serio, la maternidad es pan comido. No sé por qué le dan tanto bombo. No tienes más que contactar con la niñera más cercana y listo.

Puede que te des cuenta de por qué me hice amiga de Brigid hace ya tantos años y por qué he dejado que nuestra amistad siga existiendo. A pesar de su exasperante sentido del «humor», es una mujer que no se anda con tonterías en la vida. Y por esa razón, además de por su amplísima experiencia en temas legales, le sugerí que quedáramos a almorzar. Unos días antes, mi suposición —posiblemente ingenua— de que tenía tiempo ilimitado para investigar y preparar mi caso para revocar el testamento de mi madre se esfumó de un plumazo. Recibí por correo un documento con el membrete del Tribunal Supremo, Sala de Derecho de Familia, en el que se me informaba de que tenía ocho días para realizar una «comparecencia personal» para presentar mi caso. Si no lo hacía, se emitiría la legitimación a favor del señor Brinkworth, lo que le permitiría gestionar la herencia. El procurador sin duda estaba intentando adivinar mi jugada: si daba ese paso, el asunto solo podría resolverse en los tribunales, con todos los costes que eso supondría. Estaba claro que contaba con que perdiera los nervios.

—Así que ¿finalmente has decidido abandonar la vida de chica soltera o es una aventura en solitario? Me refiero a inseminación artificial. ¿Has estado dándole un uso alternativo a la jeringa de cocina con la que rellenas el pavo?

—No, Brigid —dije con un suspiro—. Ha sido inseminación por el método tradicional, y no, no he dejado a un lado mi independencia. Eso es todo lo que tengo que decir al respecto.

—Me parece bien, amiga. Tu útero solo te incumbe a ti. Y lo mismo aplica a tus relaciones íntimas. Y bien, ¿qué te traes entre manos? Hace siglos que no te veo.

Hice una pausa mientras nos servían la comida; una ensalada de *mozzarella* para mí y una montaña de *linguine* bañada en salsa cremosa para Brigid, que empezó a devorarla como si le fueran a quitar el plato de delante.

—Necesito asesoramiento jurídico —dije.

—Ajá, conque segundas intenciones, ¿eh? ¿De qué se trata?

¿La poli ha descubierto por fin que diriges un cartel de tráfico de drogas desde tu apartamento en Clapham?

Qué mujer, qué agudeza sin parangón. Cómo la echaba de menos.

—No, Brigid —suspiré de nuevo—. Tiene que ver con el testamento de mi madre. Ha nombrado a Edward usufructuario de la casa familiar, así que no voy a obtener mi parte hasta que decida mudarse. Y quizá nunca decida hacerlo.

—¿Cómo? ¿Que el descerebrado de tu hermano se ha quedado con la casa? —dijo entre bocado y bocado—. Vas a tener que hacer algo al respecto, Susan, amiga. Supongo que querrás acceder a tu pasta en algún momento. Podrías tardar años en hacerte con ella, si es que llega el momento, claro. ¿En qué estaba pensando tu madre? ¿Acaso se olvidó de repente de todas las movidas de tu hermano? Como lo que le pasó a Phil, por el amor de Dios. Aunque, ahora que lo pienso, ella fue la única que jamás pensó que Ed tuviera nada que ver en el asunto.


Quizá la referencia de Brigid a Phil requiera una explicación. Puede que te sorprenda que Richard no fue mi primera pareja, ni tampoco la primera persona en proponerme matrimonio. Cuando era más joven, no tenía ese interés en los chicos tan tonto y típico del sexo femenino que tenían el resto de mis compañeras de clase. Sé que a la gente le gusta indagar en las razones psicológicas de cada uno de los trazos de nuestra personalidad. Si es tu caso, no tienes más que examinar mis modelos más cercanos de masculinidad, a saber, mi padre (alcohólico, poco digno de confianza) y mi hermano (holgazán, vengativo). Sin embargo, también podía tratarse simplemente de que desde muy temprana edad fui consciente de que una relación estrecha con un chico o un hombre (o con cualquiera, la verdad) podía socavar mi libertad, debilitar mi individualismo, acaparar un tiempo precioso y provocar un gasto innecesario de energía emocional. Si lo miras desde esta perspectiva lógica, es sorprendente que cualquier persona mínimamente racional desee comprometerse en una relación íntima.

Pero entonces apareció Phil, un chaval del barrio. Fuimos juntos a la guardería, aunque no lo recuerdo de aquella época. También acudimos a la misma escuela primaria, y de aquel entonces sí que poseo algún vago recuerdo de él, un niño menudo con un corte de pelo a la taza que siempre se mantenía al margen, un poco marginado; era discreto y a menudo pasaba desapercibido. A los dos nos matricularon en el mismo centro de secundaria, y volvíamos a casa cada día por el mismo camino. Tendríamos unos trece o catorce años cuando me habló por primera vez, después de clase. Al principio siempre era sobre los deberes, los exámenes y las notas; más adelante, acerca de lo que habíamos leído, escuchado y visto en televisión. En aquel tiempo no lo habría descrito como un amigo. No necesitaba ni quería tener amigos. Simplemente era alguien que casualmente tomaba el mismo camino que yo y que compartía algunos de mis intereses. Toleraba su presencia, pero me cuidaba mucho de que se inmiscuyera en mi vida, y le dejé bastante claro que no era bienvenido en mi casa.

En bachillerato resultó que Phil había escogido examinarse de las mismas asignaturas que yo, de modo que teníamos mucho de qué hablar a nivel académico. La gente empezó a dar por hecho que éramos novios, pero nada más lejos de la verdad. En las contadas ocasiones que intentó tratarme con más familiaridad de la debida, y su conversación derivaba hacia temas más personales o íntimos, yo deliberadamente decía o hacía algo desagradable para apartarlo de mí. Cometió el error, durante el primer trimestre de primero de bachillerato, de proponerme ir al cine con él. Le expliqué que eso nunca ocurriría, jamás. No le dirigí la palabra por lo menos durante dos semanas después de aquello.

Edward estaba muy molesto por que tuviera cualquier tipo de compañía. De vuelta a casa del colegio, él y su pandillita de inadaptados, rebeldes y zoquetes nos seguía a Phil y a mí lanzando besitos al aire y canturreando «Suze tiene novio» o, si eso no terminaba por sacarme de quicio, intentaban hacernos tropezar, echarnos de la acera o nos lanzaban pelotillas de papel. A favor de Phil debo decir que simplemente ignoraba a Edward y sus amigotes, como si no fueran más que molestos insectos sin importancia.

He intentado recordar el momento exacto en el que Phil y yo nos hicimos más íntimos y por qué. Me parece que debió de ser después de la muerte de mi padre. Quizá hayas dado por hecho, dadas las muchas referencias a las variadas debilidades y fallos de mi padre, que no me preocupaba por él. Si es así, ha sido totalmente sin querer. Sí que me importaba. Así que cuando mi padre falleció, no me sentía tan fuerte como de costumbre, y por primera vez en mi vida necesitaba el apoyo de otra persona. Mi madre estaba demasiado ocupada con el pobre de Edward —«un chico necesita a su padre», era su mantra constante—. Phil parecía comprender cómo me sentía; cuándo necesitaba hablar y cuándo guardar silencio. Me volvió a invitar al cine, en esta ocasión a ver una película en versión original (*Verano asesino* creo que se llamaba) y yo acepté. Aquella salida llevó a que quedáramos en otras ocasiones y, finalmente, poco después de los exámenes de selectividad, le dejé entrar en mi casa. Nos hicimos novios, en el sentido más tradicional de la palabra. Sé que ahora te costará creerlo, pero es verdad. Tuve novio.

Phil había decidido quedarse en casa y asistir a la Universidad de Birmingham, ya que debía ocuparse a nivel práctico y emocional de su madre en silla de ruedas. Me preguntó que qué me parecía si trasladaba mi expediente de la Universidad de Nottingham a la de Birmingham, pero me negué. Si nuestra relación era sólida, sobreviviría a la separación; si era débil, no. Para ponerla a prueba más todavía, insistí en no tener ningún contacto cara a cara durante todo el semestre, una norma que se mantuvo en vigor hasta mitad del segundo curso. Resultó que nuestra relación sí que era sólida.

Cuando acabó aquel curso, mientras bajábamos los peldaños de entrada de la Biblioteca Central de Birmingham, Phil dejó caer su mochila, se giró hacia mí y me preguntó si me quería casar con él cuando termináramos nuestras respectivas carreras. Le dije que pensaría detenidamente en su propuesta y que le daría una respuesta al día siguiente. Me pasé toda la tarde escribiendo los pros y los contras de casarme con Phil. En el lado de los pros estaba el hecho de que era serio, estudioso, tranquilo y agradable. Además, estaba acostumbrada a él, y francamente no me apetecía nada tener que molestarme en conocer a parejas potenciales en el futuro. En el lado de los contras, ¿podría estar tranquila de que él no intentaría limitar mi independencia, o que no me terminaría demostrando no ser digno de confianza? Además, divorciarse sería un rollo en caso de que todo resultara una gran decepción. Decidí rechazar su proposición. Al día siguiente quedé con Phil en la puerta del cine Odeon.

—Y bien, ¿qué has decidido? —me preguntó mientras recorría con la punta del pie las grietas de la acera. Llevaba las manos metidas en los bolsillos de sus pantalones de pana y evitaba el contacto visual.

Entonces ocurrió algo muy extraño. En lugar de «Lo siento, pero no», la palabra que brotó de mis labios fue «Sí». Estaba tan sorprendida como él. Nos quedamos allí plantados mirándonos de hito en hito durante unos segundos antes de que la sirena de un coche de policía rompiera el hechizo. Nos abrazamos con nerviosismo, ya que ninguno de los dos sabía exactamente cómo comportarse en un momento tan significativo. Al final, lo celebramos con dos Coca-Colas y un cubo grande de palomitas. Así fue cómo me prometí en matrimonio con apenas veinte años. Mi madre parecía bastante complacida con la noticia. Recuerdo que insistió en que llamara a la tía Sylvia de inmediato para contárselo. Mi tía, en su habitual estilo sobreactuado y excesivamente emocional, se echó a llorar de alegría, o eso supuse, lo que provocó que su discurso fuera más incoherente de lo normal. Cuando se lo dije a Edward, su reacción fue bastante diferente.

—La que se le viene encima al pobre —dijo con una expresión mezcla de celos, malicia y burla—. ¿Sabe que le espera toda una vida de una lluvia de críticas y reprobación constante? Creo que debo hablar con él.

Hizo más que eso. Mucho más.

—A ver, cuéntame tu estrategia. ¿Desde dónde vas a atacar? ¿De qué armas dispones y cómo de numeroso es tu ejército? —me preguntó Brigid, y se limpió la boca con el dorso de la mano.

—He planeado un asalto doble —le dije rindiéndome a su trillada metáfora—. Influencia indebida por parte de Edward y capacidades mentales mermadas por parte de mi madre. En este preciso instante estoy reuniendo a las tropas en ambos frentes. —Compartí con ella mis sospechas acerca de que Edward había presionado a mi madre para hacer algo que ella nunca en su sano juicio habría siquiera considerado.

—Mmm. El tema de la influencia indebida es como intentar cruzar arenas movedizas. Tendrás que valerte de pruebas irrefutables para demostrar que tu hermano se traía algo entre manos. ¿Qué tienes por ahora?

En cuanto lo pensé, cayó por su propio peso: no tenía gran cosa. Le dije lo que había conseguido averiguar a través de mis conversaciones con la tía Sylvia y Rob.

—Pero estoy segurísima, hasta pondría la mano en el fuego, de que Edward tramó todo esto, incluso aunque nadie quiera dar un paso al frente y admitirlo. Es muy revelador que las declaraciones de los dos testigos indiquen que sabía dónde estaba el documento y que fuera él quien organizara la firma del mismo.

—No es suficiente, amiga. —Se cruzó de brazos sobre su ancho pecho y me dedicó una mirada de señorona que seguro que empleaba con sus clientes más sumisos—. No creo que haga falta que te diga que empeñarte en hacer ver que Edward es un criminal no va a persuadir a ningún juez. A no ser que tengas algo sucio a lo que agarrarte, alguna prueba de que la llevara a rastras hasta el bufete del abogado retorciéndole el brazo a la espalda, o de que amenazara con deshacer su labor de punto, es prácticamente imposible demostrar influencia indebida. De hecho, puede incluso poner al juez en tu contra. Puede que dé por hecho que simplemente estás celosa y que eres incapaz de aceptar el hecho de que tu madre pusiera las necesidades de tu hermano por delante de las tuyas. No estoy diciendo que lo crea así, que conste. Pero creo que es mejor que te centres en cosas que puedas demostrar, y que no compliques las cosas más de la cuenta.

—Pero si no alego influencia indebida por parte de Edward, el foco se centrará en mi madre y no en mi hermano —añadí—. Es como si le exonerara de toda culpa, como si admitiera que solo atañó a mi madre. No pienso dejar que se libre así como así.

—Ya, pero escucha, amiga. Te voy a decir lo mismo que le digo a todos mis clientes, y algo que ya debes de saber: no se trata de demostrar quién hace gala de unos mayores estándares morales ni de reivindicar lo que crees o dejas de creer, se trata de ganar la argumentación legal. Tan sencillo como eso. Deja a un lado tus sentimientos hacia Edward y piensa fríamente qué necesitas para hacerte con la mitad de los beneficios de la venta de la casa. Olvídate de intentar demostrarle al mundo que Edward es un capullo y tú una santa. Si restringes el ataque a la falta de capacidades de tu madre, puedes terminar alegando que su deteriorado estado mental pudo verse influenciado por sugerencias interesadas por parte de Edward. No tienes más que reformularlo, evitar cualquier afirmación que indique que Edward tenía un plan retorcido para obligar a tu madre a hacer algo en contra de sus deseos.

—No estoy de acuerdo contigo, Brigid. Debo presentar todos los hechos frente al tribunal. Quiero que la sentencia, simple y llanamente, explicite que Edward es una persona deshonesta e inmoral. Ya se veía venir desde hace tiempo, y no pienso retirarme ahora.

Brigid se recostó en su asiento, que apenas podía con su peso, y negó con la cabeza.

—Corres el riesgo de sonar como uno de mis clientes más obsesivos. Distánciate un poco del caso y piensa en cómo vas a convencer al juez cuando llegue el día. Y te digo que no lo conseguirás esgrimiendo contra un miembro de la familia todo tipo de alegaciones hiperbólicas que caen por su propio peso, sin importar lo bien fundadas que tú y yo creamos que estén. Lo lograrás presentando pruebas sólidas e irrefutables.

—Sí, soy perfectamente consciente de ello, pero…

—Vale, vale, amiga. El tiempo vuela y veo que no voy a ser capaz de convencerte. Pasemos al tema de la falta de capacidad mental. ¿Qué tenemos en ese frente?

Le hablé a Brigid de los dos ictus que había sufrido mi madre antes de que se redactara el testamento.

—Si te digo la verdad, no la vi demasiado en sus últimos meses, pero las veces que la vi no me pareció que estuviera al cien por cien en su sano juicio. E incluso el amigote de Edward, Rob, admitió que estaba como confundida. He solicitado una copia de su historial médico, pero ya sabes que las cosas de palacio van despacio. Según parece me lo harán llegar pronto.

—Bueno, pues crucemos los dedos y esperemos que te proporcione las pruebas que necesitas. Lo ideal sería que encontráramos un diagnóstico útil, o muestras de preocupación acerca del estado mental de tu madre. Pero no deberías aferrarte a ello exclusivamente. Necesitas testigos que corroboren hasta qué punto dicha condición médica le afectaba. ¿Con quién mantenía una relación cercana? ¿A quién veía a diario?

Ya había pensado en ello.

—El párroco de su iglesia, St. Stephen's, es posiblemente una persona en la que habría confiado. Puedo visitarle y llevar una declaración. Y sus ancianos vecinos. El último día que vi a mi madre con vida me dijeron que estaban preocupados por ella, pero no le di demasiada importancia en aquel momento.

—Vale, amiga. Reúne todas las pruebas que puedas y ven a verme al bufete. Le echaré un vistazo y te daré mi opinión al respecto. Esto es totalmente extraoficial. No pienso dar pie a una demanda por negligencia profesional si finalmente todo se va al traste. Y ten en cuenta que esta cruzada podría acarrearte una serie de costes legales bastante desagradables si no ganas. Seguramente no valga la pena preguntártelo, pero ¿seguro que no prefieres optar por la vía fácil? Podrías simplemente dejarlo estar, concentrarte en la llegada inminente del crío y esperar a que la herencia llegue a ti a su debido tiempo. —Me miró inquisitivamente—. No, ya me lo imaginaba.

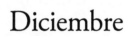

Diciembre

# 15

Me costaba creer que ya habían pasado seis meses desde que un espermatozoide consiguiera penetrar en el óvulo sin que me diera cuenta, y que comenzara el inexorable proceso de la división celular. Parece que fue ayer cuando el test de embarazo lanzó su veredicto. En otros aspectos, sin embargo, parece que han pasado décadas. Cuando me hice el test mi madre seguía viva y estaba medianamente bien, y tenía una casa familiar a la que podía regresar cuando quisiera. Ahora ya no vivía ninguno de mis progenitores y me sentía desarraigada, a la deriva. No, retiro lo dicho. No tengo ni idea de por qué me acosan pensamientos tan ingenuos. Como sabrás, siempre he sido la autora de mi propio destino. Podemos elegir cómo definirnos, y yo me defino como una persona independiente y con recursos. De lo que carezco en términos de familia u otras relaciones personales se compensa con creces con mi rica vida interior, que es infinitamente más constante y fiable.

No obstante, en parte lamento que mi madre no llegara a saber que estaba embarazada. ¿Qué le habría parecido? ¿Se habría quedado en *shock*, se habría preocupado, le habría hecho ilusión? Me cuesta imaginarla reaccionando de cualquiera de esas maneras. Ella siempre reaccionaba a mis logros con la misma aprobación leve y desinteresada, y a mis fracasos con el mismo resentimiento leve y desinteresado. Estaba claro que me deseaba lo mejor, pero también se lo deseaba al chaval que repartía el periódico por la mañana y a la chica que la ayudaba en el supermercado. Por otro lado, hasta el más mínimo éxito de Edward era motivo de una inmensa alegría, y lo celebraba por todo lo alto, y sus fracasos (que eran habituales y predecibles) siempre eran acogidos con compasión y aflicción. Mi padre probablemente se habría alegrado de mi embarazo, al menos siempre y cuando no tuviera que encargarse del niño en ningún momento. Su actitud hacia Edward y hacia mí, cuando estaba sobrio, parecía dar a entender que sentía cierta satisfacción por haber sido padre, mezclada con algo de irritación ante los aspectos prácticos de tener que interactuar con nosotros. Cuando estaba borracho, sin embargo, la satisfacción se convertía en euforia, y la irritación en furioso resentimiento, que normalmente pagaba más con Edward que conmigo, la verdad sea dicha.

Mientras redactaba mi breve lista de regalos y felicitaciones de Navidad, Kate vino a perturbar mi paz una vez más. Se ha acostumbrado a llamar a mi puerta cuando le viene en gana, en especial cuando quiere compartir sus frustraciones relacionadas con su actual disputa marital. Al parecer a veces Alex exige ver a los niños en los momentos más inconvenientes, otras veces alega tener compromisos laborables inevitables cuando ella lo necesita; en ocasiones trata a Kate como si fueran viejos amigos, y en otras como si fuera su némesis. Le he dicho en innumerables ocasiones que simplemente debería cambiar de número de teléfono, cambiar la cerradura de la puerta principal y olvidar que alguna vez estuvo casada. Su respuesta es siempre la misma: «Ay, Susan, ojalá fuera tan sencillo». Me siento agradecida de que la relación cara a cara de Richard con el bebé vaya a estar acordada de antemano, mucho antes del nacimiento. Por lo menos no tendré que verme envuelta en tales contratiempos molestos.

Con las lucecitas del monitor para bebé parpadeando a través del tejido del bolsillo de su cárdigan, Kate se dejó caer en mi sofá, me entregó la caja de bombones Quality Street que había traído

206

con ella y me contó su último dilema: los planes para Navidad, que era en menos de tres semanas. Kate quería visitar a su familia en Lichfield durante las vacaciones, pero Alex dijo que era inaceptable; no tenía ninguna gana de pasarse el día de Navidad conduciendo a las Midlands, ida y vuelta, para pasar un par de horas con sus hijos. Le sugerí a Kate que si se veía obligada a llegar a un acuerdo, y no decidía simplemente informar a Alex de los planes que tenía en mente, siempre podían quedarse con un niño cada uno. Una vez más, sin embargo, ella no estaba dispuesta a seguir mi sensato consejo.

Kate me preguntó por mis planes para las Navidades, que hasta este año había pasado siempre con mi madre. Casualmente, me había llamado la tía Sylvia hacía una hora o así.

—Oh, hola, Susan —me saludó con alegría—. Soy la tía. Acabamos de llegar de la villa y quería saber cómo estabas. He estado pensando en ti constantemente desde que nos marchamos, preguntándome cómo te iría el embarazo. Ya debes de estar tremenda, ¿no? No olvides poner los pies en alto, lo último que te conviene son unos tobillos hinchados o varices. Desde que cumplí veinte años, todas las tardes pongo los pies en alto durante una o dos horas y tengo unas piernas que ya quisieran muchas a mi edad.

Sentada en el sofá con los pies apoyados sobre el cofre de roble, le aseguré que no me podía encontrar mejor. Aunque la verdad es que no estaba siendo completamente sincera. Mientras que desde que cesaron las náuseas matutinas había experimentado una energía sin límites, últimamente había notado en varias ocasiones un sentimiento de agotamiento sobrecogedor e imprevisto. Incluso había tenido dificultades para mantenerme despierta durante lo que debía haber sido un día de formación superproductivo en la empresa. La tía Sylvia procedió a parlotear acerca de cómo estar un poco bronceada te estiliza, cuáles son los mejores lugares para comer en Estepona y cómo si no fuera por sus hijas y sus nietos viviría allí todo el año.

—Soy una mujer que no puede vivir lejos de los suyos —dijo—. Qué le voy a hacer. La familia siempre es lo primero, incluso por delante de mi salud y mi felicidad. Precisamente por eso te llamo. Supongo que no tendrás planes para estas Navidades, ¿verdad, querida? Ahora que falta tu madre, que Dios la tenga en su gloria.

—Bueno…

—Pues está decidido. Te vienes a pasarlas con nosotros. Wendy y Chrissie vendrán con los niños, así que estaremos todos juntos. Y tenemos espacio de sobra; tu tío Frank pensó en alojar a posibles invitados cuando decidimos construir la casa. Las niñas se mueren por verte, así que ya verás cómo te tienen entre algodones. Tenemos una habitacioncita supercuca perfecta para una sola persona. Nos lo vamos a pasar pipa toda la familia junta. Siempre le decía a tu madre que os vinierais a casa por Navidad, pero ella insistía en que le gustaba pasarla sola con vosotros dos, y supongo que cuando vivía tu padre no querría que montara ningún numerito y arruinara la reunión para todos. Vente en Nochebuena y quédate hasta el día de después de Navidad. ¡Ay! Me muero de ganas.

Así que, efectivamente, estaba decidido. En fin, ¿qué otras opciones tenía? Tampoco es que me llovieran invitaciones para pasar las vacaciones y, aunque normalmente estoy muy a gusto por mi cuenta, la Navidad tiene algo que hace que la gente se resista a pasarla en soledad. Las Navidades próximas, por supuesto, ya no estaré sola.


—¿Por qué no te acerco a las Midlands otra vez? —sugirió Kate cuando la informé de mis planes—. Que le den al puñetero Alex. Si quiere pasar las Navidades con los niños, que no se hubiera largado, ¿no? Que se pudra en su espléndido apartamento con su espléndida novia y que piense en lo que se pierde. No sabes cuánto agradezco que me escuches. Me siento mucho más fuerte desde que somos amigas.

Me volvió a pasar la caja de bombones. Cogí uno de caramelo y dejé la caja en el sofá entre las dos.

—Me alegro mucho de oírlo. Solo procura pensar más como una feminista, y saldrás de esta situación con éxito.

—¿A qué te refieres? Soy feminista.

—No me cabe duda de que lo intentas, pero tienes que aprender a ser más autosuficiente. Te afecta demasiado todo lo que hace o deja de hacer Alex. Tu confianza se vio mermada cuando te dejó, y sigues permitiendo que te altere en todo lo relacionado con los niños.

—Cualquiera estaría destrozado si su pareja se largara con otra persona y lo dejara con un recién nacido y un niño pequeño, ya sea hombre, mujer, feminista o no.

—Yo no. He organizado mi vida con minuciosidad para que nadie pueda nunca causarme una aflicción tan grande. Como no dependo de nadie a nivel emocional ni económico, no pueden hacerme daño. Así es una feminista: con una voluntad de hierro, revestimiento antiadherente y control total sobre cada aspecto de su vida.

Kate cogió un tofe y se lo metió en la boca.

—Esa no es mi definición —dijo como si tuviera la boca llena de canicas—. En mi opinión, no tienes por qué tener todas, o ninguna, de esas cosas para llamarte feminista. Se reduce simplemente a saber que las mujeres son iguales a los hombres, y vivir de acuerdo con esa idea. Es asegurarse de que la igualdad se reconoce en casa, en el trabajo y en la vida pública. Y es reconocer que todos, hombres y mujeres, a veces son fuertes y otras, débiles; a veces objetivos y otras, emocionales; a veces tienen razón y otras, no. Bloquear tus sentimientos y vulnerabilidades no tiene nada que ver con el tema. Es algo completamente distinto.

Cogió la caja y la agitó frente a mí invitándome a tomar otro dulce. Resistirse habría resultado en vano e impropio de la temporada navideña.

—No estoy completamente en desacuerdo contigo —dije

retirando el envoltorio de celofán púrpura de mi bombón y añadiéndolo al montoncito—, y no tengo nada en contra de los hombres en general, solo contra el hecho de que nos traten como ciudadanos de segunda. Aunque estarás conmigo en que una feminista nunca se pondría por voluntad propia en una situación en la que un hombre pudiera hacerle daño.

—Eso es como decir que una feminista nunca podría amar, y eso no es verdad, evidentemente. Siempre que te abres a otra persona, del mismo sexo o no, aceptas correr el riesgo de que te hagan daño. No es más que una realidad.

—Estás pasando por alto los siglos de opresión que han sufrido las mujeres por culpa de los hombres, siglos de confabulación contra el sexo femenino. Somos afortunadas por poder elegir no seguir alimentando esa tendencia. ¿Por qué siempre quedan de últimos los de relleno de fresa y naranja? —añadí mirando la caja de bombones.

—En mi casa no; pásame uno. No estoy ignorando las lecciones de la historia, pero las mujeres han hecho avances increíbles en las últimas décadas. Todavía nos queda un largo camino por recorrer, pero quizá ahora nos sintamos más cómodas y seguras a la hora de reconocer nuestras vulnerabilidades y nuestras fortalezas.

—Yo no tengo ninguna vulnerabilidad.

—Todo el mundo las tiene. Tú simplemente ocultas las tuyas, probablemente incluso de ti misma. Intenta bajar la guardia de vez en cuando. Puede que las consecuencias te den una grata sorpresa.

—Tienes que leer *La mujer eunuco* —le sugerí.

—De acuerdo, pero tú deberías leer algo más actual. El discurso se ha actualizado, ¿sabes? Es como los cuentos de hadas. Antiguamente, la princesa siempre tenía que quedarse con el príncipe, de lo contrario, no se consideraba un final feliz. Luego llegó la primera ola de feminismo, y esa tendencia de pronto se vio como el pretexto perfecto: ninguna princesa que se respete a sí misma vendería su alma por casarse con un príncipe. Pásame otro de naranja, anda. Debió de suponer toda una revolución. Pero hoy en día los cuentos tienen finales de todo tipo. Está bien que la princesa acabe con el príncipe, con el lacayo o ella sola. Está bien que acabe con otra princesa, con seis gatos o que quiera ser un príncipe. Y ninguna de estas opciones la hace menos feminista. Todo se resume en averiguar quién eres y qué quieres y ser fiel a tus principios.

—Puede. ¿Sabes?, quizá no siempre estemos de acuerdo en todo, pero me agrada que tengas opiniones propias. Por lo menos se ve que te importan las cosas.

Antes de marcharse, Kate recogió los envoltorios y los introdujo en la caja; mencionó algo respecto a utilizarlos para hacer adornos navideños con Ava.


Al día siguiente Rob se pasaría por mi apartamento para dejar aquellas cosas de casa de mi madre a las que creía que podía hacer sitio. Saldría de Birmingham con Edward por la mañana, dejaría a mi hermano en casa de un amigo y luego se acercaría a mi casa. Según Rob, no le había dicho nada a Edward respecto a que me guardaba algunas cosas en su casa ni que me iba a traer las cajas aquel día; mi hermano pensaba que Rob iba a visitar a un pariente mayor y Rob no le había sacado de su error. Una historia creíble. ¿Por qué demonios haría Rob esto por mí si no formara parte de un plan mayor concebido entre los dos? ¿Acaso estaba resentido con Edward en el fondo de su subconsciente y eso hacía que actuara en contra de los deseos de mi hermano? Podría ser comprensible, pero no tenía ninguna prueba de ello. ¿Padecería trastorno de personalidad múltiple? Si era el caso, lo ocultaba muy bien. ¿Se había dado cuenta por fin de que yo tenía razón y Edward no? Lo dudaba. ¿O tendría algún otro motivo personal por el que deseaba ayudarme? Evidentemente no. Apenas me conoce, no tenemos nada en común y está decidido a recuperar a Alison. La única explicación lógica era que Edward estaba ejerciendo influencia sobre él para tener cerca al enemigo.

—Ed está especialmente enfadado contigo —me había dicho Rob por teléfono cuando me llamó para confirmar los planes—. Si supiera dónde vives, probablemente echaría la puerta abajo.

—¿Y a qué se debe que mi querido hermano me odie más que de costumbre?

—Llamó a la funeraria hace unos días para ir a recoger las cenizas de tu madre y le dijeron que ya te las habían entregado. Estaba como loco. Iba a llamarte en caliente y decirte exactamente lo que pensaba al respecto. Iba a acusarte de profanadora de tumbas, pero le convencí de que se calmara y que lo pensara bien.

—¿Así que le preocupan tanto las cenizas de nuestra madre que ha tardado más de tres meses en plantearse pasar a recogerlas? No tiene más derecho ético ni legal que yo para reclamarlas. Y ya sabes lo que dice la ley acerca de las posesiones. Puede portarse como un capullo, pero no tengo intención de renunciar a ellas.

—Creo que no debiste recogerlas sin avisar a Ed. Me parece un poco deshonesto, la verdad. Pero, eh, no es mi lucha. Solo quería informarte de que tu hermano está en pie de guerra. Dice que hasta ahora ha adoptado una actitud muy relajada respecto a toda esta disputa, porque tenía la cabeza en otras cosas, pero que va a empezar a contraatacar. Insiste reiteradamente en que te llevaste cosas de valor de la casa después del funeral, y dice que las quiere recuperar.

Tengo claro que todo lo dicho en esa llamada fue por orden de Edward. Supongo que mi hermano piensa que me habré sentido tan intimidada por su ira que iré corriendo a él como un perrito faldero. Ya debería saberlo a estas alturas: soy de una especie bien distinta.


Como sabes, me enorgullezco de mis buenos modales y amabilidad. Aunque Rob sea el cómplice de mi hermano, me pareció que lo correcto era pagarle el favor de traerme las cajas a casa invitándole a almorzar conmigo. Sin embargo, debo admitir que la cortesía no era el motivo principal por el que quería ahondar en nuestra relación. Me levanté temprano —todavía no había amanecido— y saqué algunos libros de recetas. Me pregunté qué tipo de comida le gustaría a Rob. Al trabajar como jardinero, más o menos, supuse que lo suyo serían los pasteles de carne y las empanadillas. Quizá podía cocinar un solomillo Wellington o un guiso con *dumplings*. Entonces recordé que era vegetariano. Al final decidí preparar un almuerzo al estilo español. Escribí una lista con los ingredientes y me fui al supermercado en cuanto abrieron. Me pasé la mañana preparando una amplia variedad de tapas y luego recogí, limpié, me maquillé y me arreglé el pelo, y elegí un atuendo que combinara la familiaridad del fin de semana con un estilo clásico. Para cuando terminé, la comida, el apartamento y yo estábamos tan organizados y presentables sin apenas esfuerzo como cabría esperar al hacerlo todo en medio día.

A la hora prevista, la una de la tarde, me senté en el sofá y esperé a que llegara la visita. Cada vez que escuchaba un vehículo acercarse, me levantaba para echar un vistazo por la ventana en mirador. La una y cinco: Rob no aparecía. La una y diez: sin rastro de Rob. A la una y cuarto empecé a temerme que hubiera tenido un accidente, de lo contrario, nadie se retrasaría tanto sin llamar para dar una explicación y disculparse.

Tenía el móvil en la mano y estaba a punto de llamarle cuando vi su ya familiar furgoneta blanca aparcada detrás del coche de Kate, que ella había estacionado frente a la casa hacía unos segundos. Los observé mientras se saludaban e intercambiaban unas palabras. Unos segundos después, él la ayudaba a llevar un montón de folletos del maletero a nuestra puerta principal (recientemente Kate había iniciado una campaña para oponerse a la retirada de fondos de un grupo de madres e hijos del barrio). Kate llevaba en brazos a Noah, y Ava caminaba a su lado. No pude evitar darme cuenta de que Rob se estaba comportando de un modo demasiado amigable, lo que provocó que madre e hija estallaran en carcajadas. Vio que los observaba por la ventana y me sonrió, Kate hizo lo propio. Me dirigí a la puerta principal y la abrí mientras ella todavía seguía rebuscando las llaves en su bolso.

—Veo que ya os habéis conocido.

—He reconocido a Rob de cuando te dejó en casa de tu madre el mes pasado. Me está ayudando con los folletos. Cuando tienes un bebé necesitas por lo menos cuatro brazos.

—Te lo subo a casa —dijo Rob—. Hola, Susan.

—No te molestes, has venido a ver a Susan.

—No es ninguna molestia —dijo Rob pasando a mi lado.

Me quedé allí sola mientras todos subían al piso de arriba. Para cuando por fin bajó Rob, con expresión de estar muy satisfecho consigo mismo, estaba bastante molesta.

—Bueno, ¿voy a por las cajas? —preguntó. Las fue trayendo de una en una, amontonándolas en un rincón del vestíbulo. Cuando terminó, se quedó allí plantado frotándose las manos a la espera de que dijera algo.

—Antes de que te vayas —le dije—, permíteme que te diga que soy una persona muy ocupada, y que si quedo con alguien a la una en punto no espero que se presente a la una y cuarto.

—Relájate, Susan, solo me he retrasado unos minutos. Hubo un accidente en la M6, así que dejé a Ed más tarde. Lo siento, debí llamarte. ¿Por qué no te invito a comer para compensártelo?

—Tengo otro compromiso —dije.

—Vaya, qué lástima, supongo que será mejor que me vaya. Quizá en otra ocasión.

En fin, no iba a dejar que diera por hecho que no tenía nada más que hacer en todo el día que esperar a que viniera. Sería una muestra de debilidad y quién sabe a qué nos conduciría eso. En cuanto se hubo marchado me senté a la mesa de la cocina y me quedé mirando todas las tapas que había preparado. Era demasiada comida para una persona, y posiblemente acabaría tirando parte. Qué desperdicio. En aquel momento ni siquiera tenía claro si me apetecía comer nada de aquello. Cuando volví al salón vi desde la ventana en mirador que la furgoneta de Rob seguía aparcada fuera; le veía escribir un mensaje en el móvil. Dudé un segundo. ¿Sería un signo de debilidad o simplemente la forma más sensata de destinar un exceso de comida? Además, tenía que seguir indagando en ciertas cosas. Salí y di unos toquecitos en la ventanilla de Rob. La bajó y se asomó.

—Ha habido un cambio de planes de último minuto —le dije—. Si quieres, puedes comer conmigo.

—Eso estaría genial. Deja que termine de enviarle este mensaje a Ed. —Tenía que mantener informado al «jefe», sin duda.

Cuando lo invité a pasar a la cocina, Rob se quedó sorprendido con la variedad de los platos.

—Caray, ¿comes así todos los días?

—Una dieta variada es fundamental durante el embarazo —le expliqué.


Cuando volví a la cocina después de una corta visita al aseo, vi que Rob se había levantado de la mesa y que estaba de pie junto a la encimera, analizando, con un interés más que inocente, las notas que había tomado sobre coerción y capacidad mental en la redacción de testamentos. En cuanto advirtió mi presencia, empezó a divagar sobre estar buscando un trozo de papel de cocina para limpiar un poco de aceite de oliva que se le había derramado. Le di la vuelta a mis notas para que no pudiera seguir leyendo y le lancé un trapo limpio. La mancha era prácticamente inexistente. Estaba a punto de echarle en cara sus traviesas tácticas de espionaje, pero me contuve. Dentro de mis planes de contraespionaje me interesaba más no revelar por ahora que lo tenía en el punto de mira.

Para mi decepción, no conseguí sonsacarle nada que resultara útil para mi caso, a pesar de mis sutiles y repetitivos sondeos. Llegué a la conclusión de que o bien era más astuto de lo que pensaba, o estaba acostumbrado a responder con evasivas si se le interrogaba con tenacidad. Sobra decir que sus intentos de engatusarme para que le revelara algún detalle sobre mi estrategia legal también fracasaron. Cuando terminamos de dar rodeos a temas relacionados con la herencia, terminamos charlando sobre trivialidades; por su parte, entre otras cosas, me habló de su infancia en una pequeña localidad cerca de la frontera galesa; de sus padres jipis, que estaban reformando un viejo pajar en Italia; de sus dos hermanas pequeñas y sus familias en aumento... Por mi parte le hablé de lo que opinaba de la vida en Londres, por qué había decidido no convertirme en abogada o procuradora cuando terminé la carrera de Derecho, la actitud distante del lado paterno de mi familia...

Rob también me habló de sus progresos en la aventura de recuperar a Alison, y me dijo que se había abierto una cuenta en Facebook, pero que no la había encontrado en la red social. Se preguntó si se habría cambiado el nombre. Le había enviado solicitudes de amistad a dos de las antiguas compañeras de piso de su exnovia, y esperaba que pudieran proporcionarle información actual de su paradero. Le deseé suerte. Si alguien hubiera estado con nosotros en aquella sala, habría dado por hecho que éramos dos amigos disfrutando de un buen almuerzo de fin de semana, y no dos miembros de tribus enemigas evaluando las fortalezas y debilidades del otro.

Antes de que se marchara, le mostré mi selección de cactus, que ocupaba la repisa de la ventana. Sabía que era horticultor y pensé que sabría apreciarla. Le expliqué que aquella no era mi colección completa, que tenía más en mi lugar de trabajo. Su cantidad y variedad le impresionaron. Extendió un dedo hacia un ejemplar de cegador y me habló de la forma en que los cactus habían evolucionado hasta tener espinas en lugar de hojas para reducir la superficie a través de la cual podían perder agua y, al mismo tiempo, seguían produciendo algo de sombra al tronco de la planta, a menudo poco más que un tallo; mucha gente, me dijo, asumía erróneamente que la función de las espinas era exclusivamente la de proteger a la planta de los depredadores. También hizo hincapié en la gruesa piel cerosa del cactus, su desarrolladísimo sistema de raíces y su ancho y jugoso tronco, características que facilitaban la apropiada acumulación de humedad y minimizaban su pérdida.

Rob tocó la tierra de una maceta y me preguntó cada cuánto regaba mis cactus y si alguno de ellos había florecido alguna vez. Al parecer, para estimular la aparición de flores debía regarlos con moderación durante el periodo de letargo (yo siempre los riego con moderación), y luego empaparlos bien a modo de breve temporada de lluvias. Cogió cada una de las macetas de una en una y observó que varios de ellos necesitaban ser traspasados a unos recipientes más amplios, de lo contrario, pronto dejarían de desarrollarse. También necesitaban luz, me dijo, y les vendría bien estar en un lugar donde recibieran más luz solar directa, como mínimo seis horas diarias. Debo decir que, aunque me impresionaron sus amplios conocimientos en el cuidado de las plantas, estaba muy contrariada. Me las había ingeniado para cultivar unos especímenes bastante impresionantes sin que nadie interfiriera en el proceso. Bien era cierto que nunca ninguno había florecido, pero no era más que un detalle sin importancia.

Avanzada la tarde, mientras revisaba el contenido de las cajas que me había traído Rob, escuché el familiar toquecito de Kate en la puerta. Venía a devolverme mi ejemplar de *La plenitud de la señorita Brodie*, que le había prestado hacía un par de semanas.

—No ha estado mal —dijo—, pero no he empatizado mucho con la señorita Brodie. No me ha parecido una mujer demasiado agradable. No disfruto del todo un libro si no soy capaz de empatizar con el protagonista.

—No estoy de acuerdo. Yo prefiero leer acerca de alguien interesante y no sobre alguien que simplemente es simpático.

—Hablando de gente simpática —dijo Kate—, qué hombre tan encantador es Rob. Muy servicial. Muy divertido. Mantuvimos una charla muy animada cuando estuvimos arriba.

—¿Ah, sí? Pues te advierto de que si estás interesada en él, debes saber que es aliado de mi hermano, que tiene sus defectos y es muy poco de fiar.

—No me interesa —rio—. Ya tengo suficiente con lo mío. Y, en cualquier caso, me ha parecido que estaba muy pendiente de ti.

—No seas ridícula. Para empezar, está intentando recuperar a su ex.

—Bueno, yo solo digo que cuando estábamos arriba me dijo que no había conocido nunca a nadie como tú. No dejaba de hablar de tu irónico sentido del humor y de tu estrafalaria perspectiva de las cosas, tan poco convencional.

—Kate, está intentando sonsacarme información acerca de mi causa judicial —le dije—. Es más retorcido de lo que podría decirse a primera vista, dada su aparente actitud relajada. Supongo que habrás estado leyendo novela rosa otra vez; acabará por pudrirte el cerebro y nublándote el juicio. Tendré que prestarte algún clásico más. ¿Has leído algo de Virginia Woolf?

# 16

—¿Se puede llegar a conocer a alguien por completo? ¿Conocer todos sus pensamientos y sentimientos, sus esperanzas, sus sueños, sus penas y sus remordimientos, las partes que de sí mismos ocultan en su vida pública? Solo Dios puede llegar a conocernos de ese modo. —El párroco me dedicó la sonrisa beatífica de alguien bendecido con la certeza de quien tiene la sabiduría y la virtud de su lado.

—Sí, entiendo que no pueda proporcionarme una perspectiva divina del funcionamiento de la mente de mi madre ni del estado de su alma. Sin embargo, creo recordar que ella lo consideraba su amigo, y que la visitaba a menudo. Doy por hecho entonces que podrá darme una opinión terrenal respecto a si le parecía estar lúcida y congruente en los últimos meses de su vida.

El párroco —me dijo que lo llamara por su nombre, Jeremy, pero me cuesta referirme a él de otra forma que no sea «el párroco»— apoyó los codos sobre la mesa, vestía una chaqueta de *tweed* con coderas de piel, y se acarició la barba encanecida.

—Me encantaría ayudarla a poner fin a su preocupación. Veo que está disgustada por el contenido del testamento de Patricia. Sin embargo, debo tener cuidado con lo que digo. Hay cosas que me contó, conversaciones que mantuvimos, que son estrictamente confidenciales. No me sentiría cómodo revelándole todo lo que me llegó a confiar para aligerar su pesada carga. De todas formas, responderé con gusto a cualquier pregunta que tenga que no guarde relación con algo que yo considere que ella preferiría llevarse a la tumba.

No tenía ni idea de a qué se refería el párroco. Mi madre no era el tipo de persona que tiene secretos, y desde luego no para mí. Era una mujer sencilla y directa. Hay quien la podría calificar de aburrida, sin duda era la típica ama de casa y madre de su generación. No podía sino suponer que intentaba autoerigirse como una especie de confidente personal. No me sorprendió. Sé que los párrocos a menudo tienen una percepción algo irreal de su propia importancia debido a que sus congregaciones los tratan como si fueran casi celebridades, fuentes de todo conocimiento y guardianes de la vida después de la muerte. Sin embargo, el alzacuellos no estaba teniendo en mí el efecto habitual.

Era Nochebuena, y Kate y yo habíamos salido de Londres al despuntar el alba con la intención de evitar en la medida de lo posible la salida en masa que sin duda iría en aumento a lo largo del día. Me iba a dejar en St. Stephen's para que pudiera entrevistar al párroco, y después iría a casa de la tía Sylvia tomando un tren y luego un taxi. Como de costumbre, los niños iban en el asiento trasero, que estaba abarrotado de equipaje, cosas de los críos y abultadas bolsas de plástico negras.

—Papá Noel nos vendrá a visitar a casa de los abuelos este año —explicó Kate guiñándome un ojo. Ava y Noah llevaban jerséis de muñecos de nieve, y Kate un gorro de Papá Noel calado hasta las orejas. Al menos no llevaba unos cuernos de reno.

Iba más incómoda que nunca en aquel coche minúsculo. Habíamos echado mi asiento hacia delante para que cupiera una maleta detrás, y tenía que llevar las rodillas flexionadas y las piernas hacia un lado porque un paquete grande y de esquinas puntiagudas ocupaba gran parte del espacio para las piernas del asiento del copiloto. Mi abultado vientre me impedía utilizar el cinturón de seguridad a la manera convencional: debía pasar la tira del regazo por debajo de mi barriga y la diagonal por encima. El bebé había empezado a presionar mi vejiga, y poco después de salir de Londres tuvimos que parar para que yo fuera al baño. Me daba la sensación de que iba a ser otro largo viaje.

Para cuando por fin llegamos a St. Stephen's y salí del coche de Kate, ya había oscurecido y había empezado a granizar. Kate se apresuró al maletero y sacó mi pequeña maleta y mi enorme bolsa de papel llena de regalos. Aunque no me apetecía gastarme el dinero ni perder el tiempo comprando regalos para gente a la que no tenía ninguna gana de complacer, evidentemente habría sido de muy mal gusto presentarme en casa de la tía Sylvia con las manos vacías.

—¿Te las apañarás? —me preguntó Kate mientras me las ingeniaba para llevar mis pertenencias. La lluvia helada me cortaba las mejillas y las manos—. ¿Quieres que te ayude a llevar las cosas hasta la puerta de la iglesia?

—No, no, no tengo que andar mucho. No tiene sentido que nos mojemos las dos.

Después de despedirnos a toda prisa y de desearnos mutuamente felices fiestas, enfilé el resbaladizo camino empedrado arrastrando mi maleta de ruedas, con la bolsa de los regalos haciendo equilibrio sobre ella, detrás de mí. El paraguas no sirvió de gran cosa para impedir que el aguacero me calara el abrigo, el pelo y el equipaje. En cuanto empecé a subir los peldaños que llevaban a la puerta de la iglesia, las asas de papel de la bolsa se rompieron y los paquetes que había envuelto con tanto esmero se desparramaron por el suelo como las chucherías de una piñata para ir a terminar a un charco de barro a mis pies. Debo admitir que en ese momento blasfemé. Abrí una de las pesadas puertas de roble y la mantuve entreabierta hasta que puse mi maleta como tope, luego me dispuse como pude a recuperar los regalos uno a uno del agua; lo que resulta bastante más difícil de lo que parece cuando tienes un barrigón digno del mismísimo Papá Noel. Dejé los paquetes empapados en un montoncito en el pequeño vestíbulo y cerré la puerta, que emitió un sonoro golpe seco.

Entiendo por qué la gente ve las iglesias como lugares de refugio. Incluso desde el vestíbulo me llegaba el olor familiar y reconfortante de la madera vieja, los muebles recién barnizados y la cera de las velas. Todo ello mezclado con el aroma a pino, que supuse que procedía del árbol de Navidad situado en el rincón delantero de la iglesia. Aquí y allá había arreglos florales en blanco y rojo, atados con lazos y hiedra. Las únicas luces del lugar estaban ubicadas cerca de la parte delantera de la iglesia, donde una anciana en bata estaba abrillantando con cuidado un atril de bronce con forma de águila. Levantó la vista y la reconocí de inmediato: era Margaret, la vecina de mi madre.

—Hola, Susan, querida. Qué alegría verte. Vaya, vaya, estás empapada. Ven conmigo, te daré unas toallas de papel del servicio para que te seques. Jeremy dijo que hoy venías a hablar con él. Tienes buen aspecto. Sin duda te favorece el embarazo. ¿Para cuándo está prevista la llegada del bebé?

Se dirigió hacia una puerta oculta en las sombras, justo antes del presbiterio, y la seguí.

—En tres meses —le dije—. Me alegro de que hayamos coincidido, Margaret. Quería charlar contigo. No sé si sabes de la existencia del testamento de mi madre.

—Sí, querida. Edward me contó que se quedaba en la casa. Dijo que estáis peleados al respecto o algo así. No lo veo muy a menudo. Me da que se pasa el día durmiendo y entreteniendo a las visitas por la noche. Solíamos ver más a ese tal Rob que estuvo con él una temporada, siempre se paraba a charlar un rato, pero ahora tiene casa propia. Los testamentos no dan más que problemas. A la gente no siempre le toca lo que le corresponde por derecho.

Llegamos a los aseos. Margaret cogió un buen puñado de toallitas de papel y empezó a secarme el pelo y la cara. En otras circunstancias se lo habría impedido, pero estaba demasiado cansada como para que me importara. Me quedé allí y dejé que se encargara de todo. Habría dicho que había algo de «maternal» en sus actos, pero no recuerdo a mi propia madre haciendo una cosa semejante. Por lo menos, no a mí.

—Lista. Le diré a Jeremy que ya has llegado. Ya he terminado de limpiar y abrillantar por hoy, así que me voy a casa, pero ¿por qué no te pasas a vernos cuando termines? Ya sabes dónde encontrarnos.

El párroco procedió a describirme, con la moralizadora ornamentación tan característica de su discurso, su trato inicial con mi madre y los acontecimientos asociados a su segundo ictus. Estaba al tanto de prácticamente todo. Mi madre empezó a acudir a la iglesia poco después de su primer miniictus, hará como tres años. El párroco intuyó de inmediato que era «una mujer muy espiritual»; ella le dijo que acudir a St. Stephen's era como «volver a casa». Rápidamente se volcó en la vida parroquial: participaba en las clases de lectura de la Biblia, hacía bizcochos para los actos de recaudación de fondos, ayudaba con los arreglos florales… Al párroco no le pareció que sus capacidades mentales estuvieran dañadas; pensaba que era una mujer inteligente, sensata y capaz que «había descubierto que su fe era una gran fuente de consuelo».

El segundo ictus de mi madre, dos años después, había tenido lugar mientras servía el té del carrito después de la misa (fue un ictus en toda regla, aunque no catastrófico). El párroco se dio cuenta de que algo no marchaba bien cuando la enorme tetera de aluminio, con la que estaba sirviendo, cayó al suelo. Mi madre estaba allí mismo con una expresión extraña en el rostro. Margaret y él la ayudaron a sentarse en una silla, pero era incapaz de hablar y no reaccionaba a nada de lo que decían. Alguien llamó a una ambulancia mientras le aseguraban que todo iría bien. El párroco localizó la agenda de mi madre y llamó a Edward, a la tía Sylvia y a mí. Como era domingo, pude desplazarme directamente al hospital de Birmingham, donde me encontré a mi tía y a mi hermano, que habían llegado antes que yo.

Te puedes imaginar mi angustia cuando vi a mi madre conectada a tantos tubos y pantallas, sin saber dónde estaba ni por qué. Aunque eso es meramente anecdótico; mis sentimientos son irrelevantes. El hecho es que la recuperación de mi madre fue sorprendente. En menos de una semana ya le habían dado el alta y en cuestión de un par de meses, con ayuda de la medicación, logopedia y fisioterapia, era, a juzgar por las apariencias, la misma de siempre. Al principio, dijo el párroco, visitaba a mi madre casi cada día, ya que nuestra casa está a apenas unos minutos a pie de la iglesia. A medida que se fue recuperando, se fueron espaciando las visitas, hasta que finalmente pudo volver a la iglesia. Incluso entonces, él siguió yendo a su casa a tomar el té una vez por semana.

—¿Por qué lo hacía? ¿Visita a domicilio a todos sus feligreses? —le pregunté.

—Ojalá pudiera, si dispusiera de tiempo infinito —respondió—, pero por desgracia no es posible. Me temo que tengo que limitar las visitas a domicilio a quienes no pueden salir de sus casas o quienes considere que necesiten de una ayuda más personalizada en la comodidad de su hogar. Seguí visitando a tu madre porque me pareció obvio que, después del ictus, padecía más ansiedad y estaba deprimida. Era más consciente que nunca de su propia mortalidad, un sentimiento que no experimentó durante mucho más tiempo, y había ciertas cosas que le rondaban la cabeza que le impedían estar en paz consigo misma.

—¿Qué tipo de cosas?

—Ese es un tema que, desafortunadamente, me obligaría a desvelar confidencias que compartió su madre conmigo y que ya le he dicho que me siento incapaz de revelar.

De nuevo, ese aire de secretismo. Decidí que lo dejaría pasar de momento.

—¿Cree que esa ansiedad y depresión podría haber afectado a su capacidad para pensar de manera lógica? ¿Afectó a su juicio? ¿Le parecía que estaba confusa?

—Esas son preguntas muy complicadas. —Hubo una larga pausa mientras el párroco juntó las manos, como si estuviera rezando, se las llevó a los labios y cerró los ojos. Me pregunté si no se habría quedado dormido. Entre el calor que irradiaba la calefacción de su pequeño despacho y aquel ambiente tan sereno, me entraron ganas a mí también de echar una cabezada. Finalmente abrió los ojos.

—Diría que después del segundo ictus, Patricia parecía estar un poco desorientada respecto a algunos detalles. Por ejemplo, sobre dónde debían colocarse los arreglos florales, el horario de las misas y las reuniones, si la gente prefería café o té. A veces se olvidaba de los nombres de los feligreses. Y en alguna ocasión acudió a la iglesia en pleno invierno calzada con un par de sandalias o en verano luciendo un grueso abrigo. Sin embargo, en lo que respecta a las cosas importantes, diría que era perfectamente racional y lúcida. Sus recuerdos del pasado más lejano estaban intactos. Sabía perfectamente quién era, de dónde venía y quiénes eran sus amigos. Y, debo añadir, que tenía muy claras las relaciones familiares.

—Pero si estaba confusa respecto a cuestiones del día a día, ¿acaso fue capaz de tomar una decisión bien fundada en cuanto a la gestión de su herencia? ¿Podría haberle dado instrucciones concretas a un abogado o incluso comprender las cláusulas de un testamento?

—Lo siento, Susan, yo me limito a darle a conocer los hechos tal y como los percibí en su momento. No poseo la formación médica necesaria para responder a sus preguntas. No puedo decir a ciencia cierta que su madre supiera exactamente lo que hacía cuando se redactó el testamento. Lo único que sí puedo afirmar es que las confidencias que compartió conmigo quizá influyeron en la decisión concerniente a la gestión de su herencia.

Llegados a este punto estaba hambrienta y agotada por el viaje y la entrevista. También estaba bastante harta de que el párroco me atormentara con una supuesta información confidencial que afirmaba haberle transmitido mi madre; era como si quisiera prolongar la agonía.

—Mire, reverendo, pongamos las cartas sobre la mesa. Si usted está al tanto de algo que sea relevante para el testamento de mi madre y no me lo dice, simplemente me haré con una orden judicial para obligarle a que me proporcione dicha prueba. Así que diría que le conviene revelarme lo que sabe o bien dejar de insinuar que mi madre le confió a usted sus secretos.

El párroco volvió a juntar las manos y a cerrar los ojos y, una vez más, la sala se sumió en el silencio más absoluto. Después de un largo suspiro, abrió los ojos y me miró.

—De verdad que empatizo con la situación en la que se encuentra. Pero estoy entre la espada y la pared. Las directrices que regulan la actuación profesional del clero disponen que una persona tiene el derecho de esperar que su párroco no desvele información confidencial a terceros sin su consentimiento o la de cualquier otra autoridad legal. Creo que es algo sobre lo que debo reflexionar. Como sabe, la Navidad es la época más intensa del año para nuestra iglesia, y me será imposible dedicarle a este asunto el tiempo que merece en varios días. Contácteme en Año Nuevo y habré tomado una decisión al respecto. Mientras tanto, le deseo una feliz y pacífica Navidad rodeada de sus seres queridos. ¿Le gustaría rezar conmigo antes de marcharse?

—No, gracias —rechacé su ofrecimiento.

De vuelta en el vestíbulo encontré una nota manuscrita donde había dejado la maleta y los regalos empapados.

*Stan ha venido a recogerme, así que nos hemos llevado tus cosas a casa. Acércate a picar algo y a tomar un té. Con cariño, Margaret.*

Le habría estampado un beso. Bueno, casi.

\* \* \*

226

Para cuando abandoné la iglesia ya no granizaba y el cielo parecía más despejado. Me ceñí el abrigo al cuerpo para protegerme del desapacible viento y me dirigí a Blackthorn Road esquivando los charcos congelados. Se me hacía raro enfilar el camino de entrada de casa de Margaret y Stan en lugar del de mi casa, al otro lado de la calle. Eché un vistazo. Edward, según parecía, estaba pasando las Navidades fuera; su coche no se veía por ningún lado y las cortinas estaban echadas. Me pregunté dónde estaría. Aunque tampoco me importaba.

Mi conversación con Margaret y Stan fue mucho mejor que con el párroco. Después de disfrutar de un plato de sándwiches con huevo y mayonesa, seguido de tartaletas caseras de frutas con crema al brandi y una copita de jerez (¿qué daño podría hacerme a estas alturas?), nos sentamos en cómodas butacas en la sala de estar. Stan se puso sus gafas de cerca y empezó a leer el *Radio Times*. Le hice a Margaret las mismas preguntas que le había hecho al párroco hacía un rato. No necesitó que le tirara de la lengua.

—Diría que estaba bastante confusa, ¿verdad, Stan? —dijo Margaret.

—Sí, sí, confusa, sin duda —confirmó Stan sin levantar la vista de la revista.

—Insistí en que no parecía ella misma.

—No era ella misma para nada —añadió Stan.

—Me daba la impresión de que no me escuchaba cuando hablaba con ella, ya sabes, como si asintiera con la cabeza para seguirme el rollo. A veces una se da cuenta.

—No, no escuchaba. Solo decía estar de acuerdo con todo lo que le decías.

—Y luego aquella vez se olvidó de que teníamos planes. Me pasé a buscarla para hacer una salida que teníamos programada a una casa solariega y me la encontré en cárdigan y zapatillas de andar por casa pasando el polvo. Tuve que ayudarla a arreglarse.

—Efectivamente, a arreglarse. —Stan contuvo una risa provocada por algo que estaba leyendo.

—Si no llega a ser porque Edward vivía con ella, no creo que hubiera podido apañárselas sola en esa casa. No es que él sea demasiado organizado, pero creo que iba a la compra y demás.

—Sí, siempre hacía la compra —añadió Stan pasando la página.

—Y la llevaba a las citas médicas. Pero entre tú y yo, y solo te lo digo porque sé que no os lleváis demasiado bien, nunca he confiado en él. Siempre me ha parecido que se aprovechaba de ella. Ya sabes, pidiéndole dinero cuando debería tener un trabajo como todo el mundo.

—No, ese tipo no es muy normal —añadió Stan.

—Y lo curioso es que, muchas veces, cuando me acercaba a su casa a charlar con tu madre, me decía que estaba ocupada, cuando yo sabía perfectamente que no era verdad porque la podía ver matando el tiempo en la cocina. Yo creo que se traía algo entre manos.

—Desde luego que algo pasaba. —Stan se quitó las gafas, les pasó un pañito y se las volvió a poner.

—Si alguien me dijera que él había estado aprovechándose de la confusión de tu madre para hacer que firmara el testamento y le dejara la casa, no me habría sorprendido nada. Si la casa tenía que ser para alguien, ese alguien debías haber sido tú.

—Ajá, deberá ser tuya la casa, sí.

—Así que si quieres que firmemos algún documento para declarar que tu madre no estaba en condiciones de redactar un testamento, querida, estaremos encantados, ¿verdad, Stan?

—Sí, sí. Encantados de la vida. ¿Has visto el mando de la tele, Peggy?


Sentada en el tren de Birmingham a Worcester, me sentí muy satisfecha con cómo se habían desarrollado los acontecimientos aquella tarde. Por lo menos podía confiar en que Margaret estaba lista para dar un paso al frente y admitir que algo marchaba mal.

El párroco, en cambio, había supuesto una decepción total. Dicho eso, parecía que podía tener información relevante que, ya fuera Dios o los tribunales, le llamarían a desvelar. Cuando me subí al taxi en Worcester, no obstante, mi buen humor empezó a esfumarse. ¿De verdad había accedido voluntariamente a quedarme dos días en casa de la tía Sylvia? Quizá haber celebrado la Navidad sola en casa habría sido mejor opción. «No», me dije. «Sé un poco positiva». Durante dos días, me esforzaría por dejar en pausa mi forma de ser más crítica y sucumbiría a lo que fuera que la familia tenía preparado para las fiestas.

En cuanto mi taxi desapareció por el largo camino de acceso y me dirigí hacia la hacienda de tipo ranchero que se extendía ante mí y que había sido decorada con luces navideñas casi más ostentosas que las de Blackpool's, la puerta principal de *Wendine* se abrió. Allí, en el lujoso vestíbulo iluminado por una lámpara de araña estaban mi tía Sylvia, el tío Frank, Wendy y Christine, y todos lucían cuernos de reno en la cabeza. La tía Sylvia me tendía un par.

# 17

—Déjame que te enseñe la casa, ¿te parece? Las niñas se encargarán de llevar tu equipaje a tu habitación —dijo la tía Sylvia poniéndose de puntillas para colocarme el tocado festivo en forma de cuernos de reno. Apreté los dientes e intenté no pensar en la pinta que debía de tener. Daba por hecho que los dos próximos días serían un calvario, pero no esperaba que la humillación empezara antes incluso de quitarme el abrigo.

—Debe de hacer como unos veinte años de la última vez que viniste, y ha habido muchos cambios —me iba diciendo la tía Sylvia—. Desde entonces habremos ampliado y redecorado la casa una decena de veces. Es lo que tiene haberse casado con un hombre del sector de la construcción. Una pena que no fuera cirujano plástico, ¿eh?

Mis primas gemelas, en cuanto hicieron su parte en el ritual de bienvenida, desaparecieron por uno de los pasillos que daban al vestíbulo. La tía Sylvia y yo nos cruzamos con sus panzudos maridos, Dean y Gary, en la «sala de juegos». Se les había unido el tío Frank, que se había desprendido de los cuernos de reno. Había una diana con su línea de tiro y todo pintada en el suelo, una mesa de pimpón y otra de billar. La atracción principal de la sala, sin embargo, era la zona del bar, muy bien abastecido, con sus surtidores y demás. Levantaron sus vasos cortos de *whisky* en mi dirección y luego retomaron la conversación entre ellos. La tía Sylvia y yo continuamos la visita hacia el «cuartito», que albergaba una televisión del tamaño de una pantalla de cine y, frente a ella, un sofá de piel enorme. Despatarrados en el sofá estaban los cuatro nietos, absortos en sus teléfonos, videoconsolas y portátiles. El interés y entusiasmo que demostraron por mi llegada fue similar a la de sus padres.

Las siguientes paradas del *tour* fueron el salón, el estudio y una salita de estar que, según parece, se caracterizaba por recibir luz solar a raudales por la mañana. Había una clara temática en la decoración: las moquetas y tapicerías eran de color crema; las chimeneas de mármol pálido; los portalámparas de cristal; y los pies de las lámparas de bronce, los marcos de las fotografías y los espejos tenían un baño dorado. Incluso las luces, el espumillón y las bolas y guirnaldas del árbol de Navidad eran de color blanco y dorado, igual que los festones que decoraban las paredes. Esparcidos acá y allá había arreglos de follaje y flores de ojo de muñeca en forma de ramos dentro de floreros de cristal y flores de pascua blancas en macetas doradas.

—¿Qué te parece, cariño? Me apetecía darle un toque más elegante esta vez —dijo la tía Sylvia—. Si por mí fuera, habría elegido algo más colorido y con estampados, pero mi decoradora, Faye, dijo que mis gustos eran propios de un prostíbulo de Texas. ¿Te lo puedes creer? —Rio—. No obstante, no me lo tomé a malas. La conozco desde hace años. El tío Frank solía contratarla para encargarse de las casas piloto. Acordamos mantener un tipo de glamur hollywoodiense. Ya sabes, del estilo de Jackie Collins.

—Está todo muy bien… combinado —dije por utilizar una expresión lo más diplomática posible. Pretendía ser fiel a mi papel de invitada cordial y cortés aunque acabara conmigo. Dos días. Solo dos días—. Contrasta con el exterior de la casa —añadí.

—Francamente, querida, el exterior es más yo. Acompáñame, te enseñaré el ala de los dormitorios.

Al final de un amplio pasillo llegamos a lo que la tía Sylvia describía como «trastero». Solo puedo decir que los «trastos» que ella pudiera tener en mente eran muchos y muy grandes.

—Espero que no te importe quedarte en esta habitación. Intenté convencer a Wendy o Chrissie para que te cedieran las suyas, porque eres nuestra invitada de honor, pero no hubo manera. Me temo que tendrás que usar el baño común —dijo la tía Sylvia—. Esta habitación no tiene uno *en suite*. No soporto hospedarme en ningún sitio que no tenga un baño *en suite*, ¿no te pasa? Una se acostumbra a ello. Le pediré al tío Frank que se encargue de hacer uno para la próxima vez que vengas. —Después de observar su reflejo en la ventana y de retocarse el cabello lacado, bajó el estor y se giró para mirarme—. No sabes cuánto me alegro de que hayas venido, cariño. Va a ser la mejor Navidad de mi vida. Descansa un poco, te avisaré cuando esté lista la cena. No voy a dejar que muevas un solo dedo mientras estés aquí.

Unos minutos después de que se marchara la tía Sylvia, escuché un susurro de voces y toses fuera de mi dormitorio. Mis primas entraron —sin molestarse en llamar a la puerta— cargadas con mi equipaje. Wendy cerró la puerta detrás de ella con un clic de mal agüero y se quedó delante de ella, bloqueándola; Christine se dejó caer en la cama a mi lado. Me tenían arrinconada.

—Queremos saberlo todo de tu embarazo —dijo Christine.

—Has estado ignorando nuestras llamadas —añadió Wendy.

—Estábamos preocupadas por ti. Queremos saber qué está pasando.

—¿Sabes quién es el padre?

—¿Te ha abandonado?

—¿Cómo vas a ingeniártelas tú sola?

—¿Tendrás que seguir trabajando?

—¿Qué harás para seguir teniendo ingresos?

—¿Has oído hablar del aterrador riesgo de que el bebé tenga síndrome de Down?

—Podías haber adoptado.

—No me imagino lo mal que debes encontrarte —dijo Christine tendiéndome la mano—. Entre que es la primera Navidad que pasas sin tu madre y que estás embarazada y sola… No se puede caer mucho más bajo, ¿no te parece?

¿Cómo se suponía que debía reaccionar ante aquel interrogatorio? En otras circunstancias les habría dicho que nada de aquello era de su incumbencia y me habría largado, tal y como había hecho en numerosas ocasiones durante mi juventud. Es más, percibía que estaban a la espera de que me pusiera a la defensiva en respuesta a su provocación, como deseando matar el rato. Pero estaba en su territorio, atrapada durante dos días, y había decidido darle a esta idea de las Navidades en familia una oportunidad. Me decanté por una táctica distinta.

—Ay, Wendy, Christine, estoy hecha un lío y no tengo ni idea de lo que voy a hacer. El padre no quiere saber nada del asunto, mi jefa dice que tengo que replantearme mi postura en el trabajo y estoy aterrada por tener un hijo del que ocuparme. Necesitaré toda la ayuda posible cuando nazca. Gracias a Dios que os tengo de mi lado. Sé que no me decepcionaréis.

Creí que mi actuación había sido bastante convincente, pero resultó no serlo demasiado. Christine me soltó la mano y se levantó.

—No tienes por qué ser tan sarcástica. ¿Crees que somos tan tontas como para no darnos cuenta? Solo pretendemos ayudarte.

—Exacto. Mamá nos ha dicho que tenemos que ser superamables contigo, y lo hemos sido. Pero supongo que hay gente incapaz de dar las gracias.

—No, pero yo estoy muy agradecida —dije—. De verdad que aprecio mucho vuestra preocupación. Es todo un detalle por vuestra parte.

Se me quedaron mirando, con los cuernos de reno todavía en la cabeza, aunque ligeramente inclinados en el mismo ángulo, intentando averiguar si estaba siendo sincera o les estaba tomando el pelo.

—Pues sí que nos importa —refunfuñó Christine—. Nos han dicho que debe ser así.

\* \* \*

La cena consistió en un banquete chino que llegó en varios recipientes de gran tamaño del restaurante para llevar de la zona. A mi madre le habría horrorizado la ausencia de comida casera.

—¿Quién querría pasarse el día de Nochebuena esclavizada delante del horno? —preguntó la tía Sylvia utilizando sus uñas pintadas de color frutas del bosque para abrir las tapas de cartón de las bandejas de aluminio esparcidas por la isla de la cocina—. Ya nos llega con el día de Navidad. ¿No sería estupendo vivir en la época victoriana y tener cocinera y sirvientes? He nacido en la época equivocada. Bueno, Wendy, saca los cuencos. Chrissie, tú ve a por los cubiertos y las cucharas de servir. Susan, tú solo siéntate en el taburete. Vamos a cenar al estilo bufé. Cada uno se llena su plato y coge un cuchillo y un tenedor. Yo te sirvo, Susan. ¿Un poco de todo?

Era una batalla campal, todos —incluidos los nietos, que habían sido apartados de sus dispositivos— amontonaban tanta comida como cupiera en su plato todo lo rápido que fuera posible. En cuestión de minutos, la cocina se había vaciado; los hombres se habían llevado los platos a la sala de juegos, los niños al cuartito y la tía Sylvia, Wendy y Christine al salón.

—Venga, Susan, comeremos con los platos en el regazo —vociferó la tía Sylvia—. No nos queremos perder la programación especial de Navidad; al fin y al cabo de eso trata pasar las fiestas con la familia. ¿Quieres que una de las niñas te lleve el plato?


Era muy diferente de a como había pasado otras cenas de Nochebuena en mi vida. Cuando vivía mi padre, el día venía determinado por su presencia, o ausencia, en casa. Había años que salía antes de las once de la mañana para ser la primera persona en llegar al *pub* en cuanto abrían al público. Y volvía tambaleándose, beligerante, a primera hora de la tarde. Yo intentaba por todos los medios evitarle ayudando a mi madre en la cocina, recubriendo la tarta de Navidad y haciendo empanadillas, salsa de pan y relleno para el pavo. Escucharíamos *A Festival of Nine Lessons and Carols* del coro del King's College, e intentaríamos armarnos de valor frente al maltrato verbal. Los *pubs* volvían a abrir a las cinco en punto, así que sabíamos que si aguantábamos su verborrea hasta menos cuarto, todo iría bien. Luego me aseguraba de estar ya en la cama para cuando cerraban. Apenas recuerdo a Edward en casa en la víspera de Navidad. Supongo que estaría por ahí lanzándole piedras a los gatos del barrio o haciendo grafitis en las paredes de los vecinos. Y apenas soporto pensar en el día de Navidad. Los *pubs* cerraban, de modo que bebía en casa. No sé cómo éramos capaces de sobrellevarlo.

Después de la muerte de mi padre las Navidades cambiaron mucho; ya no teníamos que estar pendientes de oír la llave en la cerradura, intentar averiguar de qué humor estaba o apartarnos de su vista. Aunque Edward siguió tan escurridizo como siempre. Quizá, a esa edad ya se había acostumbrado a ir a su bola. A mí no me importaba. Si hubiera estado en casa nos habríamos pasado el rato discutiendo. La única pega era que mi madre se preocupaba obsesivamente por su paradero y sus acciones. A partir de que me mudé, solía coger el último tren destino a Birmingham en Nochebuena y el primero de vuelta a Londres el día después de Navidad. Lo hacía a propósito; si me hubiera dado por quedarme más tiempo —con la tortura añadida de la compañía de mi hermano—, me habría vuelto loca.

—Me encanta disfrutar de un buen Buck's Fizz la mañana de Navidad, ¿a ti no? —dijo la tía Sylvia descorchando una botella cuando yo entraba en la cocina. Parecía que iba a una fiesta: vestido ajustado, tacón alto y una buena cantidad de maquillaje—. Feliz Navidad, cariño.

Habría supuesto que la cocina sería un hervidero de actividad debido a los preparativos de la comida de Navidad, pero solo estaba mi tía. Los niños se habían levantado a las seis de la mañana para abrir sus regalos y estaban jugando en el cuartito con sus videojuegos y videoconsolas nuevas. El resto dormía. Me ofrecí a ayudar a cortar verduras, pero la tía Sylvia me dijo que ya estaba todo listo.

—Marks and Sparks se han encargado de ello —dijo—. Y de rellenar el pavo, hacer el pudin navideño y la salsa al brandi. Que Dios bendiga a Saint Michael. ¿Te acuerdas de aquella tediosa época en la que tenías que hacerlo todo tú misma?

Wendy y Christine entraron juntas a paso tranquilo en la cocina, media hora más tarde, vestidas con idénticas batas peluditas de color rosa y pantuflas. Me pregunté qué pensarían sus maridos de la similitud de su apariencia y personalidad. Christine era un poco más mezquina, pero esa era la única diferencia que era capaz de establecer entre ellas. Después de la felicitación obligatoria —«Feliz Navidad» por aquí, «Feliz Navidad» por allá—, Wendy cogió dos copas de champán y las llenó con el cóctel, que las hermanas se bebieron a una velocidad pasmosa.

—A los niños les han encantado sus regalos de Papá Noel —dijo la tía Sylvia a Wendy y Christine.

—Me alegro —dijo Wendy—. Iré a verlos cuando esté un poco más despejada.

—Pues menos mal —dijo Christine—. Nos hemos gastado un dineral.


Después del desayuno, cuya mecánica fue idéntica a la cena del día anterior, tipo bufé, no había absolutamente nada que hacer. Nada de nada. La tía Sylvia metió el pavo precocinado en el horno y luego abrió unos cuantos paquetes y los vació en recipientes apropiados. La única tarea que estaba pendiente era poner la mesa, que mi tía encargó a Wendy y Christine. Fue como si les hubiera pedido que construyeran un centro comercial. Antes de que finalmente accedieran transcurrieron unos buenos diez minutos de «¿Y por qué no lo haces tú?» y «No es justo». Me ofrecí a encargarme yo, pero la tía Sylvia insistió en que no quería que hiciera nada. Me aburría como una ostra. Supongo que podría haber ido a charlar con sus maridos, pero tampoco estaba tan desesperada.

Decidí ponerme el abrigo y salir a dar un paseo. Enfilé el largo camino de acceso y luego un sendero de tierra, sin tener ni idea de a dónde iba, pero disfrutando de la frescura del aire. Era un día claro, sin una sola nube. Llegué hasta el pueblo, donde vi a un grupo de feligreses salir de una pequeña iglesia de aspecto medieval. Varias ancianas me desearon feliz Navidad y me dedicaron comentarios amables sobre mi embarazo e inminente maternidad. Encontré un banco en el campo y me senté al sol. Cerré los ojos durante unos segundos. Me sentí feliz y en calma. Normalmente, las mañanas del día de Navidad implicaban llevar a cabo una serie de tareas interminables: cocer, trocear y batir. Quizá estas Navidades no iban a estar tan mal después de todo. Quizá esta era la forma y el lugar en la que pasaría las fiestas a partir de ahora, sin hacer nada, relajándome. Abrí los ojos y vi una mugrienta furgoneta blanca aproximándose. Se parecía a la de Rob, pero no podía ser. ¿Qué iba a hacer Rob en el pueblo más cercano a casa de la tía Sylvia? Observé cómo la furgoneta ponía el intermitente y doblaba a la izquierda para tomar la carretera que llevaba a casa de mi tía. Me dio muy malas vibraciones.

—Feliz Navidad, Suze —dijo Edward lanzándome un beso. Se había acomodado en una butaca del salón, donde ahora se congregaban todos los adultos, con los pies extendidos sobre un escabel acolchado, dejando a la vista sus calcetines. Parecía sentirse como en casa. Me giré hacia la tía Sylvia, que se encogió de hombros de forma avergonzada.

—Fue idea de Wendy y Chrissie —dijo—. Pensaron que estaría bien reunir a toda la familia y olvidar malentendidos pasados. No te lo dije, cariño, porque ellas querían que fuera una sorpresa.

—No podíamos invitar solo a uno de los dos —dijo Christine inocentemente—. Eso sería favoritismo.

—Se ha disculpado por lo que dijo en el funeral, ¿verdad, querido? —le dijo a Edward—. Fue todo debido al estrés, ¿a que sí?

—Claro, tía —dijo Edward con su mejor sonrisa de chico travieso—. Estaba cansado y me dejé llevar. Ah, mira, mi chófer.

—Feliz Navidad, Susan —dijo Rob entrando en la habitación por la puerta del porche cubierto—. Tu tía me invitó a venir con Ed. Me pareció que podría ser divertido. Solo nos quedaremos a comer.

—Va a ser muy divertido —dijo la tía Sylvia un poco a la desesperada—. La gente siempre dice «Si no puedes pasártelo bien en casa de Sylvia, entonces eres incapaz de divertirte en ninguna parte». El único problema ahora es que somos trece para comer. Bueno, y el bebé. Somos catorce entonces.

Estaba furiosa. Mis primas estaban perfectamente al tanto de la disputa entre Edward y yo, y de que nos detestábamos desde hacía años. El único motivo que las podía haber llevado a invitarle era provocarme todavía más. La tía Sylvia, que parecía ansiosa por que le pusiera fin al proceso judicial, seguramente pensó que me ablandaría si veía a mi hermano cara a cara. Me pregunté por qué Edward habría aceptado. No me cabía duda de que tenía las mismas ganas que yo de pasar tiempo juntos. De nuevo, el único motivo que se me ocurría era provocarme. A no ser, claro, que simplemente se sintiera solo en Navidad. Pobre Edward, el huerfanito. ¿Y qué demonios hacía aquí Rob? ¿Solo había venido para darle ánimos a mi hermano? Me daba la sensación de que todos estaban esperando mi reacción.

—¿Me disculpáis, por favor? —dije.

A la desesperada, me uní a los niños en el cuartito. Fingí interés en los videojuegos que les habían regalado por Navidad, con la esperanza de que no se percataran de que me temblaban las manos y la voz. Estaban bastante contentos por enseñármelos. Incluso la niña de diez años (Leila) me animó a probar con un juego de

238

su antigua consola. Era simple y repetitivo, un poco tonto, pero descubrí que me ayudaba a calmar los nervios. Un rato más tarde, Rob se unió a nosotros en el sofá y se dedicó a mirar por encima de mi hombro cómo jugaba. De lo absorta que estaba en el jueguecito, me olvidé de que estaba allí. Ahora entiendo por qué hay tanta gente enganchada a estas cosas, menos mal que tengo una voluntad de hierro. Y así maté el aburrimiento durante una hora, hasta que Wendy asomó la cabeza por la puerta para informarnos de que ya se podía comer. Habría preferido mil veces quedarme donde estaba.

—Oooh, ¿no es genial que Susan nos acompañe? —dijo la tía Sylvia mirando a todos los asistentes sentados a la mesa—. Y Edward también, claro. Toda mi familia junta en Navidad. Soy una mujer requeteafortunada. Hagamos un brindis. Por Susan. Gracias por unirte a nuestra pequeña reunión, y te deseo lo mejor el año que viene. Va a ser fantástico. Por experiencia sé que da miedo, pero todo va a salir a las mil maravillas. —Levantó su copa de champán y dio un gran trago.

—Por Susan —murmuraron los adultos a la mesa, en su mayoría sin un ápice de entusiasmo.

—Oh, y por Edward también. —Levantó de nuevo la copa y le dio otro buen trago.

Yo me abstuve de participar en ese brindis en particular. La tía Sylvia me había obligado a sentarme a la cabecera de la mesa («Insisto, eres nuestra invitada de honor»). Ella estaba a mi izquierda y Rob a mi derecha. Junto a la tía Sylvia estaba Edward, y frente a él se sentaban Wendy y Christine. Los maridos y los niños ocupaban el otro extremo de la mesa. La parte positiva era que no teníamos que llevar los cuernos de reno. La mala era que la tía Sylvia había sacado trece gorritos de elfos de Papá Noel del aparador. Edward le dio la vuelta al suyo, intentando decidir qué hacer con él. Christine lo cogió y se lo colocó sobre su grasienta cabellera. Él me miró con una sonrisa de suficiencia en la cara esperando que montara un numerito acerca del dichoso gorro. Pero no le di esa satisfacción; simplemente me lo puse en la cabeza.

—Estás de foto —dijo sacando el teléfono del bolsillo para capturar el momento con la cámara. Le dediqué la más radiante de las sonrisas.

—Y bien —dijo Christine en cuanto terminamos el plato principal—, ¿cómo va lo de la herencia de la tía Pat? ¿Seguís sin poneros de acuerdo?

—Calla, Chrissie —dijo la tía Sylvia—. Hoy no es día para hablar del tema. Disfrutemos de una agradable comida familiar. —Me di cuenta de que ahora arrastraba un poco las palabras al hablar.

—Pero si dijiste que esperabas que enterraran el hacha de guerra. Hay que poner las cartas sobre la mesa para solucionar el problema.

—Yo no tengo nada que ver —dijo Edward—. Yo solo hago caso a lo que me dijo el picapleitos. Si dice que puedo quedarme en la casa, me quedo. El conflicto está entre Suze y el albacea. Aunque hay un par de cuestiones que me gustaría discutir con mi querida hermana antes de irme.

—Dejémoslo por ahora, ¿vale? —dijo la tía Sylvia—. ¿Alguien quiere repetir o caliento ya el pudin en el micro?

—¿Por qué no aceptas el testamento sin más, Susan? —preguntó Wendy con dulzura—. Ed era el favorito de la tía Pat, así que tiene todo el sentido del mundo que le legara más cosas que a ti.

—Eso no es verdad —empecé a decir.

—Wendy, ya está bien —dijo la tía Sylvia.

—Pero mamá, tú siempre andas diciendo que la tía Pat solo tenía ojos para Edward. Dijiste que Susan debía de saberlo.

La tía Sylvia se inclinó hacia delante y me agarró del brazo.

—Lo siento, Susan, cariño. De verdad que sí. —Las lágrimas empezaron a empañarle la mirada. Se quitó su gorro de elfo y pestañeó para evitar echarse a llorar.

—¿Qué es lo que sientes? —le pregunté, sorprendida por el giro de la conversación.

—Siento que nunca te haya querido como debería haberlo hecho. Siento que siempre hayas sido el segundo plato. Ojalá hubiera hecho algo para compensarte, pero no estaba a mi alcance. Oh, Susan.

—Venga, venga, Sylv —dijo el tío Frank, que normalmente se mantenía al margen, desde el otro extremo de la mesa—. Cuidado con lo que dices. Ya sabes que no te conviene beber tanto. Dejemos que cada cual solucione sus problemas y tú mantén la boca cerrada.

—Ojalá pudiera retroceder en el tiempo —resopló la tía Sylvia—. Si pudiera…

El tío Frank se levantó de la mesa, se acercó hasta la tía Sylvia y casi la levanta del sitio de un tirón.

—Venga, ya está. Vamos a echarnos un rato. Las niñas pueden terminar de servir la comida. —Y así fue como se la llevó de la habitación mientras mi tía se tambaleaba en sus tacones de aguja.

—¿De qué iba todo eso? —le dijo Christine a Wendy, que se encogió de hombros.

—Una interesante perspectiva de la situación —dijo Edward, sonriente—. ¿Esperabas que la tía Sylvia sirviera de testigo para tu causa, Suze? Me muero por ver cómo vas a sacar partido de su testimonio.

—Ya no tengo apetito —dije levantándome mientras me quitaba el gorro de elfo—. Me voy a mi cuarto. ¿Alguien podría avisarme cuando Edward se marche, por favor?

—Antes de que te vayas —dijo Edward también poniéndose en pie—, quiero hablar contigo acerca de las cenizas de mamá y su joyero. Quiero que me lo devuelvas. Tienes dos semanas, luego acudiré a la policía. Es un delito.

Con el rabillo del ojo pude ver las caras resplandecientes de Wendy y Christine. Esto era precisamente lo que andaban buscando.

—Vete al infierno, Edward —respondí.

Aproximadamente una hora más tarde estaba echada en mi cama, intentando (sin éxito) leer una página de *Demandas de sucesión contenciosa*, aunque quizá debería haber traído alguna lectura más ligera para el periodo festivo, cuando escuché unas voces procedentes del jardín. Me oculté entre las sombras, de pie a un lado de la ventana, y eché un vistazo fuera. Si estiraba el cuello lo suficiente podía ver a Edward apoyado contra un saliente del muro de la casa, a poca distancia de mi cuarto. Estaba dándole una calada a un cigarrillo de liar, que sostenía entre el pulgar y el índice. Abrí con cuidado la ventana, lo justo para escuchar la conversación. Normalmente no soy ninguna cotilla, pero creo que estaba perfectamente justificado en este caso en particular; quizá averiguara algo beneficioso para mi caso. En el amor y en la guerra… Tuve que esforzarme para entender lo que decían.

—Te está comiendo el tarro, colega. —Era la voz de Edward.

—No es eso. Es solo que creo que tu única motivación es provocarla. No hay ninguna necesidad. ¿Por qué no aflojas un poco?

—Porque es una mujer cruel y despiadada. Ya has visto cómo es. A mí también me lo hace, y cosas peores. No sé por qué ahora de repente sientes lástima por ella.

—Está embarazada de seis meses y sola, además de otras cosas. Y, en fin, no creo que sea ni cruel ni despiadada. Creo que la mayor parte del tiempo se limita a hacer lo que cree que es lo correcto. Solo que a veces se equivoca. Ella es así.

—No me puedo creer lo que me estás contando. ¿Estamos hablando de la misma mujer? ¿Acaso te mola mi hermana o qué? Sé que siempre te han gustado las mujeres autoritarias, aunque te lo advierto: se te comerá vivo, Rob. Eres un tipo demasiado despreocupado y tranquilo como para manejarla. Si quieres conservar la sesera, no te acerques a ella.

—No seas imbécil; sabes perfectamente que estoy intentando volver con Alison. Solo digo que podías no ser tan duro con ella. Te ha tocado la casa de tu madre, ¿por qué tienes que restregárselo por las narices?

—Sí, tengo la casa, y ella está intentando echarme, no sé si te has dado cuenta.

—Ya, pero porque piensa que manipulaste a tu madre para que redactara el testamento.

—¿Y tú qué crees?

—No es asunto mío.

—Exacto, colega.

Mi hermano le dio una última calada al cigarrillo, lo tiró al camino de grava y lo pisó con el talón de su bota de *cowboy*. Se dio la vuelta y desapareció por la puerta de atrás; Rob lo siguió poco después.

Cerré la ventana de mi habitación. Estaba oscureciendo, así que encendí la lámpara, eché las persianas y me senté en la cama. Mi reacción inicial a la conversación fue preguntarme si habría sido o no orquestada por mi hermano y su amigo. Llegué a la conclusión de que no. Si hubieran querido que me enterara de lo que decían, se habrían colocado más cerca de la ventana y hablado más alto; apenas era capaz de captar lo que decían. Además, habrían dicho algo para hacerme creer que Edward era inocente. Así que, ¿qué debía interpretar de todo aquello? Sorprendentemente, parecía que Rob no tenía ni idea de si Edward había engatusado o no a mi madre para que escribiera el testamento. Y no solo eso, sino que se había enfrentado a su amigo. Solo había una explicación posible: no estaba compinchado con mi hermano. Al parecer lo había juzgado mal. Evidentemente, no me había hecho mucha gracia eso de que a veces me equivoco, pero, aun así, en términos generales, me sentía tremendamente satisfecha por cómo se habían desarrollado los acontecimientos. Incluso diría que estaba encantada.

Y luego estaba la acusación de Edward, eso de que Rob sentía debilidad por mí. Obviamente, él lo había negado todo tajantemente. Solo un tonto podría pensar una cosa así. Rob estaba totalmente decidido a recupera a su ex, además, era más joven que yo, tenía amigos y una experiencia en relaciones más amplia que la mía. La idea debió de resultarle odiosa. Y sobra decir que yo tampoco tenía ningún interés en él. Claramente no estaba a mi altura a nivel intelectual. Y era un tipo desaliñado. Y demasiado alto. ¿Qué más? Me estaba costando seguir enumerando sus defectos. Bueno, su furgoneta necesitaba un buen lavado, sin duda.


Llamaron a mi puerta con suavidad. Abrí y me encontré a Rob.

—Ya nos marchamos —dijo apoyándose en el marco de la puerta—. Menuda ocurrencia lo de venir. Debí haberme negado a traer a Ed cuando me lo pidió. Pensé que le vendría bien verte, y que quizá los dos podríais…, no sé. Es incapaz de ser razonable en todo lo que tiene que ver contigo. De verdad que es un tío bastante legal. Detesto ver cómo dos personas que me importan se pelean de esta manera.

—Dile que de ahora en adelante no se cruce en mi camino.

—Siento que te haya fastidiado el día. En fin, felices fiestas.

—Igualmente.

De improviso se me acercó con los brazos extendidos, y le dejé que me diera una especie de abrazo festivo incómodo, de esos que son tan difíciles de evitar en estas fechas. No puedo fingir que me gustara. Además, mi tripa era un obstáculo.

# Enero

# 18

Con el año nuevo mi determinación se vio renovada. Los actos del apoyo jurídico habían tocado a su fin y había llegado el momento de la pieza principal: el proceso judicial en la Sala de la Cancillería del Tribunal Superior de Justicia. Podría haber esperado a que el señor Brinkworth recurriera el caso para demostrar la validez del testamento de mi madre. Así habría tenido la sartén por el mango, sin embargo, no iba a permitirlo (y menos con lo que me gusta cocinar). Me pasé los primeros días de enero leyendo detenidamente un montón de libros para esbozar un informe del caso. Los tribunales suelen esperar que los demandantes a menudo estén dispuestos a hacer daño, pero no se atrevan a atacar. Yo no tengo ese miedo. Mi exposición se basa en sólidos argumentos relacionados con la capacidad mental y la influencia indebida, y acuso a Edward y al señor Brinkworth. Estaba satisfecha con mi trabajo; era digno de un abogado especializado, concluí mientras lo imprimía y revisaba la versión final.

Durante mi hora para comer, en la primera semana del año nuevo, recorrí los cerca de ochocientos metros que separan mi oficina del Rolls Building en Fetter Lane —un edificio de reciente construcción con fachada de cristal que funcionaba como puesto remoto de los Reales Tribunales de Justicia—. Localicé el departamento de Asuntos de la Cancillería en la planta baja, pagué la tasa y entregué los documentos. El funcionario de aspecto aburrido me informó de que los tribunales contactarían con mi hermano y el abogado, y que a partir de ese momento tendrían veintiocho días para presentar su defensa. Cómo me habría gustado verles las caras cuando abrieran el sobre.

Cuando recorrí de vuelta el atrio central bajo el techo abovedado de cristal hacia la salida del edificio, experimenté una sensación de inquietud y no tanto de triunfo. Sabía que mi caso era sólido y estaba bien fundado, pero me habría gustado reunir más pruebas antes de poner el asunto en manos del sistema judicial. La historia clínica todavía no había llegado, a pesar de las muchas llamadas realizadas y la confirmación de funcionarios de segunda; mis testigos eran bastante extravagantes, sobre todo la tía Sylvia, cuyo arrebato irracional durante la comida de Navidad fue perturbador, y todavía tenía que hallar una prueba concluyente de corrupción por parte de Edward. Ahora cada segundo contaba; el nacimiento del bebé tendría lugar en un par de meses y quería haber resuelto el asunto para entonces. El ritmo de los acontecimientos no lo había marcado yo, y me angustiaba.

Me apresuré por The Strand de vuelta a mi oficina y me choqué —literalmente— con Brigid, que caminaba como una exhalación en sentido opuesto arrastrando un maletín portadocumentos con ruedas a rebosar.

—Dos veces en dos meses, menudo récord. ¿Qué haces por estos lares, amiga?

—Acabo de pasarme por el Rolls Building. Ya he presentado la demanda contra Edward y el albacea.

—Enhorabuena. ¿Quién te representa?

—Yo misma.

—Mala elección, amiga, muy mala elección. Ya sabes lo que dicen «El hombre que se representa a sí mismo tiene a un estúpido por cliente». No olvides que me comprometí a echar un vistazo al caso. Llama a mi ayudante. Me voy pitando, tengo una solicitud *ex parte* a las dos. ¡Chao!

Y así sin más se marchó, abriéndose paso entre la marea humana de la hora del almuerzo cargando con su portadocumentos.

Había empezado el año de una forma bastante peculiar. La mañana anterior a Nochevieja había recibido una llamada de Rob. No esperaba tratar más con él hasta que estuviera en una situación en la que pudiera recuperar mis pertenencias. Me dijo que le habían invitado a una fiesta en Brixton, a poca distancia a pie de mi apartamento, y me preguntó si quería acompañarle. Me aseguró que Edward no estaría presente; mi hermano estaba de fiesta en Birmingham con un grupo de amigos del que Rob no formaba parte. Le dije que no. ¿Por qué querría una mujer en el último trimestre de embarazo salir en Nochevieja, la noche más loca del año, con un hombre al que apenas conocía y acudir a una fiesta en la casa de unos desconocidos? Le dije que prefería celebrar la entrada en el Año Nuevo tranquilamente en mi casa. Intentó convencerme de las ventajas de una celebración de tales características, pero le informé de que estaba perdiendo el tiempo conmigo.

Al colgar el teléfono experimenté una extraña sensación, como de aflicción, que me resultaba muy difícil definir. No era decepción exactamente; no tendría ningún sentido, ya que fui yo la que declinó la invitación. Era más como una melancólica resignación, quizá ante la simple inevitabilidad de la decisión que había tomado. Puede que te cueste creerlo, pero nunca he celebrado el Año Nuevo. No tengo amigos íntimos, y mis conocidos nunca han tenido a bien contar conmigo e invitarme a sus fiestas. Richard, en el tiempo que nuestro acuerdo estuvo vigente, siempre tenía compromisos a los que atender esa noche en particular.

Cuando subí a casa de Kate a contarle lo de la ridícula invitación de Rob, reaccionó con un entusiasmo inusitado.

—Susan, tienes que ir —dijo a la vez que terminaba de cambiarle el pañal a Noah, que no cooperaba en absoluto, ya que no dejaba de dar patadas, como si sus piernas fueran los pistones de un motor. El piso estaba más desarreglado que nunca. Kate estaba a punto de empezar su máster y a la escena de escombros domésticos se habían sumado libros, bolígrafos y libretas—. Es un tipo encantador. Lo pasarás bien. ¿Qué otros planes tienes?

—No puedo ir —le dije—. Me veré obligada a charlar de trivialidades con gente en la que no tengo ningún interés. Y seguro que hay que bailar. Además, no quiero que nadie se haga una idea equivocada de nosotros. Si un hombre y una mujer acuden juntos a un evento, da la impresión de que son pareja.

—¿Y qué hay de malo en ello? —dijo Kate en cuanto abrochaba el último corchete del bodi de Noah.

—Sería humillante —le expliqué—. Está obsesionado con esa tal Alison, y yo voy a dar a luz en unas cuantas semanas. Se moriría de vergüenza si la gente diera por hecho que somos pareja y que él pronto será padre, y yo lo pasaría fatal con esa situación. Además, y más importante todavía, no quiero que la gente piense que elegiría a una persona como Rob como pareja.

—¿Por qué?

—Porque no es como yo.

—¿En qué sentido?

—No es nada culto.

—¿Estás segura de eso? A mí me parece bien educado. En cualquier caso, las parejas no tienen por qué coincidir en todos sus gustos para que la relación sea un éxito. Mira Alex y yo. Siempre nos han gustado las mismas cosas.

—Pero Rob trabaja con las manos.

—Se dedica a diseñar jardines. Y si efectivamente trabajara con las manos, ¿qué importancia tendría?

—Y es amigo de Edward.

—Eso solo demuestra que es un hombre independiente; está dispuesto a entablar amistad con alguien que se lleva fatal con su mejor amigo.

—Kate, escucha atentamente. No quiero mantener una relación

con nadie, ni siquiera si se me estuviera insinuando, que no es el caso.

—De acuerdo. Entonces, simplemente ve con él a la fiesta como una amiga y diviértete. Haz algo diferente. Eres una mujer maravillosa, Susan, pero muy cuadriculada. Tienes el mismo trabajo desde hace años, llevas viviendo en el mismo apartamento desde hace años y nunca sales por ahí a conocer gente nueva. Apenas sales a nada últimamente. Soy consciente de que puede que no sea la persona indicada para dar consejos ahora mismo, porque ando un poco escasa de confianza en mí misma hoy por hoy, pero estoy intentando volver a ser la que era. ¿No te sientes como encerrada? ¿Como si quisieras echar las paredes abajo y hacer una locura totalmente impropia de ti?

—Estoy embarazada, Kate, por si no te habías dado cuenta. ¿No es eso lo suficientemente loco para ti?

—Lo sé, y me doy cuenta de que estás cambiando. Yo solo quiero lo mejor para ti; eres mi amiga. Y parece que ese tal Rob también quiere ser amigo tuyo. Deja de decir que no a todo y empieza a decir que sí de vez en cuando. ¿Qué es lo peor que puede pasar? Un poco de vergüenza, estar un poco incómoda. ¿Y lo mejor? Puede que conozcas a gente interesante, que disfrutes de nuevas experiencias, que te lo pases bien. Dile a Rob que cuente contigo. Y ya me echarás la culpa más tarde si lo pasas fatal. Puedes no volver a dirigirme la palabra. Venga, Susan, llámale.

A veces se comporta como un rottweiler. Nos quedamos en silencio observando a Noah, que intentaba avanzar sobre su tripita para coger algo fuera de su alcance. Pronto estaría gateando.

—¿Y bien? —dijo Kate.

—¿Qué planes tienes tú para Nochevieja? —pregunté.

—No lo he decidido todavía. Alex se queda con los niños un par de días porque se perdió las Navidades. ¿Por qué?

—Iré a la fiesta si tú también vienes —dije—. Así no parecerá que Rob y yo somos pareja.

—Vale, hecho. —Parecía muy contenta consigo misma.

Bajé a mi piso y llamé a Rob. Se alegró cuando le dije que había cambiado de planes y le pareció bien que Kate se apuntara. Iba a ir a una fiesta. Una fiesta de Nochevieja. Con otras dos personas. Si me lo hubieras dicho hace un año, no me lo habría creído.

Esa noche, echada boca arriba en la cama mientras notaba cómo se movía y se retorcía el bebé en mi interior, pensé en lo que había dicho la tía Sylvia en Navidad. Había intentado no darle muchas vueltas, igual que, al parecer, el resto de la familia: tal y como se comportaron a la mañana siguiente era como si nada hubiera pasado. Durante el día siguiente a Navidad mi tía estaba tan radiante y relajada como siempre: dándonos la lata para jugar a las películas; sacando un nuevo conjunto de detestables gorritos festivos; haciendo planes para reunir a toda la familia en Estepona cuando naciera el bebé. Se comportó así hasta que llegó la hora de marcharme. Cuando me subía al taxi, sujetó la puerta y se inclinó hacia mí.

—Sabes que me tienes para lo que necesites, ¿verdad, cariño? Ojalá dejaras estar toda esta historia de Edward, pero si estás decidida a seguir por ese camino, tienes mi apoyo. Redacta lo que quieres que diga y lo firmaré.

—Pero tiene que ser verdad —alegué—. No te estoy pidiendo que mientas. Quiero que me des tu más sincera opinión.

—Lo sé, cariño, pero no soy más que una anciana despistada. Tú sabrás mejor que yo qué es verdad y qué no. Quizá no era muy consciente del verdadero estado de tu madre. A veces me abstraigo en mi mundo. Tú escribe lo que tengas que escribir por mí.

A pesar de su comportamiento errático y su serio egocentrismo, la tía Sylvia parecía sinceramente volcada en procurar mi bienestar. Me alegré de que estuviera dispuesta a respaldar mi causa, pero ojalá pudiera confiar más seriamente en su recuerdo de los hechos. Su afirmación de que mi madre se preocupaba más por Edward que por mí era problemática, incluso aunque fuera infundada. ¿Y si el caso llegaba a los tribunales y ella hacía tal declaración? No, me dije, eso no podía pasar. La tía Sylvia estaba algo achispada y confusa en la comida de Navidad. Si llegábamos a juicio, me aseguraría de que estuviera bien preparada.

No me quedó más opción que ponerme un vestido de corte trapecio negro para la fiesta. Era la única prenda que tenía en mi armario premamá que se asemejaba mínimamente a lo que cualquiera se pondría para una noche de fiesta. En la última semana había empezado a notar los tobillos y los pies hinchados, así que además de la ondulada carpa de circo que llevaba puesta, me puse medias de compresión y unos cómodos zapatos de tacón bajo. Qué duda cabe, que una siempre puede rematar como Dios manda cualquier atuendo con los accesorios adecuados (que tenía en abundancia debido a mis muchas salidas con Richard), un buen peinado y maquillaje.

Cuando terminé de arreglarme y me miré en el espejo de cuerpo entero, no me desagradó el resultado final. Hasta que, claro está, Kate llamó a mi puerta. No sé si le había visto antes las piernas, ya que normalmente las llevaba enfundadas en vaqueros o pantalón de chándal, pero estaba claro que no tenía ninguna reserva por mostrarlas aquella noche. Lucía un vestido de terciopelo azul medianoche corto y sin mangas y unas sandalias plateadas de tacón alto. Su larga melena, normalmente recogida en una coleta informal, la llevaba suelta y sedosa. «Juvenil, vivaz y divertida» fueron las tres palabras que me vinieron a la mente. Noté cómo surgía en mi interior el detestable deseo de que ojalá no la hubiera convencido para acompañarnos a la fiesta. Era un pensamiento perverso, así que lo reprimí.

Rob, que se alojaba en un hotel barato cercano, llegó unos diez minutos más tarde. Estaba claro que no había aprendido la lección en su última visita. Le llamé la atención por su falta de puntualidad, pero se limitó a poner los ojos en blanco. El trato con miembros del sexo opuesto no es muy diferente al entrenamiento canino: tienes que ser firme y perseverante.

—Voy a ser la envidia de todos los hombres de la fiesta por ir acompañado de dos mujeres tan encantadoras —dijo mientras Kate y yo nos poníamos el abrigo. Interesante. Rob también se había esforzado. No había ni rastro de los pantalones caquis tipo militar, la sudadera holgada y la chaqueta de trabajo, ya que habían sido sustituidos por unos vaqueros oscuros, un jersey gris marengo y un abrigo de estilo Crombie. Olía a jabón y loción para después del afeitado, en lugar de a tierra y fertilizante. Obviamente, mantenía ese aspecto desgarbado, y a su cabello rebelde no le habría venido nada mal un buen corte.

Recorrimos a pie los ochocientos metros hasta la fiesta mientras Kate maldecía los tacones, que dijo haber encontrado en el fondo del armario.

—Ya me veo volviendo a casa descalza —dijo.

—Te llevaré al caballito —rio Rob. Me alegraba de que estuvieran congeniando tan bien.

La fiesta se celebraba en un adosado victoriano en Acre Lane —enorme de acuerdo a los estándares de Londres, ya que no había sido dividido en viviendas independientes—. Una de las anfitrionas, Lizzie, había sido compañera de universidad de Rob y Edward, allá por principios de los años noventa, y ahora trabajaba en un centro de arte de la comunidad. Su pareja, Liz (en mi opinión, no es muy inteligente elegir a una pareja con tu mismo nombre de pila), dirigía una pequeña galería. En cuanto accedimos al vestíbulo, Rob las abrazó a las dos, y luego me presentó.

—Esta es la hermana de Ed, Susan, de la que os hablé ayer. Y esta es su amiga Kate.

Había un montón de gente en la cocina, sobre todo en torno a donde estaban las bebidas, pero un hombre bajito con un original jersey navideño se dio cuenta de mi estado y vociferó, «Abrid paso a la embarazada». Esas palabras mágicas hicieron que se despejara el camino. Kate localizó a un par de mujeres de su grupo de mamás y bebés al otro lado de la sala. La saludaron y con gestos le indicaron que se acercara. Después de servirse prosecco en una copa de cerveza, nos abandonó a Rob y a mí a nuestra suerte y se acercó medio bailando hasta ellas. Vaya carabina más poco seria… Sin embargo, tampoco resultó tan incómodo como me temía. En el momento de las presentaciones, Rob se refería a mí como «una amiga»; en respuesta a las preguntas que implícitamente daban a entender que éramos pareja o que él era el padre de mi hijo, él se limitaba a sonreír y a responder con un «Me temo que no tengo esa suerte». Y siempre que la conversación parecía virar hacia temas relacionados con mi situación doméstica, Rob cambiaba de tema con mucha elegancia.

Sorprendentemente, los amigos de Rob no eran, en su mayoría, la chusma poco civilizada que había imaginado. Empecé a relajarme e incluso a pasármelo bien. Rob encontró un par de sillas libres en el comedor, y entablamos conversación con una mujer rolliza y un tipo delgaducho —ella alfarera y él artesano de vidrieras policromadas— que Rob llevaba sin ver desde la universidad. En un momento dado, Kate, sonrojada y jadeante, intentó convencernos de que fuéramos a bailar. Me alegré de tener la excusa de los tobillos hinchados, y Rob simplemente se limitó a decir que se encontraba muy a gusto donde estaba. Después de aproximadamente una hora, Lizzie —o quizá fuera Liz— anunció que en cinco minutos sería medianoche y que había llegado el momento de llenar las copas.

—Brindarás con champán por el Año Nuevo, ¿no? —preguntó Rob.

—Sí, por qué no —respondí, y se dirigió hacia el bar sorteando con facilidad a la multitud.

Puede que fuera mi primera fiesta de Nochevieja, pero he visto suficientes películas como para saber exactamente lo que iba a ocurrir a continuación: con la última campanada de medianoche llegaba el aluvión de besos, abrazos y contacto físico en general, y solo con pensarlo me ponía mala. Aprovechando que todo el mundo estaba muy ocupado descorchando botellas y llenando sus copas, encontré el baño y me encerré dentro. En cuanto escuché las campanadas del Big Ben desde la planta de arriba, seguidas de gritos de júbilo y voces cantando *Auld Lang Syne*, me senté en el borde de la bañera. Me quedé allí durante unos minutos, disfrutando de aquella paz. Pensé en todo lo ocurrido el año anterior y en lo que me traería el año nuevo, como es lo normal en esos momentos. Mi vida, tan organizada, estaba cambiando, adaptándose a nuevas circunstancias. Puede que no necesariamente a peor.

Cuando por fin volví a la fiesta, Rob estaba examinando la sala, agobiado. Su expresión se relajó cuando me vio.

—Susan, ¿dónde te habías metido? Te has perdido las campanadas. Pensaba que te habías ido a casa.

—No, tuve que acudir a la llamada de la naturaleza. Por el Año Nuevo —dije aceptando la copa que me ofrecía Rob.

Me resigné ante el hecho de no quedaba más remedio que celebrar la ocasión con algún tipo de gesto de afecto. Para evitar cualquier reacción más expresiva, le di un breve beso en la mejilla. Pareció contentarse con ello.


Sin darse cuenta, Rob me tomó de la mano de camino a mi casa cuando salimos de la fiesta de Lizzie y Liz. No había ninguna necesidad; yo no era una niña ni una inválida. No obstante, era una noche muy fría y yo no llevaba guantes, así que no me quejé. Después de un par de minutos pareció caer en la cuenta, y me soltó. Kate había decidido quedarse en la fiesta con sus dos amigas. Era una noche libre de maridos y niños y estaban decididas a sacarle el mayor partido posible. Mientras Rob y yo caminábamos, él procedió a hablarme de las delicias de su hotel, que lamentaba haber elegido como alojamiento; las moquetas estaban sucias, había pelusas en los rincones del baño y en su habitación hacía tanto frío que podía ver su aliento cuando exhalaba. Por puro capricho, viendo el derrotero de la conversación y con la sensación de deberle a Rob un favor por la ayuda prestada con las pertenencias de mi madre, ahora que sabía que no era parte del complot de Edward, le dije que era bienvenido a dormir en mi sofá si quería. Aceptó.

Cuando llegamos a casa, me di cuenta de que estaba mucho más animada de lo esperado a la una de la madrugada; no tenía ganas de irme a dormir, y, según parecía, Rob tampoco.

—¿Tienes algo de beber? —me preguntó lanzando su abrigo sobre el brazo de una silla—. La noche es joven y nosotros también. Bueno…

Encontré una botella de brandi para cocinar al fondo de una alacena y le serví una copa. Le pregunté qué le apetecía hacer.

—No sé. ¿Tienes Netflix? O, no sé, ¿algún juego de mesa? No tengo piedad cuando juego al Risk.

—Creo que puedo tener un Scrabble de cuando era pequeña.

—Busquémoslo.

Siguiendo mis indicaciones, Rob se metió debajo de la cama —una tarea totalmente fuera de mis posibilidades en mi estado actual— y logró encontrarlo en una caja con otros juegos de cuando era pequeña. Lo colocó sobre la mesa de la cocina, y mientras yo preparaba *hummus* y lo untaba en unas tostadas, él me puso al día de su cruzada para recuperar a Alison: una de sus antiguas compañeras de piso le informó de que había estado casada, pero que se había divorciado, de modo que ahora ya sabía el apellido que utilizaba en Facebook. Le había enviado una solicitud de amistad y estaba esperando su respuesta. Le dije que esperaba que tuviera noticias pronto.

Jugamos dos partidas, y yo gané las dos, pero, francamente, se me resistió bastante. Por su conversación nunca habría dicho que tiene un vocabulario tan extenso.

—Ya te ganaré otro día —dijo doblando el tablero y guardando las letras en la bolsa—. Has jugado con ventaja porque estás totalmente sobria. Espera a que nazca el bebé y te emborrache. Perdona, ha sonado fatal.

Después del Scrabble, jugamos unas cuantas rondas al *gin rummy* con una baraja de cartas hecha polvo que había pertenecido a mi padre. Rob se alzó con la victoria. No me importó, la verdad; había olvidado lo divertido que es jugar a estas cosas.

Eran casi las tres de la mañana cuando decidimos que ya era hora de irse a la cama. Creo que era la primera vez que me había quedado despierta hasta tan tarde de forma totalmente voluntaria. Le di a Rob una sábana, un montón de mantas y una de mis almohadas, luego coloqué el cofre de roble que contenía las cenizas de mi madre al lado del sofá a modo de mesita de noche. Pareció sorprendido cuando se dio cuenta de lo que era, luego negó con la cabeza y se rio.

—Muy tú —dijo. No tengo ni idea de qué quiso decir con eso.

# 19

Aquella noche disfruté de un sueño reparador, el primero en muchas semanas; no me desperté de madrugada asolada por la preocupación de la contienda legal que me traía entre manos ni de mi inminente maternidad. Quizá se debió a que me acosté más tarde de lo normal o a la copita de champán que me tomé poco antes de abandonar la fiesta. Poco después de las once de la mañana me despertó una voz al otro lado de la puerta de mi dormitorio.

—¿Estás despierta?

—Ahora sí.

Rob entró en mi cuarto y se sentó al borde de la cama. Un miembro del sexo opuesto en mi dormitorio, y yo en camisón; decir que era totalmente inapropiado era quedarse corto. Sin embargo, debo añadir que la presencia de Rob no me resultaba forzada ni amenazante; es como un niño que todavía no ha aprendido las sutilezas de las convenciones sociales. Y eso que tiene cuarenta y tres años. En cualquier caso, me tapé con la manta hasta el cuello.

—Me ruge el estómago —dijo—. Pero no tienes gran cosa en la nevera. ¿Te apetece que salgamos a tomar un *brunch*? Conozco un sitio en Battersea que prepara unas frituras vegetarianas exquisitas.

Era Año Nuevo; no tenía nada que hacer, ningún sitio al que ir ni había quedado con nadie. Y la propuesta de Rob no me pareció mala idea. Es raro, lo sé, pero descubrí que me estaba acostumbrando poco a poco a su presencia. Puede que fuera un tipo algo tosco, pero, sorprendentemente, su compañía era muy grata. Cuando él se marchó al hotel a por su bolsa de viaje, y yo mientras aprovechaba para arreglarme, Kate se presentó en casa. Tenía mirada soñolienta y estaba despeinada, y se moría por un paracetamol. Me preguntó qué planes tenía para el día, y le dije que íbamos a tomar el *brunch* a Battersea.

—Oh, me encanta ese sitio. ¿Puedo acompañaros? —preguntó.

—En esta ocasión mejor no. Ya está todo planeado.

Arqueó las cejas y exclamó un «Ajá» en un tonito bastante bobo.


El café estaba abarrotado y tuvimos que esperar en la barra a que quedara una mesa libre. Rob pidió un bloody mary y yo opté por la versión sin alcohol del mismo cóctel. En el ambiente del lugar se respiraba la resaca propia de la mañana de Año Nuevo: cálido y viciado, acompañado del olor de fritura y café recién hecho, y la tenue melodía de temas de Miles Davis sonando de fondo. Para la hora del almuerzo, por fin teníamos mesa y nos habían servido el desayuno (yo había pedido un desayuno inglés tradicional completo para aplacar mi apetito constante y, según parecía, insaciable últimamente; y Rob había optado por una versión vegetariana del mismo, que sustituía la proteína animal por algún tipo de proteína vegetal texturizada).

—No me recuerdas de los viejos tiempos, ¿verdad? —dijo Rob apoyando sus codos en la pequeña mesa. Le dije que no—. Cuando nos conocimos, yo era estudiante de primero con Ed en la uni, así que tú debías de estar en tercero. Viniste con Phil a un par de fiestas en las que coincidimos. Me llamó la atención lo madura y sofisticada que eras en comparación con el resto de nosotros, como un poco superior. Quería hablarte, pero, francamente, me sentía intimidado. En cualquier caso, seguro que no habrías querido saber nada de mí, ya que yo era dos años más joven que tú y estabas prometida. Supongo que Phil te debió de arrastrar a la fiesta porque Ed y él se habían hecho amigos mientras estudiabas fuera.


Sí, cuesta creerlo, pero mi prometido Phil, un hombre tranquilo, estudioso y no muy sociable, que leía a los clásicos en la Universidad de Birmingham, había entablado amistad con mi hermano rebelde, anárquico y fiestero, que estaba tonteando con la idea de ser artista en la Escuela de Arte de la ciudad. Edward, que había acosado y perseguido a Phil cuando íbamos de camino a casa desde el colegio, había decidido que podían ser amigos. Vaya coincidencia que su interés surgiera justo a la vez que nuestro compromiso.

Mientras yo estudiaba en Nottingham, Phil y yo nos habíamos escrito una vez a la semana. En su primera carta después de que yo regresara a la universidad para incorporarme al último curso, me dijo que Edward se había puesto en contacto con él y lo había convencido para que lo acompañara al *pub*. A mí me dio mala espina. En mi respuesta, le pregunté los motivos que le había dado Edward para invitarle. Le advertí que tuviera cuidado. Phil dijo que Edward solo quería ser amigo de su futuro cuñado, y él pensó que era digno de admiración. Dijo que no me preocupara. En sus siguientes cartas durante aquel semestre me contó que Edward le había hecho partícipe de más planes y que incluso había decidido acompañar a Edward y sus amigos en un viaje al Distrito de los Lagos. Iban a acampar en el valle, junto a un albergue, harían senderismo durante el día y saldrían de fiesta por la noche. Edward y sus amigos de la Escuela de Arte se jactaban de ser amantes de la naturaleza y nómadas románticos, cuya intención era seguir los nobles pasos de Ruskin. El viaje iba a ser, al parecer, muy divertido.

Durante las vacaciones de Navidad acudí con Phil a una fiesta celebrada por uno de los amigos de Edward. Tuvo lugar en la casa georgiana de tres plantas propiedad de un benefactor local que se la alquilaba a un precio muy asequible a los estudiantes. Al observar a Phil me di cuenta de que estaba fascinado con Edward y sus amigos poco convencionales. También noté que ellos, en cambio, lo veían como a una mascota exótica (en su mundo, el tranquilo y estudioso Phil era una extravagancia). No disfruté de la fiesta. La imbecilidad derivada del consumo de alcohol, y cánnabis, me resultaba incomprensible. Además, la forma que tenían de provocar a Phil me resultó humillante. No me cabía en la cabeza que él tolerara tal actitud. De vuelta a casa discutimos. Unos días más tarde, Phil sugirió que nos pasáramos por una fiesta de Nochevieja que daba otro de los amigos de Edward. Me negué. Nos pasamos la tarde viendo la tele con mi madre.

Las cartas de Phil del siguiente semestre, aunque seguían siendo tan afectuosas y amistosas como siempre, empezaron a ser menos regulares. Incluso hubo una semana que ni le escribí. Ya no me hablaba de quedadas nocturnas con Edward, pero creo que fue porque sabía que a mí no me parecía bien y no tanto porque hubieran cesado. En las siguientes vacaciones universitarias, Phil dijo que daban una fiesta en la misma casa que las Navidades pasadas. Dijo que se trataba de una fiesta de disfraces con temática de Semana Santa y que sería todo un acontecimiento. Dejé que me convenciera en contra de mi buen juicio. Phil había decidido disfrazarse de pollito de Pascua y utilizar un traje que le había proporcionado Edward. Yo no quise disfrazarme. Y menos mal porque como descubrimos más tarde, Phil era el único que iba disfrazado. Había sido una broma de mi hermano y sus amigos. En la fiesta, Phil les siguió el rollo, y de vez en cuando batía sus alas y piaba. Sentí vergüenza ajena.

El semestre previo al verano de aquel año, las cartas poco frecuentes de Phil se convirtieron en notas poco frecuentes: que si una fotografía o dos deseando que me fueran bien los finales y que pudiera disfrutar un poco del buen tiempo. Di por hecho que la brevedad de su correspondencia se debía al hecho de que estaba hincando los codos para los exámenes, al fin y al cabo, seguíamos comprometidos y estábamos planeando mudarnos juntos a Londres tan pronto como encontráramos un trabajo en la ciudad. En julio de aquel año invité a Phil a que acompañara a mi madre a mi graduación en Nottingham. No invité a mi hermano. Phil dijo que lo sentía, pero que ya tenía planes para ir al Distrito de los Lagos otra vez con Edward y sus amigos. Se quedaron en el mismo *camping* junto al albergue, y habían planeado una ruta por Striding Edge hasta Helvellyn. Dijo que era una forma de celebrar el fin del curso académico y de despedirse del grupo de amigos; en cuanto nos mudáramos a Londres dudaba que fuera a verlos de nuevo. Me enfurecí, pero él estaba decidido. Sospeché que Edward estaba detrás de todo aquello, como un titiritero. Al final, no me quedó más remedio que aceptarlo. De todas formas, él estaba en lo cierto, en cuanto nos marcháramos de Birmingham, no tendría más contacto con aquella gente.

La madre de Phil no tenía ningún número en el que contactarme en Nottingham, de modo que no me enteré de la noticia hasta que hube regresado a casa después de mi ceremonia de graduación. Nadie supo muy bien lo que ocurrió; era un día seco, soleado y sin viento, y la visibilidad era buena. «Muerte accidental» fue el veredicto del forense. Me hice mi propia composición de lugar a partir de los retazos de información que conseguí reunir por parte de los amigos de Edward. El grupo —compuesto por un total de seis hombres jóvenes, incluidos mi hermano y mi prometido— había abandonado el *camping* a las nueve en punto de la mañana con una resaca monumental. Habían hecho varias paradas durante el ascenso, ya fuera para sacar alguna foto, para esbozar algún paisaje o para recuperar el aliento antes de enfilar un trozo de la ruta especialmente arduo. Salvo a Phil, a todos se les estaba haciendo muy duro. No es que fueran precisamente el grupo de estudiantes más sanos del mundo.

A medida que el sol ascendía en el firmamento, guardaron las chaquetas y sacaron las gafas de sol. Ninguno contaba con equipo apropiado para hacer senderismo: iban en vaqueros, deportivas y carteras de lona en lugar de pantalones de *trekking*, botas y mochilas. Tuvieron mucha suerte de que hiciera tan buen día. Phil se adelantó al grupo en varias ocasiones, y les iba informando de que ya estaban a punto de llegar a la cima. En cuanto lo alcanzaban, se encontraban con que delante les esperaba un trecho más empinado todavía. El calor del día iba haciendo mella en ellos, y las bromas constantes de mi prometido respecto a las distancias empezaban a molestarles. Cerca del mediodía, todavía no habían llegado a Helvellyn, así que decidieron hacer una parada y dar buena cuenta del almuerzo que en un momento de lucidez habían tenido a bien encargar en el albergue la noche anterior (habían desayunado chocolatinas Mars y patatas fritas rancias de queso y cebolla bañadas en Coca-Cola).

En algún momento después del almuerzo, Phil se separó del grupo con la cámara y los prismáticos colgados del cuello. Los otros cinco jóvenes utilizaron sus chaquetas y carteras a modo de almohadas y se echaron a tomar el sol. Sobre la una, ya descansados, decidieron ponerse en marcha de nuevo. Phil no había regresado, pero dieron por hecho que se habría entretenido haciendo fotos o disfrutando de las vistas. Esperaron unos minutos. Como no volvía, empezaron a llamarlo a voces. Uno del grupo, Ian, descendió hasta un saliente de granito para tener una mejor perspectiva de lo que había debajo. Se asomó con cuidado al borde y vio a Phil, inerte, en una cuesta de rocas sueltas, a cientos de metros de distancia. Por aquel entonces no había móviles, así que no pudieron pedir ayuda de inmediato. Presa del pánico, el grupo se dividió. Edward y Ian intentarían llegar hasta Phil, los otros tres volverían por donde habían venido para poner sobre aviso al servicio de rescate de montaña. El incompetente de mi hermano y su amigo Ian nunca lograron alcanzar a Phil, en cambio, terminaron perdidos y desorientados. El equipo de rescate en helicóptero, después de recuperar el cuerpo de Phil, tuvo que volver a la montaña para localizarlos y rescatarlos.

Al enterarse de la noticia, la respuesta de mi madre —después de enjugarse las lágrimas con un pañuelo y declarar que era una tragedia para Phil y su madre— se preocupó por cómo aquella experiencia traumática afectaría a Edward. Mis reservas naturales de autodisciplina y fuerza de voluntad me permitieron sobrellevar la situación, aunque recuerdo que no quise salir de mi habitación durante los días siguientes. Supongo que necesitaba un buen descanso después del esfuerzo y trabajo duro de los exámenes finales.

Al funeral acudió muy poca gente, solo la madre de Phil en su silla de ruedas, su padre distante, al que no había visto en más de diez años, un par de amigos de la universidad y el grupo con el que había ido a la montaña. Edward se presentó en la iglesia justo cuando el servicio empezaba y se marchó tan pronto como terminó. El velatorio tuvo lugar en el estrecho salón de la casa de la madre de Phil. Entre susurros, Ian me confesó que después de almorzar en Striding Edge, Edward había liado un par de porros que habían compartido entre todos. Phil no debía de estar acostumbrado. El pobre Phil, tan inocente e ingenuo. No digo que Edward lo matara a propósito, pero le hizo parte del grupo para provocarme; le invitó a disfrutar de un estilo de vida al que no estaba acostumbrado y que no iba nada con él, y proporcionó las drogas que hicieron mella en su juicio. ¿Ves qué clase de persona es mi hermano?

Inmediatamente después del funeral, hice las maletas y me largué a Londres. Cuando regresé para seguir la investigación de lo ocurrido, me las arreglé para localizar a Edward en uno de sus *pubs* favoritos. Como de costumbre, terminamos discutiendo. Él se negó a admitir cualquier responsabilidad acerca de las circunstancias que habían conducido a Phil a la muerte. Me dijo que estaba paranoica y que era una malpensada, que mi única intención era apartar el foco de la atención de mí misma. Le dije a Edward que le creía capaz incluso de haberle dado un empujón a Phil. Edward me dijo que él posiblemente se habría tirado de un precipicio ante la perspectiva de casarse con alguien como yo. Más tarde, mi madre parecía molesta.

—Me he enterado de lo que ha pasado en el *pub*. No quiero que le digas esas cosas tan horrorosas a tu hermano, Susan. Ya sabes que es muy sensible, como su padre. No quiero que se descarríe. No es duro como tú.

Pasaron unos cuantos meses hasta que decidí volver a casa.

—No, ya te lo he dicho, no te recuerdo —le repetí mientras pinchaba la yema del huevo frito con el tenedor.

—Bueno, el caso es que yo no te he olvidado. Con el paso de los años, Ed me ha hablado de ti, de lo que hacías, pero no estaba seguro de que volviéramos a coincidir. Vaya tela con las casualidades.

—Y que lo digas. Ha sido toda una suerte volver a verte, de otro modo, me habría gastado toda una fortuna en alquilar un trastero.

—Supongo que ese es un modo de verlo.

—Y qué, ¿te las estás pudiendo arreglar con las reformas con todos los muebles de mi madre por medio?

—Sí, sin problema. Ya tengo listos la cocina y el baño, y he hecho progresos con la decoración. Puliré los suelos cuando vuelva. Agradezco mucho a Edward que me haya acogido en su casa, pero necesito casa propia. No lo veo mucho desde que me mudé, estoy muy ocupado trabajando en la casa.

—Debe de ser un alivio.

Rob dejó sus cubiertos en el plato y le dio un trago al bloody mary.

—Sigue sin saber que somos amigos. Es decir, sabe que yo rondaba por la casa cuando estuviste por allí recogiéndolo todo, pero ya. En la fiesta de anoche había un par de personas que quizá sigan en contacto con Ed, así que, probablemente, tenga que hablar con él sobre nuestra amistad antes de que se entere por ahí. Se va a cabrear un montón, pero no le quedará más remedio que aceptarlo. En esto que os traéis entre manos soy como Suiza, neutral.

—Seguramente pensará que me estoy haciendo amiga tuya a propósito para volverte en su contra —dije mientras mojaba un trozo de champiñón en la yema de huevo.

—¿Y es verdad?

—Por supuesto.

Se rio sin saber muy bien si lo decía en serio o no. Yo tampoco lo tenía muy claro.

—¿Sabes?, con el tiempo, Ed me ha hablado un poco de vuestra infancia —dijo Rob con la boca llena de tostada fría—. Acerca de los problemas de tu padre con la bebida. En mi opinión, ese mal rollo que os traéis Ed y tú tiene mucho que ver con aquella época.

—No me interesa tu opinión.

—Me da que lo habéis gestionado de maneras totalmente distintas; Ed no parando por casa y tú encerrándote en ti misma. Me dijo que quería sentir que estabais en el mismo bando, pero que tú siempre eras tan fría y distante que él no podía dilucidar lo que se te pasaba por la cabeza.

—Lo siento, Rob, pero no me apetece hablar de este tema contigo. No sabes nada de nuestra familia.

—Tienes razón. Solo sé lo que Ed me ha contado y lo que he podido deducir leyendo entre líneas. Es que sería estupendo que resolvierais vuestras diferencias. Quizá si pudierais poneros en el lugar del otro… Ed no es un mal tipo, de verdad.

—Ja.

—Simplemente tenéis personalidades muy distintas. A él se le da fatal ser responsable de sí mismo. Es como si tu madre hubiera sido demasiado protectora con él, quizá por culpa de tu padre. No digo que él no se haya aprovechado de la situación, pero por el mero hecho de estar acostumbrado a que ella lo hiciera todo por él, él espera que la gente le saque las castañas del fuego. Creo que en tu caso es precisamente al contrario. Me da que tú has tenido que ingeniártelas sola como has podido.

—Rob, ya está bien. Lo último que quiero es que me psicoanalices. No tengo ningún interés en saber lo que Edward te ha contado o lo que tú has podido deducir. No es de tu incumbencia.

No había terminado de desayunar, pero se me había hecho bola. No debería haber venido. Le pedí la cuenta al camarero.

—¿Qué quieres que hagamos ahora? —preguntó Rob mientras me yo me ponía el abrigo, me colocaba la bufanda y recogía el bolso.

—No sé qué piensas hacer tú, pero yo me voy a casa a trabajar en unos borradores para mi caso contra Edward. Aquí tienes veinte libras, deberían bastar para pagar mi comida y bebida. Espero que tengas buen viaje de vuelta a Birmingham.

Dejé el billete sobre la mesa.

—Por Dios, Susan, ¿qué demonios te pasa? —me dijo mientras me abría paso en el abarrotado café—. Espera un segundo a que pague.

No miré atrás.


Cinco minutos más tarde, mientras avanzaba resoplando por la calle en dirección a Clapham y revolvía en el bolso en busca del teléfono para llamar a un taxi, la furgoneta de Rob se detuvo un poco más adelante, junto a la acera. Cuando estuve a su altura, bajó la ventanilla del copiloto.

—Disculpe, señorita, ¿a dónde se dirige? —vociferó.

Le ignoré y seguí caminando. Volvió a adelantarme y a detenerse. Cuando lo alcancé de nuevo, se inclinó sobre el banco de asientos en mi dirección.

—Venga, Susan, sé razonable. Vale, puede que no haya tenido mucho tacto, pero no tenías por qué largarte así, cabreada.

Me paré y lo encaré.

—No estoy «cabreada». Nunca me he comportado de forma que merezca tal descripción. Solo te quiero hacer entender que la conversación estaba tomando unos derroteros totalmente inaceptables.

—Vale, lo pillo, nada de hablar de vuestra infancia. Muy bien. Pero eso no quiere decir que tengas que dejarme plantado de esa manera.

—Yo no «dejo plantada» a la gente. Insisto, nunca me he comportado…

—Vale, vale. ¿Por qué no subes a la furgoneta y aprovechamos un poco el día? Pasemos un rato agradable; te llevaré a Kew Gardens.

—¿Qué se nos ha perdido allí?

—Pues, como seguro que sabes, tienen una colección impresionante de cactus. Venga, sé que quieres ir.

Abrió la puerta del acompañante y la sostuvo así unos segundos. Después de vacilar un instante, me subí. No podía negarlo, la propuesta de Rob era muy tentadora; tenían algunos especímenes muy poco comunes, y la última vez que había estado en Kew Gardens fue recién llegada a Londres.


Rob y yo pasamos gran parte de la tarde en el Princess of Wales Conservatory, que alberga los cactus y las suculentas. El ambiente estaba plagado de aromas exóticos, y el calorcito procedente de la climatización resultó muy agradable dado el fresco que hacía fuera. Sentí como si me fuera descongelando lentamente a medida que recorríamos el espacio, y llevábamos el abrigo y la bufanda colgados del brazo. Rob me explicó que había diez sectores dentro del invernadero, entre los cuales destacaban el «trópico seco» y el «trópico húmedo». Los ocho microclimas restantes incluían una zona seca, que albergaba plantas del desierto y la sabana, así como áreas de plantas carnívoras, helechos y orquídeas. Era como si se hubiera tragado una guía al completo y estuviera regurgitándola. Una cualidad bastante impresionante. Cuando se lo dejé caer, me dijo que Kew Gardens era su lugar de peregrinación, uno que frecuentaba con regularidad; el cultivo de plantas era como una religión para él. Su pasión era admirable.

A medida que se fue oscureciendo el cielo en el exterior y la multitud se fue disipando, parecía que el lugar nos pertenecía exclusivamente a ambos. En la zona seca, junto a un ejemplar de barril de oro particularmente grandioso y espinoso, me picó la curiosidad y no pude evitar preguntarle de qué iba todo aquello. ¿Por qué había decidido pasar tiempo conmigo cuando podía estar en un *pub* de Birmingham con Edward? O quizá disfrutando de Kew Gardens con alguno de sus otros amigos londinenses. Se encogió de hombros.

—Supongo que porque somos amigos. Me aburre estar todo el día rodeado de tíos. Está genial tener amigas. Además, no conozco a nadie que sepa de cactus tanto como tú. Y me parece que nos interesan a los dos.

Se rio. Se reía muy a menudo.

# 20

Era un día deprimente en el mes más triste del año, y no iba a ir a trabajar. Trudy me había recordado que apenas me había tomado días libres de los que me correspondían, y me sugirió que los utilizara para alargar los fines de semana. Dijo que me vendría bien tener algún día adicional de descanso ahora que estaba en el último trimestre. No estaba muy convencida; sin mi rutina me siento como en un bote a la deriva. Sin embargo, resultó que su sugerencia llegó en el momento preciso. El historial médico de mi madre había llegado por fin en forma de pesado paquete la mañana anterior, y supuse que me llevaría algo de tiempo estudiarlo e interpretarlo.

Kate bajó enseguida para decirme que los niños se quedaban a dormir en casa de Alex y si quería ir con ella a ver una peli al Brixton Ritzy aquella tarde. Sospechaba que su gusto cinematográfico difería mucho del mío, pero, sorprendentemente, no me importó. Quizá las hormonas estaban empezando a afectar a mi capacidad crítica, o quizá simplemente no recordaba la última vez que había ido al cine con otra persona. Acepté la invitación. Cuando Kate regresó a su casa en el piso de arriba, eché un vistazo al móvil para comprobar si tenía algún mensaje, y vi que me había llegado un correo electrónico del señor Brinkworth. Me preparé una taza de té y me senté a la mesa de la cocina para leerlo.

*He recibido la solicitud de demanda y hoy he presentado en los tribunales el acuse de recibo de notificación. Como sabe, refuto sus argumentos y actualmente estoy elaborando una sólida defensa y contrademanda.*

*Su hermano acudió a mi despacho ayer. Le he recomendado que contacte con sus abogados; debido al posible conflicto de intereses no puedo representarme a mí mismo como albacea y a su hermano, ya que es uno de los beneficiarios que está en medio del conflicto. Durante la breve reunión que mantuvimos, el señor Green dijo que la había denunciado por robo de las cenizas de su madre y su joyero. El agente de policía le dijo que no deseaban verse involucrados en una disputa familiar a estas alturas, y le sugirió que me consultara el tema. En aras de solucionar esta cuestión, propongo que elijamos a una tercera persona neutral para que guarde a buen recaudo los artículos hasta que se resuelva el asunto en los tribunales.*

*También me gustaría señalar que, ahora que se ha puesto en marcha el procedimiento, los costes legales aumentarán considerablemente. Para evitar la posible disminución de la herencia de su madre, sugiero que intenten solucionar esta cuestión a través de mediación y un posterior acuerdo. Por favor, indique su conformidad. Le he hecho la misma propuesta a su hermano a través de sus abogados.*

Así que una mediación oficial, ¿eh, señor Brinkworth? El abogado no sugeriría tal actuación si no estuviera totalmente seguro de su caso. ¿Pero había alguna opción de negociación? O el testamento era irrefutable y Edward tenía derecho a quedarse en la casa, o no lo era y debía venderse la vivienda. Quizá el señor Brinkworth pensaba que podría convencerse a mi hermano de que abandonara la casa en una fecha concreta ahora que había comenzado el proceso judicial. Incluso aunque ese fuera el caso (que lo dudaba), no quería renunciar al placer de llevar a Edward a juicio. En cuanto al tema de las cenizas y el joyero, no veía el sentido de que hubiera que confiárselas a un tercero. Además, el cofre tenía valor para mí. Ni me molesté en contestar al correo.

Mi teléfono emitió un bip. Era un mensaje de texto de Rob: *Solo quería saber cómo estaba doña Alma de la Fiesta*. Desde Año Nuevo había adoptado la costumbre de escribirme o llamarme a horas raras, sobre todo bien entrada la noche. Puede que en alguna ocasión hasta haya sido yo la que iniciaba el contacto. La cuestión era que últimamente, en mi avanzado estado de gestación, estaba teniendo problemas para dormir debido a una mezcla de dolor de espalda, ardor de estómago, calambres en las piernas y urgentes visitas al aseo, y Rob es noctámbulo. Por lo tanto, tenía todo el sentido del mundo que nos ayudáramos mutuamente a sobrellevar el aburrimiento durante la madrugada. Nuestras conversaciones solían pivotar de un tema a otro, hasta que olvidábamos cuál había sido el tema original. Supongo que debo ser honesta: en realidad empezaba a disfrutar de nuestras charlas, e incluso ansiaba que llegaran. Las noches que no llamaba era como si me faltara algo. Extraño, lo sé.

Mientras escribía una respuesta a Rob, me percaté de un ligero dolor en la zona lumbar. Tenía cosas que hacer, no obstante, y nadie se iba a encargar de ello por mí, así que envié el mensaje, cogí un puñado de bolsas y me dirigí a la calle principal con una lista en ristre. Para cuando regresé al apartamento, me encontraba más indispuesta, pero no era nada serio, solo jaqueca y una especie de punzadas en el abdomen. Decidí que lo más sensato era tomarme un descanso en cuanto guardara la compra; me metería en la cama y leería un rato. Cuando me desvestí, descubrí una mancha de color rojo oscuro en mi ropa interior, pero estaba claro que no se trataba de la menstruación. Corrí al baño. Más sangre, fresca y de un tono rojo brillante. Estaba de parto. Pero era demasiado pronto, y no se suponía que la cosa empezara así. Cogí la carpeta donde guardaba todo lo relacionado con el embarazo y encontré el número del hospital. La enfermera que me atendió lo hizo de manera seria y formal, me preguntó de cuántas semanas estaba y qué síntomas estaba experimentando. Me faltaba el aliento a cada respuesta.

—Creo que lo mejor es que le echemos un vistazo al bebé —dijo—. No hay de qué preocuparse, es solo para asegurarnos de que todo marcha bien. ¿Puede traerla alguien?

—No, espere, sí, eso creo.

¿Qué estaba pasando? Qué tonta fui al pensar que todo saldría bien. Casi desde el mismo momento en que supe que estaba embarazada había seguido con mi vida como si nada, dando por sentado mi estado, como si pudiera aguantar las cuarenta semanas y dar a luz a un bebé. No podía creer que hubiera sido tan ingenua. Tenía cuarenta y cinco años, era demasiado mayor para tener un bebé, era una anciana en términos de maternidad. Había miles de cosas que podían salir mal con el bebé, con el embarazo, conmigo.

Debe de ser mi culpa, pensé. ¿Había hecho demasiados esfuerzos aquella mañana? Llevaba el carrito lleno y una de las ruedas no marchaba demasiado bien, así que tenía que tirar de él para moverlo. Y me pesaban tanto las bolsas que tuve que parar en varias ocasiones a recuperar el aliento. Debí haber hecho el pedido *online*. O quizá había comido algo indebido; había leído que la piña podía inducir el parto, y el día anterior había tomado macedonia de frutas; o quizá había tomado algo caducado, la intoxicación alimentaria podía ser peligrosa durante el embarazo; o podía ser el resultado de una infección o un virus, un par de compañeros de trabajo habían estado malos hacía poco. Intenté mantener la calma y poner en orden mis pensamientos, pero me resultó imposible. Subí con esfuerzo al apartamento de Kate y aporreé la puerta. Gracias a Dios que había vuelto de dejar a los niños con Alex.

—¿Qué pasa? ¿Dónde está el fuego?

—Estoy sangrando. Tengo que ir al hospital. Creo que es un aborto. —Hala, lo había dicho.

274

—Espera un segundo, voy a por las llaves del coche.

De camino al hospital le transmití mi preocupación a Kate. ¿Y si le había pasado algo al bebé? ¿Y si salía del hospital sola y sin estar embarazada? ¿Y si todo había sido en balde? Por otro lado, ¿y si estaba a punto de dar a luz a un ser humano de carne y hueso? No estaba lista. Apenas había pensado en ello, al menos, en los aspectos prácticos. No había comprado ropita ni accesorios. No me había leído los manuales sobre cómo cuidar de un bebé. Tenía pensado hacerlo el mes próximo.

Kate intentó tranquilizarme.

—Si estás de parto, seguro que todo va bien; estás de más de treinta semanas. Simplemente, el bebé se quedaría un tiempo en el hospital. Tengo de todo lo que puedas necesitar para un recién nacido en casa. Pero probablemente sea una falsa alarma, así que no pierdas la calma.


—Vamos a escuchar el latido del bebé, querida —dijo la matrona afrocaribeña mientras me echaba en una camilla dentro de un cuarto minúsculo. Mi propio corazón estaba a punto de salírseme del pecho. Presionó con el frío ecógrafo contra mi vientre y lo movió de arriba abajo, de izquierda a derecha—. Ahí está. ¿Quiere oírlo? —Asentí. Subió el volumen del dispositivo y escuché un golpeteo profundo y constante. Qué sonido más hermoso.

—Ahora voy a realizar una rápida exploración interna, ¿vale? —dijo—. Quítese las braguitas y échese esta sábana en el regazo.

Nunca habría imaginado que me encontraría desnuda de cintura para abajo, despatarrada con una vecina sentada a mi lado. Supongo que pude haberle pedido a Kate que saliera, pero lo cierto es que me daba igual. Así te transforma el embarazo.

—Bueno, no veo nada que indique que esté de parto —dijo la enfermera desprendiéndose de los guantes de látex en cuanto terminó la exploración—. Pero me gustaría mantenerla en observación un rato.

Me colocaron un monitor de frecuencia cardiaca en el vientre para controlar el latido del feto y lo conectaron a una máquina junto a mi cama. Atenta al hipnótico sonido, me llevé las manos al abdomen y sentí cómo un bultito aparecía y desaparecía. Un puño, quizá un pie. Por favor, pensé. Por favor, que mi bebé esté a salvo. Kate había salido a buscar la cafetería y regresó poco después con dos vasos de cartón con tapas de plástico. No me gusta beber ni comer de recipientes desechables. Bueno, no me gustaba. Visto lo visto, el mantenimiento de ciertos estándares estaba empezando a dejar de ser una prioridad en mi vida. Incorporé la cama y acepté la bebida.

—Llevo un tiempo dándole vueltas, ¿tienes un compañero de parto? —me preguntó Kate retirando la tapa e intentando enfriar la bebida a soplidos.

—No lo necesito.

—No digas tonterías; nadie debería enfrentarse a algo así sola. He dado a luz dos veces, así que sé de lo que hablo. Me presento candidata.

Como si pretendiera demostrarme que estaba cualificada para el puesto, empezó a describirme con espantoso e intrincado detalle cómo habían sido sus dos partos. Era como escuchar a un veterano de guerra narrar su participación en una batalla de la que por poco no sale con vida. Siempre he sabido que soy perfectamente capaz de enfrentarme al parto y dar a luz a mi bebé sin que nadie me tome de la mano, ya sea metafórica o literalmente, pero, para mi sorpresa, me tranquilizó pensar que Kate podría estar allí.

—Vale —dije—. Me has convencido con tu experiencia de primera mano. El puesto es tuyo.

Finalmente regresó la matrona con una médica residente de aspecto cansado que, después de ojear las notas y el historial, me hizo unas preguntas.

—De acuerdo —dijo—. El bebé parece estar bien. No hay una razón concreta que explique el sangrado, pero no quiero arriesgarme, sobre todo dada su edad. La mantendremos en observación esta noche y veremos cómo evoluciona.

Me cuesta admitirlo, pero en cuanto se marchó la médica, lloré. Los lagrimones resbalaban por mis mejillas hasta aterrizar en las blancas almohadas de la cama de hospital. Kate se inclinó sobre mí y me rodeó en un abrazo. Enterré el rostro en su melena. Olía a leche caliente y ropa limpia. No recordaba la última vez que había llorado. De hecho, ahora que lo pienso, no me viene a la cabeza ningún momento de llanto en concreto, aunque supongo que de pequeña debió de haber alguno. Es raro cómo algo que nunca habías planeado ni deseado puede ejercer tal efecto en ti. Como sabes, nunca quise ser madre. Es más, me repugnaba la idea. Si hace un año me hubieras dicho que en doce meses estaría en el último trimestre de embarazo, me habría quedado horrorizada; habría hecho todo lo que hubiera estado en mi mano para evitarlo. ¿Y cómo me sentía ahora? Ahora sentía que mi mundo había dado un vuelco.

Si hubiera sido mi salud la que estaba en juego, habría alegado que los médicos estaban dándole demasiada importancia y habría solicitado el alta voluntaria. Sin embargo, debía sopesar mi deseo de escapar con otras consideraciones, y en este caso, esas otras consideraciones tenían más importancia. Me quedaría en el hospital. Le di a Kate la llave de casa y una lista de cosas que necesitaría: pijama, artículos de aseo, algo para leer, etc. Me pregunté cómo habría sido capaz de arreglármelas sin ella.

Me transfirieron a una sala pequeña, donde no había más que seis camas. Jen, la mujer de la cama a mi izquierda, era una profesora de treinta y muchos, espabilada y locuaz. Me ayudó a no pensar en mi situación contándome su historia. Igual que yo, había decidido no tener hijos. Hace unos meses le colocaron un DIU, pero lo que ella no sabía es que ya estaba embarazada. Siguió bajándole la regla y no fue hasta que acudió al médico para decir que se sentía muy hinchada, que le hicieron el test de embarazo. Estaba de seis meses. No podían retirarle el DIU, ya que conllevaba un importante riesgo de aborto, así que tendría que quedarse en el hospital hasta que diera a luz. Teniendo en cuenta que hacía apenas una semana que se había enterado de que estaba embarazada, lo llevaba bastante bien.

Jen me presentó al resto de las mujeres. La chica de la cama a mi derecha tenía quince años; obesa, pálida e hinchada, acababan de diagnosticarle preeclampsia. El médico le había dicho que tendrían que hacerle una cesárea para sacar a sus gemelos tan pronto como fuera posible. Su menuda y anciana abuela era una presencia constante junto a su cama, salvo cuando salía a fumarse un cigarrillo. Ninguna tenía pinta de estar muy contenta. Dos de las tres mujeres al otro lado de la sala estaban experimentando complicaciones en las fases más avanzadas del embarazo y estaban sometidas a una monitorización exhaustiva. Llevaban allí varios días y parecía que se habían hecho las mejores amigas. A la tercera mujer, el caso más triste de todos, le habían dicho que el latido de su bebé se había detenido. Le iban a inducir el parto y daría a luz aun sabiendo que su bebé ya había fallecido. Mantenía las cortinas echadas a su alrededor casi todo el tiempo, y se negaba a charlar con el resto de futuras mamás.

Inevitablemente, Jen me preguntó por mi situación personal. Había algo en aquella sala, un ambiente de sororidad —mujeres diferentes enfrentadas a distintos tipos de adversidad, pero hechas polvo por cómo nos la estaban jugando nuestros cuerpos— que hizo que sintiera que no tenía nada que ocultar. Le conté toda la historia. Me dijo que era una «mamá de armas tomar». Una curiosa forma de definirlo.

—Pero, y por favor, no dudes en mandarme a freír espárragos si quieres, porque soy un poco cotilla, ¿por qué en un principio te resistías tanto a aceptar que el tal Richard se involucrara en la vida del bebé? Te vendrá bien para tomarte un respiro de vez en cuando. ¿Y por qué dudas si aceptar o no su ayuda económica, si te la ofrece de buen grado? La mayoría de las madres solteras tienen que acosar a los padres para que les pasen la manutención.

—Porque nunca he querido depender de nadie —le expliqué—. Si tú eres la única a cargo de tu propio destino, nadie puede decepcionarte.

—Sí, pero estamos a punto de ser mamás, toca madera. Estamos adentrándonos en una montaña rusa de emociones. Nunca volveremos a tener un control total de nuestras vidas. Pero a veces una tiene que hacer ciertas concesiones para optar a algunos beneficios.

Kate regresó en el horario de visitas con todo lo que le había pedido. Por fin pude desprenderme del horripilante camisón del hospital que me habían obligado a ponerme cuando me transfirieron a la sala. Jen nos presentó a Kate y a mí a su marido, cuyo aspecto denotaba cierta sorpresa, ya que parecía estar intentando asimilar la noticia de su inminente e imprevista paternidad con un buen humor equiparable al de su mujer. De hecho, el par de horas que estuvimos los cuatro, debo admitir que no fue del todo desagradable.

Cuando se marcharon las visitas, mis compañeras se dispusieron a leer, escuchar música o dormir. Los pensamientos que me habían asolado aquella mañana regresaron: ¿y si mi cuerpo no podía soportarlo? ¿Y si era demasiado mayor como para que se cumplieran las cuarenta semanas de embarazo? Incluso aunque no quedaban más que unas pocas semanas, a lo mejor era preferible tenerlo ya. Una incubadora seguro que lo protegía mejor que yo. Le pregunté a la enfermera, que estaba haciendo unas comprobaciones de última hora antes de apagar las luces, si eso era posible.

—No piense así. Todo parece indicar que la gestación va sobre ruedas. Su cuerpo sabe qué hacer.

A la mañana siguiente me desperté sintiéndome mucho mejor. El bebé se había pasado toda la noche revolviéndose, lo que me había resultado reconfortante y no molesto como en otras ocasiones. Cuando fui al baño descubrí que la compresa que me habían obligado a ponerme estaba inmaculada; el sangrado se había detenido. Quizás al final todo iba a salir bien. Jen, sin embargo, se había despertado con dolor abdominal. Le habían dado analgésicos y habían echado las cortinas a su alrededor para que pudiera descansar. En ausencia de su compañía, el día se me hizo eterno. La mujer cuyo bebé había fallecido antes de nacer había abandonado la sala temprano para que le indujeran el parto. Una enfermera recogió sus pertenencias y las guardó en una bolsa, poco después ya habían cambiado las sábanas. Antes del almuerzo, se llevaron a la chica con preeclampsia para practicarle una cesárea. Después de la operación la enviarían a la sala posparto con sus gemelos. Era raro pensar que en menos de una hora sería madre con apenas quince años. Le deseé la mejor de las suertes.

Justo cuando ya me estaba temiendo que me iban a tener otra noche allí sin saber qué le estaba ocurriendo a mi cuerpo, el especialista apareció a los pies de mi cama. Era un hombre alto, delgado y autoritario. Después de examinar mis notas e historial, y de hablar en susurros con la enfermera, por fin se dirigió a mí.

—Bueno, señorita Green, ¿le gustaría irse a casa?

—¿Es seguro para el bebé?

—Oh, sí. Al parecer el sangrado ha sido resultado de la rotura de un vaso sanguíneo, pero no me preocupa. El bebé está feliz, no hay duda, y usted es la viva imagen de la salud, así que no veo motivo por el que no deba darle el alta. Vaya a casa, tómeselo con calma y disfrute del resto de su embarazo.

Debo admitir que en cuanto se dirigió a la siguiente cama, volví a notar las lágrimas empañándome los ojos. Me las enjuagué con la esquinita de la sábana.

Kate apareció justo cuando estaba terminando de vestirme y me ayudó a recoger mis cosas. Jen, que ya se sentía un poco mejor y había vuelto a descorrer las cortinas, me dijo que le daba envidia que yo me fuera a casa; lo más probable es que ella tuviera que permanecer en el hospital durante semanas. Me preguntó por dónde vivía, y resultó que vivimos a unas pocas calles de distancia.

—Cuando nazcan los bebés podemos pasear juntas con los cochecitos por ahí —dijo mientras me anotaba su número de teléfono en un trozo de papel. Me cayó bien. Y aquella idea del paseo no me pareció tan horrible como sin duda me habría parecido hace unos meses—. Se me olvidó preguntártelo, pero ¿qué vas a tener?

Dudé. ¿Por qué no?

—Una niña —respondí—. Voy a tener una hija.

# 21

Era pasada la medianoche cuando Rob me llamó al móvil realmente emocionado. Me contó que, para su asombro y deleite, Alison había aceptado la solicitud de amistad de Facebook que le había enviado y habían intercambiado unos cuantos mensajes. Ella le había confirmado que efectivamente se había divorciado hacía poco, le había dicho que tenía tres hijos ya mayores, que se habían marchado de casa para ir a la universidad y a trabajar. Su propia carrera profesional en gestión hotelera estaba en su apogeo. Rob dijo que cuando después habló con ella por teléfono, fue como si los años que habían pasado separados y todos los problemas que habían tenido jamás hubieran ocurrido. Al parecer, James se había interesado por él y había hecho preguntas y Alison había pensado que quizá había llegado el momento de valorar una reconciliación entre padre e hijo. Ella invitó a Rob a visitarles a Edimburgo para poder verse antes de decirle nada a James, y luego decidir cómo proceder. Rob estaba eufórico. Iría a Escocia el siguiente fin de semana.

Desde aquella llamada hacía ya unos días, no había tenido noticias de Rob. Era totalmente comprensible. Alison era su primer y único amor, y estaba desesperado por recuperarla. Sus prioridades habían cambiado. Naturalmente, yo me alegro mucho por él y espero que sea muy feliz con su reconstituida familia. Aunque me había acostumbrado a nuestros contactos telefónicos y por mensaje diarios —y nocturnos—, lo cierto era que Rob no era más que el encargado de custodiar mis muebles hasta que pudiera darles cabida en algún lugar, ni más ni menos. No había ninguna razón por la que su recién reavivada relación debiera cambiar eso. A no ser, supongo, que decidiera mudarse a Edimburgo, en cuyo caso tendría que buscar alguna solución al tema de los muebles. Una nimiedad. No había nada que pudiera justificar cualquier sentimiento de pena o decepción por mi parte.

En cualquier caso, había otras cuestiones que requerían mi atención: iba a quedar con Richard en un concurrido *pub* de High Holborn. Decidir la ubicación había sido todo un tira y afloja; yo quería una reunión de tipo formal, así que rechacé la sugerencia de Richard de quedar en uno de los restaurantes a los que solíamos ir. Al menos, con este plan podía pasarme nada más salir del trabajo, pedir algo rápido, gestionar lo que teníamos pendiente y estar de vuelta en casa para la hora de la cena. Yo llegué primero. La gente se apartaba para dejarme paso y los clientes de la barra se hacían a un lado. Me estaba empezando a acostumbrar a aquello; ya no tenía que ir de pie en vagones de metro a reventar, hacer cola en la oficina de correos ni esperar a que llegara mi turno en el puesto de sándwiches. Después de pedir una gaseosa con lima para mí y un *gin tonic* para Richard, me acomodé como pude en el asiento de una mesa en esquina junto a la puerta de acceso al local, que no paraba de abrirse y cerrarse. Observé a la multitud dispersa por la acera fuera del *pub*, dando buena cuenta de sus bebidas, fumando y, en general, comportándose de esa forma estridente tan característica de los trabajadores jóvenes un viernes por la tarde después de trabajar.

Habíamos concretado los detalles de la reunión unos días antes, cuando Richard y yo nos habíamos encontrado por casualidad en el Marks and Spencer que da a Oxford Street. La tienda estaba a rebosar debido a las rebajas de enero, pero la sección de lencería estaba bastante tranquila. Había adoptado un tamaño sin precedentes, y necesitaba realizar alguna que otra compra en aquel departamento. Mientras sopesaba metafóricamente los artículos disponibles, intentando decidir cuáles eran los menos desagradables, en términos de estética, claro, levanté la vista hacia la sección de pijamas, donde vi a un hombre que, de perfil, se parecía muchísimo a Richard: facciones armoniosas, cabello arreglado, pose estilosa, impecablemente vestido. Iba acompañado de una mujer menuda de espalda ligeramente encorvada que llevaba un gorro con pompón. La mujer sostenía frente sí un camisón floreado de color rosa. El hombre que se parecía a Richard asintió mostrando su aprobación. Ya era coincidencia que tuviera un doble en Londres, aunque según dicen todos tenemos uno danzando por ahí. No sé si me gustaría conocer a la mía, la verdad es que prefiero pensar que soy única.

El hombre que se parecía a Richard siguió a la anciana en cuanto esta se alejó de la zona de los camisones. En cuanto lo hizo, hicimos contacto visual. Sí que era Richard. Ambos apartamos la vista. Yo porque no me apetecía entablar conversación con un par de sujetadores premamá en la mano; él puede que porque no se sentía cómodo en una situación tan banal. Con mis futuras compras bajo el brazo, me dirigí a la caja dando un rodeo. Al parecer Richard tuvo la misma idea, y llegamos a la vez al mismo lugar, pero desde sentidos opuestos.

—Susan, qué maravillosa casualidad —dijo, aunque su expresión le delataba—. Tenía intención de llamarte estos días, ya sabes, para que podamos planearlo todo con tiempo suficiente.

—¿No me vas a presentar a tu amiga? —preguntó la menuda mujer con un fuerte acento del norte. ¿Newcastle? ¿Sunderland? Lamento admitir que nunca he sido capaz de distinguirlos.

—Mamá, esta es Susan. Susan, mi madre, Norma.

—Oh, qué ganas tenía de conocerte, querida. He estado dándole la lata a Richie, pero me dijo que debía tener paciencia, que teníais cosas que solucionar. Como si se me fuera a ocurrir entrometerme en vuestros asuntos. Vuestra relación no es de mi incumbencia.

284

—Encantada de conocerla —dije tendiéndole la mano, que me tomó entre las suyas.

—¡Mírate, Susan! Estás estupenda. Veo que la barriga está bastante alta, eso quiere decir que será una niña.

—Efectivamente.

Richard sonrió.

—¡Anda!

—Ah, verás cuando se lo cuente al resto de la familia —dijo—. Menudo alegrón. —Me cogió la ropa interior que yo intentaba ocultar y se la lanzó a Richard, que ya tenía entre las manos el camisón floreado de color rosa—. Tú ve pagando mientras Susan y yo damos una vueltita. Nos vemos donde los cárdigans. —Entrelazó su brazo con el mío y echamos a andar. Yo no tenía ninguna prisa ni objeción a pasar unos minutos en compañía de aquella anciana que pronto se convertiría en la abuela de mi bebé. Me recordaba un poco a mi madre. Además, debo admitir que estaba intrigada y quería cotillear un poco.

—¿Vive cerca de Richard? —pregunté.

—¿Yo? No, no, vivo en Gateshead, con una de las hermanas de Richie. Me encanta visitarle, pero no podría tan al sur, querida.

—Pues yo pensaba que había nacido y se había criado en Sussex.

Norma se rio por lo bajo.

—No, no se marchó de Gateshead hasta los dieciocho. Se le dieron muy bien los exámenes de acceso a la universidad y se hizo con una plaza en Cambridge. Estamos muy orgullosos de él. Luego, cuando se graduó, se mudó al sur. Y lo comprendo. Allá arriba no habría encontrado ningún trabajo a su medida.

—Pues ha perdido todo el acento.

—Tienes toda la razón. Empezó a adoptar ese acento tan pijo cuando estaba en la universidad, para encajar, supongo, pero ha pasado tanto tiempo que ahora lo ha perdido del todo. A veces creo que se avergüenza de mi forma de hablar, pero nos sigue invitando a venir a verle al sur, así que no hay queja.

Aquella información arrojaba una nueva luz sobre Richard. Nunca habría dicho que era una persona hecha a sí misma, pero, en fin, quizá lo seamos todos, de un modo u otro. Llegamos a la sección de prendas de punto y Norma empezó a examinar un montón de cárdigans de color avena. Me pidió que la ayudara a buscar su talla, y eso hice. Se giró hacia mí.

—¿Sabes?, no soy ninguna anciana chapada a la antigua, Susan. Las cosas han cambiado mucho desde que yo era una cría, y no te culpo por no haberte lanzado a aceptar de sopetón la propuesta de matrimonio de Richie solo porque estés embarazada. No hay peor combinación. Sé que él puede ser un poco… ¿cuál es la palabra? «Distante» respecto al mundo que lo rodea. Siempre ha sido así, desde que era pequeño. Pero tiene buen corazón, y te aseguro que hace lo que puede. Yo también. Este bebé será mi octavo nieto. Ya me he hecho a la idea de que no veré a la pequeña tanto como a los otros, la mayoría viven a unas pocas calles de distancia, pero espero poder llegar a conocerla.

—Richard y yo nos organizaremos.

—Estoy segura, querida. Hablando del rey de Roma.

Richard apareció a mi lado y me entregó una bolsa. Intenté pagarle el desembolso, pero dijo que era lo mínimo que podía hacer en aquellas circunstancias. Después de que decidiéramos vernos en unos días, Richard y su madre se marcharon a paso lento, agarrados del brazo, a seguir con las compras. Cuando habían enfilado el pasillo central de la tienda, se giró y me dijo:

—Me muero de ganas de verte de nuevo y conocer a mi nueva nieta. Ven a visitarnos a Gateshead.


Cuando se hartó de sostener la puerta cortésmente para permitir que la gente entrara y saliera del *pub*, Richard por fin se unió a mí en la retirada mesa del rincón. Rápidamente me di cuenta de por qué había encontrado libre aquella mesa: estaba justo debajo del altavoz, que emitía una estruendosa música *dance*. Realizados los saludos habituales (obligados a levantar la voz para hacernos oír), saqué una carpeta y un bolígrafo de mi cartera.

—Bueno, solo tengo una hora, así que al grano. Tomaré notas de lo que vayamos hablando, las pasaré al ordenador y te las enviaré por correo electrónico para cerrar el acuerdo.

—Genial. Así evitamos posibles malentendidos.

—Perdona, ¿qué?

—Malentendidos.

—Exacto. Número uno: lugar de residencia. Obviamente, conmigo. En cuanto reciba la herencia que me corresponde, que será pronto, compraré un piso más adecuado para una familia de dos miembros, de modo que en ese aspecto puedes estar tranquilo, no habrá problemas en el frente doméstico.

—Lo siento, Susan, no he oído nada de lo que has dicho —dijo inclinándose hacia mí, invadiendo mi espacio personal para luego retirarse rápidamente.

Se lo repetí casi a gritos, vocalizando lo más exageradamente que pude.

—Sí, sí, claro. Siempre di por hecho que la niña viviría contigo, Susan. Y no tengo ninguna duda de que lo organizarás todo de la mejor manera posible.

—Bien. —Un grupo de hombres situado en la barra prorrumpió en ovaciones a grito pelado. Esperé a que se tranquilizaran antes de continuar—: Número dos: la regularidad de los encuentros entre tú y la niña. Estaba pensando en una vez a la semana.

—¿Has dicho una vez a la semana? —vociferó Richard—. Si es así, me parece perfecto. Normalmente vengo a Londres los miércoles y los jueves, como sabes, así que cualquiera de esos dos días me viene bien. Y podría quedarse conmigo en el hotel la noche del miércoles al jueves. Supongo que podría acompañarme a reuniones y eventos en los que esté trabajando.

—Supongo que sí. Tengo entendido que cuando son bebés no dan mucha lata, que se pasan todo el tiempo durmiendo.

—Genial. Compraré uno de esos portabebés. Seguramente sea mucho más práctico que un carrito en teatros y galerías de arte.

—Y cuando nazca, puedes venir al hospital a verla, aunque no sea ni miércoles ni jueves.

—Muy cordial por tu parte, Susan.

—¿Cómo dices?

—¡Cordial!

Asentí con la cabeza, di un trago a mi bebida y anoté todo lo que habíamos decidido hasta el momento. Me dolía la garganta de hablar a gritos.

—Número tres —grité—: los fines de semana. Supongo que querrás llevártela a Sussex de vez en cuando. ¿Qué te parece un fin de semana de cada cuatro?

—Un fin de semana al año me parece poco.

—Oh, por el amor de Dios, ¿puedes pedirle a algún camarero que baje la música?

Richard se ausentó un rato, pero cumplió con su misión, ya que pronto la música disminuyó hasta un volumen tolerable. En cuanto volvió a su asiento, repetí el punto número tres.

—Eso era precisamente lo que tenía yo en mente —dijo Richard—. Puedes traérmela a la estación de Waterloo cuando me toque. Y cuando sea lo suficientemente mayor para manejarse sola, ¿crees que cabría la posibilidad de que viajara sola en el tren desde Londres y que yo la recogiera en la estación de destino?

—No veo por qué no. Al fin y al cabo, es importante fomentar la independencia de los niños desde una temprana edad. Siguiente punto, el número cuatro: las vacaciones.

—Normalmente no me tomo vacaciones como tal.

—Yo tampoco, Richard, pero entiendo que los niños las disfruten.

—Bueno, pues pongamos que dos veces al año, ¿una semana en primavera y otra en otoño? Estoy deseando que conozca las capitales europeas.

—Hecho entonces. Obviamente, las fechas tendrán que coincidir con las vacaciones escolares. Lo que me lleva al punto número cinco: las decisiones respecto a la educación de la niña y demás. Estaré encantada de escuchar tu opinión al respecto, pero, como tutora principal, las decisiones finales serán siempre mías.

—Si se tratara de otra persona, Susan, puede que tuviera algo que objetar, pero sé que tu perspectiva en tales asuntos no difiere de la mía, así que no tengo problema en acceder a ello.

—Y, por último, el punto número seis: la cuestión económica, en la que hasta el momento no hemos estado muy de acuerdo. No me agrada la idea de aceptar tu dinero, pero sé que deseas desesperadamente contribuir en este aspecto. He decidido que podemos llegar a un arreglo. Cada mes, pormenorizaré la cantidad exacta de dinero que me he gastado en la niña, ya sea en comida, ropa, libros, etc. Dejaré que me pagues el cincuenta por ciento del total, ni un penique más. Y sobra decir que bajo ningún concepto aceptaré ningún dinero para mí misma. No deseo estar en deuda contigo moralmente.

—Lo entiendo y lo acepto.

—Por mi parte creo —dije terminando de un trago lo que me quedaba de mi gaseosa con lima— que ya hemos cubierto todas las cuestiones.

—He de decir que creo que debemos estar orgullosos de haber llevado a cabo la tarea en términos tan amistosos. Hay quien habría hecho una montaña de todo esto, pero los dos somos personas demasiado sensatas y pragmáticas como para irnos por las ramas. Estoy deseando poner el plan en práctica. ¿Cuánto te falta, seis semanas?

—Cinco semanas y dos días.

—Mejor me lo pones. Sin embargo, antes de que nos marchemos, me gustaría señalar que nos queda un tema pendiente —dijo Richard—. Ese que dejamos en el aire la última vez que nos vimos, la cuestión del matrimonio.

—Richard, agradezco tu oferta, pero, asumámoslo, ninguno de nosotros tuvo nunca algo así en mente. Nuestra relación era como una aventura: las salidas nocturnas, las noches de hotel, la novedad de nuestra rutina. Y como ocurre con las aventuras, que los involucrados normalmente no tienen intención de abandonar a sus cónyuges, estoy bastante segura de que ninguno de los dos jamás imaginó que pasaríamos el resto de nuestras vidas juntos.

—Quizá tu falta de entusiasmo esté justificada —dijo—. Lo he estado pensando más detenidamente en las últimas semanas. Mi objetivo siempre ha sido hacer lo correcto, y si tú habías cambiado de parecer y pensabas que casarnos era una opción interesante, entonces habría estado encantado de complacerte. Pero debo admitir que no tengo claro que se me fuera a dar demasiado bien la parte de estar casados que supone vivir juntos a largo plazo. Tengo mi forma de hacer las cosas, mis manías, igual que tú, y no sé cómo se me daría encajar en las rutinas y hábitos de otra persona. Mantengo mi proposición, por supuesto, pero si estás decidida a rechazarla, lo entiendo completamente.

—Quédate tranquilo, Richard. Si nos casáramos sería un completo desastre. No tengo ninguna intención de aceptar tu proposición.

—Vale, zanjemos el tema en ese frente, pues. Ha sido una tarde la mar de productiva. En mi fuero interno sabía que tú pensabas lo mismo que yo a ese respecto. Ninguno de los dos jamás seremos capaces de establecernos y convivir con una pareja. Estamos muy hechos a nuestra forma de ser.

Supongo que me costaría estar en desacuerdo.

Febrero

# 22

—¿Qué estamos buscando? —preguntó Kate cogiendo el paquete de pósits que le había lanzado por encima de la mesa de la cocina.

—Cualquier referencia relacionada con la salud mental, aunque sea breve o parezca poco importante —respondí—. Confusión, pérdida de memoria, ansiedad, depresión... También subraya la medicación prescrita. Utiliza las notas rosas para los síntomas, las amarillas para diagnósticos y las verdes para tratamientos.

—Espera un momento, que lo voy a anotar.

Esperaba no haber cometido un error al permitir que Kate me ayudara. Estaba haciendo un máster en una materia pseudocientífica, así que era imposible que careciera de todo sentido de la lógica. La cuestión era que desde que me habían dado de alta en el hospital, no había tocado el historial médico de mi madre, que había descansado todo este tiempo sobre el cofre de sus cenizas, a la espera de que yo tomara la iniciativa. Me sentía superada por todo, incluso los esfuerzos mentales. A principios de mes, no obstante, había decidido coger el toro por los cuernos. Había recibido por correo postal las defensas en respuesta a mi demanda: una por parte del señor Brinkworth y la otra de un bufete que representaba a Edward. Los documentos judiciales no contenían nada que no supiera ya, prácticamente se limitaban a negar mis acusaciones, pero sabía que había llegado el momento de reunir pruebas. Cuando le dije a Kate a lo que tenía pensado dedicar el fin de semana, se ofreció a echarme una mano; aunque sospecho que sus motivos estaban más bien relacionados con posponer la redacción de un trabajo que tenía pendiente y no tanto con ayudarme.

—Nuestra campaña contra el cierre del grupo de mamás y bebés va viento en popa —dijo Kate mientras ojeaba la primera hoja de su montón—. La gente de la zona nos ha apoyado muchísimo, sobre todo los padres y abuelos.

—Fascinante —dije—, pero creo que deberíamos concentrarnos más y charlar menos.

—A sus órdenes, jefa.

Kate estaba echando un vistazo a las notas relacionadas con el primer ingreso hospitalario de mi madre, dos años antes del ictus. Después de pasar un par de páginas, levantó la vista.

—Dice aquí que tuvo un AIT, ¿qué quiere decir eso?

Eché mano de mi portátil y lo busqué.

—Significa «ataque isquémico transitorio» —dije—. Es el término médico para miniictus. Sufrió una parálisis temporal de un lado del cuerpo, y arrastraba las palabras al hablar. No duró más de unas pocas horas. Ni siquiera me molesté en ir a verla, porque para cuando me dieron la noticia, ya estaba recuperada. O eso me dijo.

—¿No quisiste acercarte a comprobarlo?

—No me pareció que tuviera sentido. Me creí lo que me contaron.

En aquel momento pensé que estaba haciendo lo correcto, estaba segura. Si mi madre hubiera querido verme después de ese miniictus, lo habría dicho, ¿no? Sin embargo, mientras se lo contaba a Kate me sentí…, no culpable exactamente, pero quizá un poco avergonzada. Estaba empezando a preguntarme si, quizá, las decisiones racionales no son siempre las mejores. Seguimos con la lectura de la documentación.

—Dice que la imagen por resonancia magnética mostró un pequeño coágulo de sangre, que había causado la interrupción temporal del suministro de oxígeno al cerebro —dijo Kate—. Le recetaron un medicamento llamado «clopidogrel».

Volví a consultar el portátil.

—Se trata de un «antigregante plaquetario», un fármaco que evita que se creen coágulos de sangre. Es preventivo; si una persona padece un miniictus, el riesgo de padecer un ictus más grave aumenta. —Eché un vistazo a los efectos secundarios, pero no encontré nada que pudiera haber afectado a las capacidades de mi madre.

—En cualquier caso, parece que solo lo tomó durante unas semanas —intervino Kate—. Dijo en el ambulatorio que estaba sufriendo dolores de cabeza y quería dejar de tomarlo. Lo sustituyeron por pequeñas dosis de aspirina.

—¿Algún otro fármaco? —le pregunté.

—No parece. Las notas dicen que los médicos estaban satisfechos con su recuperación. Le dieron el alta y la remitieron al médico de cabecera para que continuara con el seguimiento.

El montón de documentos del historial que yo examinaba estaba relacionado con el segundo ictus de mi madre, el más grave. Empezaba relatando el ingreso de urgencia en el hospital después de lo ocurrido en la iglesia. Había páginas y páginas de datos: observaciones clínicas, mediciones de tensión y de temperatura, electrocardiogramas, resultados de análisis de sangre y citología, registro de medicación administrada. También había informes de TAC y resonancia magnética. Las notas decían que mi madre había sufrido un «accidente cerebrovascular isquémico en el hemisferio izquierdo» provocado, de nuevo, por un coágulo sanguíneo, esta vez más grande. Lo habían tratado con un fármaco llamado «activador del plasminógeno tisular» para deshacer el coágulo, y le habían vuelto a administrar la medicación antiplaquetaria, además de warfarina para diluir su sangre y betabloqueadores para reducir la presión arterial alta. Había un montón de terminología médica, de la que solo entendía parte, la mayoría tendría que consultarla más tarde. Quería encontrar algo más jugoso.

Los médicos mencionaban que mi madre estaba respondiendo bien al tratamiento; en apenas unos días empezó a recuperar la movilidad de su mano derecha y poseía suficiente control de la voz como para hacerse entender. Esto se correspondía con lo que yo recordaba; mi madre parecía estar recuperándose realmente bien del ictus, de hecho, incluso regresé a Londres antes de que le dieran el alta. Al fin y al cabo, la tía Sylvia y Edward iban a visitarla cada día, y a mí seguramente se me estaba amontonando el trabajo atrasado en la mesa de la oficina. Y recuerdo que Richard tenía entradas para un concierto en el Barbican al que me apetecía mucho asistir. A pesar de las innumerables razones por las que creía que tenía más sentido regresar a Londres, debo admitir que ahora me cuestiono si quizá debería haber esperado a que le dieran el alta a mamá; quizá no debería haber dado por hecho que su recuperación sería tan rápida y completa como la vez anterior.

Me centré a continuación en las notas de pacientes ambulatorios, relacionadas con las citas de seguimiento de mi madre en el hospital después de que le dieran el alta. Las primeras páginas versaban sobre cuestiones físicas: las habituales comprobaciones de la presión arterial y frecuencia cardiaca, y la relación de la medicación prescrita y cómo le estaba sentando. A continuación llegué a una página con notas mucho más detalladas. La cosa empezaba a ponerse interesante. Mi madre informó al médico de que ahora le molestaban minucias que hasta entonces no le afectaban, como que el gato de los vecinos de al lado se colara en su jardín para hacer sus necesidades, o que el lechero le dejara la leche del día después de haber terminado de desayunar. Aunque sabía que estaba dándole demasiada importancia a todas aquellas cuestiones, para ella estaban resultando absolutamente intolerables. También le contó al médico que no hacía más que olvidar dónde dejaba algunas cosas, como las llaves, el bolso, la agenda…, que a veces no sabía qué día era o qué se suponía que debía hacer. Todo ello hacía que se sintiera estúpida y furiosa consigo misma. Estaba decidida a no permitir que nadie supiera lo que le estaba sucediendo, y estaba segura de que lo estaba consiguiendo gracias a que redactaba listas detalladas de todo y recordatorios para ella misma. Sin embargo, toda aquella pantomima la dejaba agotada. Decía que tenía el ánimo por los suelos. Las notas del hospital dejaban constancia de que mi madre había sido remitida a un neurólogo y a un psiquiatra para que llevaran a cabo las pruebas y evaluaciones necesarias. Cuando se hubieron completado, le dieron un diagnóstico: demencia vascular.

—Oh, no —exclamé—. Dios mío.

—¿Qué has encontrado? —preguntó Kate levantando la vista de la última hoja de su montón, sorprendida.

—Demencia. Mi madre padecía algo llamado «demencia vascular».

—Eso es un poco más grave que una mera «confusión». ¿No te lo dijo? ¿No te diste cuenta?

—Sabía que algo no marchaba bien, pero lo supo ocultar muy bien. Solo la visité un par de ocasiones más después del ictus, así que no fui testigo de los síntomas. No creo que mi tía lo supiera tampoco, y eso que ella la visitaba con regularidad. Pobre mamá.

Nos quedamos en silencio durante un momento.

—La parte positiva, sin ánimo de parecer insensible —dijo Kate—, es que es fantástico para argumentar tu caso, ¿no? Es decir, sobra decir que no es fantástico que ella tuviera demencia, pero no puedes cambiar el pasado; la padecía y punto. Debes sentirte satisfecha, estabas en lo cierto.

—Supongo. —Kate tenía razón. Aquello era exactamente lo que estaba desesperada por encontrar. No obstante, curiosamente, satisfacción no era lo que se me venía a la cabeza en primera instancia.

—Si me lo hubiera contado en su momento, la habría visitado

con más frecuencia. Podía haberla ayudado, haberla protegido de Edward.

Kate no me estaba prestando atención; se había volcado en la investigación.

—Estoy buscando eso de «demencia vascular» —dijo—. Dice que entre los síntomas destacan lentitud de pensamiento y dificultad para hacer planes. También dice que no existe un tratamiento específico. ¿Qué recomendaciones le dio el hospital?

Volví sobre las notas.

—Dice que le prescribieron antidepresivos, aparte del resto de fármacos que ya estaba tomando. También le aconsejaron que realizara algunos cambios en su estilo de vida y la remitieron a terapia ocupacional para ayudarla a gestionar actividades del día a día. Supongo que de esta forma también aprendió a disfrazar su estado.

Pasé a la siguiente página. Esta incluía un plan de cuidados. Las notas mencionaban que se había llevado a cabo una reunión a la que habían asistido mi madre y Edward. Mi hermano había aceptado el rol de cuidador principal y, en consecuencia, no se había gestionado ningún otro tipo de apoyo o asistencia doméstica externa. Informaron a mi madre de que podía solicitar una subvención estatal para pagar a Edward por sus servicios de cuidador, y ella dijo que ya había iniciado el trámite.

Seguí examinando el resto de los documentos. Más de lo mismo: revisión de la medicación, comentarios acerca de problemas de memoria y de planificación, más pruebas y valoraciones. Los médicos le dijeron a mi madre que su condición parecía mantenerse estable de momento, pero que debía continuar tomando su medicación regularmente ya que cualquier coágulo podría agravar su situación. A menudo se dejaba constancia en el informe que Edward acudía con mi madre a consulta. Ahí estaba. Ahora tenía pruebas, no solo de que mi madre padecía una enfermedad que podía haber afectado a sus capacidades a la hora de redactar un testamento, sino que Edward era perfectamente consciente de ello.

De hecho, se había estado beneficiando económicamente de la necesidad de asistencia de mi madre. Podía entender las razones de mi madre para no compartir conmigo el diagnóstico. Era una mujer orgullosa; seguramente no querría que la gente sintiera lástima por ella. Pero ¿por qué Edward me lo habría ocultado, si no era por motivos perversos? Cuanto más pensaba en ello, la pena que sentía por el diagnóstico de mi madre se iba viendo reemplazada por ira hacia la hipocresía de Edward.

Ahora no me cabía duda de que cualquier juez declararía el testamento no válido, y que la herencia tendría que gestionarse de acuerdo a las leyes de sucesión intestada; es decir, que la casa se pondría a la venta de inmediato y que los beneficios se dividirían equitativamente entre Edward y yo. Parecía que el asunto estaba tocando a su fin, pero no me sentía todo lo feliz que cabría esperar.


La semana siguiente, durante mi descanso para almorzar, fui a ver a Brigid a su bufete en Lincoln's Inn. Su ubicación en el ático del edificio era del tamaño de un cuartucho de la limpieza, y se accedía a él a través de un tramo de escaleras empinado y serpenteante. Decir que completar la subida en mi avanzado estado de gestación me resultó bastante difícil era quedarse corto; y para Brigid, dada su constitución, tampoco sería moco de pavo. Su escritorio estaba repleto de cosas, y no solo de informes y archivos, sino también de macetas con plantas marchitas, tazas de café sucias, envoltorios de sándwiches y recibos de compras. Me recordó mucho al aspecto de su habitación en nuestro piso de estudiantes.

—Y bien, ¿qué me has traído? —preguntó Brigid mientras hacía sitio en el centro de la mesa ayudándose de un brazo.

Le entregué el formulario de demanda y el informe del caso junto con las dos defensas, y dedicó unos minutos a leer los documentos con detenimiento. Le expliqué lo que había descubierto en el historial médico, y le mostré las páginas más significativas.

Finalmente, le informé de que Margaret, mi tía y el párroco estaban dispuestos —en mayor o menor medida— a dar fe de que mi madre experimentaba episodios habituales de olvido y confusión.

—Dejaste pasar tu vocación, amiga. Yo siempre dije que deberías haberte dedicado a ejercer en los tribunales.

—No me habría importado lidiar con el papeleo —dije—, pero lo de tratar con la gente… eso es otro cantar.

—Y que lo digas.

Echó un vistazo a los fragmentos subrayados del historial médico.

—Estas son exactamente las pruebas que necesitas en un caso de estas características —dijo—. ¿Has oído hablar del caso Banks contra Goodfellow?

Le dije que había leído algo al respecto en mi investigación previa a presentar mi propia demanda. El caso establecía que cuando alguien hace testamento, debe ser perfectamente consciente de lo que está haciendo y sus posibles efectos; del alcance de sus bienes y de las pretensiones que deben hacerse efectivas.

—Exacto. Y la persona no puede padecer ningún trastorno mental que, y cito de memoria, «envenene sus afectos, pervierta su sentido de lo que es correcto o impida el ejercicio de sus facultades naturales». Normalmente, si un testamento parece razonable y no contiene irregularidades, se da por hecho la capacidad mental. Pero en el caso de Vaughan contra Vaughan se estableció que si hay alguna prueba de confusión o pérdida de memoria, a quienes se les confía el testamento, en este caso el señor Brinkworth y tu hermano, les corresponde asegurarse de la capacidad mental de la persona en cuestión. Y otro caso dice que una disposición irracional en un testamento puede refutar dicha suposición de capacidad. Así que el historial médico combinado con el hecho de que no hay razón lógica por la que tu madre podría haber querido beneficiar a tu hermano en tu detrimento…, está todo en tu favor.

—Eso es precisamente lo que yo creía.

—Sin embargo, te recomiendo cautela —dijo Brigid—. La cuestión no es si la persona de verdad es consciente y comprende lo que hace, sino si tiene la capacidad mental para comprenderlo. Cuanto más compleja sea la herencia, más sencillo es demostrar la falta de capacidad. El hecho de que sea un testamento sencillo con solo dos beneficiarios implicados no te ayuda demasiado.

—Pero debido a la demencia vascular, lo más probable es que no fuera capaz de comprender las implicaciones asociadas al papel del usufructuario.

—Eso es en lo que yo me centraría.

—Y luego está la influencia indebida.

—Ah, sí, las tácticas intimidatorias. Ya sabes que nunca he estado muy a favor de echar mano de esa estrategia. La influencia indebida requiere coacción; la persona fallecida debe haber sido presionada para hacer un testamento que no quería hacer. En tu favor: la cantidad de coacción necesaria varía en función de la solidez de la fuerza de voluntad, y si esta es débil debido a una determinada fragilidad mental, resulta más sencillo imponerse. El problema es que es posible ejercer influencia para que alguien haga algo sin que dicho acto vaya en contra de su voluntad. Así que si Edward se limitó a insistir a tu madre o a atosigarla para que lo nombrara usufructuario de la vivienda familiar, no tendrías caso. El tribunal no deberá albergar dudas, una vez valoradas las probabilidades, de que Edward hizo algo más que eso; que en realidad obligó a tu madre a hacer el testamento en contra de su buen juicio. Y no me has enseñado nada que lo pruebe.

Un joven letrado llamó a la puerta y asomó la cabeza. Brigid le dijo que esperara un momento.

—Así que, Susan —dijo levantándose—, te aconsejo que dejes a un lado todo eso de la influencia indebida y te centres en el tema de la capacidad mental. El historial médico junto con las declaraciones de los testigos pinta bien para tu caso. Haz que redacten y firmen las declaraciones cuanto antes y envía las pruebas a las partes implicadas. Con un poco de suerte, abandonarán su empeño antes de la vista. Te deseo lo mejor, amiga. No te olvides de hacerme partícipe del resultado.

Un par de días más tarde recibí una llamada del párroco de St. Stephen's mientras me encontraba en la oficina.

—Señorita Green. Cuánto me alegro de haber podido localizarla. He estado pensando detenidamente acerca de lo que hablamos en Nochebuena y he estado rezando mucho para obtener algo de claridad en este asunto. Finalmente, he llegado a la conclusión de que tengo un deber ético y moral para desvelar lo que su madre me reveló en confianza, ahora que ya nos ha dejado.

—Ya iba siendo hora —dije. Me había olvidado de que el párroco disponía de una supuesta información superconfidencial acerca de mi madre.

—Sí, siento que se haya alargado tanto, pero ha sido una decisión muy difícil de tomar. Al final, me ha convencido el hecho de que es algo que tendrá un impacto en usted a nivel personal, y posiblemente en cómo actúe en el futuro. Además, antes de su fallecimiento, su madre también se debatía acerca de si contárselo o no ella misma. Y creo que, en última instancia, habría terminado por hacerlo, de modo que tales consideraciones pesan más que mi deber de confidencialidad hacia su difunta madre.

—Vale. Estoy segura de que Dios estará de acuerdo con su razonamiento. ¿De qué se trata?

—Bueno, me temo que no es el tipo de cosa que deba contarse por teléfono. Venga a verme a la sacristía y se lo explicaré todo.

—¿Es usted consciente de que vivo a más de ciento cincuenta kilómetros de distancia y que estoy de ocho meses?

—Sí, señorita Green, me hago cargo, y lamento ocasionarle tantas molestias, especialmente en su avanzado estado de gestación, pero estoy seguro de que si su madre supiera que estoy a punto de contárselo, habría querido que lo hiciera en persona.

Al fin y al cabo llevaba unos días planeando otro viaje a las

Midlands; ya tenía las declaraciones de los testigos para el párroco, Margaret y la tía Sylvia, y quería supervisar su firma personalmente.

—De acuerdo. ¿Cómo le viene el próximo viernes por la tarde? —pregunté.

—Perfecto. —Se hizo una pausa—. Quizá quiera venir acompañada de algún amigo o familiar de apoyo.

# 23

Kate subió al desván ubicado encima de su apartamento mientras yo me encargaba de sujetar la escalera y frustraba los intentos de Ava y Noah de seguir a su madre. Unos instantes más tarde, reapareció con una abultada bolsa de viaje llena de ropa de recién nacido, que me tendió.

—Mételo todo en la lavadora y quedará como nuevo —dijo Kate volviendo a adentrarse en el desván. Luego bajó un moisés, una bolsa de plástico negra llena de ropa de cama y una sillita para bebés para el coche—. No necesitas mucho más para empezar, salvo un paquete de pañales.

—¿Pero dónde voy a meter yo todo esto?

—Ya te apañarás. Piensa que tu apartamento se ha convertido en Tardis; te sorprenderá la de cosas que puedes meter dentro.

Ofrecí pagarle por los artículos, pero se negó.

—Los volveremos a subir cuando ya no los necesites. Quién sabe, lo mismo alguna de las dos los vuelve a necesitar en un futuro.

—Qué graciosa.

Aquella noche abrí la bolsa y esparcí el contenido en el suelo de la sala de estar: bodis, camisetas, cárdigans, chaquetitas, gorritos y guantes. Todo era increíblemente pequeño, y me recordó a la ropa que tenía para la muñeca Nenuco cuando era pequeña. La llevaba a todas partes conmigo, desde el día que me la regalaron en mi tercer cumpleaños hasta que, cinco años después, desapareció de mi habitación misteriosamente cuando había salido con mi madre a hacer compras navideñas. Dijo que seguramente me la había llevado y había olvidado dónde la había dejado. Pero yo lo dudaba. Edward me miró con una expresión complaciente cuando regresamos a casa, agotadas de abrirnos paso entre la multitud de las calles atestadas del centro. No entendí hasta más tarde el porqué. No tenía pruebas, y mi madre se enfureció cuando lo acusé de haber hecho desaparecer mi muñeca.

—Yo no pondría la mano en el fuego por ese mocoso —había dicho mi padre arrastrando las palabras—. En esta casa se libra de todo.


Mientras recogía la ropita de bebé sonó el teléfono. Miré la pantalla, era Rob. No había tenido noticias suyas en casi un mes. Inexplicablemente experimenté una sensación de agitación cuando extendí la mano para atender la llamada. Lo cogí justo en el último segundo antes de que saltara el contestador.

—Hola.

—Susan, cuánto me alegro de oír tu voz. Parece que hace mil años que no hablamos.

—Sí, supongo que sí.

—Se me ha pasado el tiempo volando, he estado muy liado.

—Entiendo.

—Todo ha salido a pedir de boca, Susan. Me lo he pasado genial. Al principio la situación con Alison resultó un poco incómoda. Me tanteaba para asegurarse de que había cambiado de verdad y de que no seguía siendo el mismo capullo de hace veintitantos años. Finalmente debí de convencerla. Decidió que pediría unos días en el trabajo para hacerme un *tour* por Edimburgo, presentarme a sus padres y a sus otros dos hijos. Uno está en la universidad en la ciudad y el otro está de becario en una ebanistería de la zona.

—Suena genial.

—Lo fue. Todo el mundo ha sido superamable; nada que ver con cuando me puse en contacto con su familia hace ya tantos años. Todo lo pasado ha sido olvidado y perdonado. Supongo que me ha venido bien que ahora otra persona encarne al villano: el exmarido de Alison. Supongo que, en comparación, yo no soy tan malo.

—Supongo que habrás conocido a tu hijo.

—Al final sí. Se está doctorando en la Universidad de Liverpool. Alison sugirió que fuéramos juntos a verle, así podría presentarnos, así que después de una semana en Edimburgo cogimos el coche y fuimos para allá. No puedo describir cómo fue; decir que fue el mejor día de mi vida es quedarse corto. Aunque no estaba mentalmente preparado para conocerlo. Racionalmente, sabía que era un hombre hecho y derecho de veintitrés años, pero en mi subconsciente lo veía como a un niño. De hecho, era tan alto como yo, puede que incluso un poco más, y más fornido. Y tenía una barba poblada. Es un tío estupendo; Alison ha hecho un trabajo estupendo.

—Me alegro de que hayáis congeniado.

—Fue más que eso. No lo describiría como una relación de padre e hijo. Y no espero que llegue a ser así nunca, después de tantos años. Pero desde luego que se creó un vínculo entre nosotros. Alison se quedó unos días con nosotros en Liverpool, luego regresó a Edimburgo, pero James insistió en que me quedara. En su apartamento de alquiler tiene una habitación para invitados, y me la ofreció. Estuvo genial salir con él por ahí. Visitamos la casa de la infancia de John Lennon, hicimos el *tour* de los Beatles, cogimos el ferri del Mersey. Luego le dije que me encantaría enseñarle Birmingham, así que vino unos días y se quedó conmigo en casa. Le llevé a donde nos conocimos su madre y yo, y a algún que otro garito. Se marchó esta mañana. Vamos a intentar vernos con cierta regularidad.

—Supongo que también empezarás a ver más a menudo a Alison, ahora que estáis de nuevo juntos.

Se rio.

—En realidad no estamos juntos.

«No están juntos», pensé. «No están juntos».

—Cuánto lo siento. Debes de estar muy decepcionado.

—Qué va. Cuando por fin nos vimos, me di cuenta de inmediato de lo ridículo de la idea. Había idealizado cómo era Alison y cómo era nuestra relación, como de color de rosa; nunca ha sido así, ni entonces ni ahora. Creo que es estupenda, congeniamos genial y ha sido amigable y divertida, quizá si hubiera querido intentar algo más ella habría estado interesada, o quizá no. Pero, a mi parecer, no había chispa entre nosotros. Es un poco locura que me haya pasado todo este tiempo obsesionado con una persona que en realidad nunca ha existido fuera de mi imaginación. He sido un imbécil. Alison y yo seguiremos siendo amigos, eso sí. Tenemos a James en común, y los dos somos una parte importante del pasado del otro, pero ella no forma parte de mi futuro. He estado pensando un montón en estas últimas semanas y siento no haberte llamado en tanto tiempo. He estado como en una burbuja, como si la vida real estuviera en pausa. Pero pienso compensártelo.

—No hace falta.

—Yo creo que sí. —Hizo una pausa—. En fin —continuó—, cuéntame qué has estado haciendo.

—He estado muy liada con papeleo preparando el proceso judicial —le dije dándome cuenta de que me relajaba y me dejaba llevar por la conversación. Le expliqué lo que había descubierto en el historial médico de mi madre. Se sorprendió; Edward jamás le había mencionado nada relacionado con el diagnóstico de demencia vascular de mi madre. Respecto a Edward, Rob me dijo que se habían distanciado. Mi hermano se enteró de que habíamos ido juntos a la fiesta de Nochevieja; dijo que Rob era un espía y un bastardo traicionero que lo había apuñalado por la espalda. No pude evitar sonreír. Le hablé a Rob del susto que me había llevado con el embarazo y que había estado ingresada. Me dijo que ojalá Kate le hubiera llamado para que hubiera podido ir a visitarme. Lamentó mucho no haber estado cerca para darme todo su apoyo.

La conversación debió de durar cerca de una hora, aunque no estaba pendiente del reloj. Cuando ya íbamos a despedirnos, dejé caer por casualidad que tenía pensado viajar a las Midlands en tren el viernes para reunirme con el párroco y organizar la firma de las declaraciones de los testigos.

—Perfecto. Te iré a buscar a la estación y te llevaré a donde necesites ir.

Rechacé su oferta, quizá no todo lo tajantemente que debería, pero se mantuvo firme.

—Necesitas que alguien te acompañe —dijo—, y más después del susto y del ingreso en el hospital. No deberías estar sola si algo así vuelve a ocurrirte.

Debo admitir que me alegró que insistiera; además, así me ahorraría tiempo y dinero en taxis.


Durante el viaje a Birmingham me sentí extrañamente nerviosa e inquieta. No era capaz de identificar el motivo; quizá se debiera a la ansiedad de reunirme con el párroco o por ver a Rob, pero en ningún caso tenía sentido. Intenté concentrarme en el libro para educar a bebés que había comprado la semana anterior. Sin embargo, me di cuenta de que me había estancado en un párrafo. Kate me dijo que pasara del libro, que una no podía educar a un bebé como si fuera un chimpancé, que simplemente tenías que hacer lo que «te dicta tu instinto». Esa era su opinión, pero ¿y si yo carecía de ese «instinto»? Un pensamiento totalmente sin fundamento; por supuesto que sabré qué hacer.

Nada más cruzar con cierta dificultad el torno de la estación de New Street, lo vi antes de que él me viera a mí. Estaba examinando el monitor informativo de «Llegadas» y ojeando su reloj de pulsera. Experimenté una especie de sacudida de reconocimiento; no tenía nada que ver con su aspecto, era otra cosa. La sensación me recordó a cuando de pequeña abrías la puerta de casa después de haber estado mucho tiempo fuera; un sentimiento mezcla de reencuentro con algo familiar y, a la vez, completamente nuevo. Por fin, Rob me vio y se acercó. Cuando llegó a mi altura se detuvo, dudó, y luego pareció decidirse. Yo respondí a su saludo. Confieso que incluso enterré mi rostro en su chaqueta de trabajo y él hizo lo propio en mi pelo. Habíamos cruzado una línea. Totalmente ridículo, lo sé. Me siento patética con solo recordarlo. No tengo ni idea de la pinta que debíamos de tener: una mujer menuda en avanzado estado de gestación perfectamente arreglada y un hombre alto, de cabello revuelto, vestido con ropa de trabajo. La razón me había abandonado.

Me sorprendió descubrir que Rob había limpiado la furgoneta, por dentro y por fuera. Incluso había cubierto el mugriento asiento delantero con una esterilla y colgado un ambientador. No es que fuera un glamuroso servicio de limusina, pero sin duda había mejorado desde la última vez. De camino me contó que últimamente el trabajo estaba muy parado, que siempre pasaba en invierno. Mientras había estado fuera, en Edimburgo y Liverpool, Billy se había quedado a cargo de supervisar la reforma de su casa. Ahora casi estaba terminada y pensó que podría venderla y sacar una buena tajada. Casualmente, un amigo suyo, dueño de una próspera empresa de paisajismo de Londres, le había llamado para decirle que estaba recibiendo más encargos de los que podía gestionar y le había preguntado a Rob qué le parecería unir esfuerzos. Rob pensó que se trataba de una propuesta inteligente; el nicho de clientes potenciales al sur era más amplio, y no había nada que lo atara a Birmingham. Era como si estuviera esperando mi aprobación. No sé por qué. Le dije que sus asuntos empresariales y domésticos no eran de mi incumbencia.

—Puede que tengas razón, pero conocer tu opinión me ayudaría a decidirme.

Rob siguió esbozando sus planes en desarrollo y no dejó de hacerlo hasta que llegamos al pórtico de la iglesia de St. Stephen's.

Salió de la furgoneta y vino hasta mi puerta para ayudarme a bajar.

—¿Quieres que entre contigo? —me preguntó—. Por darte apoyo moral.

—No, no creo que me entretenga mucho. Espérame aquí.


Rob estaba en el cementerio examinando las lápidas cuando abrí la puerta de la iglesia de un golpetazo y enfilé como una exhalación el camino de acceso después de unos minutos. Él atajó por el césped húmedo y me alcanzó en el pórtico.

—Uno listo, solo quedan dos —dijo después de que me subiera a la furgoneta.

No respondí, simplemente me quedé mirando al frente, ida.

—Susan, ¿te encuentras bien? ¿Quieres que te lleve a casa de Margaret?

Una pausa.

—Creo que mejor lo dejamos para otra ocasión.

—Tú mandas. ¿Vamos directamente entonces a casa de tu tía?

—No, no, no quiero ir a Worcester. Para nada.

—Pensaba que ibas a pasar allí la noche. ¿No te estará esperando?

—¿Me has oído Rob? —le espeté—. ¿Estás sordo o es que eres tonto? No quiero ir a casa de la tía Sylvia. No quiero ir a casa de Margaret. No quiero ir a ninguna parte.

—Venga, venga —dijo Rob intentando rodearme con sus brazos—. No sé qué te habrá dicho el maldito párroco, pero está claro que te ha disgustado. ¿Quieres que entre y le parta las piernas? —Lo aparté de mi lado y apoyé la frente en la ventanilla del copiloto—. Lo siento. Vayamos a mi casa —añadió y arrancó la furgoneta.


De camino a casa de Rob pensé en lo ocurrido durante mi reunión con el párroco. En esta ocasión hacía un frío gélido en la sacristía; el sistema de calefacción no funcionaba bien, y el anticuado radiador de dos resistencias poco podía hacer para sofocar la crudeza del mes de febrero. Nos sentamos con el abrigo y la bufanda puesta, el párroco además llevaba una gorra de *tweed* y guantes sin dedos. Empecé enseñándole la breve declaración testimonial que había redactado en su nombre, que resumía los hechos que me había narrado la última vez que nos vimos. Leyó la declaración con detenimiento, luego la dejó sobre su escritorio delante de él. Apoyó las manos con las palmas hacia abajo sobre ella.

—Lo siento, me temo que no puedo firmar este documento tal y como expone los hechos.

—¿Por qué no?

—No es que esté en desacuerdo con lo que ha escrito, pero hay una cuestión adicional que habría que incluir si quiero testificar en este caso.

—¿De qué se trata?

—Lo mejor será que vaya directo al grano. Susan, su madre tenía el ánimo por los suelos en los últimos meses de su vida. Había estado guardando un secreto. Se temía que pronto se reuniría con su creador, y sufría al pensar si debía o no decirle a usted la verdad. Me gustaría preguntarle, ¿ha visto alguna vez su partida de nacimiento?

—No —respondí—. Mi madre la perdió hace años. —Nunca me preocupé por hacerme con una copia. Supongo que no me habría quedado más remedio en caso de querer solicitar el permiso de conducir, o un pasaporte, pero nunca me dio por ahí—. ¿Qué tiene eso que ver con la cuestión que nos ocupa?

—Su madre no perdió su partida de nacimiento. La ocultó.

—¿Y por qué demonios habría de hacer una cosa así?

—No quería que la encontrara, porque si se daba el caso, averiguaría que Patricia no era su madre biológica. Querida, lamento muchísimo decirle esto, pero sus padres la adoptaron cuando tenía unas pocas semanas de edad.

—Ja, pues sí que estaba perdiendo la cabeza —dije—. ¿De verdad pensaba que no me había parido?

—No era un delirio. Ella y yo hablamos largo y tendido del asunto, del dilema moral de mantener el secreto y del dolor que le causaría a usted conocer la verdad. La historia que me contó era demasiado convincente y plausible como para ser producto de su imaginación. Entiendo que debe ser toda una conmoción para usted.

—No puede ser verdad. Me está usted mintiendo. De ser adoptada lo habría sabido, lo habría sentido. Todo el mundo dice que me parezco mucho a mis padres. ¿Qué pruebas hay? ¿Debo fiarme exclusivamente de su palabra? Por el amor de Dios, lo mismo se lo está usted inventando todo.

—Si le cuesta aceptarlo, y lo entiendo perfectamente, le sugiero que eche un vistazo a su partida de nacimiento. Su madre me dijo dónde la guardaba. Creo que quizá se estuviera preparando para esta situación.

—Y bien, ¿dónde la guardaba?

—En su joyero. La tapa del fondo está suelta. La escondió debajo. Lo siento muchísimo, de verdad.

—Y más que debería sentirlo, ¿cómo tiene la desfachatez de inventarse tales cuentos sin tan siquiera tener una sola prueba? Es indigno de usted y de todo lo que representa. Pienso presentar una queja formal al obispo o al sínodo o a quien sea.

Recogí la declaración sin firmar, que seguía sobre el escritorio, frente al párroco, y me marché.


Al entrar en el vestíbulo de casa de Rob, primero me golpeó el ambiente cálido —más que bienvenido después de la gélida sacristía y la furgoneta y sus condenadas corrientes de aire—; y, a continuación, me llegó el olor a pintura, barniz y pegamento para papel pintado. El lugar había pasado de ser un cascarón desnudo a algo que parecía un hogar.

—Tengo que hacer una llamada —le dije a Rob tendiéndole mi abrigo.

—Puedes hacerla en el salón. Pondré agua a hervir.

El móvil de Kate sonó por lo menos una docena de veces hasta que por fin respondió.

—Necesito que me hagas un favor —le dije—. ¿Puedes utilizar mi llave de repuesto para entrar en mi piso y coger el joyero de mi madre? Está en el último estante de la librería.

—Claro. Espera un momento.

Escuché el tintineo de unas llaves, las pisadas en las escaleras, el sonido de la cerradura al abrirse y el pitido de la alarma antirrobo siendo desactivada.

—Vale, lo tengo. ¿Qué quieres que haga con él?

—Saca el divisor superior, vacía el fondo y dime a ver si la tapa inferior está suelta.

Me llegó el ruido de Kate revolviendo en el joyero.

—Sí, efectivamente. Hay un trozo de papel doblado debajo. Parece una partida de nacimiento.

El corazón parecía que se me iba a salir del pecho y tenía las manos empapadas en sudor. Por un momento pensé que se me iba a caer el teléfono.

—¿Puedes desdoblarlo y leerme los nombres del bebé, la madre y el padre?

—El bebé es Susan Mary Green. Anda, es tu partida de nacimiento. El nombre de la madre es Sylvia Grainger. Y el apartado de «Nombre del padre» está en blanco. ¿De qué va todo esto, Susan? ¿Estás bien?

—Gracias por ayudarme —dije—. ¿Puedes volver a dejar todo como estaba y cerrar con llave la puerta cuando salgas de mi casa?

Colgué el teléfono. Se me revolvió el estómago y la habitación empezó a dar vueltas a mi alrededor, a diluirse, como si fueran acuarelas en un lienzo fundiéndose unas con otras. Me dejé caer en un sillón y me incliné hacia delante con los codos apoyados en las rodillas y la cabeza entre mis manos.

\* \* \*

Todo empezó a recuperar su forma en cuanto Rob entró en la habitación con una bandeja en la que llevaba una tetera de acero inoxidable, tazones desparejados y un paquetito de galletitas integrales de chocolate.

—Esto hará que te encuentres mejor —dijo mientras dejaba la bandeja en una mesa baja de centro. Me miró y entonces supo que no era verdad.

—¿Quieres que hablemos?

—No me encuentro demasiado bien. ¿Podría echarme en algún sitio? Solo un ratito.

—No estás de parto, ¿verdad?

—No, no tiene nada que ver. Solo necesito descansar un poco.

Me guio al piso de arriba mientras me decía que por ahora no tenía más que una cama, pero que no había problema en que la utilizara. El dormitorio era austero; había sido decorado recientemente y todavía no estaba muy personalizado. El único indicativo de que alguien ocupaba aquel dormitorio era el montón de libros sobre horticultura que descansaban sobre la mesita de noche. Después de retirar la colcha, Rob me ayudó a quitarme los zapatos.

—Llamaré a tu tía y le diré que no vas a ir. Debo de tener su número en alguna parte, de cuando me pidió que me encargara de su jardín. Duerme cuanto quieras. Yo estoy abajo por si me necesitas.

Cerré los ojos, pero el martilleo de mi cabeza me impedía descansar. Mi tía era mi madre y mi madre, mi tía; mi padre no tenía ningún parentesco conmigo. Era prácticamente imposible de asimilar. Intenté encontrarle sentido. La tía Sylvia tenía quince años menos que mi madre, así que debía de tener unos diecisiete cuando me concibió. Eso fue unos cuantos años antes de casarse con el tío Frank. Mi madre tendría unos treinta, y llevaba casada con mi padre seis años. No podía comprender cómo la tía Sylvia pudo deshacerse de su bebé. Un bebé que había llevado en su vientre, como yo llevo el mío. Tampoco podía entender cómo mis padres

314

habían decidido adoptar a la hija de otra persona. ¿Y por qué tanto secretismo? Nunca me dio la sensación de que la relación que tenía cualquiera de ellos conmigo fuera otra que la que yo pensaba. La tía Sylvia nos visitaba con una regularidad irritante, pero tenía una relación muy estrecha con su hermana. Y a ella siempre le ha interesado saber qué hacía yo, aunque siempre di por hecho que era una muestra más de su naturaleza cotilla. La tía Sylvia: tontita, superficial, egocéntrica. El mero pensamiento de que yo era su hija me dejaba de piedra. Mi niñez, todo lo que me habían dicho o hecho, todo lo que había experimentado o sentido, se basaba en una gran mentira.

Una hora más tarde, más o menos, bajé al piso inferior. Ya había oscurecido; las cortinas estaban echadas, las lámparas encendidas y se escuchaba el chisporroteo de la chimenea de gas que estaba prendida. Escuché el sonido de una radio procedente de la cocina, donde encontré a Rob sentado a la mesa leyendo el periódico local. Se puso de pie en cuanto entré y me preguntó cómo me encontraba. Me disculpé por mi extraño comportamiento. Le expliqué que el párroco me había desvelado cierta información acerca de mi madre que me había dejado conmocionada y me había disgustado. Me preguntó de nuevo si quería hablar del tema y le respondí que no.

—¿Hay algún hotel por aquí cerca? —pregunté—. Tengo que hablar un par de cosas con la tía Sylvia, y he decidido acercarme a su casa por la mañana, así que no tiene sentido que regrese a Londres esta noche.

—Ni hablar —dijo Rob—. Te quedas en casa.

La verdad es que necesitaba compañía. No estaba lista para quedarme sola. Lejos de pasar una tarde noche hogareña, todo fue muy serio. Ayudé a Rob a preparar las verduras de la receta que estaba siguiendo, luego le observé mientras cocinaba en los fogones. Compartimos una botella de vino; lo necesitaba. Cuando terminamos de comer, Rob fregó los platos de la cena y yo los sequé. Hablamos sobre nuestros proyectos laborales más recientes, acerca de cómo Birmingham había cambiado con el paso del tiempo, de las películas que habíamos visto o que nos gustaría ver… siempre evitando tocar el tema de la revelación de St. Stephen's. Hacia última hora, observé que algo se cocía en la mente de Rob. Cuando estaba a punto de subir a la cama, sacó el tema.

—¿Duermo en el sofá o compartimos la cama? Es como de un metro ochenta, de modo que hay sitio de sobra para los dos, bueno, los tres.

Tal sugerencia me pilló totalmente desprevenida. Evidentemente, si hubiera tenido algo de tiempo para pensar en ello, o hubiera estado en condiciones, no habría dudado en decirle que, decididamente, a él le tocaba dormir en el sofá.

—No sé —respondí—. Es tu casa, tú decides.

—Vale, en ese caso, compartimos la cama.

Supongo que podría haberle dicho a Rob que finalmente había decidido que prefería dormir sola, pero no lo hice. Siempre he sido una persona que condena cualquier tipo de incoherencia.

Cuando me desperté a la mañana siguiente, descubrí que su cuerpo cálido abrazaba el mío por la espalda, amoldándose a mí, y que sus brazos se cerraban sobre mi vientre. Aquello fue…, en fin, aquello no fue en absoluto molesto.

# 24

—Qué pena que no pudieras venir ayer, porque estaban Wendy y Chrissie. Se quedaron devastadas al saber que no te verían, pero tuvieron que salir a primerísima hora. Se han ido a esquiar, no recuerdo a dónde. Me suena que a algún lugar de Europa del Este, pero no lo tengo claro. El tío Frank ha ido a acompañarlas al aeropuerto, pero volverá antes de la hora del almuerzo. Rob llamó ayer para decirnos que no te encontrabas demasiado bien. Es habitual en tu estado tan avanzado si no te lo tomas con calma. Me pasó lo mismo con las gemelas. «Sylvia, deja de ir a todas partes como si no hubiera un mañana», solía decirme el tío Frank. En fin, ya sabes cómo soy, no me puedo estar quieta un minuto. Por eso conservo la figura.

Se detuvo momentáneamente al escuchar el chirrido de los neumáticos sobre la grava.

—Oh, Rob se marcha. ¿No se queda? Esperaba poder charlar con él. He visto una réplica del *David* de Miguel Ángel que creo que quedaría genial en el cenador, pero quería conocer su opinión artística. Adiós, Rob, querido, hasta luego. Susan, no sabes cuánto me alegro de que os llevéis tan bien. Es todo un partidazo. Siempre me han atraído los hombres con negocio propio. Si tuviera veinte años menos tendrías que vértelas conmigo para cazarlo.

Me soltó toda esa parrafada antes siquiera de que cruzáramos el umbral de *Wendine*, o dijéramos siquiera «hola». Aquella mañana antes de salir le expliqué a Rob que su rol de hoy era el de taxista y ya; su presencia en la reunión con mi tía sería un impedimento. Dijo que por él no había problema, que había una casa con jardín diseñada por Capability Brown en las inmediaciones, donde no le importaría perderse durante unas horas. No obstante, sin ninguna lógica aparente, mientras veía su furgoneta desaparecer por el largo camino de acceso a la casa, casi lamento no haberle dejado acompañarme. La carga del asunto que estaba a punto de discutir con mi tía me pesaba sobre los hombros. De pie en la cocina mientras esperábamos a que se hiciera el café, hice un esfuerzo monumental por parlotear con la tía Sylvia acerca del importantísimo asunto que le preocupaba en aquellos momentos: si debía o no cortarse el flequillo. Finalmente, una vez hubo considerado la cuestión desde todos los ángulos posibles, levantó la tapa de la cafetera y echó un vistazo al contenido.

—Quizá la he dejado al fuego demasiado tiempo. Esto hará que se despeje el pequeñajo también —dijo enderezándose y acariciándome la barriga con cariño.

Cogió dos tazas de porcelana con estampado floral de la alacena, sirvió el café y añadió una cucharada generosa de azúcar en una de ellas. Se detuvo con la cuchara en el aire.

—¿Azúcar, querida? Sé que yo no debería tomarlo, pero siempre he sido muy golosa, desde que era niña. «Sylvia, tú ya eres suficientemente dulce», solía decir mi padre, pero un poquitín de lo que más le gusta a una hace mucho bien.

Rechacé el ofrecimiento. Se dirigió a la nevera y regresó con una botella.

—¿Un chorrito de leche? —preguntó mientras se servía una buena cantidad en su taza.

—Solo, gracias.

—Oh, mira qué sofisticada ella.

Nos sentamos en los sofás de piel de color crema del salón, una frente a la otra. En medio, una mesa de centro con superficie acristalada de estilo Luis XIV, donde dejé la declaración que había redactado yo misma. La tía Sylvia se inclinó hacia delante, pasó a la última página y firmó sin tan siquiera pararse a leer el contenido. Le sugerí que, quizá, querría leer el documento con detenimiento, pero dijo que no hacía falta.

—A ti se te dan mejor las palabras que a mí, querida. Estoy segura de que todo está perfecto.

Me debatí con la cuestión de si, dadas las circunstancias actuales, debería igualmente pedirle a la tía Sylvia que firmara el documento. Finalmente, decidí que sí; saliera como saliera la discusión de hoy, seguía necesitando las declaraciones testimoniales para apoyar las pruebas médicas en mi caso contra Edward.

—Ahora que ya hemos zanjado este tema, cuéntame qué has estado haciendo últimamente —dijo la tía Sylvia mientras cogía su taza y pescaba con una cucharilla la cremita de la parte superior.

—Ayer fui a ver al párroco de St. Stephen's.

—Qué bien. Era un buen amigo de tu madre. Siempre lleva un aspecto impecable, incluso a pesar de esa barba suya.

—Me dijo que mamá tenía un secreto.

La tía Sylvia dejó su taza y su cucharilla sobre la mesa y empezó a quitarse pelusas de la falda.

—No me digas, querida. Me pregunto qué le llevaría a decir tal cosa. Supongo que todo el mundo tiene sus trapos sucios. Seguro que no se trataba de nada importante. Debí haber traído unas galletitas. Tengo unas deliciosas mantecadas escocesas. ¿Quieres una? —Se levantó.

—Al parecer, mamá le contó que yo era adoptada.

Yo estaba tranquila, mucho más de lo que pensé que estaría en un primer momento. Mi tía se volvió a sentar. Se empezó a sonrojar, del cuello a las mejillas.

—Estaba muy confundida últimamente; tú misma lo has dicho. Todos hemos sido testigos, ¿no?

—Sobre este tema no. Sé quién figura como mi «madre» en mi partida de nacimiento. He venido hoy porque quiero oírtelo decir.

319

—No sé de qué me estás hablando. Es decir… Ay, Susan, querida —lloró la tía Sylvia—. Madre mía, me he quedado sin palabras.

—¿Y si me cuentas la verdad? Ya va siendo hora de que lo haga alguien.

—No deberías haberte enterado así. No pensaba que Patricia conservara todavía la partida. Me dijo que la había destruido después de formalizar la adopción. ¿Cuándo la has encontrado?

—Ayer. Estaba escondida en el fondo del joyero de mamá.

—No puedo ni imaginar lo que estarás pensando.

Se levantó de nuevo, dio la vuelta a la mesa de centro y se sentó a mi lado. Intentó tomarme de las manos, pero no la dejé, entonces me alejé de ella hasta el extremo del sofá.

—No lo hagas —dije—. No me toques. Limítate a los hechos.

—Susan, quería contártelo, de verdad, desde que eras pequeña. Pero no podía, ¿sabes? Patricia era tu madre. Ella te crio como si fueras su propia hija. No quería causar problemas. Habría disgustado a toda la familia: a tu madre, tu padre, tus abuelos, al tío Frank. Y habría sido un lío para ti. Hice lo que creí que era lo mejor. Me dejé llevar por lo que me dijo que hiciera el resto.

—Entonces, ¿por qué no me lo contaste en cuanto murió mamá?

—Lo pensé, de verdad que sí. Pero estabas de luto. Y luego me enteré de que estabas embarazada. No creí que fuera buena idea que también tuvieras que pasar por esto. Y se lo habrías contado a Wendy y Chrissie. El tío Frank lo sabe, se lo conté antes de que nos casáramos. Le entraron dudas respecto a nuestro matrimonio, pero finalmente se quedó a mi lado. Voy a contárselo a las niñas en cuanto regresen del viaje. En cuanto lo asimilen van a estar encantadas con la idea de que eres su hermana.

—Me da igual que se lo digas o no; ese es tu problema. Lo único que quiero —añadí despacio y con firmeza— es que me cuentes la verdad de mi nacimiento.

Desde el vestíbulo nos llegó el sonido de un teléfono. Mi tía hizo amago de levantarse a cogerlo, pero luego lo pensó mejor.

Nos quedamos escuchándolo en silencio hasta que dejara de sonar y saltara el contestador. Finalmente se paró. La tía Sylvia se aclaró la garganta.

—Susan, querida, yo era muy joven. —Así empezó la historia de mi nacimiento—. No tenía más que diecisiete años cuando me enteré, seguía viviendo en casa de mis padres. No había pasado ni un año desde que había dejado el colegio y acababa de obtener mi primer trabajo en el departamento de corbatas de Rackhams. Todos los chicos iban tras de mí, pero nunca había llegado demasiado lejos con ellos. Salvo en una ocasión, claro. Cuando me di cuenta de que estaba embarazada, me quedé horrorizada. Me pareció que mi vida estaba arruinada. —Negó con la cabeza como queriendo apartar el recuerdo de su mente.

—Podías haber abortado, si había sido un error tan atroz —le espeté—. No tenías por qué traer al mundo a un bebé no deseado.

—No digas eso de «no deseado». No fue así. Nunca se me pasó por la cabeza interrumpir el embarazo. No es que estuviera en contra; conocía a un par de chicas que lo habían hecho y no se arrepentían, pero por alguna razón decidí de inmediato que no iba a tomar ese camino.

El bebé me oprimía la vejiga, incomodándome. Cambié de posición en el resbaladizo sofá de piel.

—Entonces, ¿por qué me diste en adopción?

La tía Sylvia se encogió de pesar.

—Cuando empezó a notarse, supe que ya no podía seguir ocultándolo. Y solo se me ocurrió recurrir a tu madre. Por aquel entonces estaba ya casada con tu padre, y vivían al otro lado de la ciudad, de modo que no nos veíamos demasiado. Quedé con ella en la cafetería Kardomah un sábado durante mi pausa para almorzar. Yo temblaba como una hoja cuando se lo conté; pensaba que se pondría hecha una furia. No olvides que ella tenía quince años más que yo, así que era más que una hermana mayor. Sin embargo, fue muy comprensiva. Me preguntó quién era el padre y si él estaba dispuesto a hacer lo correcto. Le dije que no era más que un tipo al que había conocido en un baile, que no lo había visto ni antes ni después. «Todo va a ir bien», me dijo. «Se lo explicaré todo a mamá y papá. Digan lo que digan, yo estoy de tu parte».

La tía Sylvia se levantó a por una caja dorada de pañuelos desechables de la cómoda mientras yo trataba de asimilar el hecho de que yo no era más que el resultado de un lío de una noche. Se volvió a sentar en el sofá y se secó con toquecitos las comisuras de los ojos con cuidado de no estropear el maquillaje.

—Me sentí tan culpable al contárselo a tu madre y trasladarle toda mi preocupación…, pero fue fiel a su palabra. Vino a vernos a casa al día siguiente, se sentó a la mesa con tus abuelos y se lo contó todo, como si aquello apenas tuviera importancia. Tu abuela sollozaba, y tu abuelo parecía que iba a partirme la cara. Entonces empezaron a decir cosas como «¿Y qué van a pensar los vecinos?», «¿Cómo vas a mantenerlo?», «¿Cómo vas a encontrar marido ahora?». Yo no tenía respuesta para ninguna de aquellas preguntas. Sin embargo, tu madre sí. Debió de haber estado dándole muchas vueltas. «¿Estás segura de que no tienes ningún apoyo por parte del padre?», me preguntó. «Sí», respondí. «¿A que no quieres que este bebé te arruine la vida?». «No, claro», dije. «Entonces solo hay una solución, Sylvia», me dijo. Estaba claro el derrotero que estaba tomando la conversación. «No puedo dárselo a un desconocido», le dije. «Nada de desconocidos. A Clive y a mí», dijo.

—¿Por qué habría de hacer una cosa así? Era tu problema, no el suyo. Es un sacrificio enorme, incluso para una hermana.

—A ella no le supuso ningún sacrificio. Verás, tus padres habían estado intentando tener un bebé desde la boda. Habían pasado por tres embarazos y tres abortos, uno tras otro. Tu madre sentía que se le estaba pasando el arroz; ya tenía más de treinta años y pensaba que no podría quedarse nunca embarazada y que llegara a buen término. Creo que se convenció de que todo aquello había ocurrido por una razón. Recuerdo que lo tenía todo planeado. «Sylvia puede decirle a su jefe que va a pasar una temporada con unos parientes. Tendrá que dimitir, pero con un poco de suerte la readmitirán. Puede quedarse en casa de la tía Gladys en Rhyl hasta que nazca el bebé, y luego volver como si no hubiera pasado nada. Nadie tiene por qué enterarse de nada. Y Clive y yo podemos adoptar al bebé. De esa forma se queda en la familia, y todos contentos». Tus abuelos se tranquilizaron un poco después de aquello. Dos problemas resueltos de a una, ¿entiendes? La falta de hijos de tu madre y mi embarazo imprevisto.

—Todo atado y bien atado. Ocultando el polvo bajo la alfombra.

—Nadie se molestó en pedirme opinión, querida. Todos dieron por hecho que estaba de acuerdo. Así que no me opuse; no veía otra alternativa. Pero la semana después de dar a luz, cuando tus padres se acercaron a Rhyl, pensé que no sería capaz de dejarte marchar. Eras tan bonita. Tenías los ojos de un azul clarísimo, y la pelusa que cubría tu cabecita era lo más suave que había tocado jamás. Mientras charlaban con la tía Gladys, te envolví en un chal junto con tu conejito; me había pasado todo el último mes de embarazo tejiéndolo para ti, y te acuné en mis brazos.

Mi Bunnikins. Siempre había sido mi favorito; ahora descansaba en una caja de zapatos envuelto en papel de seda en el fondo de mi armario. Y yo que creía que mamá lo había tejido para mí.

—Cuando tus padres se fueron, te llevaron con ellos. Nunca he llorado tanto en mi vida. No dejaba de repetirme que no te había perdido para siempre, que todavía podría verte siempre que quisiera. Aún podría abrazarte y hablarte, verte crecer.

La tía Sylvia resopló, respiró profundamente y me sonrió. Yo aparté la mirada y me centré en la repisa de la chimenea de mármol blanco. Estaba abarrotada de fotos enmarcadas de la tía Sylvia, el tío Frank, Wendy, Christine y los nietos. Me di cuenta de que en el extremo más cercano a donde me encontraba había un marco de plata pequeño con forma de corazón que albergaba una fotografía en blanco y negro de un recién nacido. Si hubiera sido Wendy o Christine, habría una foto exactamente igual en un marco a juego. No era el caso.

—En fin, me quedé en Rhyl un par de semanas más, hasta que me hube recuperado del parto y tenía un aspecto prácticamente normal. Todo salió tal y como tu madre había planeado. Los vecinos no sospecharon nunca nada y me readmitieron en Rackhams. Tu madre solía traerte de visita cada semana. Al principio era duro verte en sus brazos y tener que despedirme de ti una y otra vez. Pero luego supongo que me acostumbré. Te convertiste en la hija de Patricia, mi sobrina.

—Te vino de perlas —dije volviendo a mirar a mi tía. Volvió a encogerse, pero continuó con la historia.

—Fue toda una sorpresa que tu madre anunciara que estaba embarazada un año después, pero todos dimos por hecho que no llegaría a término, igual que anteriormente. Esta vez, sin embargo, consiguió mantener el embarazo hasta el final. Nunca la he visto tan feliz como el día en que nació Edward.

—Lo imagino.

—Sinceramente, a mí me comía la envidia cada vez que veía a tu madre con su pequeña familia. Al final, conocí al tío Frank y tuve a las gemelas, el resto es historia. Lo siento muchísimo, Susan. Siento que tus padres jamás te contaran la verdad. Pero te das cuenta de que nada de lo ocurrido es culpa mía, ¿verdad? Yo no hice más que obedecer a mis mayores. Ojalá las cosas hubieran sido distintas, pero te las arreglas con las cartas que te tocan. Ahora que sabes la verdad, no tendré que fingir más. Ahora eres mi niña, y siempre lo serás.

El lápiz de ojos y la máscara empezaban a formar charquitos de tinta en la comisura de los ojos de la tía Sylvia. Ella volvió a secárselos a toquecitos con un pañuelo.

—¿Y qué hay de mi padre biológico? Necesito saber todo lo que recuerdes de él.

Su expresión pasó de la pena al miedo en un segundo.

—Tendré que pensarlo y poner en orden mis recuerdos, querida. Voy un segundito al baño, vuelvo volando.

Estaba empezando a sentir claustrofobia en aquel lugar; los techos del salón parecían demasiado bajos, la moqueta demasiado gruesa y el ambiente demasiado pesado debido al aroma que despedía el difusor de fragancias situado en una mesa plegable cercana. Me levanté con esfuerzo del sofá y crucé la puerta en dirección a la galería acristalada, y miré por la ventana. El cielo era de un color gris acero y caía una leve llovizna del tipo que no parece más que neblina, pero que termina calándote en segundos. Las ramas de los árboles estaban desnudas y no había señales de vida en los empapados parterres. Observé cómo aterrizaba una urraca solitaria en la pajarera, vio que no había nada para ella allí y remontó el vuelo. Después de un rato, la tía Sylvia apareció en el umbral de la puerta con aspecto resignado.

—Voy a servirme una copita de jerez antes de continuar. Coraje. ¿Quieres una?

—No, gracias —respondí.

Cuando regresó, con una copa de cristal en la mano, sugirió que nos acomodáramos de nuevo en el salón.

—Prefiero que nos quedemos aquí.

—Pero hace frío. En invierno no conseguimos que se esté calentito aquí.

—No me importa.

Me dejé caer en un sillón de mimbre y la tía Sylvia, a regañadientes, hizo lo propio.

—¿Y bien? ¿Qué hay de mi padre?

—Susan, no estaba segura de querer contarte esto. No lo sabe nadie salvo yo; ni siquiera el tío Frank. Podría llevármelo a la tumba si quisiera, y posiblemente así sería más fácil para todos, pero he decidido que voy a contártelo. Te mereces conocer toda la historia. Se acabaron los secretos, ¿vale?

La tía Sylvia se miró las manos y empezó a darle vueltas a un anillo de eternidad con grandes diamantes incrustados.

—Como te he dicho, yo no tenía más que diecisiete años entonces, aunque la gente solía decir que parecía mucho mayor debido a mi forma de vestir, ya sabes, como si fuera una estrella de cine. Siempre he admirado a tu madre. Ella lo tenía todo: un marido, una casa, un trabajo, dinero suficiente para comprarse cosas bonitas… Cuesta creerlo, pero en aquellos tiempos tu padre era un hombre realmente atractivo. Tenía treinta y dos años y era respetado en su sector, además de encantador. El hecho es que era mi debilidad. Por supuesto, entonces ya bebía demasiado. Todo el mundo lo sabía.

—Era alcohólico.

—Lo sé, querida, pero en aquel tiempo más bien parecía alguien con gusto por la bebida, si bien un poco excesivo, al estilo de Oliver Reed o Richard Harris. Su afán por la bebida se veía como un acto de rebeldía, no como una debilidad o una característica destructiva, como lo fue después. Nadie podía saber que acabaría con él de esa manera.

—¿Y qué tiene todo esto de relevante?

Hubo una larga pausa. Podía escuchar el leve tictac del reloj de mesa dorado al otro lado de la puerta del salón y el zumbido de un tractor en la distancia.

—La tarde en cuestión habíamos acudido a la boda de un familiar. Se casaba mi prima Shirley, ¿te acuerdas de ella? Ahora vive en Australia.

Asentí.

—Fue un viernes —continuó—, y yo me tenía que levantar temprano al día siguiente para ir a trabajar, así que decidí no quedarme hasta el final de la celebración. Shirley dijo que por qué no me llevaba tu padre en coche a casa, que ya volvería él luego para disfrutar del banquete. A él no le hacía ni pizca de gracia porque se lo estaba pasando en grande, pero acababa de comprarse un coche nuevo y creo que le encantaba dejarse ver en él, así que finalmente accedió. Ya se había tomado algunas copas, pero la gente no se extrañaba demasiado por aquel entonces. En el trayecto estuvo bromeando conmigo, me decía que parecía la Brigitte Bardot de Birmingham. Cuando llegamos a casa de tus abuelos, decidió pasar y servirse una copa para el camino; sabía de sobra dónde guardaba mi padre el *whisky*.

—No sé por qué me estás contando todo esto. Quiero que me hables de mi padre biológico, no del adoptivo.

—Todo a su tiempo, querida. Paso a paso. —Cogió su copa de jerez, dio un trago, y continuó—: Yo estaba un poco contentilla; normalmente no bebía, pero había tomado un par de sidras aquella noche. Puse un disco de Tom Jones en el gramófono y empecé a bailar. Tu padre se levantó y se puso a bailar conmigo. Al principio nos partíamos de la risa haciendo tonterías.

Dio otro trago a su copa y me di cuenta de que le temblaban las manos. De pronto creí captar lo que quería darme a entender; deseé estar equivocada.

—Bueno, dejémoslo ahí —suspiró—. Solo ocurrió aquella vez. Me arrepentí de inmediato, y sin duda él también. Se marchó poco después y no volví a verlo hasta semanas después. Nunca le dije que estaba embarazada.

—¡No!

—La única vez que hablamos del tema fue después de que a tu madre se le ocurriera la idea de adoptar el bebé. Se presentó en mi mostrador en Rackhams a última hora una tarde, poco antes de que presentara mi dimisión. Lo único que dijo fue «¿Es mío?». Yo respondí «Sí», y él dijo «Lo siento». Y eso fue todo.

—Dios mío, no, por favor, no. —Cerré los ojos con fuerza.

—Al día siguiente llamó tu madre para decir que tu padre había accedido a adoptar al bebé. Ella nunca supo que era tu padre biológico. Al menos, yo nunca se lo dije. A veces me he preguntado con el paso de los años si tu padre no le habría dicho nada a tu madre cuando estaba borracho, pero si lo hizo, ella nunca dio señales de saberlo. Prohibió a toda la familia, incluso a mí, hablar de la adopción. Todos hacíamos como si fueras suya. Eres la primera persona a la que se lo cuento. —Se bebió de un último trago lo que le quedaba de jerez y dejó la copa sobre la mesa—. Debes entender, Susan, que nada de lo ocurrido fue culpa mía ni de tu padre. Nunca jamás había mostrado ningún tipo de interés en mí. Simplemente fuimos víctimas de unos minutos de locura. No obstante, ahora que te tengo delante no me arrepiento. Eres una mujer maravillosa, inteligente y preciosa. No podría estar más orgullosa de ti. Y me vas a dar otro nieto. Lo único que me entristece es pensar en todo lo que tuviste que sufrir por culpa del alcoholismo de tu padre. Sé que fue duro para ti. Lo fue para mí también, ser testigo de la situación sin poder hacer nada al respecto. Si hubiera podido recuperarte, lo habría hecho. Pero no podía.

La tía Sylvia guardó silencio por fin. Parecía a la espera de alguna reacción por mi parte, pero me sentía incapaz de responderle, ya que me había quedado de piedra, como una escultura de hielo. La historia de mi concepción resonaba en mi cabeza como si un fragmento de glaciar se desprendiera y marchara a la deriva por el océano. Mi sangre era como un río helado; carámbanos de dolor me taladraban la cabeza, dándome punzadas detrás de los ojos, en las encías. Un agudo sonido zumbaba en mis oídos y parecía que el aire de la habitación me abrasaba los pulmones.

—Lo comprendes, ¿verdad, Susan? Di que sí, querida. Di que no me guardas rencor. La verdad es que me alegro de que lo hayas descubierto. Este puede ser el inicio de una nueva relación para todos, ahora que no hay más secretos.

Me estaba dando toquecitos en el brazo, mirándome con expresión suplicante.

—Me has transmitido los hechos con claridad. —Me recorrió un escalofrío—. Pero, por favor, no esperes que te diga que estás exenta de culpa.

—Susan, tú no entiendes cómo eran las cosas en aquella época. Ser madre soltera aún era motivo de vergüenza. Quizá no tanto en Londres, o entre gente del mundo del arte y la moda, pero de donde venimos, bueno, mis padres no habrían sido capaces de soportarlo.

—Me hago una idea de cómo eran las cosas, no soy estúpida. Pero también sé cómo eres tú. Siempre te ha gustado tontear; eres incapaz de decirle «hola» a un hombre sin sacar a relucir tus encantos femeninos. Todo el mundo lo sabe. Estabas celosa de tu hermana y querías lo que ella tenía. Sedujiste a mi padre cuando su autocontrol estaba minado por la bebida, y luego no tuviste agallas para afrontar las consecuencias de tus acciones. Sí, lo comprendo. Lo comprendo totalmente.

—No fue para nada así, Susan.

Me sentía desesperada por huir de allí, por alejarme de aquella mujer que no parecía ser en absoluto consciente, ni de lejos, de lo que había hecho. Hice caso omiso de su llanto de autocompasión y consulté la hora en mi reloj de pulsera. Llevaba allí casi dos horas. Fortuitamente, justo en el momento oportuno resonó en el vestíbulo el sonido del timbre, que imitaba las campanadas del Big Ben. Me levanté del sillón de mimbre y me abrí paso a través del salón hasta el guardarropa. La tía Sylvia vino tras de mí tambaleándose.

—Quédate un poco más, querida. Charlemos.

—Ya nos hemos dicho todo lo que teníamos que decirnos —le dije mientras me enfundaba en mi abrigo demasiado pequeño.

—No es así, apenas hemos empezado. No te vayas así. Pídele a Rob que vuelva un poco más tarde. Prepararé algo de almorzar.

Negué con la cabeza y pasé junto a ella hacia la puerta dándole un empujón.

—Lo hecho, hecho está. Todas las acciones tienen una reacción opuesta y proporcional. Tú me diste la espalda a mí, ahora me toca dártela yo a ti.


De camino a la estación desde casa de la tía Sylvia, Rob intentó sonsacarme por qué le había llevado directamente de vuelta a la furgoneta en cuanto abrí la puerta de la casa, y por qué la cara de mi tía se asemejaba a la cera derretida de una vela. Le dije que habíamos estado hablando de temas familiares. Claramente, él sabía que le ocultaba algo.

—Aquí estoy para cuando quieras hablar —dijo.

Pues ya podía esperar sentado.

Para evitar cualquier otra referencia inoportuna a lo que le había ocurrido a la tía Sylvia, le pregunté a Rob acerca del jardín que había visitado aquella mañana. Seguía describiéndomelo con aburrido detalle cuando llegamos a las afueras de Birmingham.

Rob apagó el motor de la furgoneta en el aparcamiento de varias plantas de la estación y se giró hacia mí envuelto en penumbra.

—Susan, antes de que te vayas tengo una propuesta que hacerte. Puede que no sea el momento más oportuno, pero «el que duda está perdido», o eso dicen. Y después de lo ocurrido anoche, me siento más seguro.

—Anoche no ocurrió nada, salvo que dormimos uno cerca del otro. Para ser más precisos, tú dormiste y yo me pasé la noche dando vueltas.

—Vale, pero escúchame. Sabes que he estado reflexionando mucho desde que me reuní con Alison. Es como si hubiera llevado una venda tapándome los ojos durante meses y ahora por fin me la he quitado y puedo ver la imagen al completo.

—No tengo mucho tiempo, Rob. ¿Puedes ir al grano, por favor?

—Sí, claro. —Respiró hondo—. Bueno, ya sabes que estoy barajando la idea de trasladarme a Londres y fusionar mi negocio con el de mi colega, ¿no?

—Sí.

—Bueno, ¿y qué te parecería que nos fuéramos a vivir juntos?

—¿Qué demonios estás diciendo?

—En un principio podemos buscar algo de alquiler, si te preocupa el compromiso. Seguramente ya te habrás dado cuenta de lo que siento por ti, y a mí me da la sensación de que me correspondes. Si ignoramos el hecho de que nos conocemos desde hace apenas unos meses…, se nota cuando las cosas son como tienen que ser. Somos muy diferentes, pero creo que nos complementamos. Ya sabes lo que dicen, «el total es mejor que la suma de sus partes». Así somos nosotros. Tú serás buena para mí y yo seré fantástico para ti. Y a nuestra edad no estamos para andar perdiendo el tiempo, ¿no crees?

Esto era lo último que necesitaba. Ya me sentía bajo asedio, bombardeada, casi superada oleada tras oleada de asalto a mi psique. No sabía cuánto más podría soportar. Lejos de querer hacer planes para compartir mi vida con otra persona, lo único que quería era volver a mi casa, cerrar la puerta, apagar el móvil y abstraerme del mundo. Los recientes acontecimientos han demostrado lo que yo ya sabía: no se puede confiar en nadie.

—Me parece una idea absurda —dije mientras intentaba desabrocharme el cinturón de seguridad a toda prisa.

—Lo sé, pero ¿qué demonios?

—¿Por qué crees que querría vivir contigo cuando nunca, jamás, he tenido la menor intención de compartir mi vida con nadie? Disfruto de mi propia compañía, valoro mi independencia y me gusta hacer las cosas a mi modo. No quiero que un tipo torpe venga a poner patas arriba mi casa para meter las narices en mis cosas. Y te equivocas al dar por hecho que solo porque parezca que congeniamos albergo sentimientos más profundos hacia ti. Tengo que coger un tren en quince minutos. Ahora mismo no puedo lidiar con esto, Rob.

Con dificultad, me incliné hacia delante, cogí mi bolso del espacio para las piernas y abrí con fuerza la puerta de la furgoneta.

—Me he fijado en que no has dicho «no».

—No. Bajo ninguna circunstancia. Desde luego que no. ¿Te ha quedado claro ahora?

# Marzo

# 25

Debería estar celebrando mi baja por maternidad. Atrás quedaron los días de tener que abrirme paso entre la gente con mi barrigón en los trenes de cercanías repletos de camino al trabajo, o de tener que aguantar las odiosas manías de mis compañeros, así como su cháchara insustancial. Por fin tenía tiempo de sobra para dedicarme a mis propios intereses. Sin embargo, me sentía como en el limbo; ¿cómo podría ahora llenar cada día interminable sin nada concreto que hacer? Este mes, si todo va bien, me convertiré en la mamá de una bebé. Creo que lo que debería estar sintiendo es ansiosa expectación, pero tengo la cabeza en otras cosas. ¿Cómo centrarme en el futuro cuando estoy tan atrapada en el pasado?

Apenas pasados unos días me adentré en las profundidades del desánimo más absoluto, toqué fondo y me dejé envolver en él. No obstante, la mañana siguiente a mi regreso de Birmingham me había despertado con un espíritu renovado. Estaba furiosa, enloquecida. Ya iba siendo hora de recuperar el control. Saldría vencedora del proceso judicial, conseguiría vender la casa y su contenido y continuaría con mi vida, liberada de cualquier atadura con mi familia y mi pasado. Limpio, frío y rápido.

Envié la declaración testimonial a Margaret, que la firmó y me la reenvió en un par de días, luego mandé correos electrónicos al señor Brinkworth y a los abogados de mi hermano, Lawson,

Lowe & Co. Adjunté copias de las páginas más comprometedoras del historial médico (aquellas que hacían referencia al diagnóstico de mi madre y sus síntomas debilitantes) y de las declaraciones de la tía Sylvia y Margaret. Informé al señor Brinkworth que las pruebas que había reunido demostraban que había cometido una terrible negligencia al seguir las instrucciones de mi madre si consultar previamente con un médico si ella era consciente de lo que estaba haciendo. Le dije que la validez del documento estaba sin duda en entredicho; un testamento redactado por una anciana con demencia vascular nunca superaría el escrutinio de un tribunal.

En el otro correo electrónico, les dejé claro a Lawson, Lowe & Co que el historial médico mostraba que su cliente era conocedor del diagnóstico de mi madre, de modo que debía de ser consciente de que ella era vulnerable a posibles presiones por parte de Edward. Había mantenido dicha información en secreto. A la luz de mis pruebas, el tribunal sospecharía de la validez de un testamento que favorecía a Edward en mayor medida que a su hermana. Exigí tanto al señor Brinkworth como a Lawson, Lowe & Co que se dejaran de jueguecitos y que admitieran su derrota. Estaba totalmente convencida de que así lo harían. Mis pruebas habían destruido su caso. Me felicité a mí misma; había hecho un trabajo excelente. Si creían que iba a quedarme sentada esperando a que se sucedieran los acontecimientos, que me conformaría con ser una pobre víctima de la negligencia o la traición de terceras personas, no podían estar más equivocados.

Casi me sentí tentada de llamar a Trudy para pedirle si podía volver al trabajo y seguir como si tal cosa hasta que llegara la hora de dar a luz. No le veo ningún sentido a dejar de trabajar tres semanas antes de la fecha prevista del parto; de este modo tu mente aprovecha el tiempo libre para deambular por terreno peligroso. Sin embargo, sería humillante regresar a la oficina, sobre todo después del escándalo desproporcionado que se montó mi último día. Trudy quería haber organizado una despedida por baja de maternidad en el restaurante tailandés de enfrente, pero le dije que no me apetecía lo más mínimo. Mi única intención era atravesar las puertas batientes mi último día como si fuera una tarde de viernes normal y corriente.

Pero a eso de las cinco del día en cuestión empecé a sospechar cuando mis compañeros empezaron a apartar las mesas a un lado y a sacar botellas de vino de sus bolsos y carteras. Haciendo caso omiso a mis deseos, Trudy había planeado una fiesta sorpresa. Yo sonreía con educación mientras ella parloteaba acerca de cómo la oficina se sumiría en el caos y la anarquía tras mi marcha, cómo echarían de menos mi irónico sentido del humor y cómo mi bebé tendría la vida más eficientemente organizada que cualquier bebé del mundo. Se propusieron innumerables brindis y me hicieron muchos regalos, que me vi obligada a abrir delante de todo el mundo —tras enormes esfuerzos de persuasión por parte de mis colegas—. El regalo de Trudy era un sacaleches y un paquete de almohadillas de lactancia («Yo solía ir chorreando leche por todas partes durante las primeras semanas», me dijo para el patente desagrado de Tom). El regalo de Tom fue un bodi con *Straight Outta Compton* en la pechera («Supuse que es algo típico de tu generación», sonrió)[1]. El regalo de Lydia pretendía ser un chute de seguridad, ya que se trataba de un DVD que me enseñaría a recuperar la forma física en seis semanas después del parto («Tenías una figura encantadora»). Inevitablemente, me acosaron para que dijera unas palabras. Me las ingenié para conjurar unas cuantas palabras que parecieran sinceras y sentidas; ya había asistido a suficientes despedidas por baja de maternidad gracias a Trudy, así que conocía la jugada.

En cuanto la humillación pública hubo terminado, conseguí huir. Estoy segura de que nadie se dio cuenta, de la misma manera que sabía que, a pesar de asegurarme lo contrario, nadie notaría

---

[1] *Straight Outta Compton*, película estadounidense sobre N.W.A., famoso grupo de hip hop, ambientada en los años 80 y 90 (N. del E.).

mi ausencia durante los siguientes seis meses. Encima, no me quedó más remedio que hacer frente a la escandalosamente alta tarifa del taxi hasta Clapham; no solo iba cargada de bolsas de regalos decoradas con diferentes especies de crías de animal, sino que también llevaba una enorme caja de cartón en la que transportaba todos mis cactus. No confiaba en ninguno de mis compañeros como para dejarlos a cargo de sus cuidados; sin duda los habrían ahogado, totalmente desconocedores del hecho de que este tipo de plantas han evolucionado para poder prosperar en condiciones áridas.

Esperaba que la rendición de los acusados fuera inmediata. Sin embargo, con el paso de los días empecé a perder el optimismo. La primera mañana de mi baja de maternidad recibí los dos correos electrónicos que estaba esperando. Me senté en el sillón con el portátil, puse mis pies hinchados en alto apoyados sobre el cofre y abrí el primero, de Lawson, Lowe & Co:

*Hemos adoptado las medidas que su hermano ha dispuesto de acuerdo con los documentos que usted adjuntó en su último correo electrónico. Nuestro cliente admite sin reservas que siempre ha estado al tanto del diagnóstico de su madre, y por el deseo explícito de ella se abstuvo de compartirlo con terceros, incluidos miembros de la familia. Recientemente hemos hablado con el señor Shafiq, el especialista a cargo de tratar a su madre, que nos confirmará que, aunque su estado afectaba a algunas de sus actividades del día a día en algunos sentidos, no afectó a su habilidad para comprender el alcance de sus bienes, el acto de hacer un testamento o sus efectos. Este testimonio pone el historial médico en contexto y rebate su argumento de falta de capacidad mental por parte de su madre.*

*Asimismo, estamos redactando una declaración testimonial en nombre del reverendo Jeremy Withers, que se puso en contacto con nuestro cliente para informarle de que usted no es hija biológica de la señora Green. Nos hemos percatado de que usted ha omitido revelar este hecho, a pesar de ser extremadamente relevante en relación a los motivos que hubiera podido tener su madre para hacer testamento. Además de proporcionar pruebas acerca de su relación con la señora Green, el reverendo Withers testificará que ella estaba preocupada acerca de cómo nuestro cliente sobrellevaría su fallecimiento, en especial en vista del vínculo estrecho que mantenían, una razón más para hacer el testamento.*

*Teniendo todo esto en consideración, hemos informado a nuestro cliente de que se encuentra en una buena posición, de modo que él se mantendrá firme y seguirá oponiéndose a su demanda.*

El segundo correo era del señor Brinkworth:

*El hecho de que el historial médico de su madre indique que padecía demencia vascular no tiene ningún efecto en mi postura: no era de mi incumbencia recurrir a la opinión médica antes de redactar el borrador del testamento de su madre porque no había ningún indicativo en su comportamiento que me hiciera sospechar que no era perfectamente consciente de lo que estaba haciendo. Los abogados de su hermano me han informado de que existen nuevas pruebas que indican que su demanda no prosperará. Me estoy viendo envuelto en lo que parece tratarse de una disputa entre su hermano y usted en relación a los verdaderos deseos de su madre. Le insto por enésima vez a que llegue a algún acuerdo con él para poner fin a este proceso descabellado.*

Releí los dos correos electrónicos. Era como si estuviéramos jugando al Scrabble y se me hubiera ocurrido una palabra con siete letras, pero mi oponente hubiera contraatacado no solo con otra palabra de las mismas características, sino que también había obtenido una bonificación de puntuación triple. Nunca habría pensado que el especialista a cargo de mi madre le fuera a restar importancia al impacto de sus síntomas o que fuera a testificar a favor de sus capacidades. Tampoco había calculado que mi adopción —en un principio solo en conocimiento del párroco, la tía Sylvia, el tío Frank y yo misma— fuera a utilizarse como arma en el proceso. Podía imaginarme la reacción de Edward al enterarse de que soy adoptada, cómo se habría carcajeado presa de la emoción y se habría frotado las manos. Estoy segura de que se sintió resarcido, no solo respecto al testamento de mi madre, sino respecto a todo lo que me ha dicho o hecho en la vida.

Maldito párroco. ¿De verdad pensó que lo más ético era informar a Edward o simplemente estaba intentando hacerme una jugarreta? En cualquier caso, había dado al traste con mi caso. Pensé en lo que me había dicho Brigid: «Una disposición irracional puede refutar la presunción de capacidad». El hecho de que mi madre pareciera no tener motivos para beneficiar a Edward habría hecho dudar al tribunal a la hora de discernir si mi madre estaba en su sano juicio para redactar un testamento. Ahora, sin embargo, existía una posible razón. Por primera vez se me pasó por la cabeza que el hecho de que le otorgara a Edward el derecho de permanecer en la casa no había sido resultado de su demencia, sino que su intención había sido simple y llanamente favorecer a Edward.

No me molesté en vestirme aquel día. Me eché en el sofá y me puse a ver estúpidos programas de televisión, saltando de un canal a otro con la esperanza de encontrar algo que anestesiara mis sentidos. Mi respiración superficial y mi corazón acelerado me hicieron darme cuenta de que al haber puesto mis energías en ganar el proceso judicial me había servido como distracción de otros pensamientos más desagradables. Ahora estaban empezando a salir a la luz.

«Y conoceréis la verdad, y la verdad os hará libres». Eso es lo que me había dicho el párroco cuando salí escopeteada de la sacristía. Un versículo del Evangelio de San Juan. Siento estar tan en desacuerdo con el venerable santo. Ahora sé la verdad. Sé que fui un vergonzoso error, el resultado de un encuentro casual e insignificante entre dos personas que no albergaban ningún sentimiento por el otro. Sé que a mi madre biológica yo le importaba tan poco que accedió a darme en adopción; que, para la mujer que yo consideraba mi madre, yo no era más que un premio de consolación, un parche, en caso de que nunca pudiera tener un hijo o una hija propios; que había sido engañada por mi familia durante toda mi niñez, durante toda la vida. ¿Y la verdad me hace libre? No, qué va. Me siento encarcelada por ella, definida por ella. Nunca he sido quien creía ser; no soy ni de lejos la protagonista de mi propia historia, no soy más que un personaje secundario en la historia de otra persona.

Llevo sin salir del piso una semana; el sol primaveral me resulta demasiado brillante, y el ruido de las calles demasiado clamoroso. Hoy me han traído el pedido del supermercado para no tener que salir de casa. Tampoco es que esté comiendo mucho. Kate no hace más que llamar a mi puerta para preguntarme si estoy bien. Yo me limito a contestarle que estoy agotada, que la recta final del embarazo me está pasando factura y que necesito descansar. Se ha ofrecido a hacerme compañía, sentarse un rato conmigo, pero no le he permitido cruzar siquiera la puerta. Prefiero que no vea cómo tengo la casa; no me he preocupado de recoger, limpiar ni tan siquiera ducharme en varios días. Ella no sabe que soy el resultado de una aventura entre mi padre y mi tía, o que he perdido el caso. No me apetece hablar de ninguna de esas dos cuestiones, pero no puedo dejar de pensar en ello.

Rob también me ha estado dando la lata, llamándome todos los días. Le he dicho que deje de perder el tiempo. No hay novedades, no tengo nada que decirle. En una ocasión volvió a hacer referencia a los sentimientos que alberga hacia mí y la estúpida idea de irnos a vivir juntos. Le dije que si sacaba el tema de nuevo, dejaría de cogerle el teléfono. Me dijo que lo dejaría estar de momento. Aunque no parecía que fuera a ser así. La tía Sylvia también ha estado llamándome, al fijo y al móvil, pero no se lo he cogido. De hecho, estoy tan harta de eliminar sus mensajes de voz que he desenchufado el contestador. No lo necesito.

No tengo ni idea de por qué la tía Sylvia está tan ansiosa por contactar conmigo. Todo el rollo del embarazo y el parto debió de resultarle tremendamente inconveniente. Sin duda su preocupación principal durante la gestación fue si su figura quedaría arruinada para siempre. Si se hubiera quedado conmigo, habría sido toda una vergüenza; habría limitado su estilo y echado por tierra sus posibilidades de cazar a un buen marido. No creo que jamás se haya arrepentido de darme en adopción a mis padres. Seguro que se sintió aliviada por poder volver a su vida de soltera sin cargas familiares, libre para seguir flirteando por ahí presumiendo de sí misma. Apuesto a que apenas ha pensado en nuestra verdadera relación desde entonces. De hecho, sabiendo lo superficial y egocéntrica que es, no me sorprendería descubrir que se había olvidado completamente de haberme dado a luz hasta que se lo he recordado.

He pasado mucho tiempo ojeando de nuevo los álbumes de fotos que me traje de casa de mamá. La instantánea de mi bautizo, en la que mi madre tiene esa expresión tan extraña, la tía Sylvia tiene aspecto distante y la mayoría de los asistentes lucen rostros serios, tiene ahora todo el sentido del mundo. Estaban interpretando un papel, en piloto automático. Los álbumes apenas albergan fotografías mías de bebé, solo un par de ellas en las que mi madre me tiene cogida en brazos, rígida, en lo que parece el banco de un parque, y otra de mi padre acunándome en sus brazos. Mi madre no sonríe en ninguna de esas imágenes. ¿Por qué no? Al fin y al cabo, fue idea suya adoptarme. Quizá descubrió que la maternidad era demasiado exigente, más de lo que había previsto, o quizá le estaba costando establecer un vínculo con un bebé que no era suyo. Mi padre, por otro lado, parece casi feliz. Supongo que porque consiguió librarse del asunto. Se las ingenió para transferir sus genes a la siguiente generación totalmente libre de culpa. De hecho, seguro que fue tildado de santo por acoger al bebé de otra persona.

Curiosamente, hay muchísimas fotografías de mi hermano de bebé: Edward en cueros sobre una mantita; Edward en brazos de la abuela; Edward en su carrito, su cunita, su sillita y más adelante en su trona, en su triciclo y sosteniendo su osito favorito. A veces aparecía yo de fondo. De vez en cuando yo también soy la protagonista de la foto, pero relegada a un extremo, casi fuera de encuadre, como si el fotógrafo se lo hubiera pensado mejor. Mi madre era la que se encargaba de tomar la mayoría de las fotos familiares; sobre todo a partir de que el problema con la bebida de mi padre empezó a ir a más. La cantidad de fotos de Edward comparada con las mías lo dice todo. Me pregunto cómo no me había dado cuenta antes.


Había emprendido el proceso judicial para luchar por que se hiciera justicia; para conseguir lo que yo creía que mi madre habría querido para mí. Ahora me doy cuenta de que el caso no iba de eso. Lo que quería era demostrar que Edward y yo éramos iguales ante los ojos de mi madre. Quería que un juez sentenciara frente a un tribunal que, de haber estado en su sano juicio, mi madre no habría tenido favoritismos con mi hermano. Evidentemente, siempre supe que ella se preocupaba más por Edward que por mí; saltaba a la vista de todo el mundo. Sin embargo, a veces el instinto de supervivencia hace que miremos para otro lado.

A mi madre le preocupaba que Edward hubiera heredado una debilidad genética de carácter de mi padre; que se adentrara en el abismo del alcoholismo o las drogas si ella no lo vigilaba constantemente. Dijo que era nuestro deber protegerlo. Me pregunto si, en el caso de que mi madre hubiera sabido que yo también tengo los genes de mi padre, se hubiera preocupado también por mí. Lo dudo. Ella daba por hecho que yo carecía de cualquier tipo de fragilidad emocional o vulnerabilidad. Nunca se preocupó por observarme con más detenimiento. Ahora sospecho que la razón por la que nunca llegó a revelarme que yo era adoptada era que, de saberlo, abandonaría a Edward a su suerte por no ser mi hermano. Mi actual sentimiento de decepción era fruto de un intento desesperado por asegurarse de que alguien se ocuparía de mi hermano cuando ella hubiera fallecido.

Solía pensar que lo que diferenciaba la infancia de Edward de la mía era la forma en que él había respondido al alcoholismo de mi padre. Estoy segura de que un psicólogo recién licenciado afirmaría que, en mi caso, me había obligado a madurar antes de tiempo, a querer hacerme con el control completo de mi vida, a juzgarme a mí misma —y a otros— con dureza. De igual modo, ese mismo psicólogo establecería que en igualdad de condiciones, Edward había terminado por convertirse en una persona impulsiva, irresponsable y dependiente. Sospecho que tal análisis puede que sea más preciso de lo que estoy dispuesta a admitir. Pero ahora no estoy segura de que esa sea nuestra única característica diferenciadora. Creo que lo que ha marcado la mayor diferencia entre la infancia de Edward y la mía es que a mí nunca me quisieron y a mi hermano sí.


Ya es suficiente. He tomado una decisión. Saco el portátil y escribo dos correos electrónicos: uno al señor Brinkworth y otro a los abogados de Edward. Propongo que nos reunamos en territorio neutral. Es imperativo que el encuentro se celebre lo antes posible, dado que salgo de cuentas en nada. Me ducho, me lavo la cabeza, me visto y pongo rumbo a la calle principal para comprar leche y pan. Cuando regreso, lleno el lavavajillas y cargo la lavadora, luego me dedico a poner en orden el apartamento. Por último, una vez que todo está a mi gusto, vacío una caja de cartón del cuartito bajo las escaleras e introduzco en ella el cofre de madera que contiene las cenizas de mi madre. Relleno el espacio sobrante con bolas de papel de periódico para evitar cualquier desperfecto. Lo cierro con cinta adhesiva, dándole más y más vueltas al paquete hasta que casi acabo con el rollo entero. Luego, escribo el nombre de Edward y la dirección de nuestra casa en la parte superior con rotulador negro. Abro internet y reservo un servicio de mensajería con recogida a domicilio. Que yo me quede con las cenizas de mi madre no me parece en absoluto apropiado. Ella habría querido que las tuviera su hijo. Es una pena, pero no una gran pérdida. Ese cofre nunca será para mí nada salvo un cómodo reposapiés.

# 26

Me sirvo un vaso de agua de la jarra que hay en el centro de la mesa de reuniones, doy un trago y abro mi portafolio. Estoy empezando a arrepentirme de haber llegado a la oficina de mediación tan temprano. Pensé que a cambio obtendría cierta ventaja táctica, ya que podría escoger el mejor lugar para sentarme y tendría tiempo para organizarme antes de la llegada de Edward. Pero mientras espero noto cómo se intensifica mi nerviosismo. Un sinsentido. No tengo motivos para estar nerviosa; sé exactamente lo que voy a decir.

Llevo padeciendo acidez desde que me levanté esta mañana. Decidí saltarme el desayuno, pero lamento mi decisión. Mis tripas están haciendo un estruendo horroroso. Además de hambre y náuseas, estoy experimentando tirantez en torno a mi vientre. Empecé a sentirla anteayer. He leído acerca de la sensación: se trata de las llamadas contracciones Braxton Hicks o contracciones de prueba; es la forma que tiene el cuerpo de prepararse para dar a luz próximamente. Estoy impaciente por que se acabe la reunión y regresar a casa sana y salva.

Echo un vistazo a la impersonal sala de reuniones: una mesa larga de madera clara con una docena de sillas a juego espaciadas a intervalos regulares; moqueta gruesa de color verde, que amortigua el sonido y hace que la sala parezca envuelta en un capullo protector. Sobre la mesa, además de la jarra, hay vasos, libretas y bolígrafos dispuestos delante de cada silla. Un poco excesivo. No seremos más que cuatro personas: la mediadora, Edward, su abogado y yo. El señor Brinkworth fue quien nos sugirió este bufete de abogados en particular para ejercer de mediadores. Los ha visto trabajar con anterioridad y se quedó impresionado por su saber hacer. No obstante, él había dicho que no valía la pena que acudiera a la reunión. Si Edward y yo llegábamos a un acuerdo, sin admitir negligencia alguna, él estaría preparado para redactar una orden de consentimiento y hacerse cargo de sus propios costes. Su generosa oferta me da a entender que, al menos hasta cierto punto, se siente responsable de todo este lío.

Justo pasadas las once en punto se abre la puerta y aparece un hombre asiático bien arreglado con un resplandeciente maletín de color castaño. Le sigue Edward, que lleva una carpeta de cartón con solapas y cercos de té. Mi hermano parece incómodo, totalmente fuera de lugar en un ambiente tan profesional. Una vez más luce el conjunto que se ha convertido en su atuendo habitual en las ocasiones formales: vaqueros negros, camisa y chaqueta de traje; corbatín rematado con toques metálicos y botas camperas de color negro. De lejos me llega su inconfundible fragancia a *eau de pub*, que lo acompaña dondequiera que va.

—Hola, hermanita —dice mientras camina a paso tranquilo hasta el lado opuesto de la mesa—. Oh, espera un momento, ya no puedo seguir llamándote así. ¿Qué tal estás, Suze? A punto de caramelo, veo.

Se nota que ha estado practicando el discurso de camino al encuentro.

—Muy bien —digo—. Muchas gracias por tu interés.

—Soy el abogado del señor Green, Sajid Iqbal —dice el hombre elegante. Se inclina sobre la mesa y me tiende la mano—. Sé que no tiene representante legal, señorita Green, pero espero que no se sienta en desventaja. Solo estoy aquí para escuchar y tomar notas, y para aconsejar a mi cliente si así lo necesita.

—Le puedo asegurar que no me siento en desventaja.

—Bueno, bueno. Este sitio no está nada mal, ¿no? —dice Edward echando hacia atrás su silla, estirando las piernas y entrecruzando los dedos por detrás de la cabeza. Su patente indiferencia solía molestarme, pero ahora lo veo como lo que realmente es: una pantomima. Está tan incómodo como yo. De pronto me doy cuenta de lo mayor que se le ve bajo la fría iluminación de la sala; cómo le han empezado a salir canas en las sienes, cómo las arrugas se agolpan en las comisuras de sus ojos. Supongo que ir de juerga en juerga le está pasando factura.

La puerta vuelve a abrirse y la mediadora entra; se trata de una mujer de cincuenta y muchos vestida con un pantalón de pinzas gris claro y una camisa blanca pulcramente almidonada. Su inmaculado cabello rubio está peinado en una trenza. Se sienta a la cabecera de la mesa, se coloca las gafas bifocales que hasta hacía un momento le colgaban del cuello en una cadenita dorada y abre su carpeta.

—Buenos días a todos. Me llamo Marion Coombes y hoy voy a ser su mediadora. Prefiero que mantengamos un ambiente distendido, así que sugiero que empleemos los nombres de pila. ¿Todos de acuerdo? Bien. Me gustaría empezar explicándoles que mi trabajo no es juzgar lo que está bien o mal en el caso que nos ocupa, sino que consiste en abrir canales de comunicación entre las partes con la única intención de llegar a un acuerdo. He echado un vistazo a su documentación y espero que podamos zanjar el asunto de la mejor manera posible antes de la hora de cierre. Querría comenzar resumiendo los hechos del caso, luego cada una de las partes implicadas tendrá oportunidad de hablar.

Echa un vistazo a sus notas, delante de ella.

—Veo que Susan y Edward son hijos de la difunta Patricia Green. Según el testamento, Edward es usufructuario de la vivienda familiar. Susan afirma que el testamento no es legítimo; Edward y el albacea lo niegan. Ambas partes han presentado pruebas y declaraciones testimoniales y se ha llegado a un punto muerto. El siguiente paso sería una audiencia judicial en toda regla. ¿Es correcto?

Asiento con la cabeza. Edward y el señor Iqbal murmuran entre ellos.

—En aras de ser lo más preciso posible —dice Edward pasando un dedo con la uña manchada de nicotina por la mesa—, Susan no es hija de mi madre; es adoptada. No está biológicamente emparentada con nosotros.

—Oh, sí, cierto —corrobora la señorita Coombes—. El reverendo Withers lo menciona en su declaración. ¿Quiere añadir algo al respecto, Susan?

Noto cómo se viene otra de esas contracciones de prueba. Es como si llevara un ancho cinturón en torno a mi abdomen y se fuera apretando más y más. Intento respirar con calma, dejando que la ola pase. La sensación disminuye.

—Sí, soy adoptada —digo—, pero no lo he sabido hasta hace muy poco. Sin embargo, me gustaría añadir, también en aras de la precisión de los hechos, que sí que estoy biológicamente emparentada con mi madre, la señora Green, y con mi hermano.

—¿De dónde te sacas eso? —pregunta Edward.

—La tía Sylvia es mi madre biológica. Así que mamá es mi tía biológica y mi madre adoptiva.

—¿La tía Sylvia es tu madre? Me estás tomando el pelo.

—¿Te parece que estoy bromeando?

—Bueno, la verdad es que no veo parecido alguno, al menos en personalidad, pero tendré que creerte. Un día eres mi hermana, al día siguiente no tenemos ningún parentesco y ahora eres mi prima. Es como montar en montaña rusa, la verdad.

Se ríe con nerviosismo y mira a su alrededor. A nadie más parece hacerle gracia.

—Pues prepárate para la siguiente curva, que viene cerradita. Sí que soy tu hermana.

—¿Perdona?

—Pues que tenemos el mismo padre.

—¿Cómo? ¿Papá y la tía Sylvia? Ahora sí que debes estar de coña. Siempre estaba diciendo que era una cabeza de chorlito.

La tontita de Silvie. De ninguna manera pudo tener un lío con ella.

—Te puedo asegurar que no me inventaría nada así. Si no me crees, puedes llamar a la tía Sylvia.

La señorita Coombes y el señor Iqbal han estado tomando nota de todo.

—Bueno —dice la señorita Coombes levantando la vista de sus notas—. Ha sido una serie de revelaciones bastante interesantes, aunque todavía no sabemos a dónde nos llevará. Al parecer, Edward, Susan es tu prima y medio hermana biológica, además de tu hermana adoptiva. ¿Aceptas su palabra como buena?

—Supongo. —Edward parece haberse quedado un poco fuera de juego. Me doy cuenta de que tiene un tic en el ojo izquierdo. Se lo frota con el puño—. Sí, vale. No sé muy bien que conclusiones sacar al respecto, pero vale. Tampoco es que me afecte en nada. Es decir, sigue sin ser la hija verdadera de mi madre. Lo siento, Suze, pero así son las cosas.

—Tienes razón, Edward. Yo no era su hija verdadera. —Me dirijo a la señorita Coombes—: Me gustaría decir algo antes de que perdamos más tiempo. ¿Puede ser?

—Sí, por supuesto. No hay ninguna norma respecto al procedimiento. Adelante.

Me vuelvo a dirigir a mi hermano.

—Edward, voy ser totalmente franca contigo. Esto es muy duro para mí, y esta será la única vez que te diga esto a ti o probablemente a cualquiera, así que escucha con atención. Cuando descubrí que era adoptada, me quedé de piedra. No tengo problemas en admitirlo. Fue como si de un martillazo se hubiera hecho añicos el conjunto de los recuerdos de nuestra infancia. Me sentí sobrepasada a causa de la incertidumbre. Pero después de un tiempo terminé dándome cuenta de que debía salir todo a la luz, y ha tardado demasiado. Me he pasado días repasando mis pensamientos, sentimientos y los acontecimientos de mi vida. Al intentar ensamblarlo todo de nuevo tuve que examinar cada uno de mis recuerdos, ver cómo encajaban en la nueva realidad. Eché la vista atrás, a la relación con papá y mamá, incluso contigo, con una nueva perspectiva. Hay cosas acerca del comportamiento de papá con nosotros que durante años he preferido no recordar. No debe de extrañarte, sabes de sobra de qué hablo. Y en cuanto a mamá, vi claro que ella nunca me quiso del mismo modo que a ti.

Edward aprieta los labios y niega con la cabeza. Lo ignoro y continúo.

—Me he obligado a darle una y mil vueltas a lo que ella habría querido que ocurriera tras su muerte. Sigo creyendo que tengo razón respecto a que el señor Brinkworth debía haber consultado la opinión de un especialista antes de redactar el borrador del testamento de una persona afectada de demencia, y que tú presionaste, o al menos influenciaste, en mamá para que hiciera testamento. Si quisiera, podría seguir adelante con el proceso judicial para intentar demostrarlo, pero he llegado a la conclusión de que, a pesar de que creo que el testamento no tiene validez, lo más probable es que su contenido sí que responda a sus deseos. Ella era plenamente consciente de que tú eres incapaz de hacerte cargo de tus asuntos...

—Gracias, Suze.

—... y habría querido que tuvieras un lugar seguro en el que vivir después de su muerte, incluso si con ello yo nunca recibía mi parte de la herencia. No he venido hoy aquí a negociar. He venido a comunicarte mi decisión: no voy a seguir adelante con el proceso judicial. Puedes quedarte en la casa tanto como quieras, por el resto de tu vida si así lo deseas. Mi única condición es que te hagas cargo de los costos legales. No pienso quedarme sin un duro por culpa de la conducta más que dudosa de otra persona. Puedes decirle al señor Brinkworth que redacte una orden de consentimiento, que la firmaré.

Mi hermano guarda silencio. Soy incapaz de descifrar su expresión. Esperaba que diera un grito de alegría.

—Esto quiere decir que has ganado, Edward, en caso de que no hayas entendido lo que he dicho. Has conseguido lo que querías.

—Bueno, un movimiento muy constructivo por parte de Susan —dice la señorita Coombes—. La verdad es que no esperaba que nadie hiciera semejante concesión tan pronto. Edward, ¿le gustaría discutir el acuerdo propuesto con su abogado antes de responder?

Edward se inclina hacia delante y apoya los codos en la mesa.

—No hace falta. Yo tampoco he venido a negociar nada. Lo primero es lo primero: te repito, Suze, que yo no presioné en absoluto a mamá para que hiciera testamento. Sé que no me crees, porque siempre me has tenido como alguna clase de criminal, pero utiliza un poco el sentido común. Si me hubiera tomado la molestia de obligar a mamá a hacer testamento, ¿no crees que me habría asegurado de que me lo dejara todo a mí en lugar de solo conformarme con ser usufructuario de la casa además de la mitad de los beneficios cuando decidiera mudarme? ¿No se te ha pasado por la cabeza? Pero la cuestión principal, que a estas alturas ya deberías saber, Suze, es que nunca he querido quedarme en la casa después de la muerte de mamá. Solo me instalé con ella porque necesitaba que alguien le echara una mano. Odio ese puto lugar.

El señor Iqbal tosió educadamente.

—Perdón por las palabrotas —dijo Edward a la señorita Coombes—, pero es que conservo muy malos recuerdos de esa casa. Cuando estoy allí me siento desmoralizado. Y no solo eso, es demasiado grande para mí; no soporto a los asquerosos vecinos, siempre diciéndome que baje la música por la noche; y el jardín es enorme para mantenerlo. Detesto la jardinería. Además, que sepas que aunque quisiera quedarme allí a vivir, no podría permitírmelo: las tasas municipales son astronómicas, igual que el recibo de la calefacción. He encontrado un estudio estupendo en el centro de la ciudad, donde por un asequible coste adicional puedo contratar servicio de mantenimiento, de modo que no tendría que preocuparme por nada. Estoy pensando en vender la casa, utilizar la mitad de los beneficios para comprar el piso y después alquilarlo mientras me voy por ahí de viaje durante un par de años. Necesito salir de aquí, que me dé un poco el sol. Quizá visite el sureste asiático. Con el alquiler podré asumir todos los gastos. Hace un par de días acudí a una inmobiliaria y ya han estado sacando fotos de la casa. Dicen que es una zona muy demandada para familias debido a las buenas escuelas locales. Me gustaría salir para el extranjero a comienzos de verano.

Se vuelve a recostar en su silla.

—Así que, en realidad, Suze, tú has ganado.

No me esperaba nada de esto. Me lleva unos instantes asimilar lo que ha dicho Edward. La espera casi ha terminado, tendré la parte de la herencia que me corresponde. Aunque no le veo ningún sentido.

—Si tanto odias la casa, ¿por qué me dijiste que querías seguir viviendo allí? ¿Por qué no aceptaste ponerla a la venta de inmediato? ¿Por qué te has estado oponiendo al proceso judicial?

—No sé. Será la costumbre, supongo. Siempre nos hemos peleado. Es lo nuestro. Cuando vi lo enfadada que estabas conmigo por todo el tema del testamento, me sacaste de quicio. Me provocaste con esa sarta de argumentos ridículos. Cuanto más me atacabas, más me mantenía yo en mis trece. Quería restregártelo. Todo es culpa tuya; si hubieras sido un poco más amable desde el principio, hoy no estaríamos aquí. Habría claudicado hace meses.

—Pero eso es totalmente absurdo. Ni siquiera viniendo de ti me habría esperado un comportamiento tan infantil. ¿Hemos desperdiciado todo este tiempo, esfuerzo y dinero solo porque querías anotarte unos cuantos tantos?

Edward se ríe.

—Pero nos lo hemos pasado en grande, ¿a que sí, Suze?

—Bueno, esto sin duda es muy poco común —dice la señorita Coombes—. Diría que es la primera vez que me veo envuelta en un caso de estas características, en el que ambas partes han aceptado la derrota tan inmediatamente y sin reparos. Así que, hagamos un breve resumen. Edward, usted va a abandonar la vivienda familiar y a ponerla a la venta. De acuerdo con los términos recogidos en el testamento de su madre, eso quiere decir que los beneficios de la venta serán divididos entre los dos. Se pondrá fin al proceso judicial mediante una solicitud al departamento de Asuntos de la Cancillería para obtener una orden de consentimiento. Cada una de las partes correrá con sus propios costos. ¿Están los dos de acuerdo?

La mediadora mira a uno y otro lado de la mesa.

—No puedo creer que Edward haya llevado todo esto tan lejos, pero sí, por mí bien —digo—. Bueno, «bien» se queda corto, esto es mejor.

—Por mí bien también —dice Edward.

—Gracias a todos por su forma juiciosa y pragmática de afrontar la reunión de hoy, que ha tenido un resultado muy satisfactorio. Buenos días.

La señorita Coombes recoge su archivador, se levanta y abandona la sala con un elegante movimiento de cabeza a modo de despedida.

—Mira que se lo hemos puesto fácil, ¿eh? —dice Edward poniéndose de pie y estirándose—. Gracias, amigo —añade dirigiéndose al señor Iqbal estrechándole la mano—. Siento que no hayas tenido mucho que hacer, pero necesitaba que vinieras por si acaso mi hermana sacaba la artillería, con ella nunca se sabe. —Me guiña un ojo.

El señor Iqbal dice que si se da prisa llegará al tren de la una con destino a Birmingham. Después de cerrar su maletín y de pasar la manga por su superficie para borrar las huellas de los dedos, se apresura hacia la salida. Edward se queda allí, observándome mientras guardo mis papeles en el portafolio.

—Y bien… —dice.

—¿Y bien?

—¿Cuándo sales de cuentas?

—Ayer.

—Madre mía. Con razón tienes el tamaño de un elefante.

—Gracias.

—No te ofendas.

Noto de nuevo la tirantez en mi vientre, esta vez más fuerte que anteriormente. Inhalo, aguanto el aire, y exhalo. Inhalo, aguanto, exhalo. Tarda más en pasar.

—¿Te has quedado atascada? ¿Puedes levantarte de la silla sin problema?

—Por supuesto que sí.

Me las veo y me las deseo, pero me ayudo apoyándome en el borde de la mesa. Salimos del bufete y cogemos el ascensor juntos hasta la planta baja. Nos envuelve un silencio incómodo. En cuanto salimos al vestíbulo de suelo de mármol, Edward me agarra por la manga del abrigo.

—¿Sabes, Suze? Te equivocas. Ella también te quería. ¿Por qué te habría de dejar la mitad de todo si no fuera así? Mamá y tú teníais otro tipo de relación, eso es todo. Francamente, siempre he sentido celos de cómo te trataba, como a una igual. No es tan divertido como crees interpretar siempre el papel del hijo irresponsable. Ella sabía que tú no necesitabas su ayuda; tu vida siempre iba a ir bien.

—Yo no lo veo así, pero bueno, nunca lo sabremos. No se me suele dar demasiado bien intuir lo que motiva a las personas.

—Bienvenida al club.

Bajamos los peldaños de acceso al edificio hasta la acera frente al edificio del bufete. Nos quedamos ahí plantados, vacilantes.

—Bueno, pues mucha suerte con el parto y demás.

A pesar de que me suena totalmente antinatural y forzado, lo digo igualmente:

—Gracias. Que te vaya bien de viaje.

Ya está. Este es el momento en que me despido de mi hermano y tomamos caminos distintos para no volver a cruzarnos nunca más. Pero parece que el destino nos tiene reservado algo más.

—Oh, no —digo casi sin aliento.

Primero noto un cálido goteo, pronto se convierte en una especie de riachuelo para terminar asemejándose a una catarata que aterriza en la acera entre mis piernas, salpicándome los zapatos.

—¿Me tomas el pelo? ¿Es lo que creo que es?

—Dios mío. —Soy incapaz de hacer nada salvo quedarme ahí quieta con la vista puesta en el charco a mis pies.

—¿Qué hacemos?

—No lo sé.

—¿Estás de parto?

—No lo sé.

—Deberías saberlo. ¿Tienes contracciones?

—Llevo teniéndolas un par de días, pero muy suaves. Aunque ahora la cosa se está poniendo peor.

—Vale, que no cunda el pánico. La gente hace esto todos los días. Tengo el Volkswagen aparcado a un par de minutos de distancia. Te llevaré al hospital.

Me toma del brazo y saltamos el charco, que está empezando a esparcirse hacia el bordillo.

—Solo una cosa…

—¿Sí?

—Si das a luz en mi coche, te restaré el coste del servicio de limpieza completo de tu parte de la herencia.

# 27

Mientras intento contactar con Kate por teléfono, Edward disfruta del papel que le ha tocado desempeñar en el drama que estamos viviendo, encantado de tener una excusa para adelantar a otros vehículos por el carril incorrecto, saltarse los semáforos y hacer un uso excesivo del claxon. En un momento dado incluso saca medio cuerpo por su ventanilla para gritarle a una anciana que cruzaba por un paso de peatones que se apartara de una maldita vez, que su hermana estaba a punto de dar a luz en el coche. En otras circunstancias me habría sentido furiosa y avergonzada por encontrarme a merced de Edward, pero ¿qué sentido tenía eso ahora?

Mis contracciones se han recrudecido desde que salimos. La sensación, más que agonizante, es desagradable; como una especie de importante dolor de espalda combinado con los calambres típicos del dolor de regla. Con cada una, mi vientre se endurece como una piedra. Lo sobrellevo bastante bien, ayudada por respiraciones profundas. Tengo el control.

Al tercer intento de llamada, Kate por fin coge el teléfono. Dice que dejará a los niños en casa de una amiga y se reunirá conmigo en el hospital con mi plan de parto y mi bolsa para el hospital, que tengo en casa preparada y lista desde hace por lo menos un mes. Cuando cuelgo, utilizo el teléfono para cronometrar las contracciones. Se suceden en intervalos de unos cinco minutos y medio y duran unos treinta segundos.

—Echa el freno —le digo a Edward—. Todavía no estamos en el punto de tener que llegar al hospital a toda costa; queda bastante hasta que llegue el bebé.

—¿Estás segura? —Suelta el pie del acelerador ligeramente.

—Créeme, Edward, no te mentiría sobre una cosa así. Que tú traigas al mundo a mi bebé no entra dentro de mi plan de parto.

—Uff, menos mal. En ese caso podemos dar un rodeo, ¿no? Estamos cerca de una tienda de discos que llevo un tiempo queriendo conocer.

Le digo que ni de broma. No tengo ninguna intención de quedarme en el coche, aburrida e incómoda, mientras él se pasa horas y horas con la nariz metida entre montones de vinilos. Por toda respuesta, toma el siguiente giro a la derecha demasiado rápido. Me veo obligada a echarme sobre él, luego me agarro al borde de mi asiento para mantener el equilibrio. El trayecto restante se lo pasa de morros.


Para cuando por fin encontramos un hueco en el aparcamiento para pacientes, el malestar es cada vez más difícil de sobrellevar. Una contracción de intensidad inesperada me atraviesa mientras cruzamos el vestíbulo del hospital; me paro y agarro el brazo de Edward.

—Eh, eso duele —dice.

—Lo mismo digo.

Cuando pasa, nos ponemos a la cola del ascensor, y justo cuando vamos a enfilar el largo pasillo hacia la maternidad me sorprende la siguiente contracción. Vuelvo a agarrar a Edward por el brazo mientras él le explica la situación a una mujer situada tras un mostrador. Una matrona de cabello oscuro y acento español se presenta como Claudia y nos conduce hacia una pequeña sala y me pide que me ponga cómoda en la cama. Edward se deja caer en una silla situada en un rincón, aliviado por tener un relevo que se ocupe de mis cuidados. Una vez que Claudia ha cronometrado mis contracciones y me ha tomado el pulso, la temperatura y la presión arterial, le explico mi plan de parto. Todo natural: nada de interferencia médica, ni alivio artificial del dolor o cualquier otro fármaco, bajo ninguna circunstancia. Sé cómo los médicos y las matronas disfrutan haciéndose cargo de todo, y yo estoy decidida a evitar a toda costa cualquier intervención. Se sonríe mientras toma nota de todo. A continuación, me pide que me ponga un camisón del hospital, y me dice que después me palpará el vientre y me realizará una exploración interna. Le digo a Edward que espere fuera.

—Su compañero de parto puede quedarse si quiere, no hay problema —dice.

—No es mi compañero de parto, es mi hermano.

—En ese caso, quizá mejor que salga. Aunque es encantador ver a un hermano que apoya a su hermana.

Me presiona con firmeza el abdomen y luego comprueba cuánto he dilatado. Tres centímetros, me informa. Aún queda un buen rato. Se pasará a comprobar cómo voy más tarde. Edward regresa justo cuando estoy experimentando otra contracción. Me aferro a su brazo una vez más e intento respirar rítmicamente. A lo lejos puedo escuchar a una mujer gritando y a otra haciendo sonidos guturales. No tengo ninguna intención de comportarme de tal forma. Siempre he llevado muy bien el dolor. Siempre que de pequeña me raspaba la rodilla, yo misma iba a por el botiquín, me limpiaba la herida y me ponía una tirita. Edward en la misma situación habría lloriqueado y llamado a gritos a mamá.

—Esto de que te esté ayudando a dar a luz tiene su gracia, teniendo en cuenta por lo que hemos pasado —dice mi hermano cuando le suelto el brazo.

—Sí, sí, me parto.

—Te he echado de menos, ¿sabes?, de un modo un tanto extraño.

—Cuesta creerlo.

—Pues es verdad. Mamá era el pegamento que nos mantenía unidos. Estos últimos meses he estado pensando que, ahora que ella no está, puede que no volvamos a vernos nunca. Y cuando lo pienso, me siento, no sé, como triste. ¿Con quién voy a discutir yo ahora si no es con mi hermana?

—Estoy segura de que encontrarás a alguien con quien reñir. Y que sepas que no todos los hermanos se pelean. No tiene por qué ser así.

—Lo sé, pero nunca tuvimos muchas opciones. Estábamos prediseñados para pelearnos, yo con mamá siempre revoloteando a mi alrededor y tú siendo la niña de papá.

—Nunca fui una niña de papá. Nos trataba a los dos igual de mal.

—Bueno, pero, aun así, siempre fuiste su ojito derecho. Tú eras la intelectual, como él, la tranquila, reflexiva y de buen comportamiento. Yo era el problemático, vamos, a mi modo de ver. Era imposible competir con doña Buenaza.

—Pasaba de los dos por igual, Edward. Lo único que le preocupaba era dónde iba a tomarse la siguiente copa.

—Todo apunta a que una vez más nuestras perspectivas difieren. Pero la verdad es subjetiva, todo el mundo tiene una versión propia. Quizá las nuestras sean igual de válidas.

Una reflexión muy profunda, poco habitual en mi hermano.

—Puede ser —digo—, pero mi verdad es un poquitín más válida que la tuya.


Después de la siguiente contracción le digo a Edward que ya ha cumplido con su parte trayéndome al hospital; no tiene sentido que siga aquí. Dice que no cree que deba marcharse, que necesito a alguien a mi lado.

—Vale —cedo—. Pero solo hasta que llegue Kate, ni un minuto más.

—Perfecto. Voy a salir a fumarme un pitillito, estaré de vuelta antes de la próxima contracción.

Pero no. Me doblo por la mitad, aprieto los dientes y me aferro con fuerza a un amasijo de sábanas. No pienso emitir un sonido. Qué va. El cuerpo de la mujer está diseñado para dar a luz, así que no puede ser un dolor insoportable. La mente es más fuerte que eso. En cuanto la contracción se disipa miro hacia la ventana situada al otro lado de la sala y veo que ya ha oscurecido. Me siento sola. Edward tiene razón, necesito a alguien aquí conmigo. No quiero hacerlo sola.

Sobra decir que lo que necesito es tener a mi amiga Kate aquí conmigo; su presencia será como un bálsamo calmante, capaz y tranquilizador. No solo eso, sino que ella ya ha pasado por todo esto, sabe cómo va el asunto. No obstante, no puedo dejar de pensar en Rob. Sé que en términos prácticos no sería de mucha utilidad, pero me hace sonreír, aunque me cueste admitirlo. Pienso en todo lo que ha hecho por mí estos últimos meses: me ha ayudado con las cosas de mi madre, ha guardado los muebles, me ha llevado de acá para allá, ha cuidado de mí cuando estaba hecha polvo tras recibir la noticia de mi adopción, me ha estado llamando y enviándome mensajes cuando no podía dormir, se ha mostrado inalterable a pesar de mi frialdad hacia él y la desaprobación de Edward. Me pregunto si alguna vez le he dado las gracias por alguna de esas cosas. Ahora lo veo claro: quiero tenerle a mi lado en estos momentos, y también cuando todo pase. No es que sea precisamente una revelación. Supongo que lo llevo sabiendo un tiempo, pero no quería admitir que yo, igual que todo el mundo, puedo ser víctima de sentimientos irracionales; sentimientos que destruyen a cañonazos el muro protector tras el que nos ocultamos y dejan al descubierto tus vulnerabilidades. ¿De verdad puedo permitir que eso pase?

Después de lo que parecen horas, aunque probablemente no hayan sido más que minutos, Kate aparece a la carrera en la habitación y tira mi bolsa sobre una silla. Está entusiasmada.

—Aquí estamos de nuevo. ¿Cómo lo llevas? —me pregunta

sentándose al borde de la cama—. Parece que estés ardiendo. Espera un momento. —Saca un paño de mi bolsa, lo empapa en el lavabo y me lo coloca en la frente. Otra contracción; me deja que la agarre de las manos con fuerza. Me escucho emitir unos extraños gruñidos mientras contengo los gritos. Cuando pasa, me relajo.

—Pensaba que tu hermano estaría aquí. ¿Te ha dejado aquí y se ha dado a la fuga?

—Qué va. No se perdería ni de broma esta oportunidad de entretenimiento; cree que se va a quedar a ver el *show*. —De pronto Edward asoma la cabeza por la puerta—. Hablando del rey de Roma… —Es la primera vez que mi hermano y mi amiga se encuentran. Él la mira de arriba abajo con expresión evaluadora; ella hace lo propio con desaprobación. Un gesto de resignación cruza el rostro de mi hermano al darse cuenta de que ella ha oído bastantes historias de él—. Ya puedes marcharte ahora que Kate ha llegado —le digo.

—Acabo de preguntarle a la matrona —responde— y me ha dicho que puede haber dos personas contigo.

—Vete a la mierda, Edward. El mero pensamiento de tenerte como apoyo mientras doy a luz es tan grotesco que roza lo cómico.

—Bueno, en ese caso esperaré fuera, por si cambias de opinión.

Me mantengo en mis trece y él parece frustrado. Antes de que salga de la sala de partos le llamo y le pido si puede avisar a Rob de que el bebé está en camino. Contrae el rostro en un instintivo mohín de desaprobación, pero hace lo que le pido, porque unos minutos más tarde me suena el teléfono. Justamente estoy experimentando una contracción especialmente dolorosa, así que Kate revuelve en mi bolso y contesta la llamada. Me dice que Rob está preparando una mochila con cuatro cosas a toda prisa y que enseguida coge la furgoneta. Le pido a Kate que le diga que no se moleste, pero no hay forma de disuadirle. Lo cierto es que es un momento bastante extraño para tomar una decisión que va a cambiar mi vida para siempre, pero quizá a veces hay que dejarse guiar por el instinto y no tanto por un plan meticulosamente diseñado. Me da la sensación de que no me voy a arrepentir de ello.

—Dile que sí —le digo a Kate entre jadeos cuando está a punto de colgar.

—¿Sí qué?

—Solo eso, que sí.


Con el cambio de turno llega una matrona nueva. Claudia me desea lo mejor. La nueva matrona es una mujer de labios finos, de aspecto envejecido, cansado y aburrido; no debe de quedarle mucho para la jubilación. Se presenta como Ann y echa un vistazo a mi historial sin apenas mirarme. Las contracciones siguen intensificándose; ahora las tengo cada tres minutos y duran cerca de un minuto. Tras llevar a cabo un sucinto examen, Ann me dice que todavía no he dilatado demasiado. Todo ese esfuerzo para nada.

Kate se ofrece a masajearme los hombros y la espalda. No sirve de mucho, salvo para incomodarme a más no poder con tanto toqueteo, así que le digo que pare. Tengo un dispositivo de estimulación nerviosa en el bolso, que me distraerá del dolor. Kate lo coge, me coloca las almohadillas adherentes en la zona lumbar y me entrega el mando. Enciendo el aparato y experimento una leve sensación de hormigueo. La siguiente contracción empieza fuerte. Pulso el botón «turbo» de la máquina. La contracción alcanza el punto álgido y termino emitiendo sonidos guturales dignos de un animal rabioso.

—No ha funcionado —digo entre jadeos cuando la contracción empieza a remitir—. ¡Menuda mierda!

—Quizá necesites subir la potencia al máximo. A ver, dame. —Kate gira la ruedecilla del mando y la sensación de hormigueo se intensifica. Es tan exasperante como el masaje, pero lo soporto. Mientras esperamos la siguiente contracción, Kate hurga en mi bolso para ver qué he traído.

—Anda, un Bananagrams de palabras cruzadas. Qué buena idea.

—No, qué va —le grito cuando el dolor vuelve a intensificarse—. Lánzalo por la ventana. No pienso jugar a un estúpido juego ahora mismo. —Aprieto el botón «turbo» cuando la contracción alcanza el clímax. Comparado con la potencia del dolor que me está produciendo el cuerpo, es como si te hicieran cosquillas con una pluma. Mi respiración se acelera.

—Recuerda las técnicas de respiración —dice Kate—. Mírame. Inhala por la nariz, exhala por la boca. Nariz, boca, nariz, boca.

La ignoro. Sé que esta forma de respirar es resultado del pánico que siento y que debería hacer caso a mi compañera de parto, pero no puedo. Me siento mareada. La contracción cesa y tiro de los cables conectados a las almohadillas.

—Quítame esta cosa. Este aparato no sirve para nada. Deberían demandar a quienquiera que las fabrique. Tendré que apañármelas sola.

—No tienes por qué. Siempre puedes pedir que te alivien el dolor.

—Ni de broma. El parto es un proceso natural. Las mujeres se las arreglaban antiguamente sin necesidad de anestesia, de modo que no hay motivos por los que no pueda hacerse hoy en día.

—Sí, pero desde entonces ha habido unos cuantos avances. Esas mismas mujeres corrían un alto riesgo de fallecer en el parto.

—Gracias por el recordatorio.

En cuanto empieza a llegar la siguiente contracción, me agarro a Kate de nuevo. Estoy empezando a sentirme sobrepasada por estas oleadas de dolor sin apenas tregua. Van a peor, cada vez más fuertes, más largas, más incapacitantes.

Después de lo que parece una eternidad, Ann regresa, en esta ocasión acompañada por un estudiante de matrona.

—Mmm. Sigue en los cuatro centímetros —le dice al estudiante después de examinarme—. El avance es mínimo. Evidentemente, hay un mayor riesgo de parto largo y difícil con mujeres más maduras. Los músculos del útero no funcionan tan bien.

—¿Acaso estáis todos decididos a minarme la moral? —le espeto—. ¿Puede alguien dedicarme unas palabras positivas de aliento, por favor?

—Está haciendo un trabajo fantástico —dice Ann con seriedad.

Después de lo que me vuelve a parecer una eternidad, llaman a la puerta y Rob aparece en el umbral. Que me alegra verle es quedarse corto, pero, por alguna razón, ese sentimiento se traduce en forma de llanto. De pronto pienso, mientras me enjuago las lágrimas con la manga del camisón de hospital, que no estoy precisamente atractiva en este momento. Rob parece no darse ni cuenta; se acerca a paso lento hacia la cama, se inclina sobre mí y me envuelve con sus brazos. La piel de su mejilla sin afeitar está fresca en comparación con el ambiente cargado de la habitación. Me aparta con una caricia el pelo de la cara y se da cuenta de que está empapada en sudor.

—Me temo que hoy no soy muy buena compañía —alcanzo a decirle—. Y la cosa se va a poner peor —añado mientras una nueva contracción me golpea. Me agarro a la manga de su chaqueta.

—No te olvides de la respiración.

—Cállate. Eres tan pesado como Kate —resoplo.

—He estado informándome en Google acerca del parto —dice Rob mientras el dolor empieza a remitir y le suelto—. Ahora mismo podrían contratarme como asesor obstetra, soy todo un experto. —Se dirige a Kate—. ¿Quieres tomarte un descanso?

—No me importaría, la verdad. Tengo que hacer unas llamadas, y ya aprovecho y me tomo un sándwich.

—Bueno, ¿y cómo lo llevas? —me pregunta en cuanto Kate se marcha. Me recoloca el camisón de hospital, que está empezando a escurrírseme por el hombro.

—Pues no muy bien. Llevo horas aquí. Debería haber dilatado ya cerca de los diez centímetros, pero ni de lejos. Voy a tener que pedir algo para el dolor.

—¿Y qué tiene de malo?

—Quería que todo fuera natural.

—Todo eso está muy bien, pero si lo necesitas, no hay más que hablar. ¿Llamo a la matrona?

Dudo por un instante, pero finalmente asiento. «He fracasado», no puedo evitar pensar. Y luego me digo: «¿Y a quién demonios le importa?». En apenas unos minutos instalan el dispositivo del óxido nitroso y me dan una boquilla. Aspiro con avaricia. Hace que me sienta algo mareada, como si hubiera tomado un par de copas de más. No hace que desaparezca el dolor, pero sí me distancia de él, de todo, en general.

—¿Recibiste mi mensaje? —le pregunto a Rob entre contracción y contracción mientras la cabeza me da vueltas.

—¿Te refieres al sucinto «sí»? Un poco críptico.

—De críptico nada, a no ser, claro está, que hayas decidido olvidar la pregunta que me hiciste en la furgoneta.

—¿A ti qué te parece? —Me toma las manos y las besa—. Pero ¿crees que este es un buen momento para tomar una decisión tan definitiva como esa? Cuando te decidas por algo, quiero que estés en tu sano juicio. No quiero que te despiertes mañana y pienses: «¿Qué demonios he hecho?».

—No es una decisión improvisada, tonto. Solo que me ha hecho falta vivir una situación extrema y unos cuantos fármacos para reunir el valor de aceptar tu propuesta.

—En ese caso, perfecto. Vamos a ser una familia: tú, yo y la pequeña, cuando tenga a bien asomar la cabecita.

Suena genial: una familia.


En algún momento Kate vuelve a la sala. Empiezo a perder la noción del tiempo. La aspiración de óxido nitroso, que hasta el momento me estaba aliviando, ha dejado de hacerme efecto anestésico y ahora simplemente hace que me sienta desorientada. Las contracciones son insoportables; me he dado por vencida en lo de no gritar. Rob está sentado a un lado de la cama y Kate al otro, ambos me toman de las manos. Insisten en que lo estoy haciendo muy bien, que aguante un poco más, que ya no queda nada. Ann regresa y me examina una vez más; sigue sin haber grandes progresos, a pesar del tiempo transcurrido. Me informa de que tenemos que tomar medidas para acelerar el proceso. Me dice que me tienen que dar un «gotero de oxitocina» para inducirme el parto, de esta forma, las contracciones serán mayores y con suerte estimularán la dilatación del cérvix. Puede que haya llegado el momento de pasar del óxido nitroso a la petidina, me dice. Ya no me importa nada. Lo único que quiero es poner fin a esta agonía y que mi bebé salga de mi cuerpo sana y salva.

Me pinchan en el muslo, me insertan un catéter en el brazo y me conectan a un gotero. Me colocan un dispositivo de monitorización en el abdomen para medir las contracciones y la frecuencia cardiaca del bebé. Cuando empieza a hacerme efecto la petidina, el dolor no desaparece, pero es como si se separara de mi cuerpo. Me siento eufórica, colocada. Es como si se apagara el botón que controla mis impulsos, y de pronto le estoy diciendo a Rob, entre contracción y contracción, que es el hombre más bueno, divertido y dulce que he conocido nunca. Que me encanta su pelo rebelde y lo recta que tiene la nariz, el hoyuelo de su mejilla y sus ojos azulísimos. Que me cuesta acostumbrarme a lo alto que es. Se ríe. Me dice que él también me quiere, que prefiere a la Susan colocada y que puede que le pida a Ann un poco de petidina para llevar.

Me dirijo a Kate.

—Recuerdo que pensé lo guay que era la primera vez que lo vi en una fiesta de estudiantes. Tenía ese aspecto de cantante solista de banda *grunge*, tan despreocupado y seguro de sí mismo. Como si fuera de un planeta totalmente distinto.

—Un momento —dice Rob—. Pero si no dejabas de decir que no me recordabas de nada.

—Bueno, no pensarías que iba a admitir que me habías dejado impresionada, ¿no? —digo entre jadeos mientras la siguiente contracción se apodera de mí—. Deberías saberlo, a veces incluso yo cuento mentirijillas.

La euforia inicial causada por el fármaco opiáceo se disipa y me siento como ausente. Cuando no estoy retorciéndome de dolor, me dedico a escuchar el golpeteo constante del corazón de la bebé, que me llega a través del dispositivo de monitorización, y me quedo mirando una serie de números que van cambiando arbitrariamente mientras una línea serpenteando sube y baja. Rob y Kate se turnan para hablar con Ann, y luego intentan explicarme qué está pasando. Me cuesta entender lo que me dicen.

Nuevo cambio de turno, Claudia ha vuelto. Se sorprende al ver que sigo aquí. El dolor se intensifica rápidamente; la petidina debe de estar perdiendo efecto. Claudia dice que ha habido algunos progresos en cuanto a la dilatación, pero me parece que solo intenta mostrarse positiva. Con la siguiente contracción exclamo que ya he tenido suficiente, que no puedo hacerlo. Claudia dice que es consciente de que he sido muy clara respecto a mi plan de parto, y que no quería la epidural, pero sigue siendo una opción viable, ya que hará que me sienta mucho más cómoda. Me pregunta si quiero reconsiderarlo.

—Sí —digo—. Sí, por favor. Quiero la epidural.

La espera se me hace eterna y pierdo cualquier resto de autocontrol. Por fin, llega el anestesista. Me piden que me siente y me incline hacia delante, entonces noto un pinchazo en la columna. Funciona a las mil maravillas; el dolor empieza a remitir y luego desaparece por completo, aunque noto el cuerpo como si hubiera corrido diez maratones ida y vuelta. Me siento muy aliviada ahora que el dolor ha desaparecido, pero siento miedo. Todo está fuera de mi control; nada de esto formaba parte de mi plan de parto. Mi bebé ya debería haber llegado, a salvo en mis brazos. En lugar de eso, está como en el limbo, a la espera de que empiece a empujar para que salga de mí. Y no puedo. No me veo capaz. Claudia me palpa la tripa y dice, con expresión preocupada, que mis contracciones están perdiendo fuerza y no al contrario. El ritmo de los latidos de mi bebé es menos regular y hay silencios intermitentes. Cada vez que el sonido se detiene, contengo la respiración hasta que vuelvo a escucharlo. La matrona sale de la habitación y regresa casi de inmediato con el médico, que echa un vistazo a los papeles impresos que han salido de los monitores, y murmura con urgencia algo así como «sufrimiento fetal agudo». Rob va a hablar con ellos mientras Kate me acaricia el brazo tratando de tranquilizarme. Me fijo en que está exhausta. Debe de haberse pasado aquí casi un día y una noche completa.

Un grupo de gente empieza a arremolinarse en torno a mi cama y escucho que susurran la palabra «distocia». El médico me dice que la bebé no está muy contenta, que se ha alargado demasiado el proceso. Que tienen que llevar a cabo una cesárea de urgencia. Que si lo entiendo. Sí; mi cuerpo me ha defraudado, me ha dejado tirada. Y lo que es más importante, ha defraudado a mi bebé. Me entregan una carpeta sujetapapeles con un formulario. Lo firmo sin leer. El médico dice que deberíamos ir yendo a quirófano y Rob me pregunta si quiere que me acompañen él o Kate durante la intervención. Soy incapaz de responder; solo puedo pensar en que quiero que mi bebé nazca y esté a salvo tan rápido como sea posible. Debieron de decidirlo entre los dos, porque Rob camina a mi lado mientras me llevan en la cama con ruedas por el pasillo. Me susurra palabras de aliento, pero tengo la cabeza en otra parte. Mi bebé está atrapada en mi interior. Y está sufriendo.

Levantan una especie de pantalla divisora a la altura de mi pecho para evitar que pueda ver lo que está sucediendo. Rob, ahora vestido con ropa de quirófano, como el personal médico, se sienta en una silla que acerca a mi rostro. Hay un montón de gente en la sala: médicos, enfermeras, matronas, todos ellos con mascarilla. Alguien explica en qué consistirá la intervención, pero no me quedo con la información. Estoy aterrorizada. ¿Sigue aguantando o mi cuerpo la ha abandonado del todo? Escucho murmullos, sonidos metálicos, un ruido de succión y noto tirones. Entonces levantan a mi bebé por encima de la pantalla para que la vea. Parece que le falten las fuerzas y tiene un color entre morado y blanco. Pensaba que me la entregarían enseguida, pero se la llevan. Nadie dice una palabra y no alcanzo a ver qué está pasando. Rob me toma de la mano con fuerza. Las lágrimas corren por sus mejillas a borbotones. Observo que está intentando contenerlas, ser fuerte por mí. Agacha la cabeza y la coloca junto a la mía, mejilla con mejilla, y nuestras lágrimas se mezclan. Cierro los ojos. Entonces escucho un chillido muy agudo, luego otro. La matrona aparece desde el otro lado de la pantalla con un bulto envuelto en una mantita de algodón blanca. Me lo ponen en el pecho. Veo una carita sonrosada y una boquita que se abre y se cierra, buscando algo que succionar. Mi bebé. Mi hermosa y dulce bebé.

# 28

Cuando los médicos ya han completado la ronda matutina, y en el ala de maternidad disfrutamos de un rato de descanso del ajetreo, abro el sobre salpicado de lluvia que Rob encontró en el felpudo de entrada de casa ayer. Dentro encuentro una tarjeta de felicitación que muestra a una mujer al volante de un coche deportivo descapotable de color rojo con el cabello ondeando al viento. Debajo se leen las palabras «Enhorabuena por aprobar el carné de conducir». Abro la tarjeta, es de Edward. Me cuesta descifrar su letra:

*Hola, Suze. Rob me ha dicho que todo salió bien (al final) y que has dado a luz a mi sobrina. Me habría pasado por el hospital para echarle un vistazo y comprobar si se parece o no a su tío, pero un colega me acaba de pedir si puedo sustituir a uno de los encargados del transporte y montaje del equipo en su gira y salimos mañana. Dejo el tema de la venta de la casa en las capaces manos del señor B. Estaré de vuelta en Birmingham en un par de meses para hacer una paradita técnica antes de irme de viaje. Quizá podríamos hacer algo con las cenizas cuando vuelva, esparcirlas, enterrarlas, lo que sea. No se me ocurre qué habría querido hacer mamá. ¿Y a ti? Puede que la tía Sylvia tenga alguna idea al respecto, pero probablemente se le ocurriera construir una réplica*

*de panteón egipcio en el jardín trasero. En cualquier caso, tó-*
*mate una cerveza a mi salud. Te la pagaré cuando nos vea-*
*mos. Si es que me acuerdo. Un beso. Ed.*

Le doy la vuelta. Hay una posdata en la parte de atrás:

*Siento lo de la tarjeta. Iba con prisas y solo leí la palabra*
*«Enhorabuena» en el quiosco. De todas formas guárdala, así*
*me ahorraré comprarte otra si algún día te sacas el carné de*
*conducir, es decir, ¡eres una caja de sorpresas!*

Coloco la tarjeta en el pequeño montón de basura que se ha
ido acumulando en el mueble bajo que hay junto a mi cama, luego cambio de opinión y la coloco de pie junto a las tarjetas más
convencionales que me han regalado Rob, Kate y mis compañeros de trabajo. Cada átomo de mi cuerpo me dice que no debería
dejar a Edward entrar en la vida de mi hija, que sería un terrible
ejemplo para ella. Sin embargo, algo me dice, bajito, en mi cabeza, que de hacerlo la estaría privando de algo. Que puede que sienta un vacío en su vida, incluso puede que yo en la mía. Debo
acallar esa vocecita; no puede ser más que el resultado de los altos
niveles de oxitocina a los que me he visto expuesta. Me alivia que
se haya marchado.


Richard ha venido a vernos. Rob lo llamó para darle la buena
noticia mientras estaba en la sala de recuperación posoperatoria a
la espera de que me llevaran a planta. Vino al hospital a la mañana siguiente y dejó un enorme paquete a los pies de mi cama. No
estaba en condiciones de abrirlo, así que Richard me dijo lo que
era: un kit de química. Siempre quiso uno cuando era niño, pero
su familia nunca pudo permitírselo; a su hija no le pasaría lo mismo. De pie junto a su cunita, Richard no apartaba la vista de la
bebé, respondiendo a mis comentarios con frases deshilvanadas.

Le dije que podía cogerla si se despertaba; se fue muy poco después. Está conmocionado. Lo entiendo; con el tiempo se le pasará.

Rob ha estado ocupado visitando webs de inmobiliarias. A la hora de las visitas, se quita las botas, estira sus largas piernas en la cama de hospital, a mi lado, y enciende su iPad para mostrarme los detalles de las propiedades en alquiler. Tiene muchas ganas de que tengamos un jardín de un tamaño decente. De hecho, esa parece ser su prioridad número uno. No le importa a cuánta distancia vivamos de Londres, pero le digo que yo necesito tener una buena comunicación para ir a trabajar. A medida que va pasando páginas y páginas de alquileres, pienso de nuevo en si estamos siendo sensatos o no. Tengo que pararle los pies antes de que malgaste más tiempo buscando. Le digo que he llegado a la conclusión de que, después de todo, no creo que sea tan buena idea; que he cambiado de opinión. Rob deja el iPad a un lado y se gira hacia mí, apoyado en un codo. Me dice que es consciente de que todo va muy rápido y que no quiere meterme prisa, que esperará hasta que esté lista. Ha habido un malentendido. Le explico que he cambiado de opinión respecto a alquilar. Es fundamental que me mantenga en activo en el mercado inmobiliario de Londres; si me bajo ahora del carro, puede que jamás pueda volver a subirme, así que creo que deberíamos comprar. Su expresión cambia rápidamente y se le ilumina el rostro.

Para que Rob sepa a qué atenerse, le digo que compraremos la propiedad como «bien ganancial» y no como como «copropietarios». De esa forma, la parte que corresponde a cada uno quedará establecida por ley, lo que será mucho más conveniente en caso de que nos demos cuenta de que hemos cometido un terrible error. Además, al ser un bien ganancial, si uno de nosotros fallece, nuestra parte pasará a nuestro familiar más cercano y no del uno al otro. Rob se ríe cuando se lo explico. Haremos lo que yo crea que es mejor, me dice.

Nuestra conversación se ve interrumpida; se ha despertado mi hija. Sus diminutos puños golpean el aire y emite grititos y una especie de chirridos. Rob la coge y la acuna en sus brazos, balanceándola y dándole toquecitos en la espalda. Se defiende de maravilla y ella lo nota; sus hermanas tienen cinco hijos entre las dos, así que tiene práctica. Se queda tranquila, pero no durante mucho tiempo. Rob no le sirve si tiene hambre. Me la entrega. Yo me desabotono la parte superior del camisón y ella se agarra a mí. Tengo que decidirme por un nombre, no puedo seguir llamándola «mi hija» o «la bebé». Evidentemente, los nombres de miembros de la familia quedan descartados. No quiero ponerle un nombre corriente como el mío, pero tampoco uno tonto u ostentoso. Y no quiero que se pueda acortar, eso puede llevar a todo tipo de mofas. Pensé, quizá, en un nombre abstracto, como Hope o Joy[2], pero no suelo dejar entrever mis sentimientos. La primera sugerencia de Rob fue «Roberta». Supongo que pretendía hacerse el gracioso. Luego sugirió que le pusiéramos un nombre que ya fuera corto, como Kate, Meg o Nell. Nell. La pequeña Nell. Rob busca su significado: «la que brilla y resplandece». Perfecto.

Nell se ha quedado dormida mientras le daba el pecho. Recuerdo que en el libro de cuidados del bebé decía que debes despertarlos cuando pasa eso, para evitar que asocien que deben alimentarse para irse a dormir. Como si le fuera a hacer una cosa así. Le introduzco con cuidado un dedo en la boca para apartarla del pecho y se la entrego a Rob para que la vuelva a meter en la cunita de plástico transparente que hay junto a mi cama. Ella se revuelve y gorjea un poco, pero la misión ha sido completada con éxito. Un momento más tarde Kate se abre paso a través de la

---

[2] En español, *hope* y *joy* significan «esperanza» y «alegría» respectivamente. (N. de la T.).

pesada puerta batiente del ala de maternidad con Noah apoyado en la cadera y agarrando a su hija con la mano libre. Ava se queda absorta mirando a Nell con la naricilla pegada a las paredes de la cunita. Noah se sienta en el regazo de su madre y juega con un libro de tela mientras charlamos. Kate me cuenta que cuando estuvo en mi apartamento para ir a por algunos pijamas limpios, la tía Sylvia llamó por teléfono. Mi tía se mostró encantada al saber que ya había tenido a la niña. Le pidió a Kate que nos diera un abrazo enorme de su parte. También le pidió que me dijera que ya les había contado a mis primas que es mi madre, y que se habían quedado sin palabras ante la buena noticia. Pero lo que era más importante, la tía Sylvia le dijo a Kate que me contara que había cambiado el nombre de su chalé de «Wendine» a «Swendine». Ha encargado carteles nuevos para el portón de entrada a la finca y el porche, así como papel de carta y tarjetas de visita. Deseaba encarecidamente que estuviera al tanto.

—Cambiando de tema —dice Kate—. Tengo una propuesta para vosotros.

Al parecer, una madre divorciada que conoce del grupo de mamás y bebés le ha dicho que está buscando a otra familia monoparental para comprar la parte de la casa propiedad de su ex. Las dos mamás que vivan juntas podrán echarse una mano en la crianza de los hijos y las tareas domésticas. Kate dice que es una mujer estupenda, y que la casa está muy bien, no muy lejos de donde vivimos ahora. Le tienta la idea. Si se decidiera, Rob y yo podríamos comprarle el piso y unificar la casa para que tenga dos plantas. No suena mal. De hecho, creo que podría ser una idea estupenda. Me gusta donde vivo, y a Rob también.

Kate también me pone al día de su campaña en contra de la retirada de fondos del grupo local de mamás y bebés. Ha recibido un correo electrónico del ayuntamiento esta mañana: se dejarán de destinar fondos definitivamente. Es muy injusto. Kate me lo ha contado todo acerca del grupo; las familias de la zona dependen de él. Puede que incluso yo misma lo necesite. Me pregunto en voz alta si sería posible demandar a las autoridades locales. Le digo a Kate y Rob que, cuando me recupere, investigaré un poco y enviaré un par de correos electrónicos. Y llamaré a mi buena y útil amiga Brigid para preguntarle si se quiere pasar a conocer a Nell. A la gente le encanta pasar el rato con recién nacidos.

—No, por Dios —dice Rob—. Una nueva disputa legal no, por favor.

—Voy a tener mucho tiempo libre durante la baja por maternidad, de modo que tendré que darle buen uso. Además, sería una pena desaprovechar las habilidades que he adquirido en los últimos meses.

—No estoy segura de que vayas a disponer de tanto tiempo como crees, Susan —dice Kate—. Pero gracias por ofrecerte a echar una mano. —Se dirige a Rob—: No te preocupes tanto. Esta vez es distinto; es por el bien de la comunidad, no por una errónea fijación personal.

Rob suspira, melodramático.


La hora de visitas pasa muy rápido esta tarde. Kate, Ava y Noah se marchan junto con los familiares y amigos del resto de las pacientes. Rob deja sus cosas junto a mi cama mientras va al baño. Dice que volverá en un momento para darme las buenas noches. El ala de maternidad vuelve a la tranquilidad, o todo lo tranquilo que puede estar un lugar que alberga a seis recién nacidos y sus madres.

Me muero de ganas de empezar mi nueva vida con Nell, pero me han dicho que tendré que seguir ingresada una noche más antes de que me den el alta. Estoy dolorida por culpa de la cesárea, pero será tolerable una vez que esté en casa gracias a los analgésicos que me receten. Miro hacia la cunita. Nell sigue profundamente dormida, boca arriba, con la carita sonrosada girada hacia mí. Tiene los bracitos extendidos de codo para arriba, de modo que las palmas de las manos le quedan a la altura de sus mejillas regordetas;

376

tiene las rodillas semiflexionadas y las piernecitas abiertas, como una ranita panza arriba. Tiene una pulserita en la muñeca con mi nombre escrito. La he hecho yo, es parte de mí. Si extiendo el brazo desde donde me encuentro, tumbada en mi cama de hospital, puedo acariciarle la mejilla; su piel es suave y blandita, como una nubecilla de aire cálido. Coloco de nuevo con mucho cuidado a Bunnikins, mi viejo conejito de ganchillo, que la cuida mientras duerme desde un rincón de la cuna.

De vez en cuando Nell se retuerce o resopla. Supongo que se imagina de vuelta en mi tripita. No creo que quisiera salir; me parece que las dos tenemos ya mucho en común. Es raro; desde que nació, las certezas y las dudas se han intercambiado. Estaba convencida de que sabría exactamente cómo gestionar la parte más pragmática de cuidar de un bebé: cómo cambiar un pañal, cómo sostenerla mientras le doy el pecho, cómo bañarla, pero admito que me siento inexperta y torpe. En cambio, no estaba en absoluto convencida de que podría querer a mi hija de inmediato. Ahora me sorprende que siquiera lo pusiera en duda. Estoy empezando a entender cómo se debió de sentir mi madre cuando tuvo en brazos a su propio bebé por primera vez; cómo mi tía Sylvia debió de sentirse cuando me dio en adopción.

Mi tía (todavía no estoy lista para llamarla de otra manera) dijo que pasó una semana conmigo en Rhyl antes de que mis padres vinieran a por mí. Es imposible que no estableciera un estrecho vínculo conmigo en esos pocos días. Sé que en un principio debió de quedarse muy sorprendida cuando sintió por primera vez la solidez de ese cuerpecito que había salido de sus entrañas, y que se habría maravillado de que su cuerpo hubiera sido capaz de crear algo tan extraordinario, tan perfecto. Habría mirado al mundo con ojos nuevos, y se habría preguntado qué tipo de magia habitaba en él que pudiera hacer que algo así existiera. Lo veo claramente en mi cabeza, la tía Sylvia con su bebé: deja que le coja un dedo con mi manita y se sorprende ante la fuerza de mi agarre; me mira a los ojos y no puede soportar ser la primera en apartar la mirada;

me sostiene contra su piel mientras me alimenta; me acuna en sus brazos cuando estoy inquieta, escuchando cómo mi respiración va haciéndose más lenta y profunda; me susurra pensamientos secretos, cosas que le avergonzaría admitir ante nadie más; observa cómo mi pecho sube y baja mientras me quedo dormida, cómo titilan mis párpados casi translúcidos, y se pregunta si estaré soñando. Ella también sueña: ¿en quién se convertirá?, ¿qué aspecto tendrá, cómo caminará, cómo hablará?, ¿se parecerá a mí o a su padre?

Ahora que sé todo lo que debió de sentir la tía Sylvia, me cuesta entender cómo fue capaz de darme en adopción. No tenía más que diecisiete años; era veintiocho años más joven que yo ahora. Incluso con mi fortaleza y resistencia, mis años de experiencia y mi conocimiento de cómo el tiempo acaba por curarlo todo, no podía soportar la idea de renunciar a mi bebé. ¿Cómo de difícil debió de ser para una persona tan joven? La imagino besándome en la coronilla, entregándome a mi madre, y luego esa sensación de ausencia, de falta de peso. No volvería sin más a una vida como la que tenía antes de ser madre; ahora debería soportar una ausencia con forma de bebé. ¿Por qué no rechazó la idea cuando se propuso? ¿Por qué no se negó a entregarme cuando vinieron a por mí? Cuando descubrí la verdad, lo primero que pensé fue que había sido porque se preocupaba más por sí misma y su propio futuro que por el mío propio, pero ahora creo que me equivocaba. Creo que fue porque quería lo mejor para su hija; más de lo que creía que ella misma me podría ofrecer.

Ahora que lo pienso, con razón la tía Sylvia llamaba a casa tan a menudo. Sé que disfrutaba de la compañía de mi madre, pero sus ganas de verme, de ver cómo crecía y cambiaba, debió de haber sido tan importante o más. El caso es que no me parezco en nada a ella. Espero que no se sienta decepcionada; espero que entienda y sepa perdonar mi falta de soltura en la vida. No solo los genes determinan a una persona, al fin y al cabo. Supongo que hubo un montón de momentos en los que deseó decirme que ella era mi madre. Pero debió de haber sido muy difícil para ella hacerlo cuando le había hecho una promesa así a su hermana. ¿Y cómo se supone que le dices a tu sobrina que en realidad es tu hija? ¿Por dónde empiezas? Me pregunto si seré capaz de perdonar a la tía Sylvia por renunciar a mí, por guardar el secreto. Quizá sí. No descarto ninguna posibilidad. Me limitaré a darle tiempo al tiempo. El mundo parece más grande, más clamoroso y más colorido que hace unas semanas, unos días. Ahora mismo, no tengo muy claro quién soy en él. Pero no pasa nada.

Rob vuelve del baño y guarda su iPad en su mochila de tela, se pone la chaqueta y empieza a recoger sus cosas. Saca el móvil del bolsillo de atrás del pantalón y echa un vistazo a la hora.

—Ojalá me pudiera quedar más tiempo —dice—, pero supongo que lo mejor será que me vaya yendo antes de que pase la enfermera y me pille aquí. Ya son las diez y media.

Se inclina sobre mí y me besa en los labios.

—¿A quién le importa la hora que sea? —digo—. Quédate un poco más. Echa las cortinas y túmbate conmigo en la cama. Nadie se dará cuenta de que estás aquí. Olvida esas estúpidas normas.

—¿Cómo? ¿Que Susan Green me está diciendo que «olvide las normas»? No esperaba oír tal cosa en la vida.

—Tú cállate y hazme caso.

—¿«Tú cállate y hazme caso»?

—Tú cállate y hazme caso, por favor.

—¿Cómo voy a negarme si me lo pides tan amablemente?

Deja su bolsa, se quita la chaqueta y la tira sobre el respaldo de la silla. Observo desde la cama, echada sobre un montón de almohadas, cómo cierra las cortinas lentamente alrededor de nosotros.

# Agradecimientos

La semilla que acabó por convertirse en *El cactus* se plantó durante mi máster de escritura creativa en la Universidad Metropolitana de Manchester. Muchas gracias a mis queridos «Compañeros de *whisky*»: Angie Williams, Bryn Fazakerley, Paul Forrester-O'Neill, Saiqa Khushnood y Steven Mepham. Su amistad, su apoyo y sus habilidades lectoras de primer nivel han permitido que la semilla germinara y se abriera paso hacia la luz.

Las plantas prosperan más y mejor cuando cuidan de ellas. Estoy enormemente agradecida a Jane Finigan por ser toda una campeona de *El cactus*; su apoyo y sus consejos han sido inestimables. También quiero darle las gracias a Juliet Mahony y a todo el mundo de Lutyens & Rubinstein por nutrir el libro, en especial mientras Jane estaba en su propio camino hacia la maternidad por primera vez. David Forrer, de Inkwell Management, ha sido otro campeón resuelto, y se lo agradezco.

Mi más sincero agradecimiento a Lisa Highton de Two Roads y a Erika Imranyi de Park Row Books por añadir *El cactus* a su colección, y por su fe, entusiasmo y fantástico apoyo editorial (todas las plantas se benefician de estar ubicadas en un lugar privilegiado, así como de una pizca de poda y experiencia). Gracias también a Sarah Christie, Alice Herbert, Jess Kim, Diana Talyanina y el resto del equipo de Two Roads y John Murray Press por su admirable labor, que ha permitido que este libro florezca en su nuevo hogar.

Nada de esto habría sido posible sin el apoyo de mi familia y mis amigos, que son la tierra, el agua y la luz. Quiero darle las gracias especialmente a mi querida amiga Beth Roberts (mi inspiración diaria), que me animó a dar el salto a terreno desconocido y me aportó resolución a la hora de continuar mi andanza sobre zonas pedregosas. Finalmente, todo mi amor y mi gratitud para Simon (mi primer lector) y a Gabriel y Felix, por su paciencia y comprensión infinitas mientras estaba ocupada cultivando *El cactus*.